JENNIFER WILEY

# IN JEDEM *Atemzug* NUR DU

R



KNAUR

**Besuche uns im Internet:**
**www.knaur.de**

Hat dir dieses Buch gefallen? Lesetipps und vieles mehr rund um unsere romantischen Lieblingsbücher findest du auf Instagram: @knaurromance

Aus Verantwortung für die Umwelt hat sich die Verlagsgruppe Droemer Knaur zu einer nachhaltigen Buchproduktion verpflichtet. Der bewusste Umgang mit unseren Ressourcen, der Schutz unseres Klimas und der Natur gehören zu unseren obersten Unternehmenszielen. Gemeinsam mit unseren Partnern und Lieferanten setzen wir uns für eine klimaneutrale Buchproduktion ein, die den Erwerb von Klimazertifikaten zur Kompensation des $CO_2$-Ausstoßes einschließt.
Weitere Informationen unter: www.klimaneutralerverlag.de

FSC www.fsc.org MIX Papier aus verantwortungsvollen Quellen FSC® C014496

Originalausgabe Mai 2023
Knaur Taschenbuch

Ein Imprint der Verlagsgruppe
Droemer Knaur GmbH & Co. KG, München

Dieses Werk wurde vermittelt durch die Günter Berg Literary Agency.
Redaktion: Michelle Stöger
Covergestaltung: SO YEAH DESIGN, Gabi Braun
Coverabbildung: © Collage unter Verwendung von Motiven von shutterstock.com
Abbildungen im Innenteil von Shutterstock.com: andreashofmann7777 (Pflanzen), Phatthanit (metallische Fläche)
Satz: Adobe InDesign im Verlag
Druck und Bindung: GGP Media GmbH, Pößneck
ISBN 978-3-426-52958-4

2 4 5 3 1

Bei manchen Menschen lösen bestimmte Themen ungewollte Reaktionen aus. Deshalb findet ihr am Ende des Buches eine Liste mit sensiblen Inhalten.

*Für meine Familie, die immer an meiner Seite ist.*
*Und vor allem für meinen Papa, dessen bedingungslose*
*Liebe ich noch über den Tod hinaus jeden Tag spüre.*
*Ich bin sicher, dass du bei der Erfüllung dieses Traums*
*irgendwie deine Finger im Spiel hattest …*

# Playlist

Brooke Waggoner – I Am Mine
Shelly Fraley – Life Begins
Amy Stroup – Just You
Bess Rogers – What We Want
Katie Herzig – Lost and Found
Haley Klinkhammer – Landslide
The Saint Johns – Your Head and Your Heart
Gregory Alan Isakov – San Luis
Matthew Barber – You and Me
Catherine MacLellan – The Long Way Home
Tristan Prettyman – Say Anything
Jules Larson – You Know It's True
Mariah McManus – Say It Again
Brooke Annibale – Under Streetlights

# Kapitel 1

»Lewis, hör verdammt noch mal auf, sauer auf mich zu sein! Ich kann nichts dafür, und das weißt du auch.«

Ich stehe wie erstarrt vor dem dreistöckigen roten Holzhaus und sehe zu dem offenen Fenster im ersten Stock. Wie ein Eindringling, der fremde Gespräche belauscht, auch wenn der weiße Briefkasten bereits meinen Namen trägt. Der Impuls, einfach abzuhauen, macht sich in mir breit, doch ich rühre mich nicht von der Stelle. Mein gelber Koffer steht ebenso verloren vor der Haustür wie ich selbst.

»Du willst es einfach nicht verstehen.«

»Ich? Du bist doch derjenige, der mir die Ohren volljammert und sich selbstbemitleidet. Hör auf, die Schuld bei mir zu suchen. Dein Versagen hast du dir selbst zuzuschreiben, Lewis. Weil du es einfach nicht gebacken bekommst!«

Irgendwo in der Ferne singt ein Vogel. Vielleicht ein verzweifelter Versuch, diesen Streit zu übertönen, der jedoch in dieser Sekunde noch lauter wird.

»Du bist ein arrogantes, selbstverliebtes Arschloch, Jasper. Schon immer gewesen!« Unwillkürlich halte ich die Luft an. »Ich weiß genau, dass du dich für etwas Besseres hältst.«

»Nun, in diesem Fall *war* ich besser, Bruderherz.« Jaspers Stimme wird schneidender, mein Unbehagen wächst. Ich wäre gerade gerne überall lieber als hier, und das nach rund acht Stunden Anfahrt. »Und ich habe keine Lust, mir jedes Mal aufs Neue dein Gejammer darüber anzuhören. Du bekommst nicht, was du willst? So ist das Leben, werde endlich erwachsen, und nerv mich nicht immer damit!«

Eine Sekunde lang ist es bedrohlich ruhig. Zu ruhig. Dann zerreißt ein »Du kannst mich mal!« die Stille.

Eine Tür wird krachend zugeschlagen, aus dem Fenster dringt

ein Fluch. Unschlüssig sehe ich zu dem weißen Fensterrahmen hoch. Mein Blick fällt dabei auch auf die majestätischen Kiefern, die sich hinter dem roten Holzhaus erheben. Das Bild einer Idylle, die ebenso wenig zu dem Streit passt wie die Euphorie, die ich bis eben noch verspürt habe, endlich in Lullaby angekommen zu sein.

In diesem Moment wird die Haustür aufgerissen, und jemand stürmt heraus. Ich reagiere zu spät, kann nicht mehr ausweichen und spüre den Zusammenprall unserer Schultern schon wenige Sekunden später. Ein leises Keuchen von beiden Seiten, dann trifft mich sein Blick. Buchstäblich. Tiefblaue Augen, umrandet von dichten, dunkelbraunen Wimpern hinter einer runden Brille mit Goldgestell. Seine dunkelblonden, lockigen Haare, an einigen Stellen ausgeblichen vom Sommer, sind nach hinten gestylt. Nur eine einzige Locke fällt ihm ins Gesicht.

»Sorry«, murmele ich, selbst nicht sicher, ob ich damit meine, dass ich im Weg rumgestanden oder ihren Streit mit angehört habe.

Er blinzelt. Sein Zorn weicht ein wenig, dafür erkenne ich nun etwas wie Unsicherheit in seinem Blick. Doch ich kann es nicht näher ergründen.

»Nichts passiert«, sagt er. Seine Stimme, eben noch laut und kraftvoll, klingt nun deutlich zurückhaltender.

Ich öffne den Mund, um etwas zu erwidern, doch er richtet bereits sein Shirt, das durch unseren Zusammenstoß etwas verrutscht ist, nickt mir zaghaft zu und läuft den Kiesweg entlang. Weg von dem Haus, kein Blick zurück.

»Lewis! Warte!« Sein Bruder taucht an der Tür auf. Aber zu spät.

»Schon weg«, sage ich gepresst.

Verwirrt mustert er mich, als würde er mich jetzt erst wahrnehmen. Auch er hat blondes Haar, trägt es jedoch in einem Man Bun. Auf seinem rechten Arm entdecke ich unzählige Tätowierungen, die unter seinem T-Shirt-Ärmel verschwinden, wobei ich sicher bin, dass sie darunter noch weitergehen. Ein Schriftzug ragt aus dem Kragen den Hals hinauf. Der Streit hat Röte in seinem Gesicht hinterlassen. Wäre *ich* von meinem Bruder als arrogantes Arschloch betitelt worden, wäre ich wohl auch ziemlich durch den Wind. Zumal das Ganze vor Zuschauern stattgefunden hat. Mit dem Gefühl, fehl am Platz zu sein, trete ich von einem Fuß auf den anderen. So habe ich mir meinen Start in Lullaby nicht vorgestellt.

Jaspers Stimmung schlägt jedoch sofort um. Ein wirklich breites Lächeln taucht auf seinen Lippen auf, als er meinen Koffer entdeckt, der noch immer verlassen auf dem Kiesweg steht. »Du musst Hazel sein. Ich bin Jasper Branson, einer deiner neuen Mitbewohner. Sorry für eben. Komm doch rein.«

Ich nicke. Für einen kurzen Moment bin ich sprachlos, was so gut wie nie vorkommt. Doch dann straffe ich die Schultern und betrete das rote Holzhaus.

Ich finde mich direkt in einem offenen Raum wieder. Rechts erstreckt sich ein großer Wohnbereich mit einem Kamin, Sesseln, einem kleinen Tisch mit zwei Stühlen und einer Couch. Auf dem dazugehörigen Couchtisch liegen Stoffreste und Nähnadeln. Ob einer meiner neuen Mitbewohner näht? Das könnte praktisch sein, weil ich selbst bisher nicht mal einen simplen Knopf annähen kann. Links vom Wohnbereich befindet sich eine dunkelrote Küche, die durch einen großen Esstisch aus Holz abgerundet wird. Daneben gibt es zwei geschlossene Türen und eine Treppe aus Chrom, die in die oberen Stockwerke führt. Was aber vor allem meine Aufmerksamkeit auf sich zieht, ist die silberne Rutschstange, die direkt neben der Treppe angebracht ist. In der Broschüre der Lullaby University stand, dass sie ein Überbleibsel aus den Zeiten ist, als das hier noch ein Feuerwehrhaus war, bevor es irgendwann von der Uni aufgekauft und zu einem Wohnhaus umfunktioniert wurde.

Jasper folgt meinem Blick. »Ziemlich cool, oder? Du kannst sie gerne ausprobieren.«

»Dann darf man da runterrutschen?«, frage ich etwas ehrfürchtig.

»Klar.« Jasper grinst breit. Er wirkt absolut sympathisch, kein bisschen wie das eingebildete Arschloch, auf das ihn sein Bruder eben noch getauft hat. »Mache ich so gut wie jeden Tag. Die anderen nutzen aber meistens die Treppe.« Er sieht hoch, dann holt er tief Luft. »Lou! Corey! Hazel ist da!«

Bis gerade dachte ich, wir wären allein, doch ein Poltern ertönt, und kurz darauf werde ich von zwei überschwänglichen Küssen auf die Wange begrüßt.

»Corey St. James, dein zweiter Mitbewohner.« Ich komme kaum dazu, mir seine dunklen Afrolocken, seinen lichten Schnurrbart oder seine schlanke Figur genauer anzusehen, denn er gibt mir einen weiteren Kuss auf die rechte Wange, ehe er Jasper anblickt. »Wo ist denn ihr Gepäck? Noch draußen? Willst du das vielleicht mal reinholen, oder was?«

»Du hast recht.« Jasper verschwindet aus dem Haus.

»Hattest du eine lange Fahrt?«, fragt Corey. »Mr Peterson hat uns nur mitgeteilt, dass du später mit dem Studium beginnst als die anderen Erstsemester. Und wir haben erst gestern Abend erfahren, dass du heute kommst.«

»Ja, es war alles etwas chaotisch die letzten Wochen.«

»Wir freuen uns auf jeden Fall, dass du da bist. Lullaby wird dir sicher gefallen.« Corey klopft mir auf die Schulter. Dabei rieselt etwas Erde von seinen Händen auf meine Turnschuhe. »Sorry. Ich war gerade im Garten, hatte keine Zeit, mir noch die Hände zu waschen. Ich bin unser hauseigener Experte für ökologische Anpflanzung, musst du wissen.«

»Was pflanzen wir denn an?«

»Möhren, Zucchini, Kopfsalat, Rucola, Brechbohnen, Kürbis – was das Herz begehrt. Ich habe uns Hochbeete angelegt. Bei Gelegenheit zeige ich dir alles.«

»Aber nicht jetzt, Corey. Wir wollen Hazel ja nicht gleich überfordern«, wirft Jasper ein, der mit meinem Koffer zurück ins Haus gekommen ist.

»Ich könnte mir vorstellen, dass dir das mit deinem lautstarken Streit ohnehin schon wunderbar gelungen ist«, ertönt plötzlich eine Frauenstimme am oberen Ende der Treppe. Das muss Lou sein. »Das war nicht ganz der Empfang, den ich mir für dich vorgestellt hatte. Aber schön, dass du da bist.« Sie winkt mir zu, während sie herunterkommt. Ihre blonden schulterlangen Haare wippen bei jeder Bewegung mit, ebenso wie ihre drei langen Ketten, die sie über einer weißen Bluse und einer High-Waist-Jeans trägt. Doch ich habe nur Augen für ihr einnehmendes Lächeln und ihre unzähligen Sommersprossen, wie ich sie in dieser Anzahl noch nie an einem Menschen gesehen habe.

»Alles in Ordnung?«, fragt sie Jasper. »Das klang heftig.«

»Ich habe mich wohl etwas hinreißen lassen.«

»Nicht nur du«, sagt Corey. »Ich wusste gar nicht, dass Lewis so ausflippen kann. Sonst ist er ja nicht gerade ein Freund von vielen Worten.« Corey schüttelt den Kopf, dann sieht er zu mir und den anderen. »Aber genug von den zwei Streithähnen. Jetzt geht es um Hazel und ihr neues Zuhause.« Er hakt sich bei mir unter. »Zeit, dir dein Zimmer zu zeigen.«

»Ich mache erst mal einen Tee«, schlägt Lou vor. »Du magst doch Tee, oder? Dazu vielleicht ein paar Cookies? Ich habe erst letzte Nacht welche gebacken.«

»Tee ist toll«, erwidere ich. Lou geht sofort zur Küchenzeile, um den Wasserkocher anzuschmeißen.

Ich wende mich an Corey, der mich bereits die Treppe hinaufführt. »Sie backt nachts?«

»Ständig. Ihre Beschäftigungstherapie … wobei ich mich echt frage, wie sie es schafft, tagsüber die Augen offen zu halten, denn dann ist sie auch immer auf Achse. Komitees, Lerngruppen …«

»Mal abgesehen von ihren persönlichen Ambitionen und ihren stundenlangen Sessions an der Nähmaschine«, wirft Jasper ein, der ein paar Stufen vor uns ist und meinen Koffer trägt. Dann sind die Nähnadeln auf dem Couchtisch wohl von ihr.

»Ja, Lou ist irgendwie ein ziemliches Arbeitstier. Aber dafür ist immer frisches Gebäck im Haus.«

»Und sie backt fantastisch«, ergänzt Jasper.

Die Treppe führt uns über die erste Etage direkt unter das

Dach. »Das ist das Zimmer von Lou«, sagt Corey und deutet auf eine geschlossene Tür. »Ihr teilt euch die obere Etage, Jasper und ich sind darunter. Leider habt ihr hier kein Bad, das ist ein Stockwerk tiefer, aber dafür einen schöneren Ausblick auf den Modoc National Forest.«

Jasper stellt meinen Koffer vor der anderen Tür ab, die offen steht.

»Das ist dein Zimmer. Ich würde sagen, du schaust dir erst mal alles in Ruhe an und lässt es auf dich wirken. Du musst ziemlich erledigt sein.«

»Und wie«, stoße ich aus. Genau in diesem Moment spüre ich die bleierne Müdigkeit in meinen Knochen. Acht Stunden in Bus, Bahn und Taxi in den ungemütlichsten Sitzpositionen und dazu eine kurze Nacht, weil ich vor Aufregung nicht schlafen konnte, liegen hinter mir. »Aber gleichzeitig bin ich auch viel zu nervös, um jetzt zur Ruhe zu kommen«, sage ich. »Ich hoffe, ich habe nicht zu viel verpasst und finde noch Anschluss. Zu spät zu kommen, ist an der Lullaby University nicht gerade die Regel, oder?«

»Eher nicht«, antwortet Jasper und bestätigt damit meine Befürchtung. Ich bin die Extrawurst, die sicher für Gesprächsstoff sorgt. »Aber an der LBU sind eigentlich alle ganz locker und nett. Du wirst schon sehen.«

»Außerdem sind wir ja auch noch da. Bei Red helfen wir uns gegenseitig«, sagt Corey und wirkt dabei aufrichtig.

»Das ist gut«, erwidere ich. Ich hatte schon Sorge, als eine der Stipendiatinnen des renommierten Red-Programms Konkurrenzkämpfe zu erleben.

»Komm einfach nach unten, sobald du willst. Lou hat dann sicher den Tee und die Cookies für dich. Sie kümmert sich gut … zu gut, wenn du meine immer enger werdenden Hosen fragst.«

»Meine auch.«

Corey schnaubt amüsiert. »Jasper, bei deinem Sportpensum, das du immer absolvierst, nimmst du niemals zu.«

»Ich *habe* zugenommen, seit Lou hier lebt.«

»Stimmt, dein kleiner Finger ist etwas aus der Form geraten.«

Den beiden zuzuhören, hat etwas von einer ganz persönlichen Comedy-Nummer. Wie beim Tennisspiel sehe ich zwischen ihnen hin und her. Ihre Energie ist ansteckend, aber gleichzeitig bin ich auch viel zu überfordert von allen Eindrücken, als dass ich sofort mitmischen könnte.

»Okay, okay. Ich denke, das klären wir später«, sagt Jasper. »Kümmere dich lieber mal um dein Gemüse, sonst habe ich nachher nichts, aus dem ich die Suppe kochen kann.«

»Bin schon dabei. Hazel hat ja auch erst mal alles, was sie braucht.« Corey sieht zu mir. »Richtig?«

»Klar, danke euch«, sage ich.

Jasper kratzt sich etwas unbeholfen am Hinterkopf, bis Corey ihn anstupst. Er nickt mir aufmunternd zu, dann gehen die beiden die Treppe hinunter. Coreys Stimme wird leiser, während er irgendetwas von seiner Gartenarbeit erzählt, und plötzlich umgibt mich die Ruhe, nach der ich mich sehne. Nach einem Moment nur mit mir und meinen Gedanken.

Mein Zimmer ist klein und verwinkelt. Direkt unter dem Fenster steht ein Schreibtisch mit Blick auf den Kiefernwald. Corey hat nicht untertrieben, als er gesagt hat, die Aussicht wäre schön. Kurz verschlägt es mir den Atem, als ich das Fenster weit öffne, um den Kiefernduft hereinzulassen. Augenblicklich dringt Vogelgezwitscher zu mir durch. Ansonsten höre ich nichts, sehe nichts. Nur Grüntöne und ein Stückchen freien Himmel über dem Modoc National Forest, der an Lullaby angrenzt und bald Teil meiner Studienzeit sein wird. Absolute Natur, absolut friedvoll. Ein Kontrastprogramm zum vierhundert Meilen entfernten San José mit Meeresbuchten und Hochhäusern.

Nur widerwillig löse ich mich davon und sehe mir das schwarze, verschnörkelte Bettgestell an, das auf der anderen Seite des Zimmers steht. In der hintersten Ecke befindet sich eine Kleiderstange. Ein paar eingerahmte Fotos von Pflanzen zieren die Wand daneben. Ich weiß nicht, ob sie von einer ehemaligen Bewohnerin sind oder ob sie zur Einrichtung gehören, aber sie gefallen mir. Sie erinnern mich an Sauerstoff. Ans Leben.

Nachdenklich stelle ich meinen Rucksack ab und nehme meine Mappe heraus, in der sich die Unibroschüre und mein Studienausweis befinden. Aber das ist es nicht, was meine Aufmerksamkeit fordert, sondern mein kleines schwarzes Notizbuch, das ich daraus hervorziehe. Behutsam lege ich es auf den Schreibtisch und setze mich, halte kurz inne, um die kleine Brise, die durch das offene Fenster dringt, willkommen zu heißen. Genau wie meine Gedanken, die ich während der gesamten Fahrt hierher zurückhalten konnte. Ich öffne das Notizbuch und falte den Zeitungsartikel auf, den ich zwischen die Seiten geschoben hatte.

**Drei Studentinnen verunglücken bei Autounfall**
*Dienstag, der 3. November 2020.*

Drei Studentinnen der renommierten Lullaby University gerieten am frühen Abend in ein Unwetter und kamen von der Straße ab. Der Wagen prallte gegen einen Baum, alle drei Studentinnen erlagen ihren Verletzungen noch in derselben Nacht im nahe gelegenen Krankenhaus. Die Studierenden und Lehrenden der Universität sowie die ganze Stadt Lullaby trauern. Hunderte von Kerzen und Blumen wurden auf dem Campus niedergelegt. Der Bürgermeister Jackson Fridge hat angekündigt, die Glocken des Rathauses zu Ehren der Verstorbenen läuten zu lassen.

Es gibt keine Bilder der Studentinnen, nur diesen kleinen Text, gequetscht auf die untere Reihe einer zwei Jahre alten Tageszeitung. So nichtssagend, und doch verrät er mir alles. Genug, um hierherzukommen. Genug, um zu wissen, dass eine von ihnen der Grund ist, wieso ich überhaupt hier sein kann.

Unwillkürlich lege ich eine Hand auf meinen Brustkorb, spüre, wie er sich hebt und senkt. Wie die Lungenflügel arbeiten, mich mit Sauerstoff versorgen. Meine Lunge. Ihre Lunge. Die

Lunge von Ms X. In meinem Kopf heißt sie so, stellvertretend für ihren echten Namen, den ich nicht kenne.

Ich weiß über Ms X nur drei Dinge:

Sie hatte einen Unfall, nach dem sie für hirntot erklärt wurde.

Sie war an der Lullaby University.

Ohne ihre Organspende wäre ich vermutlich längst nicht mehr am Leben.

# Kapitel 2

Mit dem Handy in der Hand laufe ich durch das alte Feuerwehrhaus, hin und her, von der Couch zum Esstisch zur Treppe, meinen Blick starr auf den durchgestrichenen Kreis in der rechten Ecke des Displays geheftet. Absolutes Funkloch.

»Kein Balken in Sicht?«, fragt Corey, der gerade den Tisch für das Abendessen deckt. Die Suppe, die Jasper mit dem Gemüse aus dem Hochbeet zubereitet hat, köchelt bereits auf dem Herd. »Versuch es mal da vorne am Kamin, da habe ich manchmal Glück.«

Ich befolge seinen Rat, habe jedoch *kein* Glück, weshalb ich mich weiterhin nicht bei meinen Eltern melden kann. In ihrer Vorstellung liege ich sicher schon verletzt im Straßengraben.

»Hoffentlich findet Lou gleich die Zugangsdaten fürs WLAN«, seufze ich und gebe es auf, mein Handy in sämtlichen Positionen in die Luft zu halten.

»Wird sie«, sagt Corey, der gerade die Teller platziert. »Lou ist ein Organisationsfreak, sie muss nur erst den dicken Ordner mit all den Unterlagen durchgehen, aber sie hat alles fein säuberlich abgeheftet.«

»Ganz recht«, antwortet Lou, die am Ende der Treppe auftaucht, in der Hand einen vielversprechenden Zettel. »Hab alles gefunden: Passwort und Zugangsberechtigungscode.«

»Super, danke.« Ich nehme den Zettel entgegen und tippe die Daten in mein Handy, während Lou Corey dabei hilft, das Besteck aus einer der Schubladen zu holen. Kaum dass ich mich ins WLAN einwähle, geht schon ein Videocall meiner Mom ein. Das war ja klar.

»Hey«, sage ich, als ich ihn annehme. Das Gesicht meiner Mutter erscheint auf dem Display, viel zu nah, sodass ich beinahe jede Pore sehen kann.

»Hey?«, fragt meine Mutter etwas zu schrill. »Ich habe schon fünfmal angerufen. Von meinen Nachrichten ganz zu schweigen.«

Lou und Corey sehen amüsiert zu mir. Sicher halten sie meine Mutter jetzt für eine Glucke.

»Entschuldige«, sage ich zähneknirschend und drehe mich ein wenig ins Licht, damit sie mich besser sehen kann, »aber hier ist ein riesiges Funkloch. Meine Mitbewohnerin musste erst die Zugangsdaten fürs Internet heraussuchen.«

»Ein Funkloch? Das gefällt mir nicht. Was machst du im Notfall? Ich habe dir doch gleich gesagt, dass dieses Lullaby viel zu abgeschieden liegt. Die nächste Klinik ist meilenweit entfernt, und jetzt hast du nicht mal Empfang.«

»Ganz ruhig, Mom. Erstens: So weit ist es nicht bis zur Klinik. Und zweitens: Notrufnummern gehen in der Regel auch ohne Empfang.«

Mir ist die Aufmerksamkeit von Corey und Lou mit jedem Wort bewusst. Meine Mutter reagiert wieder einmal über. Etwas beschämt nicke ich den beiden zu und gehe hoch in mein Zimmer. Zum Glück hält die Verbindung.

»Außerdem hat die Uni sicher irgendwo Festnetztelefone«, fahre ich fort, kaum dass ich die Zimmertür hinter mir geschlossen habe. »Abgesehen davon, dass meine Ärztin fußläufig zu erreichen ist. Also mach dir bitte keine Sorgen.«

»Okay, okay, du hast recht. Das war eine Spur zu viel.« Ein Knacken ertönt, kurz drauf wackelt das Bild, als das Handy abgestellt wird. Nur wenige Sekunden später kann ich meine Mutter endlich vollständig sehen und habe freien Blick auf ihre braunen Augen und die kleine Stupsnase, die mir auch bei meinem Spiegelbild begegnen. Ihre schwarz-grauen Haare trägt sie heute in einem Dutt. Sie seufzt schwer. Auf ihren Lippen zeichnet sich ein kleines Lächeln ab, auch wenn es erschöpft wirkt.

»Ich muss mich nur noch an die neue Situation gewöhnen.«

»Ich weiß.«

So oft haben wir darüber geredet, und so oft habe ich mir die

Bedenken meiner Eltern angehört. Ihre Einwände, weil sie mich nach meiner Transplantation in ihrer Nähe wissen wollten. Nur das Stipendium und die Tatsache, dass ich Umweltwissenschaften studieren wollte und es sich bei der LBU um die beste Uni in Sachen Umweltschutz handelt, konnte sie umstimmen.

Wir haben gemeinsam mit der Klinik und mit der Ärztin hier gesprochen. Ich bin vorbereitet aufgebrochen. Das wissen sie ebenso wie ich, aber sie bleiben eben besorgte Eltern.

»Zu Thanksgiving komme ich wie geplant nach Hause«, sage ich. »Bis November ist es doch gar nicht mehr so lange.«

Bevor meine Mutter antworten kann, ertönt eine tiefe Stimme.

»Lass mich auch mal ins Bild. Na komm schon, ich will mit meiner Tochter sprechen.«

Ich lache leise. »Hey, Dad.«

Mein Vater taucht auf, seine Halbglatze noch ein wenig verschwitzt, weil er scheinbar gerade von seiner wöchentlichen Tennisstunde kommt. »Maus. Wie geht es dir? Wie war die Fahrt? Wie ist Lullaby?«

Sofort lächle ich bei dem Spitznamen, den mein Dad mir gegeben hat, als ich zwei Jahre alt war.

»Mir geht's gut. Lullaby würde dir gefallen. Du glaubst gar nicht, wie still es hier ist. Kein Autolärm, keine Flugzeuge. Nur Vogelgezwitscher und ein sanfter Wind, der nach Kiefern duftet. Und ich habe auf dem Weg hierher keine einzige Baustelle gesehen.«

»Was? Hier ist schon wieder eine neue. Ich bin heute Morgen deswegen zehn Minuten zu spät bei der Arbeit gewesen.«

»Das würde dir hier sicher nicht passieren. Und dieser Wald … ich kann ihn direkt von meinem Fenster aus sehen. Warte.« Ich drehe das Handy, sodass die Kamera die Kiefern erfasst. »Siehst du das?«

»Das sieht wundervoll aus.«

»Ich will es auch sehen«, beschwert sich meine Mutter und kommt wieder ins Bild.

»Ich mache ganz viele Fotos und schicke sie euch.«

»Auf jeden Fall.«

»Hast du die anderen schon mit philippinischen Spezialitäten verwöhnt?«

»Mom, ich bin doch gerade einmal zwei Stunden hier. Da reiße ich bestimmt nicht sofort die Küche an mich. Aber ich werde ihnen schon noch zeigen, was du mir beigebracht hast.«

Unten höre ich Jasper lachen.

»Ich fürchte, ich muss jetzt Schluss machen. Einer von meinen Mitbewohnern hat gekocht, das will ich an meinem ersten Abend nicht verpassen.«

»Klar, das solltest du dir nicht entgehen lassen«, sagt mein Dad. »Genieß es.«

»Und melde dich, so oft du kannst«, schiebt meine Mutter hinterher.

»Versprochen. Grüßt Gavin von mir.«

Meine Eltern winken in die Kamera. »Pass auf dich auf. Wir hören uns.«

Heimweh keimt kurz in mir auf, und doch lächle ich tapfer und lasse mir nichts anmerken, weil das Moms Sorge um mich nur wieder anfachen würde.

»Macht's gut.«

Ich lege auf und atme tief durch, aber die Tränen schwimmen dennoch in meinen Augen. Es ist verrückt, denn ich will um jeden Preis hier sein. Ich bin glücklich, und doch wird mir jetzt erst bewusst, dass rund vierhundert Meilen zwischen meinen Eltern, meinem kleinen Bruder und mir liegen. Es belastet mich ebenso wie die Lügen, die zwischen uns stehen. Wenn sie auch nur die geringste Ahnung hätten, warum ich wirklich hier bin, hätten sie mich vermutlich nie fahren lassen.

Ich sammle mich wieder und gehe runter in die Küche, wo die anderen bereits am Tisch sitzen, vor ihnen dampfende Schüsseln. Mit einem unsicheren Lächeln setze ich mich an den freien Platz und begutachte die Tomatensuppe.

»Alles in Ordnung?«, fragt Corey. »Deine Mutter klang ziemlich panisch.«

»Ja, alles bestens. Sie ist nur etwas nervös, weil ich so weit weg studiere.«

Wir beginnen zu essen. Die Suppe schmeckt herrlich intensiv, sie ist cremig, und ich liebe die Konsistenz. Jasper reicht einen Brotkorb herum.

»Du kommst aus San José?«, fragt Lou. »Mr Peterson hat so etwas erwähnt.«

»Genau. Meinen Eltern wäre es lieber gewesen, wenn ich mir ein Community College vor Ort gesucht hätte.«

»O ja«, Corey nickt. »Meine Eltern waren am Anfang auch nicht so begeistert mit meiner Uniwahl. Aber inzwischen haben sie sich damit abgefunden, dass sie mich nicht mehr so oft zu Gesicht bekommen.«

»Und wie hast du das geschafft?«, will ich wissen.

»Mit meinem unfassbaren Charme.«

»Und seiner unglaublichen Bescheidenheit«, ergänzt Jasper grinsend. Er ist der Einzige von uns, der nicht aufrecht auf dem Stuhl sitzt, sondern ein Bein locker angewinkelt hat.

»Ignoriere die beiden«, sagt Lou. »Das geht den ganzen Tag so.«

»Ist doch erfrischend«, erwidere ich. Immerhin vertreiben sie das Heimweh mit ihrer guten Laune.

»Hast du gehört? Wir sind erfrischend«, wiederholt Jasper.

»Nur wenn man euch nicht ständig zuhören muss.«

»Ach komm, Lou.« Jasper lehnt sich zu ihr. »Du liebst es doch, wenn wir so sind.«

Sie lächelt verschmitzt. »Nun gut, ein bisschen vielleicht. Alles andere wäre wohl langweilig.«

Corey dippt sein Brot in die Suppe, dann sieht er zu mir. »Also, Hazel. Nicht viele treten das Studium neun Tage zu spät an. Sehr geheimnisvoll. Was steckt dahinter?«

Ich lege meinen Löffel ab. »Leider ist das Ganze nicht so spannend, wie du vielleicht denkst. Ich war in einer Klinik.«

»Fehlt dir etwas?«, fragt Lou besorgt.

Ich entscheide mich für den direkten Weg. Besser mit offenen

Karten spielen. »Ich habe eine Stoffwechselerkrankung namens Mukoviszidose.«

»Mukoviszidose«, wiederholt Lou leise. »Davon habe ich schon mal gehört.«

»Es ist ein Ungleichgewicht im Salz-Wasser-Haushalt meiner Zellen. Das heißt, die Schleimschichten, die um die Organe liegen, haben bei mir zu wenig Wasser und werden zäh«, spule ich die Definition meiner Krankheit ab, als wäre es das Suppenrezept von Jasper. »Das betrifft vor allem die Bauchspeicheldrüse, die Leber und die Lunge.« Bloß nicht zu viele Emotionen, damit die drei sich nicht sorgen. Oder mich zu mitfühlend ansehen. So wie jetzt gerade. Taktik verfehlt.

»Das klingt übel«, murmelt Corey. »Und in der Klinik versuchen sie, das zu verhindern?«

»Verhindern können sie es nicht, aber zumindest die Symptome lindern.«

Kurz ist es still am Tisch, und ich hasse alles an dieser Stille. Das ist die fehlende Normalität, die ich befürchtet hatte.

»Aber jetzt bin ich hier, mir geht es gut, und im Großen und Ganzen könnt ihr einfach wieder vergessen, was ich euch gerade erzählt habe. Ich will nicht die kranke Studentin sein, sondern einfach nur Hazel, okay?«

»Gut«, sagt Jasper, zieht jedoch eine Augenbraue nach oben. »Aber was genau heißt, im Großen und Ganzen?«

Also dann doch die volle Bandbreite an Erklärungen. »Ihr werdet mich vermutlich häufiger mit Desinfektionsmittel sehen«, sage ich, immer noch um eine unbekümmerte Miene bemüht. »Wenn ihr einen Infekt habt – und sei es noch so eine kleine Erkältung –, wäre es gut, wenn ich das sofort weiß und entsprechend auf Abstand gehen kann. So was kann für mich gefährlicher werden als für gesunde Menschen.«

»Okay. Kriegen wir hin.«

»Ansonsten ist da noch die Ernährung.« Ich seufze. Ein Thema, das mit meiner Transplantation zu tun hat, nicht mit meiner Mukoviszidose, aber nach außen hin lasse ich mir diese Unwahrheit nicht anmerken. »Ich darf bestimmte Lebensmittel nicht essen. Eine ziemlich lange Liste, ehrlich gesagt. Wir können gerne vereinbaren, dass ich für mich selbst einkaufe und koche, damit hätte ich kein Problem.«

»Quatsch«, sagt nun Lou. »Gib uns diese Liste, und wir halten uns daran. Hier kochen und essen wir immer zusammen, sofern es unsere Zeit zulässt. Wir nehmen auch auf Coreys Erdnussallergie Rücksicht, warum sollten wir das dann bei dir nicht machen?«

»Weil ihr auf noch ganz andere Sachen verzichten müsstet als nur Erdnüsse. Es betrifft zum Beispiel Walnüsse, Pistazien, Sprossen, Trockenobst, rohe Pilze und mehr.«

»Ganz egal.« Sie sieht fragend zu den Jungs. »Oder?«

»Klar, einfach her mit der Liste. Die können wir dahinten ans Infoboard pinnen.« Jasper deutet auf ein Gitter neben dem Kühlschrank, an das verschiedene Notizen geheftet sind. Terminübersichten, daneben Einkaufslisten und Stundenpläne.

»Sind diese Terminpläne für Red?«, frage ich, froh, die Aufmerksamkeit auf etwas anderes lenken zu können.

»Ja. Mr Peterson gibt uns immer Monatspläne mit den Terminübersichten. Eigentlich bekommen wir alles digital, aber Lou besteht darauf, die Pläne auszuhängen.« Jasper rollt theatralisch mit den Augen, als wäre das eine massive Einschränkung seines Alltags.

»Weil ich euch zwei Chaoten kenne. Was ihr nicht täglich seht, vergesst ihr.«

»Wir?«, fragt Corey entrüstet. »Niemals.«

»Wieso muss ich euch dann immer an die Termine erinnern?«

»Bequemlichkeit«, lacht Jasper.

»Ihr würdet auch wirklich blöd aus der Wäsche gucken, wenn ich es nicht mehr tun würde.«

»Du lässt uns doch nicht hängen, oder? Das würdest du uns nicht antun.«

»Überlege ich mir noch«, entgegnet Lou trocken und beißt in ihr Brot. Jasper und Corey tauschen Blicke, dann beginnen alle drei zu lachen. Die Aufregung rund um meinen Start in Lullaby legt sich ein wenig, nun, wo ich hier bin und erlebe, wie ausgelassen die Stimmung zwischen meinen Mitbewohnern ist. Ich kann es kaum erwarten, ein richtiger Teil davon zu sein. Nur die Nervosität wegen der Studien- und Stipendiumsinhalte bleibt. Das Red-Stipendium ist ein renommiertes Programm, das den Teilnehmenden großartige Chancen bietet, ihnen aber auch einiges abverlangt.

»Wann bekomme ich denn meinen Plan?«

»Das wird nicht lange dauern. Du hast sicher in den nächsten Tagen einen Termin beim Dekan.«

Tatsächlich habe ich bereits eine entsprechende Mail bekommen. Darin fand sich nicht nur mein Stundenplan für die Vorlesungen, sondern auch Termine mit meinem Tutor und mit Mr Peterson. »In zwei Tagen, soweit ich weiß.«

»Dann gibt er dir eine Einweisung, bevor du deine ersten Extraaufgaben für Red bekommst.«

Ich nehme ein Stück Brot, um es in die Suppe zu tunken. »Dieses Stipendium mit all seinen Anforderungen ist noch etwas furchteinflößend«, gebe ich zu.

»Ach, keine Angst. Wir waren alle nervös bei unseren ersten Aufträgen, aber man gewöhnt sich schnell daran.«

»Ich für meinen Teil würde mir sogar mal wieder eine Herausforderung wünschen«, sagt Jasper. Er schiebt seinen Teller von sich und winkelt sein Bein erneut an, als würde er damit seine lockere Einstellung unterstreichen wollen.

»Sag das besser nicht zu laut«, meint Corey.

»Die meisten Aufträge sind Pressetermine, wenn ich Mr Peterson richtig verstanden habe?«, frage ich. Als der Dekan mir bei einem unserer Telefontermine das Programm und meine Aufgaben erklärt hat, war ich gedanklich so bei Ms X, dass ich viele Infos sofort wieder vergessen habe.

»Fototermine, Interviews, manchmal auch Videoaufnahmen«, spult Jasper herunter. »Meistens präsentieren wir einfach die Arbeit an der LBU. Manchmal ist auch eine persönliche Note gewünscht, sodass wir mehr von unserem normalen Unileben zeigen.«

»Und dann gibt es da noch die Unternehmer«, ergänzt Corey. »Die führen wir herum, zeigen ihnen den Campus und bringen sie so – im besten Fall – dazu, mit der Uni zusammenzuarbeiten.«

»Finanzspenden«, erklärt Jasper auf meinen fragenden Blick hin. »Die LBU wird zu fast neunzig Prozent aus Spenden finanziert. Sie geben uns Geld, dafür können sie sich damit brüsten, sich für Nachhaltigkeit einzusetzen.«

»Aber ist das nicht Greenwashing?« Erst neulich habe ich einen Bericht darüber gelesen, dass Unternehmen sich ein vermeintlich umweltfreundliches Image verpassen, ohne die eigentliche Arbeit dafür zu leisten.

»Keine Sorge, Mr Peterson schaut sich die Firmen, die mit uns kooperieren wollen, ganz genau an«, sagt Lou.

»In solchen Sachen kannst du der Uni vertrauen«, meint auch Corey. Eigentlich hätte mich alles andere auch gewundert. Selbst wenn ich mich in vielerlei Hinsicht recht unvorbereitet fühle, weiß ich zumindest eins mit Sicherheit: Die Lullaby University ist eine der Vorzeige-Unis der USA, wenn es um Umweltschutz und die entsprechenden Forschungen geht. Schlechte Recherche bei Kooperationen können sie sich vermutlich kaum erlauben.

»Du bist für Umweltwissenschaften eingeschrieben, oder?«, fragt Lou.

Ich nicke, weil mein Mund voller Suppe ist.

»Genau wie ich«, sagt Jasper.

Hastig schlucke ich hinunter und versenge mir fast den Gaumen. »Das trifft sich gut. Wenn ich mal Fragen habe oder beim Lernen nicht weiterkomme, dann kenne ich jemanden, der das alles schon durchgenommen hat.«

»Wobei ich beim Lernen immer auf Lou setzen würde«, sagt Corey. »Sie lernt so organisiert wie kein anderer Mensch.«

Jasper grinst. »Ein Lernkarten-Monster.«

Lou zieht eine Augenbraue hoch. »Die dir damit schon oft geholfen hat, also sag besser nichts dagegen.«

»Würde ich doch nie tun.«

»Dann studiert ihr alle Umweltwissenschaften?«

»Nein, ich bin in Landschaftsökologie«, antwortet Corey.

»Ich studiere Umweltmanagement«, sagt Lou.

»Es gibt nur diese drei Studiengänge, oder?«, frage ich und gehe im Geist noch mal sämtliche Informationen durch, die ich über die LBU habe. Ausgelegt auf Umweltschutz, drei Studiengänge in vier Jahrgängen. Insgesamt vierhundert Studierende – und ich bin nun eine davon. Es fühlt sich immer noch ein wenig surreal an.

»Genau«, beantwortet Lou meine Frage. »Als die Uni vor dreißig Jahren gegründet wurde, war sie noch deutlich kleiner. Damals gab es nur ein paar Studierende mit dem Schwerpunkt Umweltwissenschaften, aber mit der Zeit sind immer mehr Kooperationen und Forschungsschwerpunkte dazugekommen.«

»Und was macht man beim Umweltmanagement?«, frage ich Lou.

»Wir lernen, wie die gesetzlichen Vorgaben in Sachen Umweltschutz aussehen und wie ein Unternehmen entsprechend agieren kann.«

Jasper legt einen Arm um sie. »Lou wird irgendwann ein nachhaltiges und fair produzierendes Modelabel gründen.« Mir entgeht nicht, dass sich Lous Haut unter den dichten Sommersprossen rosa färbt. Schwer zu sagen, ob es an der Aufmerksamkeit oder an Jaspers Arm auf ihrer Schulter liegt.

»Wir stehen schon in den Startlöchern, um Werbung zu machen«, sagt Corey.

»Das könnte ich sicher auch gut. Meine Mutter sagt immer, dass ich jeden überzeugen kann, wenn ich einmal anfange zu quatschen.«

Lou lächelt mich an. »Noch ist es nur ein Traum«, erwidert sie und fährt sich etwas unbeholfen über ihre weiße Carmen-Bluse, die in Kombination mit ihrer High-Waist-Jeans ihre Silhouette betont.

»Es wird großartig laufen bei deinem Talent«, sagt Jasper, der kurz ihre Schulter drückt, ehe er den Arm wegzieht. »Das prophezeie ich dir schon seit Monaten.«

»Du solltest ihre Entwürfe sehen, Hazel. Lou wird richtig Karriere machen«, bekräftigt Corey. »Genau wie ich. Der berühmteste Gemüseanbauer der Welt. Mit meinen Tomaten gewinne ich sicher bald Preise.«

»Ich weiß nicht«, meint Jasper. »Manchmal sehe ich dich eher als Comedian.«

»Schön, dass du meinen Humor so schätzt, aber ich denke, das mit dem Gemüse würde mich mehr erfüllen.«

»Hauptsache, du hast ein Ziel«, sagt Jasper und greift nach seinem Wasserglas.

Ich verkneife mir ein Grinsen. In der WG zu leben wird definitiv Spaß machen.

Am nächsten Morgen betreten Lou und ich gemeinsam den Campus, der von unserem Wohnhaus aus nur ein paar Gehminuten entfernt liegt. Vier Flachdachgebäude aus Holz verteilen sich über ein weitläufiges, von Kiefern übersätes Gelände, auf dem in regelmäßigen Abständen kleine Holzbänke und -tische aufgestellt sind. Es ist laut und wuselig, viele der vierhundert Studierenden scheinen auf dem Weg zu ihren Vorlesungen zu sein. Ich scanne beinahe hektisch die Menschen, die Bäume, die kleinen Vögel in den Baumkronen und die Gebäudekomplexe. Dabei fühle ich mich gleichermaßen überfordert und euphorisch.

»Wow. Das fühlt sich so nach … Uni an«, sprudelt es aus mir heraus. Ich habe den Campus zwar schon auf diversen Fotos gesehen, aber wirklich hier zu sein, ist eine ganz andere Nummer. »Stimmt es, dass die anderen Studierenden direkt hier auf dem Campus wohnen?«

»Tun sie. In jeder der Bauten gibt es Vorlesungsräume und einen Wohnblock. Gebäude B hier vor uns ist am größten, dort findest du dann auch das Büro von Mr Peterson, die Mensa und ein Lernfoyer.«

»Da sind wir bei Red ja relativ weitab vom Schuss, oder?«

»Wir haben den weitesten Weg zu den Vorlesungen. Aber dafür befindet sich neben unserem Wohnhaus direkt das Forschungslabor eins.«

»Dieses kleine Holzhäuschen?« Es ist mir gestern bei meiner Ankunft aufgefallen, ich hatte es aber mehr für einen zu groß geratenen modernen Geräteschuppen gehalten.

Lou winkt im Vorbeigehen einigen Leuten zu, dann richtet sie ihre Aufmerksamkeit wieder auf unser Gespräch. »Wir haben drei davon. Die beiden anderen befinden sich direkt neben dem Gebäude A, wo die Erstsemester untergebracht sind. Na ja, außer dir als Stipendiatin vom Red-Programm natürlich.«

Ich wusste zwar, dass mit dem Stipendium Besonderheiten verbunden sind, aber dass wir in einer derartigen Sonderposition sind, war mir nicht bewusst. Irgendwie beängstigend und cool zugleich.

»Das Labor neben unserem Wohnhaus nutzen eigentlich nur die Leute aus den fortgeschrittenen Semestern für ihre Forschungen«, erklärt Lou weiter. »Für Lehrveranstaltungen werden die Labore zwei und drei genutzt.«

»Was wird da gemacht?«, frage ich und sehe mich nach einem der beiden Häuschen um, doch ich erkenne nur Holzbänke, Tannen und das Gebäude A, auf das wir zusteuern.

»Da werden unter anderem Proben aus dem Modoc National Forest analysiert.«

Darüber habe ich gelesen. »Um festzustellen, inwieweit der Tourismus Auswirkungen auf die Natur hat, richtig?«

»Genau. Du wirst auch noch das Vergnügen haben. Die Probenanalyse gehört zu den Grundkursen.«

Wir erreichen Gebäude A, in dem die meisten Vorlesungen für Umweltwissenschaften stattfinden, und weichen dabei einigen Studentinnen aus.

»Hey, Lou«, sagt eine von ihnen. »Kommst du später mit in die Mensa?«

Lou nickt ihr zu. »Halte mir einen Platz frei, ja?«

»Du kennst hier echt viele Leute«, entfährt es mir.

»Das liegt an den ganzen Gremien und Komitees.«

Ich habe keine Ahnung, welche Gremien Lou meint, aber sie stößt schon die Flügeltür zum Gebäude auf und fegt damit alles andere aus meinem Kopf.

Pflanzenkübel zieren den langen, breiten Flur. An den Wänden hängen eingerahmte Fotografien, die Momentaufnahmen des Unialltags zeigen: ein paar Leute mit Probebehältern, ein paar mit Müllbeuteln und Greifzangen, offenbar im Forest aufgenommen. Auf einem der Bilder werden gerade neue Bäume gepflanzt. Unwillkürlich denke ich an Ms X. In meiner Vorstellung hat sie noch kein Gesicht, sie ist nur ein Phantom. Eine dunkle Silhouette, die darauf wartet, von mir eine Identität zu bekommen. Trotzdem versuche ich, sie mir bei all diesen Aktivitäten vorzustellen. War hier ihr Platz? Ist sie ebenso über den Campus gegangen wie Lou gerade, von allen gekannt und geliebt? War sie wirklich ein Teil von alldem? Ich schlucke bei dem Gedanken, doch ich komme nicht dazu, ihm länger zu folgen. Lou bleibt so plötzlich stehen, dass ich fast in sie hineinlaufe.

»Da wären wir.« Sie deutet auf eine Doppelschwingtür, die zu einer Seite offensteht und den Blick auf einen Hörsaal freigibt. »Umweltbiologie bei Dr. Livings. Sie ist klasse, es wird dir sicher gefallen.«

»Danke fürs Bringen.«

»Kein Problem. Wenn du in der Mittagspause Gesellschaft möchtest, findest du mich in der Mensa.«

»Danke«, sage ich noch mal. »Vielleicht schaue ich vorbei. Mal sehen, wie es läuft.«

»Super. Dann muss ich jetzt auch los. Bis später.«

Lou verlässt das Gebäude, um zu ihrem eigenen Vorlesungssaal zu gehen. Ich hingegen trete durch die Schwingtür. Dr. Livings, eine Frau mit ergrautem Dutt und einer kleinen silbernen Brille, steht bereits an ihrem Pult, spricht jedoch noch mit einem Studenten. Ich husche an ihnen vorbei und suche nach einem freien Platz. Die meisten hier sind bereits in Gespräche verwickelt. So fühlt es sich also an, die Nachzüglerin zu sein und noch niemanden zu kennen, während die anderen schon neun Tage Zeit hatten, sich untereinander zu vernetzen. Konzentriert sehe ich mich um und entdecke eine Studentin in der letzten Reihe. Sie ist die Einzige, die allein sitzt. Ihren Kopf zieren dunkelrote Kopfhörer, und sie trommelt mit einem Stift auf den Tisch. Ihre brustlangen Braids schwingen bei jeder ihrer Bewegungen ein wenig mit.

»Entschuldige?«

Ich tippe sie an, sie sieht auf. Ihre Augen sind bronzefarben und warm, ihre Haut braun, und auf ihren Lippen liegt ein zaghaftes Lächeln, als sie mich mustert. Mit einer Handbewegung nimmt sie die Kopfhörer ab, aus denen laute Gitarrenklänge zu hören sind.

»Kann ich mich vielleicht neben dich setzen?«

»Na klar.« Sie nimmt ihre Tasche vom Platz neben sich und schaltet ihre Kopfhörer aus, dann mustert sie mich neugierig. »Dich sehe ich hier zum ersten Mal.«

»Ich bin Hazel.«

»Reese«, stellt sie sich vor. »Am Vormittag Studentin, nachmittags Aushilfskellnerin im *Hopes' Inn*, dem besten Diner der Stadt … und dem einzigen.« Ihre offene Art ist mir direkt sympathisch.

»Ist das Essen dort gut?«

»O ja, hervorragend. Unser Koch Wade ist der Hammer. Er macht wirklich alles selbst – jede Soße, jeden Dip. Er weiß von jedem Lebensmittel, wo es herkommt. Kann ich wirklich empfehlen.«

Ich mustere Reese, die gar nicht wirkt, als wäre sie im ersten Semester. Eher, als wären diese Kleinstadt und die Uni schon lange Teil ihres Lebens.

»Kommst du hier aus Lullaby?«, frage ich.

»Wieso? Wirke ich so auf dich?« Reese schmunzelt. »Eigentlich bin ich auch erst vor zwei Wochen hergezogen. Mein Cousin Shawn studiert aber auch hier, dadurch kenne ich mich schon ein bisschen aus.«

Der Student, der sich mit Dr. Livings unterhalten hat, setzt sich auf einen Platz. Einige Nachzügler kommen in den Raum, der sich immer mehr füllt.

»Dann ist dein Cousin in den höheren Semestern?« Es muss schön sein, jemanden aus der Familie hier zu wissen.

»Im dritten Jahr. Er hat mir auch meinen Job im Diner beschafft. Zum Glück. Jobs sind hier echt Mangelware. Zu viele Studierende auf zu kleinem Raum.«

Den Eindruck hatte ich auch, als das Taxi mich hergebracht hat. Lullaby wirkte wie ein Schuhkarton, bei dem ich mir kaum vorstellen konnte, wie eine Uni mit vierhundert Leuten darin Platz finden sollte. Und doch sitze ich nun hier, inmitten dieses Kartons, in meiner ersten Vorlesung.

»Die Stadt ist ziemlich winzig, oder?«

»Ein Diner, ein Supermarkt, ein Rathaus samt Archiv, eine Allgemeinärztin, vierhundert Studierende, rund einhundert andere Anwohner und viele Touristen.«

»Okay«, lache ich. »Das *ist* winzig.«

Dr. Livings räuspert sich, offenbar ein Zeichen, dass sie gleich beginnen wird, denn die Gespräche werden weniger. Auch Reese verstaut ihre Kopfhörer in ihrer Tasche und fährt ihr Tablet hoch. Ich nehme eine kleine Tube aus meinem Rucksack und desinfiziere mir die Hände, bevor ich meine eigenen Sachen heraushole: Laptop, Notizblock, Wasserflasche. Der beißende Geruch des Desinfektionsmittels steigt zu mir hoch. Reese sieht mich fragend an, doch ich komme nicht dazu, ihr irgendetwas zu erklären.

»Willkommen in der Vorlesung Umweltbiologie eins«, sagt unsere Professorin. »Heutiges Thema: Ökosysteme und deren nachhaltige Nutzung.« Ihre Stimme klingt wie ein Reibeisen.

Ich sehe nach links. Reese hat ihre Mitschriften aus der letzten Vorlesung aufgerufen, und ich komme mir unnütz vor, weil ich sie verpasst habe. Kurz werde ich nervös.

Angestrengt versuche ich mich darauf zu konzentrieren, wie Dr. Livings davon spricht, dass die Ökosysteme in zwei Hauptkompartimente zusammengefasst werden können: erstens die Atmosphäre wie Wärmeenergie und Wasser und zweitens der Boden mit all den Nährstoffen und Pflanzen. Dennoch bleiben Hunderte von Fragen in meinem Kopf, die Reese zu bemerken scheint.

Ohne ein Wort zu sagen, schiebt sie ihr Tablet nach rechts, damit ich ihre Notizen mitlesen kann. Ich nicke ihr dankbar zu.

»Wenn wir nun die beiden Hauptkompartimente betrachten, wo genau liegt dann das Problem für uns Menschen?«, fragt Dr. Livings. Ein Dutzend Hände schnellen in die Höhe.

Dr. Livings nickt einer Studentin aus der ersten Reihe zu.

»Die atmosphärischen Teile des Ökosystems stehen uns nahezu unbegrenzt zur Verfügung«, rasselt sie herunter.

»Jeannie Pitt«, murmelt Reese. »Die wusste schon letzte Vorlesung alles.« Es klingt beinahe, als würde Reese das persönlich nehmen.

»Der Boden kann jedoch durch natürliche Erosionen verloren gehen«, spricht Jeannie weiter. »Außerdem greifen wir Menschen in diesen Teil des Ökosystems ein.«

»Zum Beispiel wie?«

Wieder schnellen ein paar Hände nach oben, diesmal auch meine. Es ist der erste Moment, in dem ich mir nicht vollkommen verloren vorkomme. Das Leben als Studentin hat hiermit offiziell begonnen.

»Durch Landwirtschaft«, sagt Jeannie.

Dr. Livings nickt und nimmt einen Jungen aus der vorletzten Reihe dran.

»Versalzung.«

Dr. Livings sieht zu mir.

»Schadstoffe«, sage ich und versuche, nicht zu triumphierend zu gucken. »Pestizide, zum Beispiel.«

»Und durch unsere Bebauungen«, ergänzt eine Studentin rechts von uns. »Durch Asphalt und Beton wurde Boden unbrauchbar gemacht.«

»Richtig«, sagt Dr. Livings. »Wir stören damit das natürliche

Gleichgewicht. Durch eine Überdüngung treten vermehrt Nitrat und Phosphor in das Grundwasser.«

Ich beginne, mir Notizen zu machen. Die Dozentin gliedert die Eingriffe des Menschen in Landwirtschaft, Ausrottung von Tierarten, Umweltverschmutzung, Ausbeutung von natürlichen Ressourcen und Kernenergie. Am Ende der Vorlesung habe ich fünf Seiten vollgeschrieben, und ich schwanke bei dem Thema zwischen Interesse und Betroffenheit. Kein leichter Stoff.

»Ich habe einen Krampf in der Hand.« Reese lässt ihren Stift fallen, mit dem sie sich Notizen im Tablet gemacht hat. Um uns herum packen die Ersten ihre Sachen zusammen und verlassen den Raum.

»War es letzte Woche auch so viel?«

»In allen Fächern«, bestätigt Reese meine Befürchtung.

»Na super, und ich habe alles verpasst. Ich wusste, dass es ein Fehler war, später zu kommen.«

Reese packt ihr Tablet in den Rucksack und sieht zu mir. »Ich kann dir meine Notizen geben.«

»Echt? Das wäre wirklich klasse.«

Wir verlassen den Kursraum, weichen anderen Studierenden aus und passieren erneut Pflanzen und Fotografien, aber diesmal habe ich kaum Zeit, alles auf mich wirken zu lassen. Die Gänge sind zu voll. Zum Glück kennt Reese den Weg. »In der Mittagspause muss ich zu meiner Mitbewohnerin für unser wöchentliches Meeting«, sagt sie. »Aber ich kann dir die Notizen gerne nach der Uni geben. Vielleicht willst du im Diner vorbeischauen? Ich habe nachher eine Schicht.«

Reese biegt ab.

»Ich muss vorher noch ein paar Erledigungen machen«, sage ich atemlos und versuche, Schritt zu halten. »Aber danach komme ich gerne.«

»Cool. Sind auch nur so zehn Minuten Fußweg vom Campus aus. Einfach immer der einzigen Straße folgen, bis du den Supermarkt erreichst. Direkt daneben ist dann das *Hopes*.«

Wir finden den Raum für den Physik-Grundkurs, wo wir uns

wieder in die letzte Reihe setzen. Reese holt erneut ihr Tablet hervor. Ihre Finger trommeln auf den kleinen Tisch vor uns. Sie scheint viel Energie zu haben.

»Wieso hast du Meetings mit deiner Mitbewohnerin?«, nehme ich den Faden wieder auf. »Versteht ihr euch etwa nicht?«

»Geht so«, sagt Reese unbekümmert, aber etwas an der Art, wie sie das Wort ausspricht, lässt mich aufhorchen. Als wäre sie weitaus unglücklicher mit der Wahl ihrer Mitbewohnerin, als sie es zugeben will. »Wir schlagen uns nicht gegenseitig die Köpfe ein, aber Keyla ist ziemlich launisch, und das verträgt sich überhaupt nicht mit meiner Sturheit.«

Die Reihen vor uns füllen sich. Die gleichen Leute, die auch schon in Umweltbiologie waren.

»Wie sieht es bei dir aus?«, will Reese wissen.

»Ich habe echt Glück. Als ich für Red angenommen wurde, hatte ich keine Ahnung, was mich erwarten würde. Streng genommen weiß ich das in Bezug auf die Aufgaben immer noch nicht. Aber meine Mitbewohner sind wirklich klasse.«

»Du bist bei Red?« Reese pfeift anerkennend. »Elite also.«

»Na ja, so würde ich es vielleicht nicht nennen«, erwidere ich. Immerhin habe ich im Grunde keine Ahnung von dem, was ich hier tue. Dieser ganze Bewerbungsprozess war mehr Glück als Verstand.

»Und ob«, sagt Reese. »Es gibt doch pro Jahrgang nur einen Platz. Ich hab's nicht mal versucht, mich da zu bewerben – so strebsam bin ich nicht. Obwohl so ein Vollstipendium für die gesamte Unizeit schon der ultimative Jackpot wäre.«

»Wenn ich den Dekan am Telefon richtig verstanden habe, gilt das Stipendium aber nur für ein Jahr«, sage ich stirnrunzelnd.

»Auf dem Papier schon. Aber mein Cousin Shawn meint, dass sie immer verlängert werden, weil der Dekan für die Öffentlichkeitsarbeit Beständigkeit braucht. Solange du deine Aufgaben erledigst, wirst du bis zum Ende deines Studiums versorgt sein. Glaub mir. Du hast *wirklich* den Jackpot geknackt.« Reese lächelt mir zu, aber ich sehe das kleine Zucken ihrer Mundwinkel, als wäre das ein Problem, vor dem sie selbst gerne Ruhe hätte. Ich frage jedoch nicht nach. Wenn mich meine Mutter eins gelehrt hat, dann, dass Finanzen nie ein gutes Thema sind, um sich kennenzulernen. Schon gar nicht, wenn die Ausgangssituationen unterschiedliche sind, wie es mir scheint.

»Ehrlich gesagt bin ich mir überhaupt nicht sicher, ob ich das alles wirklich hinbekomme. Red, aber auch das Studium«, gebe ich zu. »Ich hatte zwar gute Noten an der Highschool, aber wenn ich mir die Vorlesungen so ansehe, habe ich noch viel zu lernen.«

»Das schaffst du«, sagt Reese aufmunternd. »Zur Not machen wir zwei eine Lerngruppe auf. Ich versorge uns mit Essen vom *Hopes*, und du bekommst vielleicht Lerntipps von deinen Mitbewohnern – immerhin haben sie die Prüfungen schon bestanden, oder? Dann rocken wir das Ding.«

Sie wirkt dabei so überzeugt, dass sie mich mit ihrer Zuversicht ansteckt. Das kleine Zucken ihres Mundwinkels ist schon wieder verschwunden. Übrig ist nichts als ehrliche Sympathie.

»Weißt du, Reese? Ich bin wirklich froh, dass ich mich neben dich gesetzt habe.«

# Kapitel 3

Die Kleinstadt Lullaby besteht aus dunklen Holzhäusern mit großen Fensterfronten, die von jeder Menge Kiefern gerahmt werden. Sie überragen die Häuserdächer und legen trotz der spätsommerlichen Sonne alles in Schatten – die Läden mit Tafelschildern, die Häuserfassaden voller Lichterketten. Den dunklen Feldern auf den Dächern nach zu urteilen, wird hier viel mit Solarenergie betrieben. Nur eine einzige Straße führt – genau wie Reese gesagt hat – innerhalb von zehn Minuten zum Ortskern, in dem auch das Stadtarchiv steht.

Ich habe ein düsteres, vielleicht feuchtes Kellergewölbe erwartet, nicht jedoch eine großzügige Eingangshalle mit rotem Läufer und einer Aussicht auf Dutzende Bücherregale aus dunklem Holz, die bis hoch an die Decke reichen. Es ist ein Ort, an dem ich mich augenblicklich wohlfühle. Ich gehe auf einen der Computer zu, die, aufgestellt in Reih und Glied, an zehn Einzeltischen stehen. Die vordersten Plätze sind frei, also besetze ich den ersten Computer und breite meine Sachen aus: mein schwarzes Notizbuch, meine Trinkflasche und einen Rohkostriegel, den ich aus dem Bio-Supermarkt habe. Der einzige Riegel dort ohne Walnüsse.

Ich versuche, mich in das digitale Archiv einzuloggen, doch immer wieder verwehrt mir der PC den Zugriff.

Etwas hilflos blicke ich mich um und entdecke in der Nähe des Eingangs einen Infoschalter. Der Mitarbeiter dort hat mir den Rücken zugekehrt, in der Hand ein Buch, in dem er blättert. Ich gehe auf ihn zu, trete dicht an das dunkle Holz des Tresens heran.

»Entschuldige?«

Er dreht sich um und sieht mich an. Die Augen sind noch so dunkelblau wie bei unserer ersten Begegnung. Lewis Branson steht vor mir, eine einzelne Locke fällt ihm erneut in die Stirn.

Ich registriere genau den Moment, in dem er mich wiedererkennt. Seine Augenbrauen schnellen für eine Sekunde in die Höhe, sein Mund öffnet sich einen Millimeter, während sein Blick über meine braunen Augen und zu meinen schwarzen Haaren schweift, die ich heute zu einem hohen Pferdeschwanz gebunden habe.

»Ich … ich bin gestern in dich reingerannt«, stellt er fest, in seiner Stimme ein sanftes Stottern.

»Ja«, hauche ich und muss mich erst einmal räuspern. »Ich bin Hazel, die Neue bei Red. Aber das hast du dir bestimmt denken können, wenn du meinen Koffer gesehen hast. Wobei du es ja ziemlich eilig hattest, daher weiß ich nicht, ob du drauf geachtet hast«, sage ich und registriere in diesem Moment, dass ich zu viel plappere. Ihn ausgerechnet hier wiederzusehen – damit habe ich nicht gerechnet.

»Ich hoffe, ich habe dir dabei nicht wehgetan?« Mir entgeht nicht, dass er jedes Wort einzeln und mit Bedacht ausspricht. Nicht wie ich, die ihre Sätze eher herunterrasselt und dabei Wörter und Endungen verschluckt.

»Nichts passiert. Alles noch dran.«

»Gut.« Ein vorsichtiges Lächeln. Für einen Augenblick sieht er so aus, als würde er mehr sagen wollen. Dann besinnt er sich jedoch und schluckt lediglich. »Was kann ich für dich tun?«

»Wie komme ich denn ins digitale Archiv?«

»Ah, dafür brauchst du einen Code. Moment.« Er wühlt in einer kleinen Schachtel, dann zieht er ein Kärtchen hervor, auf dem eine Buchstabenkombination steht. »Wähl dich damit ein, dann sollte es funktionieren.«

»Und dann komme ich auch an die archivierten Zeitungsartikel?«

Sofort mustert er mich etwas neugieriger, nicht mehr so zurückhaltend wie zuvor. »Was genau suchst du denn?«

Ich versuche, gelassen zu wirken, keine Miene zu verziehen. »Ich wollte mich einfach ein bisschen über Lullaby informieren.«

»Mit Zeitungsartikeln?« Er runzelt die Stirn.

Ich lächle, lasse mir meine Unsicherheit nicht anmerken, auch wenn in meinem Inneren alles in Aufruhr ist. »Mal sehen, was ich so finden kann. Danke für deine Hilfe.«

Ich greife nach dem Zettel mit dem Code, als ich mich umdrehe, um zurück zu meinem Platz zu gehen.

»Du … du wirst nicht alle Zeitungsartikel digital finden«, sagt er, etwas lauter als zuvor, damit ich ihn noch hören kann. Ich bleibe stehen, sehe wieder zu ihm. »Manchmal sind nur Nummern hinterlegt. Das bedeutet, dass sie nicht digitalisiert wurden und du sie händisch in den Regalen suchen musst. Wir sind hier noch nicht so modern. Auch wenn die LBU den Bürgermeister immer wieder darum bittet, das zu ändern.«

»Danke für den Hinweis«, sage ich, dann gehe ich zurück an den PC. Mit ein paar Klicks bin ich im Archiv. Zunächst starre ich nur auf die Tastatur, plötzlich unsicher, was ich eigentlich eingeben soll. Dann entscheide ich mich dazu, erst mal nur nach dem Datum zu suchen.

*03.11.2020*

Leider gibt es wahnsinnig viele Treffer. Was bitte kann in einer kleinen Stadt wie Lullaby schon los sein, dass ein normaler Dienstag im November so viele Schlagzeilen bringt? Doch es sind nicht nur Zeitungsartikel, die mir angezeigt werden. Auch Polizeimeldungen, veröffentlichte Texte der LBU, ich entdecke sogar Jaspers Namen unter einem davon. Gestern hätte ich ihn am wenigsten als Vorreiter bei Red eingeschätzt. Da war ich wohl etwas zu voreingenommen.

Ich beginne, die Ergebnisse zu filtern, und gebe hinter dem Datum noch *Unfall* ein. Sofort erscheinen drei Ergebnisse. Darunter der Zeitungsartikel, der sich schon in meinem Besitz befindet. Die anderen beiden Artikel gibt es nicht digital, ich finde nur Nummerierungen, die Lewis erwähnt hat.

Verstohlen sehe ich zu ihm. Er lehnt am Infoschalter, weiterhin das Buch in der Hand. Mit der anderen rückt er sein Brillengestell zurück auf die Nase. Er sieht gut aus, wie er so dasteht, in nachdenklicher Pose, noch immer die Locke im Gesicht. Es wäre vermutlich einfacher, wenn ich ihn um Hilfe bitten würde, die Artikel zu finden. Dennoch entscheide ich mich dagegen. Ich passiere ein paar Regalreihen, gehe Buchstabe für Buchstabe durch, bis ich Z finde. Von Zahlen jedoch keine Spur.

»Kann … kann ich dir helfen?«

Lewis steht plötzlich hinter mir, sieht mich etwas zögernd an.

Sein ganzes Auftreten strahlt absolute Ruhe aus, die sich in diesem Moment wohltuend auf meine Nerven legt. Ich bin viel zu angespannt.

»Ich suche *Z1120* und *Z1220*.«

»Zeitungsartikel sind in diesen Ordnern hinterlegt.« Er zeigt auf dunkelrote, voluminöse Einbände unweit von uns. »Leider sind sie nicht immer sortiert. Wir werden etwas suchen müssen.«

»Wir?«

»Es ist mein Job, anderen zu helfen«, sagt er leise. »Selbst wenn es nur um Infos über Lullaby geht. Wobei ich nicht weiß, was die Zeitungsartikel von 2020 dabei bringen?«

»Woher weißt du, dass sie von 2020 sind?«

»Wegen der Zahlen«, erklärt er schlicht.

»Ich habe gesehen, dass ein paar Leute von Red etwas in Zeitungen veröffentlicht haben. Kann nicht schaden, sich vor meinen ersten Aufträgen etwas zu informieren.« Erstaunlich, wie leicht es mir fällt, zu lügen. Als hätte ich es in den letzten zwei Jahren perfektioniert. Lewis scheint sich mit der Antwort zufriedenzugeben, er hört jedenfalls auf, mich neugierig zu mustern, und konzentriert sich stattdessen auf die Suche nach den richtigen Ordnern.

»Arbeitest du hier schon länger?«, frage ich, während ich die staubigen Regalbretter durchsehe.

»Seit meinem Studienbeginn.«

»Dann bist du auch an der LBU?«

»Wie die meisten, die hier in Lullaby leben«, sagt er. Nun spricht er leiser, als wäre es ihm unangenehm, selbst zum Gesprächsthema zu werden. »Ich bin im zweiten Jahr.«

»Und wie klappt das so mit dem Nebenjob? Das Studium frisst doch sicher viel Zeit, oder?«

»Die meisten, die kein Stipendium haben, arbeiten neben der Uni. Hier im Archiv ist die Arbeit ganz angenehm, es gibt auch immer wieder Phasen, in denen es ruhig ist … dann kann ich nebenbei lernen.« Sein Stottern nimmt ein wenig zu, seine Hand vergräbt sich in der Hosentasche. Ein Funkeln tritt in seine Augen. Weitere Worte, die ausgesprochen werden möchten, tanzen dahinter. Ich sehe sie ganz deutlich und würde sie wirklich gerne hören. Aber er dreht sich weg, sucht das nächste Regal ab, spricht sie nicht aus.

Ich will gerade etwas erwidern, um das Gespräch weiter anzukurbeln, als er einen Ordner aus dem Regal zieht. *Z1120.*

»Du hast ihn gefunden«, platzt es etwas zu euphorisch aus mir heraus. »Klasse.«

»*Z1220* auch. Direkt daneben. Ich helfe dir tragen.« Er nimmt den dickeren der beiden Ordner und geht zu meinem Tisch, wo er sie direkt neben meinen Sachen ablegt.

Innerlich stöhne ich über mich selbst. Mein Notizbuch offen herumliegen zu lassen, während niemand erfahren soll, wieso ich nach Lullaby gekommen bin, ist einfach nur naiv. Verstohlen blicke ich mich um, doch die Leute, die hier sind, wirken zum Glück nicht, als hätten sie gerade Kenntnis von meinem Geheimnis bekommen.

»Wenn du sonst noch etwas brauchst … melde dich einfach«, sagt Lewis und geht zurück zum Schalter.

Eine Frau, vielleicht vier oder fünf Jahre älter als ich, ist reingekommen und bedient sich an einem kleinen Aufsteller für Flyer, die für die Sehenswürdigkeiten hier in der Gegend werben. Offenbar eine Touristin, die wegen des Modoc National Forest hier ist. Ich habe gelesen, dass Lullaby sehr beliebt ist. Lewis berät die Frau kurz, seine Hände in seiner Hosentasche vergraben, die Schultern eingezogen. Immerhin liegt es nicht an mir, und er ist bei allen wohl etwas introvertiert.

Hinter mir kichern zwei Studentinnen an einem der Nebentische, die ich in meiner Vorlesung gesehen habe und die scheinbar Lewis beobachten und über ihn tuscheln. Es ist eindeutig, dass ihnen gefällt, was sie sehen. Klar, er sieht gut aus. Eindeutig sogar. Die Art, wie seine Locken ihm ins Gesicht fallen, und die tiefen dunkelblauen Augen, die ich zwar von hier aus nicht sehen kann, aber die sich geradewegs in mein Gedächtnis gebrannt haben. Ich starre ein wenig zu lange auf ihn, bis mir einfällt, dass ich gerade kurz davor bin, endlich mehr Informationen zu erhalten, und ich mich wieder auf die Ordner konzentriere. Ich bin keinen Deut besser als die kichernden Studentinnen aus meinem Jahrgang.

Ich öffne *Z1120,* Staub wirbelt mir augenblicklich entgegen. Meine Hand greift nach meinem Desinfektionszeug, das sich immer in einem Zipperbeutel in meiner Tasche befindet. Erst nach dem Desinfizieren der Hände gehe ich Seite für Seite die Zeitungsartikel durch.

Schnell finde ich heraus, dass es sich um Artikel vom November 2020 handelt, alle nach Datum sortiert, sodass ich vorblättere, bis ich zum dritten November gelange.

**Stadt trauert um Silvia G., Kenna H. und Jill N.**

Nach dem tragischen Unfalltod dreier Studentinnen trauert die ganze Stadt. Blumen, Gedenkkränze und Kerzen erinnern daran, dass Silvia G., Kenna H. und Jill N. zu früh verstorben sind und der Stadt, und vor allem der Uni, fehlen werden.
Der Dekan der LBU, Michael Peterson, hielt am frühen Morgen gemeinsam mit dem Bürgermeister Jackson Fridge eine Rede für die Bürger*innen, die sich zu Hunderten auf dem Platz vor dem Rathaus versammelten. Er sprach den Verstorbenen seinen höchsten Respekt aus. »Diese jungen Damen waren ein Teil unserer Zukunft, alle drei begabte und engagierte Studentinnen, die mehrfach im Namen der Uni an Projekten gearbeitet haben. Ihr Tod ist nicht nur ein Verlust für Lullaby und die LBU, sondern für alle, die sich fortwährend für den Umweltschutz einsetzen.«

Vornamen. Keine Nachnamen, aber ein Anfang. Mein Herz schlägt mir fast bis zum Hals, während ich sie in mein Notizbuch schreibe.

*Silvia G.*

*Kenna H.*

*Jill N.*

Kurz betrachte ich das Foto, das Mr Peterson vor einem Rednerpult am Rathaus zeigt, von den besagten Kerzen und Blumen umrandet. Der Dekan sieht etwas anders aus als auf jüngsten Fotos, hat etwas weniger Gewicht, dafür mehr Haar.

Ich schlage den Ordner zu und nehme mir den nächsten vor. Dabei schweift mein Blick automatisch wieder zum Infoschalter, genau in dem Moment, als Lewis mich ansieht. Kurz zögert er, als er die große Flasche Desinfektionsmittel vor mir bemerkt, doch ich sehe nur kurze Verwunderung. Ich kann es ihm nicht verübeln, vielleicht denkt er, ich hätte eine Bakterienphobie. Auf die Idee, dass ich, neunzehn Jahre alt und objektiv betrachtet gesund und munter wirke, vor zwei Jahren eine doppelte Lungentransplantation hatte, um gegen die Folgen meiner angeborenen Stoffwechselkrankheit zu kämpfen, kommen die wenigsten. Eigentlich niemand.

Die Suche im zweiten Ordner geht wesentlich langsamer voran, weil die Zeitungsartikel alle vom Dezember 2020 stammen und ich keine Ahnung habe, nach welchem Datum ich suchen muss. Also krieche ich förmlich von Seite zu Seite, zwischendurch verschlinge ich meinen Riegel und trinke etwas Wasser, bis ich den kurzen Artikel finde.

### Einzelheiten zum tödlichen Unfall vom dritten November

Einen Monat ist es her, seit die Stadt Lullaby von dem tragischen Tod dreier Studentinnen erschüttert wurde. Schon früh war bekannt, dass das Auto der zwanzigjährigen Silvia G. von der Straße abgekommen und ungebremst gegen einen Baum gefahren ist. Die drei Insassinnen, allesamt Studentinnen für

Landschaftsökologie an der LBU, erlagen im Krankenhaus ihren Verletzungen. Lange wurde vermutet, dass das Unwetter und die starken Regenschauer Auslöser für den Unfall waren. Wie der Sheriff vor Ort nun jedoch mitteilte, sei man Hinweisen nachgegangen, nachdem am Wrack des roten Volvos blaue Lackspuren gefunden worden waren, die möglicherweise für eine Kollision mit einem anderen Fahrzeug sprechen könnten. »Wir sind diesem Hinweis gefolgt, haben nach Zeugen gesucht und Reifenspuren gesichert, doch leider können wir bis heute nicht mit absoluter Gewissheit sagen, ob ein weiteres Fahrzeug in den Unfall verwickelt war«, so Sheriff Sterling. »Daher können wir keine eindeutigen Aussagen zum Unfallhergang treffen.« Für sachdienliche Hinweise wenden Sie sich bitte umgehend an die ortsansässige Polizeidienststelle.

Mit einem Kloß im Hals starre ich auf das Bild des zerstörten Autos. Die Frontseite ist komplett eingedellt und regelrecht um den Baumstamm gewickelt. Sie hatten keine Chance. Übelkeit breitet sich in mir aus, während ich immer wieder auf das Autowrack schaue. Jemand hat womöglich diesen Unfall verursacht und ist einfach weitergefahren? Wer tut so etwas?

Diese neue Erkenntnis lässt den Schmerz, den ich seit der Transplantation in mir trage, stärker werden. Realer.

Weil die Frau, die mir neue Chancen geschenkt hat, grausam aus ihrem Leben gerissen wurde. Ein Leben, das ich jetzt an ihrer Stelle fortführen kann. Die Ambivalenz dieses Gefühls ist bittersüß. Glück und Unglück, Leben und Tod – unweigerlich für immer miteinander verbunden.

Ich leere meine Wasserflasche, um den bitteren Geschmack, der nun auf meiner Zunge liegt, wegzuwaschen, doch ich komme ebenso wenig dagegen an wie gegen die Bilder des Autowracks, die sich nun in mein Hirn gebrannt haben. Sie leuchten darin wie ein Reklameschild, unmöglich, sie vollends zu ignorieren.

Aber ich habe drei Vornamen. Das rufe ich mir ins Gedächtnis, während ich die Ordner wegräume und nochmals meine Hände desinfiziere, bereit, dieses Archiv wieder zu verlassen und die Informationen zu verdauen.

»Hast du gefunden, wonach du gesucht hast?«, fragt Lewis, als ich wieder am Infoschalter vorbeikomme.

»Ja, fürs Erste schon.«

Ich sehe mich um, die Sitzreihen werden leerer, der Andrang am Infoschalter hat sich gelegt. Lewis hat wieder sein Buch in der Hand, etwas über Ökonomie, was er möglicherweise fürs Studium liest. Die Ruhe, die er auch nun wieder ausstrahlt, schwappt erneut auf mich über und lässt die düsteren Gedanken, die der Zeitungsartikel ausgelöst hat, etwas verebben.

»Musst du noch lange arbeiten?«, frage ich nachdenklich.

»In zwei Stunden werde ich abgelöst.«

»Ich gehe gleich ins Diner. Falls du auch Lust hast?«

Schon als ich die Worte ausspreche, weiß ich, dass es zu offensiv ist. Wieso um Himmels willen würde er mit ins Diner kommen wollen? Er kennt mich doch gar nicht.

Lewis mustert mich, seine Finger spielen nervös mit dem Bucheinband. Ich halte unserem Blickkontakt stand, auch wenn mein Herz dabei tiefer sackt. Fast bereue ich es, ihn gefragt zu haben. Er wirkt unsicher.

»Ich kann nicht …«, sagt er.

Mein Herz macht einen Sturzflug. Eine Abfuhr vom Feinsten. »Na gut. Einen Versuch war es wert«, murmle ich. »Dann wünsche ich dir noch einen schönen Nachmittag.« Etwas unbeholfen winke ich ihm und gehe einen Schritt auf die Tür zu.

»Wieso … wieso hast du mich das gefragt?«

Ich drehe mich noch mal zu ihm um, sehe erneut dieses Funkeln in seinen Augen.

»Ob du mitkommen willst? Keine Ahnung, weil ich Lust darauf hatte, dich zu fragen? Weil ich neu hier bin und noch nicht so viele Leute kenne?« Offen gestanden weiß ich selbst nicht, was mich geritten hat. »Ist es so seltsam, dass ich das gefragt habe?«

»Vielleicht ein anderes Mal?«, geht Lewis nicht auf meine

Frage ein. Es ist fast ein Flüstern, er schaut an mir vorbei, und ich sehe seine Mundwinkel ganz leicht zucken. Es mindert die Abfuhr und das unangenehme Gefühl in meinem Magen etwas ab.

»Klar, vielleicht ein anderes Mal«, wiederhole ich, bevor ich das Archiv mit einer ganz leisen Hoffnung verlasse.

# Kapitel 4

Als ich im Diner ankomme, sind meine Haare feucht vom Nieselregen, der draußen eingesetzt hat, und mich empfängt der Geruch von frisch zubereiteten Falafeln. Die meisten Tische sind besetzt, dementsprechend laut ist die Geräuschkulisse aus Gesprächen, Besteck und Lachen, die noch durch jazzige Hintergrundmusik verstärkt wird. Der Gesamteindruck ist ein wenig erschlagend, und doch fühlt es sich sofort nach College an, als ich all die Leute mit ihren Büchern und Unterlagen sehe. Einige tragen sogar T-Shirts vom Modoc National Forest und erinnern mich auf eine aufregende Art und Weise daran, dass ich mich nicht in irgendeinem Diner in San José befinde.

»Du bist gekommen.« Reese tänzelt auf mich zu. Sie trägt nun eine dunkelrote Schürze, passend zu den Sitzkissen auf den dunklen Holzbänken. In den Händen balanciert sie ein Tablett mit Getränken, als würde sie schon ihr halbes Leben lang kellnern.

»Klar, ich habe doch gesagt, dass ich vorbeischaue.«

»Richtig cool. Setz dich einfach an einen der freien Tische, oder du kommst zu mir an die Bar. Gerade ist viel los, aber zwischendurch habe ich bestimmt ein paar Minuten zum Quatschen. Ich habe auch die Unterlagen dabei.«

»Dann komme ich zu dir an den Tresen«, entscheide ich.

Ich nehme direkt den ersten Barhocker, lasse mich darauf nieder und schäle mich aus meiner Jeansjacke.

Reese liefert die Getränke an einen der Tische, die mit Aussicht auf das Rathaus stehen. Selbst das danebenliegende Archiv ist von hier aus zu sehen, doch ich verdränge den Gedanken schnell wieder, weil ich gerade nicht die Kraft finde, weiter über dieses Autowrack nachzudenken.

Reese kommt zurück, ihre Finger trommeln über den Tresen,

passend zu dem Saxofon aus den Boxen. Dann zeigt sie auf den QR-Code-Sticker vor mir. »Da findest du die Speisekarte, falls du etwas essen willst. Burger sind Wades Spezialität.«

Ich sehe mich um und entdecke am Tisch hinter mir einige davon. Sie sehen fantastisch aus, aber der Blick in die Karte bringt Ernüchterung. Das meiste davon ist mit Rohkost und Salat, nach einer Transplantation wird jedoch dazu geraten, genau das nicht auswärts zu essen. Zu viele mögliche Keimbelastungen.

Reese sieht zu, wie ich das Handy wieder einstecke. »Was denn? Keinen Hunger?«

»Doch, und wie. Aber ich habe leider einige Unverträglichkeiten.«

»Kein Problem, warte hier.« Reese tritt vor eine Schwingtür und klopft dagegen. »Wade? Dein Können ist gefragt!«

Kurz darauf tritt ein Mann, vielleicht um die dreißig, durch die Schwingtür hinter dem Tresen. Er trägt ein Holzfällerhemd, eine Cap und Handschuhe, die mir direkt ein gutes Gefühl geben. Zum Glück ein Laden, der auf Hygiene achtet.

»Was gibt's?«

»Das ist meine neue Freundin Hazel«, stellt sie mich vor. Ihre Worte lösen sofort Dankbarkeit in mir aus. So schnell Anschluss zu finden, obwohl ich verspätet das Studium angetreten habe, ist wirklich erleichternd. »Sie hat da ein Problem mit Unverträglichkeiten, aber das hält dich doch nicht davon ab, ihr was zu kreieren, oder?«

»Natürlich nicht«, antwortet Wade sofort und richtet seine Aufmerksamkeit auf mich. »Sag mir, was geht und was nicht, und ich zaubere dir schon etwas.«

»Diese Falafel-Bratlinge auf den Burgern klingen toll, aber Rohkost und Salat gehen nicht, auch nichts mit rohem Ei.«

»Lass mich überlegen. Ich könnte das Grünzeug weglassen und stattdessen etwas veganen Käse und ein paar Chiliflocken draufgeben? Die Mayonnaise, die wir verwenden, ist sowieso ohne Ei, aber wie wäre es stattdessen mit meiner selbst gemachten Sour Cream? Die würde besser zu deiner Kombi passen.«

»Das klingt perfekt.«

»Okay, abgemacht. Endlich mal wieder eine kleine Herausforderung.« Mit einem breiten Grinsen auf dem Gesicht eilt er zurück in die Küche.

»Echt toll, dass er das für mich macht.«

»Er liebt es, neue Kombinationen auszuprobieren. Du tust ihm quasi einen Gefallen.« Reese grinst schief, sie tänzelt regelrecht zu den Gläsern auf der rechten Seite des Tresens und gießt mir eine Cola ein.

»Ist das Diner hier das einzige Restaurant?«, frage ich, nachdem sie das Glas vor mir abgestellt hat.

»Ja. Drüben in Juniper gibt's noch ein paar Läden. Da fährt der Bus hin.«

»Da ist auch das nächste Krankenhaus, richtig?«

Meine Eltern haben mir diesen Standort förmlich eingetrichtert. Im Januar werde ich dort zu meiner nächsten Untersuchung müssen. Lungenfunktions- und Antikörpertest. Immer wieder eine Zitterpartie, denn es besteht jederzeit die Möglichkeit, dass mein Körper die neue Lunge abstößt. Auch wenn bisher zum Glück immer alle Testergebnisse gut waren.

Wade kommt zurück, diesmal mit meinem Burger. »Okay«, sagt er. »Nimm einen Bissen, und sag mir deine ehrliche Meinung. Ich warte.«

Reese schmunzelt. »Er meint das ernst. Er wird erst wieder in die Küche gehen, wenn er weiß, wie du sein Essen findest.«

»Es duftet schon mal herrlich.«

Unter Wades wachsamem Blick nehme ich einen Bissen. Was folgt, ist eine Geschmacksexplosion in meinem Mund, bestehend aus herrlich würziger Sour Cream, dem Kreuzkümmel im Falafel-Pattie und leichter Schärfe. Unwillkürlich seufze ich leise, was Wade erleichtert ausatmen lässt.

»Ein Erfolg«, sagt er und reckt die Faust in die Luft. »Ich habe es drauf.«

»Das hast du«, bestätige ich. »Und einen neuen Stammgast.«

Wade verbeugt sich elegant. »Meine Eigenkreationen und ich

sind dir stets zu Diensten. Dieser wird dann wohl der Hazelburger.« Er zwinkert mir zu, dann geht er wieder zurück in die Küche. Reese kassiert gerade ein paar der Gäste ab, während ich mir meinen Burger schmecken lasse. Anschließend reicht mir Reese ihre Unterlagen aus den letzten Vorlesungen, die ich mir, dem WLAN im *Hopes* sei Dank, einfach an meinen Laptop schicken und durchsehen kann. Obwohl ich nur rund eine Woche zu spät gekommen bin, habe ich viel verpasst.

Um mich herum wird es leerer, die meisten Gäste verschwinden, nur wenige kommen neu hinzu.

»Eine Stunde noch«, sagt Reese und trinkt einen Schluck Wasser. »Dann kann ich mich endlich ausschlafen. Wenn Keyla mich lässt.«

»Deine Mitbewohnerin?« Reese nickt missmutig.

»Dann war euer Meeting nicht erfolgreich?«

»Hör mir bloß auf. Keine Ahnung, was sich die Uni dabei gedacht hat. Keyla und ich sind einfach nicht kompatibel. Auf meiner Sympathieskala bekommt sie maximal drei von zehn Punkten.«

Ich gluckse. »Eine Sympathieskala?«

»Ein altbewährtes System, das ich mit meinen beiden Brüdern ausgetüftelt habe. Für jeden ersten Eindruck gibt es Punkte – erster Kontakt, erstes Gespräch.« Reese greift nach einem Lappen und wischt über den Tresen. Sie sieht mich an, ihr Mundwinkel zuckt. »Du bist übrigens eine zehn von zehn. Bisher.«

»Na, das beruhigt mich«, erwidere ich lachend. »Und der Wert kann sich also im Laufe der Zeit verändern?«

»Klar. Keyla hatte am Anfang eine Fünf. Ich fand ihren Look ganz cool und fand es nicht schlecht, dass sie Künstlerin ist. Aber mit ihrem Verhalten schießt sie sich immer mehr ins Aus.«

»Ich kann wohl wirklich froh sein, dass ich ein Einzelzimmer habe«, sage ich, zumal ich in meinem bisherigen Leben noch nie mit jemandem ein Zimmer teilen musste.

»Allerdings. Es gibt wohl auch welche auf dem Campus, aber ich habe keine Ahnung, wen man bestechen muss, um so eins zu bekommen.« Reese zuckt mit den Schultern. »Apropos Mitbewohner. Sind die Typen, die da gerade kommen, nicht auch bei Red?«

Ich drehe mich um und sehe Corey und Jasper auf mich zukommen.

»Hazel«, sagt Jasper. »Hast du schon Wades Kochkünste getestet?«

»O ja, ich glaube, das war der beste Burger, den ich je hatte.«

»Wade wird sich tierisch freuen, wenn er das hört«, sagt Reese.

Corey mustert sie und ihr Namensschild, das an ihrer Schürze angebracht ist. »Reese Headley. Bist du verwandt mit diesem anderen Typ, der hier arbeitet? Wie heißt er noch? Er ist doch in deinem Jahrgang, Jasper …«

»Du meinst Shawn, meinen Cousin«, antwortet Reese. »Auch wenn ich mich manchmal frage, ob ich es besser verheimlichen sollte, dass ich mit ihm verwandt bin. Er kann ganz schön peinlich sein.«

»Ach, Shawn ist schon korrekt«, erwidert Corey. »Er ist beim Kaffee großzügig mit den Toppings.«

»Dadurch bekommt er also immer so viel Trinkgeld«, murmelt Reese. »Werde ich mir merken.«

»Du bist auch ein Frischling, oder?«

»Jap. Umweltwissenschaften, genau wie Hazel.«

»Sie hat mir mit ihren Aufzeichnungen aus den verpassten Vorlesungen ausgeholfen.«

»Cool von dir«, kommentiert Corey.

Jasper räuspert sich. »Sag mal, Reese. Bringst du uns eine Limonade?«

»Klar. Auch etwas zu essen?«

»Eine Runde Zwiebelringe, bitte. Mit Sour Cream.«

Reese nickt und geht zur Küche, um Wade die Bestellung durchzugeben. Jasper lehnt sich gegen die Theke und sieht mich an, ein breites Grinsen liegt auf seinen Lippen, und es ist das erste Mal, dass mir die Ähnlichkeit zu seinem Bruder auffällt. Sie sind grundverschieden, der eine schüchtern und zurückhaltend, der andere offen und beinahe schon frech in seinem Auftreten. Der eine hat lockige Haare und eine Brille, der andere einen Man Bun und Tattoos. Beide haben blaue Augen, doch während mich die von Lewis an tiefes Wasser erinnern, sind Jaspers Augen eher ein Sommerhimmel. Aber beide haben dieselbe Nase, schlank und ein wenig spitz.

»Lust, dich zu uns zu setzen?«

»Klar, wieso nicht. Ich bin eh fertig hier«, sage ich und schiebe Reese wieder ihr Tablet zu.

Ich stehe auf, nehme mein Glas mit und folge den beiden Jungs an einen der hinteren Tische mit Sicht auf den Rathausplatz. Wir haben keine Probleme, Gesprächsthemen zu finden, reden über die Grundseminare und über die Pläne nach dem College, die für Corey nicht mehr allzu fernliegen. Er ist im letzten Jahr, der Druck auf ihn steigt.

»Was ist mit dir?«, fragt er. »Weißt du schon, was du mal machen willst?«

»Erst mal einfach nur das Studium bestehen. Das wird vielleicht schon eine größere Herausforderung, als ich dachte«, sage ich in Gedanken bei all den Notizen, die ich mir eben zugeschickt habe. Es wird ein Kraftakt, das alles durchzuackern. »Aber ich habe mir überlegt, nach der Umweltwissenschaft vielleicht auch noch Journalismus zu studieren.«

Corey nippt an seiner Limo, sein Gesicht spiegelt echtes Interesse wider. »Gute Idee. Dann bist du irgendwann wie Yann Arthus-Bertrand, dieser Fotojournalist, der sich für die Reduktion von Treibhausgasen einsetzt.«

»Ich möchte gerne irgendetwas bewirken«, sage ich nachdenklich. »Irgendeine Spur auf der Welt hinterlassen.«

Vor allem mit dem Wissen, dass meine Lebenszeit begrenzter ist als die meiner Mitstudierenden, aber das spreche ich nicht laut aus. Ich lasse diese Gedanken selten zu. Sie machen mir Angst. Vor meiner Transplantation hatte ich einige Monate, in denen sie sehr präsent war: die Frage, wie nah ich dem Tod bin.

Wie viel Zeit mir noch bleibt. Nun, da ich weiß, dass die Lunge meine Lebenserwartung verlängert hat, kann ich es wieder verdrängen. Aber ich bin nicht naiv. Transplantierte Lungen halten nicht ewig … und ich bin immer noch krank. Meine Mukoviszidose ist da, egal ob neue oder alte Lunge, auch wenn die Symptome erst mal reduziert wurden.

»Das liebe ich so an der LBU«, sagt Corey. »Wir können jetzt schon etwas bewirken. Allein durch unsere Arbeit im Modoc.«

»Den will ich mir in den nächsten Tagen mal genauer ansehen. Schon seit meiner Unibewerbung denke ich daran, endlich wandern zu gehen.«

»Es wird dir dort gefallen. Ich bin außerhalb der Exkursionen eigentlich viel zu selten da. Dabei will mich Jasper schon lange überreden, mal mit ihm joggen zu gehen.«

»Du joggst?«, frage ich Jasper.

»Gelegentlich. Der Modoc bietet sich an, und es hält fit, aber eigentlich brauche ich Sport, der mich ein bisschen mehr auspowert.«

»Wenn du irgendwann mal dumpfe Schläge neben deinem Zimmer hörst: Jasper hat sich vor ein paar Wochen einen furchtbar nervigen Boxsack gekauft und stresst uns alle damit.«

Jaspers rechte Augenbraue schnellt in die Höhe, als er Corey schmunzelnd ansieht. »Zweimal eine Stunde Training pro Woche. Das ist weniger nervig als Lous ratternde Nähmaschine oder deine RnB-Musik.«

»Die ich nur abends höre, um mich zu entspannen«, erwidert Corey. »Und ich höre sie nur ganz leise.«

»Laut genug, dass ich es mitbekomme.«

»Genau wie ich deine Rockmusik, wenn du deine komischen Hanteln schwingst.«

»Ich sehe schon«, sage ich. »Das Zusammenleben birgt Gefahren.«

»Keine Sorge«, erwidert Corey. »Wir übertreiben. Die meiste Zeit herrscht himmlische Ruhe.«

»Sich am Boxsack auszupowern ist aber verdammt befriedigend. Kannst du gerne mal ausprobieren, Hazel. Corey hab ich's auch schon angeboten, aber er kneift.«

»Ich bin eben nicht so der sportliche Typ. Außerdem hast du dich auch geweigert, dich mit meinem Gemüsebeet zu befassen.«

»*Ich* bin halt nicht so der Typ mit dem grünen Daumen«, gibt Jasper zurück. Da ist wieder dieses freche Grinsen auf seinen Lippen, das ihm einen gewissen Charme verleiht. Etwas, das scheinbar auch anderen auffällt, denn die interessierten Blicke von einigen Gästen im *Hopes* sind ihm sicher. Von weiblichen Gästen wohlgemerkt.

»Was ist mit dir?«, fragt Corey. »Irgendwelche Krach bringenden Hobbys, von denen wir wissen sollten?«

»Bisher nicht. Aber ich habe das mit dem Boxen ja auch noch nie ausprobiert«, sage ich und erwidere Jaspers Grinsen. »Ansonsten koche ich gerne.«

»Klingt schon mal nach guter Mitbewohnerschaft«, verkündet Jasper. »Mit Essen kriegt man mich.«

»Meine Mutter stammt von den Philippinen und hat mir ziemlich viel beigebracht.« Ich erinnere mich noch genau an die Zeit, in der meine Mutter mir ihre Kultur näherbringen wollte. Als Kind findet man so etwas oft langweilig, ich hatte kein ehrliches Interesse daran, zu lernen, wie man Adobo zubereitet. Erst als ich älter wurde und immer mehr auf Sauerstoff angewiesen und damit ans Haus gefesselt war, habe ich das gemeinsame Kochen mit ihr genießen können und darin eine Leidenschaft entdeckt.

»Vielleicht ergänzen wir uns dann perfekt«, sagt Corey. »Du sagst mir, was für Gemüse du für das Essen brauchst, und ich baue es dir an.«

»Wartezeit so drei bis sechs Monate«, zieht Jasper ihn auf.

Corey will gerade etwas erwidern, als er plötzlich aus dem Fenster sieht. »Jasper, da ist dein Bruder.«

Ich folge seinem Blick. Lewis geht über die Straße, seinen Kopf gesenkt. Ein Teil von mir wünscht sich, dass er nun hochsieht und mich hier sitzen sieht, es sich vielleicht anders überlegt und meine Einladung ins Diner noch annimmt. Doch Jaspers genervtes Brummen zerstört diese Vorstellung gleich wieder. Offenbar ist ihr Streit noch nicht vergessen. Ich wüsste zu gerne, um was es dabei ging. Aber ich frage nicht nach und halte die angespannte Stimmung am Tisch aus, bis Lewis hinter einer Häuserecke verschwindet. Erst dann hellt sich Jaspers Stimmung wieder auf.

Reese kommt im passenden Moment und bringt uns die Zwiebelringe, die wir in die Mitte des Tisches stellen. Corey ist der Erste, der einen nimmt und dann genüsslich seufzt.

Ich selbst greife auch nach einem und tunke ihn in die Sour Cream, erneut absolut von Wades Kochkünsten überzeugt. Vielleicht brauche ich ja doch einen Nebenjob, um mir zukünftig leisten zu können, jeden Tag hier zu essen. Denn in diesem Moment, in dem der Zwiebelring auf meiner Zunge zergeht, bin ich mir sicher, dass ich nie wieder etwas anderes essen möchte. Außer die philippinischen Gerichte meiner Mutter vielleicht.

# Kapitel 5

Das, was Corey und Jasper über die Geräuschkulisse der WG gesagt haben, ist wahr. Bereits nach wenigen Tagen bin ich Zeugin von Coreys fröhlichem Pfeifen aus dem Garten, wenn er die Hochbeete bearbeitet, und Jaspers wirklich lautem Boxsack, den er mit ziemlicher Leidenschaft verdrischt. Hinzu kommt Lous Nähmaschine, die permanent im Einsatz zu sein scheint. Sie hat viel Übung. Von einem seltsamen Tag-Nacht-Rhythmus einmal abgesehen, denn sie hat die halbe Nacht in der Küche gestanden und neue Backrezepte ausprobiert, was ich zwar von meinem Zimmer aus nicht gehört, jedoch während eines Toilettengangs mitbekommen habe. Keine Ahnung, wie sie all ihren Hobbys und Aufgaben nachgehen kann, ohne total überfordert zu sein, denn es scheint mir ziemlich viel zu sein. Aber laut meinen Mitbewohnern ist sie schon seit ihrem Studienbeginn so.

Auch ich kümmere mich heute darum, neue Hobbys auszuprobieren. Der Wetterbericht hat spätsommerliche Temperaturen versprochen, sodass ich mich zu meiner ersten Wanderung entschieden habe. Nach der kühlen Nacht traue ich dem Bericht nicht, doch als ich draußen in die Sonne trete, spüre ich tatsächlich angenehme Wärme über meine Haut kriechen. Das Karohemd, das ich mir um die Hüfte geknotet habe, werde ich erst einmal nicht brauchen.

Die kleinen Kieselsteine von unserer Auffahrt knirschen unter meinen Schuhen, als ich das alte Feuerwehrhaus hinter mir lasse und am Forschungslabor eins vorbeigehe, hinter dem der Wanderweg beginnt. Schon aus der Ferne sehe ich das kleine Schild aus angelaufenem Holz, das den Modoc National Forest ankündigt. Der Weg dazu ist eng und führt direkt durch die dichten Kiefern hinter unserem Haus. Mein Blick ist starr auf diesen Weg gerichtet, ein kleines Lächeln der Vorfreude im Gesicht, als rechts von mir Schritte zu hören sind. Lewis steht plötzlich neben mir. Er trägt heute ein dunkelblaues Poloshirt, dessen Knöpfe ein wenig geöffnet sind.

»Wo kommst du denn auf einmal her?«, frage ich.

Lewis zeigt auf das Labor in seinem Rücken. Dämliche Frage, natürlich kam er aus dem Holzhaus mit Glasdach, das für die Analyse von Erd-, Wasser- und Geröllproben verwendet wird. In seiner Hand hält er jedenfalls einen kleinen PB-Becher. »Ist das eine Wasserprobe? Aus dem National Forest?«

»Ja, aus dem Goose Lake. Habe ... habe ich gestern entnommen.« Sein Stottern ist heute etwas ausgeprägter als im Archiv, und ich frage mich, ob das wohl an der Spontanität dieses Aufeinandertreffens liegt. Oder arbeitet er schon so lange im Archiv, dass alles, was mit dieser Arbeit dort zusammenhängt, ihm eine gewisse Sicherheit vermittelt?

»Ich wollte mir gerade den Forest ansehen gehen«, plappere ich drauflos. Meine Mom sagt, so viel zu reden wie ich, kann Eis brechen. Und ich habe schon immer auf ihr Urteil vertraut. »Im Internet habe ich viele Fotos und Beschreibungen vom Modoc gefunden, aber es ist sicher etwas ganz anderes, wirklich dort zu sein. So eine gigantische Fläche reinster Natur habe ich noch nie gesehen ... na ja, von dem indischen Ozean einmal abgesehen. Von San José aus hat man da einen ziemlich unverstellten Blick in alle Himmelsrichtungen.«

»Du ... du willst in den Modoc?«, stoppt Lewis meinen Monolog. »Was denn? Allein?« Er sieht sich um, als würde er erwarten, dass gleich noch ein halbes Dutzend anderer Menschen aus den Büschen springt, um mich zu begleiten.

»Natürlich allein, oder siehst du hier noch jemanden?«

Sein Mund steht ein wenig offen, dann schüttelt er den Kopf. »Du kannst da nicht allein rein.«

»Was? Wieso nicht?«

»Oberste Regel: immer zu zweit. Vor allem, wenn man sich hier noch nicht gut auskennt –« Lewis bricht ab, doch ich starre ihn weiter an. Er kommt wohl zu der Erkenntnis, dass mir diese Erklärung nicht reicht, also seufzt er leise, auch wenn er einige Anläufe braucht, um weitersprechen zu können. »Der Forest ist ziemlich groß, die Wanderwege führen nur bis zu einem gewissen Punkt, danach sind dann Orientierungssinn und Erfahrung gefragt. Außerdem gibt es ein Verletzungsrisiko, und sobald du diese Kiefern dort hinten passierst, wirst du keinen Handyempfang mehr haben.«

Was? Dabei hatte ich Lullaby schon für das ultimative Funkloch gehalten.

Erneut sehe ich zum Wanderweg, plötzlich unsicher, denn seine Argumente sind nicht so einfach wegzuwischen. Auch wenn der Wunsch nach diesem Wandertag groß ist. Schon seit der Zusage durch die LBU denke ich daran, diesen Forest zu sehen. Nach der langen Zeit im Krankenhaus und den Monaten, in denen ich zu schwach war, um mich ausreichend zu bewegen, will ich mich jetzt nicht aufhalten lassen.

»Gut«, verkünde ich entschlossen. »Dann begleitest du mich.«

Lewis starrt mich an. »Was tue ich?«

»Du begleitest mich. Du hast gesagt, es wäre allein zu gefährlich, aber die anderen sind bei irgendwelchen Projekten, und ich kenne hier noch nicht viele Leute. Also: Du bist mein Partner.«

Lewis wirkt so überrumpelt, dass er mir fast schon leidtut. »Aber … ich arbeite.«

»Diese Wasserprobe da läuft dir schon nicht weg.« Diesmal wird mein Ton flehender. »Bitte, Lewis. Ich will da wirklich hin.«

Lewis fährt sich durch das lockige Haar, seine Augen huschen zu der Wasserprobe, zum Wanderweg, dann wieder zu mir. Dreimal. Er wirkt hin- und hergerissen. Sein Blick ist dabei so unergründlich, dass ich mich frage, was wohl dahinter vorgeht. Hinter diesen dunkelblauen Augen, die Unsicherheit und Zweifel ausstrahlen. Aber da ist dieses Funkeln … ich sehe genau, dass er Lust darauf hat, sich aber selbst ausbremst.

Ich komme nicht dazu, mich näher mit diesem Gedanken zu

beschäftigen, denn Lewis seufzt kapitulierend und entlockt mir damit ein Lächeln.

»Also schön«, sagt er. »Gib mir zwanzig Minuten, dann kann ich mich noch umziehen. Ich habe nicht die richtigen Sachen an, um durch die Wälder zu kriechen.« Bei den dünnen Slippern, die ich an seinen Füßen sehe, muss ich ihm innerlich beipflichten. »Du … du wartest hier, okay? Geh nicht allein los.«

»Versprochen.«

Er fährt sich über den Dreitagebart. »Ich muss heute Abend wieder zurück sein. Nicht nur, weil es ohnehin dumm wäre, in der Dunkelheit im Forest herumzuirren. Ich muss diese Probe heute wirklich noch untersuchen.«

»Versprochen«, erwidere ich erneut. »Wir werden rechtzeitig zurück sein. Zur Not helfe ich dir dann später mit dieser Probe, soweit meine Kompetenzen dafür ausreichen. Du hast schließlich jetzt etwas gut bei mir.«

Lewis sieht mich ein paar Sekunden lang an, als könnte er selbst nicht fassen, was er da gerade im Begriff ist zu tun. Dann kehrt er zurück ins Labor und kommt ohne Probebehälter, aber dafür mit seiner Umhängetasche wieder heraus.

»Bis gleich dann.«

Ich lasse mich auf der Rasenfläche vor dem Labor nieder, um auf ihn zu warten. Lewis geht stattdessen los Richtung Campus.

»Danke!«, rufe ich ihm hinterher.

Während ich dasitze und mich der Sonne entgegenstrecke, frage ich mich für einen kurzen Augenblick, ob er wirklich zurückkommen wird. Mir ist bewusst, dass ich ihn überfallen habe und er mich nicht begleiten muss. Aber er wirkt vertrauenerweckend, also warte ich weiter.

Zehn Minuten später taucht er tatsächlich wieder auf, diesmal nicht mit Umhängetasche, sondern mit einem Rucksack, an dem ein kleiner Kompass baumelt. Er trägt nun Wanderschuhe und eine Kappe, die seine Haare verdeckt. Sie steht ihm, auch wenn ich den Anblick seiner verwuschelten Locken etwas vermisse.

»Bereit?«, frage ich.

Lewis wirkt ein wenig zu angespannt dafür, dass eine Wanderung bei besten Temperaturen vor uns liegt, doch ich lasse meinen Eindruck unkommentiert, und wir marschieren los. Auf das Holzschild zu, das uns den schmalen, kurvenreichen Weg durch die Kiefern anzeigt. Ich gehe vor, Lewis ist nur ungefähr zwei Schritte hinter mir, während wir uns durch den Weg schlängeln. Ich lasse es mir nicht nehmen, kurz nach den ersten Baumreihen mein Handy hervorzuholen und den Empfang zu prüfen.

»Du hattest recht«, sage ich. »Handys sind hier ziemlich nutzlos. Hätten der Campus und Red kein zuverlässiges WLAN, wären meine Eltern sicher schon längst durchgedreht. Ein Suchtrupp, die Nationalgarde, Presse – sie würden alle losschicken, um mich aufzuspüren und sich davon zu überzeugen, dass ich wohlauf bin.«

Lewis' Mundwinkel zucken. »Irgendetwas sagt mir, dass das nur ein klein wenig überzogen war.«

»Nur einen Hauch. Die Nationalgarde wäre vielleicht nicht dabei.«

Inzwischen ist der Weg etwas breiter, sodass wir nebeneinandergehen können. Der Duft von Kiefernnadeln strömt auf mich ein, und ich nehme ihn mit all meinen Sinnen auf. Es riecht nach Freiheit. Nach Leben.

Genauso habe ich es mir vorgestellt, hier zu sein. Fern von allem – nur ich und die Natur, auch wenn ich in diesem Moment, wo die Kiefern Schatten werfen und mich frösteln lassen, froh bin, in Begleitung zu sein. Jetzt, wo ich die Weiten des National Forests erahne, verstehe ich Lewis' Einwände. Die Wege sind viel abgeschiedener, als ich dachte.

»Wenn ich mir diese hohen Bäume so ansehe, bin ich doch froh, nicht allein hier reingegangen zu sein«, spreche ich meine Gedanken aus. »Sieht nicht gerade nach einem Ort aus, an dem man übernachten sollte. Da kommen mir sämtliche Horrorfilme in den Sinn, die ich jemals gesehen habe.«

»Der wahre Horror wären dann Tiere, die zu dir kommen«, erwidert Lewis leise.

Ich sehe mich kurz um. »Bären?«

»Wir haben hier nur Schwarzbären ..., die sind in der Regel recht gutmütig. Es sei denn, du erwischt eine frischgebackene Mutter.«

Ich schlucke bei dem Gedanken. Auf solche Begegnungen kann ich getrost verzichten.

»Aber hier gibt es auch ziemlich viele Berglöwen.«

»Pu-pumas?«, stammele ich.

»Keine Sorge. So nah an die Stadt kommen sie nicht.«

»Okay.« Ich nicke, um mich selbst zu ermutigen. Jetzt weiß ich wenigstens, dass ich niemals nachts hier herumgeistern sollte. »Du bist der perfekte Begleiter. Also, was muss ich noch wissen?«

Lewis zuckt unbeholfen mit den Schultern.

»Ach komm, du scheinst doch echt Ahnung zu haben. Welche Tiere können einem hier außerdem über den Weg laufen?«

Ich bemerke, wie er seine Hände tiefer in seinen Hosentaschen vergräbt. Kurzzeitig befürchte ich, ihn mit meinen Fragen zu sehr zu bedrängen, aber dann schluckt er ein paarmal und beginnt zu erzählen. »Hier direkt bei den Kiefern gibt es hauptsächlich Vögel. Das Beifußhuhn, den Diademhäher.«

Ich habe noch nie von diesen Vögeln gehört. »Gibt es auch Falken?«

»Habichte. Zum Beispiel den Rundschwanzsperber.«

»So einen würde ich gerne sehen.«

Da ist wieder dieses Funkeln in seinen Augen. »Ja?«

»Auf jeden Fall.«

»Dann weiß ich, wo wir hinmüssen. Aber es geht hoch hinaus.« Er zeigt in die Ferne. Felsen und Berge ragen aus der Kiefernlandschaft. Bei der Höhe schlucke ich kurz, meine Hand wandert automatisch zu meinem Brustkorb. Er hebt und senkt sich stetig unter meinen Fingerspitzen. Kraftvoll.

Lewis bemerkt mein Zögern. »Alles in Ordnung? Wir ... wir müssen auch nicht da hoch. Es war nur eine Idee.«

»Nein«, entgegne ich entschlossen und nehme einen tiefen

Atemzug. »Ich will da hoch. Ich will diese Rundschwanzhabichte sehen.«

»Rundschwanzsperber«, korrigiert mich Lewis.

Wir biegen rechts ab, fort vom offiziellen Wanderweg. Kurz werde ich nervös, weil mir Lewis' Worte noch im Gedächtnis sind. Doch er führt uns und wirkt selbstbewusst, als wüsste er genau, was er tut. Also vertraue ich ihm und versuche, mich zu entspannen. Gleichzeitig bewundere ich die Umgebung, die sich nun verändert. Felsen und Kiefern wechseln sich ab, hin und wieder gibt es lila Farbtupfer. Diesmal brauche ich Lewis' Kenntnisse nicht, ich erkenne an den kleinen Blüten, die zu einem Trichter geformt sind, dass es Lupinen sind. Irgendwo ganz nah, meines Erachtens direkt über unseren Köpfen, singt ein Vogel. Ein hohes Quietschen, fast wie eine kaputte Hupe. Ich sehe hoch in die Bäume, blinzle gegen das Sonnenlicht, das hier, wo der Wald nicht mehr so dicht ist, grell erstrahlt und nicht mehr von den Kiefern verschluckt wird.

Lewis tritt näher an mich heran. Augenblicklich bekomme ich eine Gänsehaut, als er seine Hand ausstreckt und dabei meinen Arm streift, das leichte Kitzeln dieser unbewussten Berührung spüre. Die Nähe zu einem, eigentlich, Fremden, den ich erst dreimal gesehen habe und bei dem ich mich dennoch instinktiv wohlfühle. Selbst hier, umgeben von tiefen Kiefernwäldern ohne Handyempfang, fühle ich mich auf eine gewisse Art sicher in seiner Nähe.

Er zeigt hoch, auf die Kiefer direkt vor meiner Nase.

»Da. Ein Diademhäher«, haucht er beinahe, um den Vogel nicht zu verschrecken.

Unterschwellig nehme ich Lewis' Duft wahr, fast überdeckt von den dominanten Kiefern. Er riecht nach Minze und einem Tag in der Sonne. Ich weiß nicht, wo dieser Minzduft herkommt, er irritiert mich kurz, doch es gefällt mir.

Oben auf einem der niedrigeren Äste sitzt ein kleiner blauer Vogel mit der ulkigsten Frisur, die ich seit Langem gesehen habe.

»Das ist er?«, frage ich und widerstehe dem Drang, einen Schritt auf ihn zuzugehen.

Der kleine Vogel hockt auf dem Ast und quietscht fröhlich, irgendwo etwas weiter weg antwortet ihm ein anderer seiner Art. Er reckt sein Köpfchen in unsere Richtung, seine dunklen Augen mustern uns etwas skeptisch, aber er sieht freundlich aus und fliegt nicht davon.

»Der hat ja einen richtigen Irokesen«, grinse ich.

Eine Weile stehen wir da und beobachten das kleine Kerlchen, das immer wieder neue Geräusche von sich gibt und auf Antworten hofft. Irgendwann hüpft er auf dem Ast herum, hin und her, hin und her, als habe er Langeweile.

»Komm«, sagt Lewis, »wir sollten weiter.«

»Aber er ist so süß.«

»Das ist er, aber wenn du die Rundschwanzsperber sehen willst, müssen wir uns sputen. Es ist noch ein Stück bis hoch auf den Berg, und wir müssen zurück sein, bevor es dunkel wird. Sonst wird es zu gefährlich.«

»Stimmt, die Pumas«, erwidere ich und zwinge mich, meinen Blick von dem blauen Singvogel abzuwenden.

»Außerdem wartet noch die Wasserprobe auf mich«, fügt Lewis hinzu und geht weiter. Das Stottern in seiner Stimme ist noch immer da, aber mir entgeht nicht, dass Lewis ein wenig lauter spricht als zuvor. Er ist weniger wortkarg. Vielleicht ist es ja nur anfängliche Schüchternheit? Unsicherheit, die ich ihm mit diesem gemeinsamen Ausflug ein wenig nehmen kann?

Ich schultere meinen Rucksack neu und folge ihm.

»Die Diademhäher kommen auch oft in die Stadt«, spricht er zu meiner Freude weiter. »Bei euch im Garten hängt eine Vorrichtung für Vogelfutter. Wenn du da Nüsse reinlegst, kommen sie in Scharen.«

»Wirklich?« Das muss ich so schnell wie möglich ausprobieren.

»Ans Labor kommen sie auch oft.«

»Du bist also viel dort?«

»Ja, denn ich habe ein Projekt übernommen. Das gibt Extrapunkte.«

»Ganz schön engagiert«, sage ich erstaunt. »Und dann arbeitest du noch im Stadtarchiv und spielst Wanderguide? Hast du eine Zeitmaschine, oder wie bekommst du das alles unter einen Hut?«

Lewis zuckt mit den Schultern. »Es klappt irgendwie.«

Ich habe das Gefühl, dass er mehr dazu sagen möchte. Dass es mehr dazu zu sagen gibt. Aber es folgt nur Schweigen, und ich traue mich nicht, nachzuhaken. Ich neige dazu, schnell und viel zu reden, oft ohne vorher nachzudenken, aber ich bin dennoch nicht auf den Kopf gefallen. Lewis jetzt, da er gerade etwas auftaut, zu persönliche Fragen zu stellen, könnte nach hinten losgehen.

»Woher kennst du dich so gut aus?«, frage ich stattdessen. »Bist du oft hier draußen?«

»Ja, schon. Die Uni macht regelmäßig Exkursionen. In den Genuss wirst du auch noch kommen. Und zweimal im Monat gibt es diese Säuberungsaktion, um den Forest von Müll zu befreien.«

»Das klingt wichtig. Muss man sich für diese Säuberungsaktion anmelden?«

»Nein, einfach kommen. Jeden ersten und dritten Sonntag im Monat, Treffpunkt ist am Rathaus. Es helfen nicht nur Leute von der Uni … auch andere Leute aus der Stadt. Jeder, der Zeit hat und uns unterstützen will.«

Ich nicke entschlossen. Jeden ersten und dritten Sonntag im Monat, notiere ich im Geiste.

Lewis bleibt plötzlich stehen. »Bereit für den Anstieg?« Er sieht den Berg hinauf, der nun vor uns liegt und ziemlich steil in die Höhe ragt.

»Ja«, sage ich, vielleicht etwas zu ehrfürchtig.

Lewis mustert mich. »Ist er dir doch zu hoch? Du wirkst ein wenig blass.«

»Ich bin nur noch nie einen Berg hinaufgestiegen, weißt du?«

Ich schlucke erneut. Einmal, zweimal. »Aber ich will es. Ich schaffe das.«

Lewis sieht etwas unsicher aus, doch ich gehe einfach vor. Mache den ersten Schritt, dann den zweiten. Die Steigung schmerzt ein wenig in den Waden, die sofort protestieren, aber die sind es nicht, um die ich mich kurz sorge. Die Sorge gilt allein meiner Lunge, die ein wenig brennt. Die ich spüre. Bewusst. Bewusster als die meisten Menschen. Dennoch kommen wir gut voran, auch wenn wir die Schritte mit Bedacht wählen müssen. Die Felsen unter unseren Füßen sind stellenweise porös, immer wieder rieseln Steinchen in die Tiefe. In meiner Fantasie sehe ich den Berg schon einstürzen, wir darunter begraben, doch Lewis würde mich niemals hier hochbringen, wenn es gefährlich wäre. Hoffe ich zumindest.

»Wie kommt es?«, fragt er nach einer Weile. Während ich keuche, klingt er noch ganz entspannt, als wäre das hier ein Sonntagsspaziergang. »Wieso warst du noch nie auf einem Berg?«

»Ich habe vorher in San José gelebt, dort haben wir viele Hügel. Silicon Valley eben. Aber richtig hoch hinauf geht es nicht …«, ich zögere, »und ich war bis vor einem Jahr nicht in der Lage, solche Ausflüge wie diesen hier zu machen.« Mein Blick ist starr auf den felsigen Boden gerichtet. Das Bedürfnis, diesmal nicht zu lügen, sondern die Wahrheit zu sagen, überrascht mich. Vielleicht passt eine Lüge nicht zu diesem friedvollen Ort, vielleicht liegt es auch daran, dass ich Lewis, obwohl ich ihn erst so kurz kenne, vertraue. Und ich mir wünsche, dass er sich ebenso öffnet, wie ich es jetzt tue. Es überkommt mich einfach. »Doppelte Lungentransplantation, vor zwei Jahren«, sage ich, vielleicht etwas zu leise, doch Lewis hat mich offenbar verstanden. Überrascht öffnet er den Mund, doch einige Sekunden lang dringen keine Worte daraus hervor. Vermutlich, weil er nicht weiß, was er darauf antworten soll. Das wissen die wenigsten.

Mit der Hand fährt er sich über seine Bartstoppeln, streicht kurz darüber. »Darf ich fragen –«

»Wieso?«, frage ich.

Lewis nickt.

»Mukoviszidose. Eine Stoffwechselerkrankung. Ich habe sie seit der Geburt«, leiere ich wie immer herunter. Irgendwann klingt man in den eigenen Ohren wie eine kaputte Schallplatte. »Leider hat diese Krankheit so ihre Tücken. Meine Organe bilden zu viel zähflüssigen Schleim, der nicht abtransportiert werden kann. Dadurch wurde meine Lunge immer schwächer, irgendwann zu schwach. Erst nach meiner Lungentransplantation ging es mir wieder besser.«

»Gut genug, um diesen Berg zu bezwingen?«

»Klar, kein Problem. Ich schaffe das.« Er betrachtet mich etwas sorgenvoll. Vielleicht, weil meine Lunge in diesem Moment klingt wie ein pfeifender Wasserkessel. »Wirklich«, fahre ich fort. »Glaub mir: Wenn es meiner Lunge nicht zuzutrauen wäre, würde ich es nie versuchen. Gerade sind es eher Waden und Oberschenkel, die mir einen Strich durch die Rechnung machen.«

»Das wird Muskelkater geben«, meint Lewis vorsichtig lächelnd.

Ich nicke, froh, dass er mich nicht behandelt wie ein rohes Ei. Trotzdem sehe ich noch viele Fragen in seinem Kopf umherschwirren. Fragen, die ich nicht beantworten will. Nicht jetzt, nicht hier, umgeben von purem Leben. Der Natur. Der Freiheit. Es ist der falsche Ort, um an Krankheit, Krankenhäuser oder den Tod zu denken. Gedanken, die in den letzten Jahren viel zu präsent waren. Selbst die Gedanken an Ms X will ich gerade nicht zulassen. Ich will einfach nur genießen.

Lewis scheint zu verstehen, er bohrt zumindest nicht weiter nach, auch wenn er mich noch immer etwas zu neugierig mustert.

»Ich finde aber, ich stelle mich gar nicht so schlecht an. Oder?« Kaum haben diese Worte meinen Mund verlassen, rutsche ich unter einem losen Stein weg und verliere den Halt. Lewis reagiert instinktiv und fängt mich auf. Hält mich. Es vergehen einige Sekunden, die ich zunächst brauche, um den Schreck zu verdauen, der mir bis in die Glieder gefahren ist. Dann jedoch gilt diese kurze Atempause ihm. Seiner Nähe. Seinen Fingern um meinen Arm, die mich sanft, aber bestimmt festhalten, mir aufhelfen. Sein Blick, der auf mir liegt, mit diesen dunkelblauen Augen.

Er räuspert sich. »Geht's wieder?«

Stumm nicke ich, richte mich auf und lasse Lewis widerwillig los. Sofort habe ich das Gefühl, seine Wärme würde mir fehlen, obwohl die Sonne inzwischen regelrecht brennt.

»Danke«, sage ich und versuche, mich zu sammeln. »Dahin ist mein Glaube an mich und meine Bergsteigkünste.«

»Das passiert doch den Besten«, erwidert Lewis. »Trotzdem weiter?«

»Klar doch.«

Meine Beine sind etwas zittrig, als ich weitergehe, diesmal etwas vorsichtiger. Ich konzentriere mich auf meine Schritte und eine gleichmäßige Atmung. Immer wieder muss ich mich zu Pausen zwingen, weil ich zusehends schlechter Luft bekomme und meine Beinmuskeln protestieren. Es ist ein kleiner Trost, dass selbst Lewis ab und zu eine Pause braucht. Und obwohl es verflucht anstrengend ist, mag ich es auch, meinen Körper ans Limit zu bringen. Schritt für Schritt, mit langen und kurzen Pausen, in denen ich immerhin dazu komme, diese herrliche Stille auszukosten, die uns umgibt. Es ist kräftezehrend, aber auch wohltuend.

Trotzdem kann ich oben, am Gipfel angekommen, erst mal nur auf dem Boden kriechen, muss mich hinsetzen und meine Wasserflasche herausholen, um das Brennen in meiner Lunge zu lindern. Lewis lässt sich neben mich sinken, erholt sich ebenfalls, auch wenn es bei ihm wesentlich schneller geht. Aber ich habe es geschafft, und das ist ein verdammt gutes Gefühl. Wie ein kleiner Sieg.

Erst nach einer Weile gelingt es mir, mit müden Beinen wieder aufzustehen. Hier oben weht ein frischer Wind, der sich auf meine überhitzte Haut legt. Ich schlinge meine Arme um mich. Der Gipfel ist schmaler, als ich dachte, Felsen reihen sich an Felsen, nur zwischendrin gibt es ein paar grüne Sträucher und erneut ein paar Lupinen. Vor mir erstreckt sich eine Landschaft aus weiten Bergen, umrahmt von Kiefern und Steppengras. Ich gehe einen Schritt auf die Ferne zu, schließe meine Augen. Genieße den leichten Wind, der mit einer meiner Haarsträhnen spielt, die sich aus meinem hohen Pferdeschwanz gelöst hat.

In der Ferne schreit ein Vogel. Auch ohne eine große Kennerin zu sein, weiß ich, dass es sich dabei um einen Habicht handeln muss. Wo ist er? Ich scanne den Horizont.

Lewis hat sich neben mich gestellt, sein Blick ebenfalls in die Ferne gerichtet.

»Da! Der Rundschwanzsperber.«

Er deutet auf einen Vogel mit schwarz-weißem Gefieder und einem langen gestreiften Schwanz, der gerade in unser Sichtfeld gelangt. Seine Flügel sind majestätisch ausgebreitet, während er im Wind segelt und seine Kreise zieht. Fasziniert sehe ich dabei zu. Erneut dringt sein Laut zu uns durch.

»Woher wusstest du, dass er hier sein würde?«, frage ich, immer noch etwas atemlos.

»Sie sind oft hier. Ich glaube, ihr Nest ist hier in der Nähe.«

»Danke, dass du mir das hier gezeigt hast.« Ich gehe einen Schritt auf ihn zu, sehe ihm in die Augen. Ihre dunkelblaue Farbe erinnert mich an das Meer, von dem ich schon immer wissen wollte, was unter diesem dichten Teppich aus Blau liegen mag. Genau diese Frage geht mir in diesem Moment auch bei Lewis durch den Kopf. Wenn ich seine Unsicherheit sehe, die ich nicht richtig deuten kann.

»Es gefällt dir also?«, fragt er zweifelnd, als hätte ihm mein Dank das noch nicht ausreichend verdeutlicht.

»Ob es mir gefällt? Und wie! Es ist … es verschlägt mir die Sprache.«

»Und das will schon was heißen, oder?«

Es ist das erste richtig offene Lächeln, das ich auf seinen Lippen sehe. Ich mag es. Auf seiner rechten Wange erscheint ein Grübchen, das mir beinahe ebenso den Atem verschlägt wie dieser Ort hier. Dieser Moment. Die Dankbarkeit, die ich in diesem Augenblick verspüre, ist tief in mir verankert. Diesmal lasse ich den Gedanken an Ms X zu. An die Zeit, die sie mir mit ihrer Organspende geschenkt hat, während ihre Uhr für immer stehen geblieben ist.

Ich schließe meine Augen, breite meine Arme aus. Der Wind kitzelt in meinem Nacken, er trägt den Ruf des Rundschwanzsperbers zu uns herüber, und dann atme ich. Bewusst, langsam.

Einen Atemzug nach dem anderen.

*Liebe Ms X,*

*seit ich denken kann, ist atmen für mich ein Privileg, das andere nie wirklich zu schätzen wussten. Die Jugendlichen in meiner Highschool nicht, die sich während ihrer Pause immer eine Zigarette nach der anderen angesteckt haben. Nicht die, die selbst mit Erkältung noch zehn Meilen gejoggt sind, ohne sich Gedanken um ihre Lunge oder ihren Herzmuskel zu machen. Selbst mein Bruder Gavin nicht, der sich irgendwann, ich denke, er war sieben oder acht Jahre alt, darüber beschwert hat, dass er bei den Besuchen in der Klinik einen Mundschutz tragen musste, um mich vor Keimen zu schützen. Zu gerne wäre ich so jemand gewesen, der sich darüber hätte beschweren können. Der sich von einem kleinen Mundschutz in seiner Freiheit eingeschränkt fühlte, während ich an mein Bett gefesselt war und gar nicht wusste, wie sich Freiheit überhaupt anfühlte. Wie es sich anfühlte, richtig Luft zu bekommen. Genügend Sauerstoff zu haben. Zu atmen.*

*Zwanzig. Das war die erschreckende Zahl, bevor ich für eine Organspende gelistet wurde. Zwanzig Prozent Lungenvolumen, rund sechzig Prozent weniger als die meisten gesunden Men-*

*schen in meinem Alter. Luftnot, rasselndes Atmen, Keuchen, Angst vor Überanstrengung. Selbst die kleinste Treppe wurde zum höchsten Berg. Schier unüberwindbar.*
*Als nach zwei Jahren immer noch keine neue Lunge in Sicht war, habe ich mich ernsthaft mit dem Gedanken auseinandergesetzt, was passieren würde, wenn ich keine Organspende bekäme.*
*Für einige Wochen hatte ich meinen Lebensmut verloren.*
*Die Hoffnung. Ein viel zu früher Tod schien unausweichlich.*
*Und dann kamst du. Am dritten November vor zwei Jahren.*
*Der Anruf, der meine Eltern und mich neue Hoffnung schöpfen ließ, die Aufnahme in die Klinik, eine neun Stunden lange OP.*
*Meine ersten Atemzüge nach der Transplantation waren beschwerlich, meine neue Lunge musste sich erst noch richtig entfalten. So dauerte es vier Wochen, ehe ich das erste Mal tiefe Atemzüge nehmen konnte. Zuerst hatte ich Angst, denn es war ein völlig neues Gefühl. Der Moment, als ich die Luft in mir aufnahm, tief und klar, absolut rein, war wie der Neuanfang, den ich mir immer gewünscht hatte. Als wäre ich auf einem unserer regelmäßigen Familien-Bootsausflüge ins Meer gefallen und hätte zwei Jahre lang unter Wasser gelebt, gekämpft, gelitten. Ohne Sauerstoff, mit dem Gefühl zu ersticken. Und dann, mit einem Mal, bin ich an die Oberfläche getrieben und konnte den erlösenden Atemzug nehmen, der mich ins Leben zurückholte.*
*Ja, atmen ist ein Privileg. Seit der Transplantation tue ich es anders. Bewusster. Ich wünschte nur, andere Menschen würden dieses Privileg auch erkennen.*

# Kapitel 6

Eine Stunde lang sitzen wir gemeinsam auf dem Gipfel, hängen unseren Gedanken nach und beobachten den Rundschwanzsperber, der unaufhaltsam seine Kreise zieht. Immer wieder sehe ich auch zu Lewis, der mit nachdenklicher Miene in die Ferne starrt. Manchmal fährt er sich über den Bart. Ich entdecke eine kleine Narbe durch die Stoppeln am Kinn durchscheinen und frage mich, wo er sie sich wohl zugezogen hat. Aber ich spreche es nicht aus, weil ich diese magische Ruhe nicht zerstören will. Obwohl wir schweigen, fühlt es sich nicht unangenehm an. Es ist wohltuend, als würden wir beide unsere Akkus wieder aufladen.

Als Lewis schließlich aufsteht, seine Wasserflasche einpackt und verkündet, dass wir uns nun auf den Rückweg machen müssen, kommt es mir zu kurz vor. Ich will mehr davon. Mehr von dieser Ruhe, dieser Natur. Diesem Gefühl, mit der Welt im Einklang zu sein.

Dennoch folge ich ihm den Berg hinunter. Meine Hände liegen unter den Riemen meines Rucksacks, der inzwischen zwar leichter ist, weil ich so viel Wasser getrunken habe, jedoch trotzdem an meinem Nacken zerrt.

»Was genau machst du gleich noch im Forschungslabor?«

»Wir … wir haben Erd- und Wasserproben genommen. Die muss ich noch untersuchen und mit den Proben vom Monat davor vergleichen.«

»Um was feststellen zu können?«

»Ob die Qualität gleich bleibt oder ob es Verunreinigungen gibt. Wir untersuchen monatlich, inwieweit der Tourismus im National Forest Auswirkungen auf die Natur hat.«

»Landschaftsökologie?«, frage ich, weil ich mich daran erinnere, dass Corey mir so etwas in Bezug auf sein Studienfach erzählt hat.

»Genau.«

»Wieso hast du dich gerade dafür entschieden?«

»Unser Dad ist Geologe«, antwortet Lewis. Seine Stimme klingt ein wenig kratziger als zuvor. »Dadurch ging es zu Hause viel um Erdkrustenbewegungen, Rohstoffe und Erdwärme. Jasper und ich haben ihn als Kinder oft ins Labor begleitet und mit ihm Proben analysiert.«

»Verstehe. Das erklärt, wieso ihr beide an der LBU gelandet seid. Wenn auch mit unterschiedlichen Studienfächern.«

Lewis nickt, sein Kiefer wirkt angespannt. Vermutlich, weil ich Jasper erwähnt habe. Was immer da zwischen den beiden steht, scheint nicht nur eine kleine Meinungsverschiedenheit zu sein.

»Mein Bruder Gavin ist noch in San José«, erzähle ich, um die Stimmung wieder ein wenig zu heben. »Er ist zwei Jahre jünger als ich und absolviert gerade sein letztes Jahr an der Highschool. Danach bewirbt er sich bestimmt an Community Colleges, auch wenn noch abzuwarten ist, ob er auch genommen wird. Er ist eher die Kategorie Klassenclown.« So oft musste er wegen irgendwelcher Scherze und Ruhestörungen den Unterricht verlassen. Es gab Phasen, in denen Mom und Dad fast täglich zum Direktor zitiert worden sind, weil Gavin wieder Blödsinn veranstaltet hatte. »Ich glaube, ich bin schuld daran«, überlege ich.

Lewis runzelt die Stirn. »Wie kommst du darauf?«

»Wegen meiner Krankheit. Ich war seit meinem ersten Lebensjahr ständig in Kliniken, immerzu ging es um Medikamente, Physiotherapie, Inhalation und meine Lungenkapazität. Mein Bruder musste immer zurückstecken.« So viel häufiger, als ich es in Worte fassen kann. Ich habe oft nicht verstanden, warum Gavin beim Krankenhausbesuch gequengelt hat und nach Hause wollte, immerhin war *ich* diejenige, die dort bleiben musste. Aber im Grunde kann ich ihm auch keinen Vorwurf machen, dass er seine Freizeit nicht in Kliniken verbringen wollte. An seiner Stelle wäre es mir wohl genauso ergangen. »Mit mir als Schwester hat er kein gutes Los gezogen«, sage ich und weiche einer Wurzel aus. »Er musste um jedes bisschen Aufmerksamkeit kämpfen, also hat er versucht, als Klassenclown Anerkennung zu bekommen. Verstehst du?«

»Besser, als du vielleicht denkst«, murmelt Lewis, doch es kommt so leise, dass ich mir nicht sicher bin, ob er es tatsächlich so gesagt hat. Er schultert seinen Rucksack neu, sein Blick auf den Weg vor uns gerichtet. Für einige Sekunden wirkt er weit weg in seinen Gedanken. »Verstehst du dich gut mit deinen Eltern?«, fragt er schließlich.

»Sehr. Sie fehlen mir.« Ich denke an Gavin, Mom und Dad, die zu Hause sicher gerade das Abendessen vorbereiten. Nun gut, Gavin vielleicht nicht, weil er sich vor Haushaltspflichten meistens drückt. Aber bald schon werden sie zusammen am Esstisch sitzen, und das löst eine gewisse Schwere in mir aus. Sehnsucht gepaart mit schlechtem Gewissen, weil ich ihnen die wahren Gründe für mein Studium bislang verschweige, obwohl sie mich immer bei allem unterstützt haben.

»Aber es tut gut, mich für Lullaby entschieden zu haben«, sage ich. »Meine Eltern, vor allem meine Mom, sind manchmal etwas überfürsorglich. Nach dem, was sie in den neunzehn Jahren mit mir durchgemacht haben, ist es sicher auch nicht verwunderlich, aber es war einfach Zeit, mich davon zu lösen.«

»Es ist nicht leicht … sich von seinen Eltern zu distanzieren.« Seine Stimme klingt belegt, und ich frage mich, wieso. Ob er von sich und seinen Eltern spricht. Ob er Probleme mit ihnen hat. Ich entscheide mich gerade dazu, etwas zu fragen, als Lewis leise seufzt und damit mein Vorhaben unterbindet. »Da vorne ist das Labor.«

Vor uns lichtet sich tatsächlich der Forest, durch die Kiefern kann ich das Labor erkennen.

»Soll ich dir vielleicht mit den Proben helfen?«, biete ich an.

»Ich denke, das schaffe ich allein. Es geht vermutlich schneller, wenn ich es dir nicht noch erklären muss.«

»Alles klar«, antworte ich und bin tatsächlich ein wenig enttäuscht. Zeit mit Lewis zu verbringen, war überraschend angenehm.

Wir verlassen den Wald, betreten wieder den Boden aus Kies und halten vor dem Forschungslabor. Etwas unbeholfen stehe ich da, viel unsicherer, als es bei mir sonst der Fall ist.

»Es war schön, dass du mir den Forest gezeigt hast. Danke, es hat wirklich Spaß gemacht.«

Lewis nickt. Kurz sieht er aus, als würde er etwas erwidern wollen. Es ist nicht das erste Mal, dass mir das auffällt. Als würde er etwas sagen wollen, es aber nicht tut, sondern sich zurücknimmt. Ich würde am liebsten die Wörter nehmen und sie irgendwie aus ihm herausziehen, seine Bremse lösen. Eine Bremse, die auch diesmal bleibt, denn er beißt sich auf die Unterlippe und geht einen Schritt auf das Labor zu. Damit ist die Wanderung ganz offiziell vorbei und unser Gespräch scheinbar auch. Viel zu schnell.

»Also, wir sehen uns«, sage ich zum Abschied, drehe mich um und finde mich damit ab, nun nach Hause zu gehen.

»Ich fand es auch gut«, antwortet er zu meiner Überraschung. Leise und hastig, als würde er ein Pflaster abreißen.

Mein Herz reagiert geradezu euphorisch auf diese Worte. Ich drehe mich wieder zu ihm und lächle. »Wirklich?«

Er nickt. »Vielleicht … also … wir können das ja mal wiederholen?« Es ist eine Frage, kein Vorschlag. Als wäre er nicht sicher, ob das meinem Wunsch entspricht.

»Total gerne«, entgegne ich sofort.

Seine angespannten Schultern sacken ein. »Cool.« Diesmal ist er es, der sich umdreht, ehe er im Labor verschwindet.

Sieht so aus, als würde Lewis Branson allmählich auftauen.

Als ich ins Haus komme, sitzt Lou mit einer Tasse Kakao und einer Modezeitschrift am Küchentisch, und es duftet nach Keksen.

»Hey«, sage ich und streife mir Jacke und Schuhe ab. »Das riecht ja himmlisch hier.«

»Bananencookies. Dahinten, in der Blechdose.«

Ich hole sie von der Ablage und setze mich damit ebenfalls an den Tisch. Die Wanderung hat mich derart ausgehungert, dass ich sofort drei von den Cookies herausnehme und verschlinge, ehe ich zu Lou sehe, die in ihrer Zeitschrift blättert. Doch ihr Blick wirkt zu nachdenklich, als würde sie sich gar nicht für die neuesten Wintermäntel interessieren.

»Alles in Ordnung?«

»Es war ein langer Tag«, sagt Lou und seufzt leise.

»Wegen deiner Aufgabe als Tutorin?« Ich habe zumindest heute Morgen mitbekommen, wie sie von einem der Treffen berichtet hat.

»Und wegen des Festkomitees und der Studiensprecherschaft …«

»Red nicht zu vergessen«, ergänze ich, denn wenn es stimmt, was Mr Peterson mir gestern bei unserem persönlichen Gespräch suggeriert hat, dann verlangt er einiges von seinen Stipendiaten.

Lou zuckt mit den Schultern. »Ich sollte mich nicht beschweren. Nichts ist schlimmer als Langeweile. Für mich zumindest.« Es klingt, als gäbe es mehr dazu zu sagen, doch ich komme nicht dazu, nachzuhaken. Corey tritt mit einem lauten Poltern durch die Hintertür, in der Hand einen Flechtkorb mit frisch geernteten Möhren.

»Seht euch die an«, sagt er und hält seine Ausbeute hoch. »Dieses Hochbeet ist wirklich eine Wucht.«

Corey stellt den Korb auf dem Tisch ab, und ich sehe hinein. »Sind die wirklich alle aus dem Beet? Die sehen klasse aus.«

»Und wie. Ich koche uns daraus eine Möhren-Ingwer-Suppe. Hazel, Möhren gehen doch, oder?«

»Die sind kein Problem.«

»Perfekt.« Corey holt sich einen Teller, eine Schüssel mit Wasser und eine Bürste, bevor er sich zu uns setzt und beginnt, die Möhren von der Erde zu befreien. Ich stopfe mir noch einen der Cookies in den Mund, ehe ich mir Schneidebrett und Messer hole, um die gewaschenen Karotten zu schälen.

»Also, Hazel.« Coreys Mundwinkel zuckt verräterisch. »Habe ich dich da eben mit Lewis gesehen?«

Lou starrt zu mir, die Zeitschrift klappt zu. »Lewis Branson? Jaspers Bruder?«

»Ja, wir waren im Modoc auf meiner ersten Wanderung«, antworte ich. »So einen wunderschönen Ort habe ich wirklich noch nie gesehen. Wir haben diese kleinen blauen Vögel beobachtet. Die soll es auch bei uns im Garten geben. Stimmt das?«

»Du lenkst ab«, sagt Corey grinsend. »Tut sie doch, oder Lou?«

»Wir waren wirklich nur wandern«, sage ich stirnrunzelnd. »Wieso ist das so eine Sensation?«

»Weil es Lewis ist«, erklärt Corey.

Lou nickt, offenbar versteht sie diese Aussage viel besser als ich.

Corey hat meinen irritierten Blick wohl bemerkt, denn er setzt an, um diese Aussage weiter auszuführen. »Jasper und Lewis sind ziemlich beliebt. Ich kenne kaum jemanden, der nicht auf einen der beiden steht. Männlich wie weiblich, wohlgemerkt«, sagt er grinsend. »Aber im Vergleich zu Jasper ist Lewis ziemlich unnahbar. Viele haben sich schon die Zähne an ihm ausgebissen.« Corey reicht mir eine der geputzten Möhren, ehe er sich eine neue nimmt und sie mit geübten Handgriffen säubert. »Er hat ein paar Freunde, drei Typen aus seinem Studiengang, aber ansonsten ist er immer nur im Forschungslabor oder im Archiv. Er ist recht zurückhaltend.«

»Ich habe bisher kaum fünf Sätze mit ihm gewechselt«, sagt Lou. »Dabei bin ich seit einem Jahr Jaspers Mitbewohnerin und habe es wirklich versucht. Ohne Erfolg.«

»Ich sag ja: unnahbar«, meint Corey lässig, sein Mundwinkel zuckt amüsiert. »Aber es sind trotzdem immer auffallend viele Mädels im Archiv, wenn er arbeitet. Alle wollen herausfinden, was es mit dieser Schüchternheit auf sich hat.«

»Stimmt, er *ist* schüchtern«, sage ich, auch wenn ich mir nicht mal sicher bin, ob das Wort zutreffend ist. Vielleicht eher vorsichtig? »Aber ich habe mich eigentlich richtig gut mit ihm unterhalten.«

»Klingt, als würdest du ihn mögen«, stellt Lou fest.

Ich zucke mit den Schultern. »Bisher gibt er mir keinen Grund, es nicht zu tun. Die Wanderung mit ihm war toll, ich habe die Zeit wirklich genossen. Er kennt sich wahnsinnig gut in der Natur aus, und er strahlt eine innere Ruhe aus, die mir manchmal fehlt.«

»Dann nimm dich vor den Fangirls in Acht«, zieht Corey mich auf. Sofort kommen mir die Studentinnen aus dem Archiv in den Sinn, die Lewis beobachtet haben. Ob sie tatsächlich wegen ihm da waren? Lewis schien sich jedenfalls nicht sonderlich für sie zu interessieren, er war viel zu sehr auf seine Arbeit fokussiert.

»Die möglichen Fangirls sind es nicht, die mir etwas Sorgen bereiten«, sage ich und schäle eine der Möhren. Gedanklich gehe ich noch einmal all die Eindrücke der Wanderung durch und bleibe immer wieder bei einer Frage hängen. »Wie genau ist das Verhältnis zwischen Jasper und Lewis?«, frage ich schließlich. »Lewis reagiert seltsam, sobald ich seinen Bruder erwähne … und dann dieser Streit vor ein paar Tagen. Hätte Jasper ein Problem damit, wenn ich mich mit Lewis anfreunden würde?«

»Ich denke nicht, dass er etwas dagegen hätte«, antwortet Lou nachdenklich, bevor sie Corey fragend ansieht. »Oder? Du kennst ihn länger als ich.«

»Hm. Keiner weiß wirklich, wieso die beiden so oft aneinandergeraten. Hin und wieder gibt es mal Lichtblicke, und die beiden reden miteinander, aber die meiste Zeit, in der ich sie sehe, streiten sie wegen irgendetwas. Aus dem Grund macht Jasper immer ein großes Geheimnis.«

»Dann haben sie den letzten Streit noch nicht geklärt?«, mutmaße ich.

»Es würde mich wundern«, sagt Corey. »Aussprechen tun sie sich fast nie. Sie streiten, sie schweigen sich an, und plötzlich macht einer einen Schritt auf den anderen zu – meistens Jasper –, und dann ist es wieder für ein paar Wochen gut, in denen der Streit nicht richtig geklärt wird. Und dann geht's wieder von vorne los.«

»Das klingt irgendwie nicht so gesund.« Eher grauenvoll. Wie ein Vulkan, der unter der Oberfläche aktiv bleibt und nur darauf wartet, irgendwann auszubrechen.

»Helfen kann man ihnen auch nicht«, sagt Lou. »Habe ich schon versucht. Aber Jasper redet nicht gerne darüber.«

»Mit mir auch nicht«, meint Corey. »Nicht oft, zumindest. Aber ihre Streitigkeiten müssen irgendetwas mit der LBU zu tun haben, denn Jasper hat mir schon mal erzählt, dass sie sich früher besser verstanden haben. Bevor beide hierherkamen.« Corey, der mit dem Putzen der Möhren fertig ist, geht zur Küchenzeile und holt eine Zwiebel. Dann setzt er sich wieder an den Tisch, den Blick kurz gen Decke gerichtet, wo Jaspers Zimmer ist. »Hier in Lullaby benehmen sie sich jedenfalls eher wie flüchtige Bekannte, nicht wie Brüder. Obwohl ich eigentlich den Eindruck habe, dass Jasper trotzdem an Lewis hängt und gerne mehr Zeit mit ihm verbringen würde.«

»Das denke ich auch«, sagt Lou. »Aber er versteckt es ganz gut.«

Corey beginnt, die Zwiebel zu schälen. »Ich vermute also, dass Jasper nichts dagegen hätte, wenn du dich mit seinem Bruder anfreundest. Vielleicht motiviert ihn das ja, endlich die Dinge mit Lewis zu klären. Immer alles unter den Teppich zu kehren, bringt beide nicht weiter.«

»Ich hoffe es«, erwidere ich. Immerhin ist Jasper mein Mitbewohner. Harmonie ist wichtig, und ich will nichts zerstören, was wir gerade erst aufbauen. Oder was Lewis und ich dabei sind, aufzubauen, denn nach heute bin ich sicher, dass ich weiter mit ihm reden will. Vielleicht mehr, als ich mir eingestehen möchte. Seine Nähe ist zu wohltuend, um mich ihr zu entziehen.

»Apropos«, sagt Corey. »Wo steckt Jasper eigentlich?«

»Oben«, antwortet Lou missmutig. »Mit Quinn Stevens.«

»Was? Die blonde Aushilfe aus dem *Hopes*?«

»Jap.« Lou schluckt schwer, dann sieht sie wieder zu ihrer Zeitschrift. Fast, als würde sie Jaspers Liaison mit dieser Quinn ablehnen.

Auch Corey schüttelt missbilligend den Kopf. »Dabei habe ich ihm gesagt, er soll das lassen. Das gibt nur wieder Ärger.«

Ich sehe ihn fragend an.

»Ich sagte ja: Im Vergleich zu Lewis ist Jasper nicht so zurückhaltend. Er scheint nicht wirklich etwas Festes zu wollen. Das wissen die Frauen, und doch lassen sie sich auf ihn ein und haben am Ende ein gebrochenes Herz.«

Interessiert horche ich auf. »Dann hat er öfter was am Laufen?« Trotz Jaspers lockerer Art hatte ich nicht erwartet, dass er so häufig Frauen mit hierherbringt, wie es bei Corey klingt. Wie findet er neben dem Studium überhaupt noch Zeit zum Daten? Mr Peterson klang, als wäre allein das Stipendium ein Vollzeitjob.

»Manchmal«, sagt Lou. »Aber flirten tut er bei so ziemlich jeder Gelegenheit.«

»Und hinterher bin ich es meistens, der die Frauen trösten muss«, murrt Corey. »Keine Ahnung, wieso sie gerade mich auswählen.«

»Du wirkst vertrauenerweckend«, erwidere ich. Ich jedenfalls kann verstehen, dass Corey durch seine offene, herzliche Art schnell zum Ansprechpartner wird.

»Und du hast eine gute Schulter zum Ausheulen«, ergänzt Lou. »Selbst schon ausprobiert, schon vergessen?«

»Der Kummerkasten zu sein, nervt aber manchmal. Natürlich niemals bei dir, Lou«, fügt er sofort hinzu und wirft ihr einen Luftkuss zu. »Für meine Mitbewohnerinnen bin ich immer da. Aber die anderen sollen mich bitte einfach mal in Ruhe lassen. Wenn ich Kummer habe, komme ich schließlich auch nicht bei ihnen angekrochen.«

»Dafür sind unsere Zimmer jederzeit für dich offen«, sagt Lou.

»Hast du denn aktuell Kummer?«, hake ich nach.

»Nein«, antwortet Corey unbeschwert. »Aber dafür ein heißes Date. Am Freitag.«

Lou starrt ihn an. »Was? Mit wem?«

»Cedric Boldt.«

»Mit meinem ehemaligen Tutor? Ich wusste doch, dass er dir gefallen hat.«

Corey grinst verwegen. »Wir fahren nach Juniper in diese Bar in der Pranson Street.«

»O ja, das ist genau das Richtige. Das schummrige Licht, diese coole entspannte Atmosphäre. Du könntest dein blaues Shirt tragen – das mit dem Polokragen. Und dazu diese graue Hose? Die sitzt etwas locker am Bund, aber ich könnte sie dir vorher noch enger nähen, wenn du willst. Und ich –«

Corey stoppt sie. »Ich weiß, du liebst Projekte, und *ich* liebe deine Power, aber ich habe alles im Griff. Es wird sicher ein grandioser Abend.«

»Na gut. Wenn du doch meine Hilfe brauchst –«

»– klopfe ich sofort an deine Tür. Oder stehe mitten in der Nacht während einer deiner Backsessions in der Küche und berichte dir hinterher alles. Mit allen möglicherweise schmutzigen Details.«

Lou und Corey sehen sich ein paar Sekunden an, als würden sie diese Abmachung besiegeln. Dann legt Lou die Zeitschrift beiseite und beginnt, Öl in einem Topf zu erhitzen, um darin die Zwiebeln anzubraten, die Corey gerade in mühevoller Kleinarbeit hackt. Er wirkt zufrieden. Vielleicht, weil er endlich seine großen Neuigkeiten verkündet hat. Ich für meinen Teil bin es auch. Schon allein, weil ich nun die Sache zwischen Lewis und Jasper etwas besser greifen kann.

Corey steht auf und holt sich die Schale mit den Möhren, die er zu den Zwiebeln gibt. Ein Zischen ertönt.

»Ich drücke dir auf jeden Fall die Daumen für dein Date«, sage ich zu Corey.

»Und ich dir für Lewis«, erwidert er zwinkernd und treibt damit tatsächlich kurz Hitze in mein Gesicht, was ihn nur noch mehr dazu anstachelt, mich mit Lewis aufzuziehen.

Ich weiß nicht, ob er recht hat. Ich mag Lewis und die Ruhe, die er ausstrahlt. Und ich will wissen, was hinter diesem Funkeln in seinen Augen steckt. Aber ich bin schließlich nicht wegen Männern nach Lullaby gekommen.

Doch immerhin lassen wir das Thema Lewis danach fallen. Während wir gemeinsam die Suppe kochen, erzählt Corey von seinen letzten Dates. Vier davon mit Leuten von der Uni und eines mit einer ehemaligen Mitschülerin, die ihn hier in Lullaby besucht hat.

Irgendwann stößt Jasper mit seiner Eroberung zu uns. Eine zierliche Frau mit blondem Bob. Sie verabschiedet Jasper an der Haustür mit einem unangenehm langen Kuss.

»Wir sehen uns«, haucht sie, dann verschwindet sie nach draußen, und Jasper dreht sich grinsend zu uns.

»Was für ein Tag«, sagt er kopfschüttelnd. »Was kocht ihr da?«

»Ingwer-Möhren-Suppe«, antwortet Lou. Mir entgeht nicht, dass ihre Stimme eine Nuance tiefer ist als sonst. Auch nicht das etwas gequälte Lächeln, das sie Jasper zuwirft. Vielleicht lag ihre nachdenkliche Stimmung doch nicht nur an den vielen Aufgaben als Tutorin.

# Kapitel 7

Reese' Zimmer befindet sich in Gebäude A, direkt vor einem kreisrunden Flur voller Pflanzen und Sitzbänken, auf denen ein paar Leute aus meinem Semester sitzen und sich unterhalten. Ich winke einigen von ihnen zu, bevor ich mich Zimmer A14 nähere.

Laute Stimmen dringen durch die Tür, eine davon eindeutig Reese', auch wenn ich durch das Gewusel auf dem Flur die Worte nicht genau verstehen kann. Etwas unsicher klopfe ich an, die Stimmen verstummen, dann wird die Tür aufgerissen, und eine Frau mit feuerroten Haaren und einem Nasenpiercing rauscht an uns vorbei.

»Blöde Zicke«, höre ich sie murmeln, im selben Moment seufzt Reese theatralisch. Sie steht mit gequältem Gesichtsausdruck im Zimmer, ihre Kopfhörer noch um den Nacken gelegt.

»Selber Zicke«, murrt sie erschöpft.

»Das war Keyla, nehme ich an?«, frage ich beim Eintreten.

»Die einzig wahre.«

»Also immer noch keine Besserung in Sicht?« Ich schließe die Tür hinter mir und lege meine Tasche ab.

Das Zimmer besteht aus zwei Betten, zwei Schränken, einem Kühlschrank mit Mikrowelle und ein paar Bilderrahmen mit abstrakten Kunstwerken, die sicher Keyla gehören, weil die dunklen Farben irgendwie nicht zu Reese' Aufgewecktheit passen wollen. Reese hatte doch auch erwähnt, dass Keyla Künstlerin ist. Eine begabte noch dazu, wenn ich mir die Gemälde so ansehe.

Reese lässt sich am kleinen runden Tisch nieder, der mitten im Raum steht, und ich schließe mich ihr an.

»Worum ging es diesmal?«

Reese' Finger finden einen Kugelschreiber, den sie nervös in ihrer Hand dreht, immer und immer wieder. »Um Joghurt.«

Ich stutze. »Um Joghurt? Wie meinst du das?«

»Hier im Supermarkt gibt es einen Joghurt, den ich liebe. Okay? Ich liebe ihn wirklich sehr, jedes Mal, wenn ich von der Uni komme, freue ich mich darauf, ihn zu essen. Das weiß Keyla. Genauso weiß Keyla, dass dieser Joghurt verdammt noch mal scheiß teuer ist. Aber sie kam ernsthaft auf die Idee, diesen Joghurt aufzuessen. MEINEN Joghurt.«

Ich bemühe mich sehr, nicht zu grinsen, denn Reese' Entrüstung ist niedlich, ich kann sie aber auch nachvollziehen, immerhin weiß ich, wie hart Reese im Diner schuftet und wie knapp sie bei Kasse ist. Außerdem geht es wohl auch ums Prinzip.

»Sie hätte dich wirklich vorher fragen müssen«, stehe ich ihr bei.

»Sie fragt nie. Nicht bei meinem Joghurt, nicht bei meiner Kleidung. Letztens hat sie sogar in meinen Songtexten rumgeschnüffelt.«

Reese sagt es so beiläufig, als wäre das keine große Sache. Aber ich sehe sie begeistert an. »Du schreibst Songs? Das hast du bislang verschwiegen …«

Sie lässt den Stift sinken und zieht eine Grimasse. »Sagen wir, ich versuche es.«

»Das ist verdammt cool.« Da ich sie – außer während der Schichten im Diner – bisher nie ohne Kopfhörer gesehen habe, war ihre Liebe zur Musik unverkennbar, und doch hätte ich nie gedacht, dass die quirlige Reese eine derart kreative Ader hat.

»Zurzeit schreibe ich nur für mich und zeige sie keinem. Keyla macht selbst Kunst.« Reese deutet zu den Gemälden an der Wand. »Sie sollte also wissen, dass man sich so was nicht ungefragt ansieht und es so etwas wie Privatsphäre gibt.«

»Aber das lässt sich doch sicher klären, meinst du nicht?«

»Ja, mit einem Vorhängeschloss an all meinen Sachen.«

»Sollen wir dir einen neuen Joghurt besorgen?«, schlage ich vor.

»Nein. Jetzt habe ich keinen Hunger mehr«, brummt Reese trotzig. »Ich brauche Ablenkung.« Sie legt den Stift auf den Tisch. »Shawn – du weißt schon, mein Cousin –«

»– der auch im Diner arbeitet?«

»Genau. Ich konnte ihn dazu überreden, uns die Forschungslabore zu zeigen. Du sagtest doch gestern, dass du dich dafür interessieren würdest, oder? Er ist grade in Labor zwei zugange. Wir könnten hingehen.«

»O ja, gute Idee. Zeigst du mir dann vorher auch noch das Wohnheim?«

»Klar. Wird gemacht.«

Reese steht auf und richtet ihre Braids, die sie heute zu einem hohen Zopf gebunden hat, dann schnappt sie sich wieder den Stift. Wir verlassen ihr Zimmer, und sie zeigt mir die Snackbars, Waschräume und einen Gemeinschaftssaal mit einer Sessellandschaft. Ihre rechte Hand lässt weiter den Stift rotieren. Es ist wuselig. Überall quetschen sich Menschen durch, einige bleiben auf den Gängen stehen, um sich zu unterhalten. Obwohl ich erst seit ein paar Tagen hier bin, erkenne ich bereits ein paar Gesichter und winke ihnen. Reese nickt hier und da ein paar Leuten zu.

»Hier wohnen alle aus dem ersten Semester. Die Älteren sind, soweit ich weiß, in B, C oder D untergebracht. Gerüchteweise habe ich gehört, dass dort die Chancen auf Einzelzimmer größer sind, aber ich weiß nicht, ob das wirklich stimmt. Shawn jedenfalls wohnt in B und hat auch einen Mitbewohner.«

»Es wirkt hier so lebendig«, stelle ich fest. »Noch mal ganz anders als in Red.«

»Wie ist es bei euch? Ich habe das Gefühl, dass die meisten mit vorgehaltener Hand und Ehrfurcht von Red sprechen, aber die wenigsten sind schon mal dort gewesen.«

»Es ist einfach abgelegener«, erkläre ich. Ich liebe alles an der Idylle, die bei Red herrscht, und doch frage ich mich in diesem Moment, wie es wohl ist, hier mitten auf dem Campus zu leben, so wie Reese. »Du musst uns mal besuchen kommen, dann zeige ich dir alles.«

Ich kann sofort erkennen, wie sich mit diesem Vorschlag Reese' schlechte Laune verbessert. Ihre Augen strahlen zumindest wieder, als sie mich ansieht. »Das wäre total cool. Stimmt es, dass es noch die Feuerwehrstange gibt?«

»Ja, die gibt es.«

»Bist du schon gerutscht? Ich will das unbedingt mal machen.«

»Bisher habe mich noch nicht getraut, aber wir können es zusammen probieren, okay?«

Reese grinst. »Auf jeden Fall.«

Wir streifen durch den Flur vom Wohnheim, wo sich gerade ein paar Studierende an den Snackautomaten bedienen und über die letzte Vorlesung in Ökonomie sprechen. Irgendwo wummert Bass aus einem der Zimmer.

»Hast du dir das Unileben so vorgestellt?«, fragt Reese, als wir uns zu den Forschungslaboren durchschlagen und dabei weiteren Studierenden ausweichen. Dafür, dass sich draußen das beste kalifornische Wetter präsentiert, herrscht auf den Fluren Hochbetrieb.

»Ich dachte ehrlich gesagt, es wäre etwas leichter«, gebe ich zu. »Der Gedanke an die Prüfungen überfordert mich jetzt schon. Ich habe die letzten Tage damit verbracht, den verpassten Stoff nachzuholen, und es fühlt sich an, als habe ich einen Monat gefehlt, nicht nur eine Woche. Außerdem ist da das Stipendium. Ich will niemanden enttäuschen.«

»Oh. Macht Mr Peterson Druck?«

»Er erwartet zumindest gewisse Leistungen. Er hat mir gesagt, dass ich bald meine ersten Aufträge bekomme. Es bleibt also nicht viel Zeit zur Eingewöhnung.«

Wir verlassen das Wohnheim, um zu den Forschungslaboren zu gehen, die sich direkt neben Reese' Wohnheim befinden. Nur fünf Minuten an ein paar Kiefern und ein paar Holztischen vorbei. Noch ein paar Meter weiter, und wir würden direkt im Ortskern von Lullaby landen. Mein Blick schweift über den Campus, der nun, da die Vorlesungen vorbei sind, nach und nach leerer wird. Nur ein paar Lerngruppen sitzen noch an den Tischen und Bänken, dem Aussehen nach aus den höheren Semestern.

Reese' Cousin steht bereits vor dem Forschungslabor zwei und wartet auf uns. Mir begegnen dieselbe breite Nase und eine ähnliche braune, vertrauenerweckende Augenfarbe wie bei Reese. Es ist unverkennbar, dass die beiden miteinander verwandt sind, was aber vor allem an dem einnehmenden Lächeln liegt, das beiden gemein ist. Shawn begrüßt uns, wobei er ein wenig abgehetzt wirkt. Es scheint, als habe Reese ihn zu dieser Aktion überredet und er eigentlich keine Lust darauf, aber er führt uns dennoch im Labor herum. Es handelt sich dabei um ein kreisrundes, abgedunkeltes Gebäude. Es ist so düster, dass meine Augen sich kurz an die schlechten Lichtverhältnisse gewöhnen müssen. Keine Ahnung, wieso es hier so dunkel ist.

»Hier wird mit lichtempfindlichen Materialien gearbeitet«, erklärt Shawn, der meinen fragenden Blick bemerkt hat.

»In den beiden anderen Laboren nicht?« Dort habe ich zumindest Fenster gesehen.

»Nee, die sind hauptsächlich zum Analysieren der Proben da. Labor zwei hingegen wird zum Experimentieren genutzt. Die aktuelle Frage lautet: Welche Biodünger sind am verträglichsten, und wie sind deren Langzeitauswirkungen auf die Pflanzen?«

»Gibt es schon erste Erkenntnisse?«

»Noch nichts Spruchreifes. Professor Masters besteht darauf, alles fünfmal zu überprüfen und zu belegen, bevor wir die Ergebnisse publik machen. Es dauert also sicher noch ein paar Wochen, wenn nicht sogar Monate, bis wir echte Resultate haben.«

»Shawn, der Superstreber, ist auch in der Arbeitsgruppe«, wirft Reese ein und zieht eine Grimasse.

»Wer nichts leistet, bekommt auch nichts«, sagt er. »An der LBU zählt Engagement sehr, und ich will schließlich, dass Professor Masters mir später eine gute Empfehlung schreibt. Außerdem wird mit der Veröffentlichung auch mein Name genannt.«

»So fleißig«, sagt Reese und klopft ihrem Cousin feixend auf die Schulter. »Zeigst du uns noch die anderen Labore?«

»Ich weiß nicht. Es ist noch so viel zu tun.«

»Ach, komm schon, Shawn. Wir wollen doch vorbereitet sein.

Außerdem hast du mir schon letzten Monat versprochen, mir eine Führung zu geben. Ich finde, dafür, dass ich nun endlich in Lullaby bin, nimmst du dir ganz schön wenig Zeit für mich.« Reese' Tonfall ist beiläufig, fast schon spaßig, aber ich spüre instinktiv, dass es für sie nicht nur ein Spruch ist. Als wäre sie wirklich enttäuscht darüber, dass ihr Cousin sich nicht so viel Zeit für sie nimmt. Ich kann es ihr nicht verübeln. Wenn ein Teil meiner Familie bereits an der Uni wäre und mich dann nicht unter seine Fittiche nehmen würde, wäre ich wohl auch ein wenig gekränkt – vor allem, wenn ich bedenke, wie überfordernd die Orientierungsphase an der Uni sein kann.

Shawn stöhnt leise, seine Lippen verformen sich jedoch zu einem leichten Grinsen, das meine schweren Gedanken sofort wieder vertreibt. »Also schön, du Quälgeist. Dann kommt mit.«

Wir gehen weiter in Forschungslabor drei, das aus einem eckigen Raum mit vielen Fenstern besteht. In der Mitte befinden sich Tische mit Proben, Mikroskopen, Probenbehältern, daneben ein Aktenschrank, in dessen Ordner offenbar die Ergebnisse festgehalten und archiviert werden.

»Keine digitale Erfassung?«, frage ich erstaunt.

»Doch, dort hinten in dem Schrank sind Tablets mit Zugriff auf alle Daten der letzten Jahre.«

»Wozu dann diese Papierakten?«

»Für euch Frischlinge.« Shawn stupst seine Cousine an, die ihm daraufhin einen Knuff auf den Oberarm gibt. »Dr. Livings besteht darauf, dass die Erstsemester alles handschriftlich eintragen, weil sie den Lerneffekt verstärken will. Sie ist eben alte Schule. Was man nicht aufschreibt, prägt man sich nicht ein. Erst die späteren Semester arbeiten mit den Tablets, wenn die Grundkenntnisse sitzen.«

»Verstehe.«

»Labor eins ist genau wie das hier, eigentlich unnötig, es euch zu zeigen.«

»Shawn«, sagt Reese und zieht das »a« lang. »Zier dich nicht so.«

Ihr Cousin nickt etwas entwaffnet und trottet dann los.

Diesmal kenne ich den Weg, direkt zu Red und zum danebengelegenen Forschungslabor.

»Da ist es«, sagt Shawn überflüssigerweise. Er öffnet die Tür, und wir folgen ihm hinein in einen Raum, der wirklich genauso aussieht wie Labor drei. Nur dass ich diesmal keinen Aktenschrank sehe, dafür eine Gestalt an einem der Tische, die gerade eine Probe untersucht.

»Entschuldige, Branson. Ich wusste nicht, dass du hier bist.«

Mein Gehirn verarbeitet die Informationen erstaunlich langsam. Vielleicht liegt es daran, dass ich von den Eindrücken der Führung benebelt bin – oder von Lewis' Anwesenheit. Heute hat er offenbar seine Brille gegen Kontaktlinsen getauscht. Ich weiß nicht, welcher Anblick anziehender ist. Die freie Sicht auf seine blauen Augen, die durch das fehlende Brillengestell intensiver und noch dunkler wirken? Oder der Goldrahmen, der grandios zu den blonden Strähnen in seinen Haaren passt und damit auch perfekt zu dieser einen widerspenstigen Locke, die mir so gefällt?

»Hey«, bringt er etwas atemlos hervor, als er mich entdeckt. Es ist unmöglich auszumachen, was er in diesem Moment denkt. Definitiv verunsichert ihn die Anwesenheit von Reese und Shawn, die er mit einem nervösen Seitenblick zur Kenntnis nimmt. Doch dann konzentriert er sich wieder auf mich, und ich bin sicher, einen seiner Mundwinkel zucken zu sehen.

»Ich hätte anklopfen sollen«, sagt Shawn entschuldigend. »Ich gebe den beiden nur gerade eine Einführung in die Labore. Frischlinge«, erklärt er, das letzte Wort geflüstert.

»Kein Problem«, erwidert Lewis. Es ist das erste Mal, dass ich ihn in der Gegenwart von anderen und fern vom Archiv sprechen höre, und es erstaunt mich, dass sein Stottern stärker ist. Stärker zumindest, als bei unserer Verabschiedung genau hier vor dem Labor vor einigen Tagen.

»Wie ihr seht, sind hier keine Aktenschränke«, erklärt uns Shawn. »Das liegt daran, dass die Erstsemester immer nur im Labor drei arbeiten. Ist näher am Campus.«

»Was machst du gerade?«, frage ich Lewis und trete an ihn heran. »Sind das Erdproben?«

»Ja, von … von heute Morgen. Ich vergleiche die Proben jetzt mit denen der letzten Wochen und untersuche sie auf Verunreinigungen und ihre Nährstoffdichte.«

»Darf ich mal sehen?«

Lewis tritt zur Seite und macht mir und Reese somit Platz am Tisch. Wir betrachten den kleinen Behälter mit der Bodenprobe. Ein kleiner Teil davon liegt unter dem Mikroskop. Ich sehe hindurch, kann die Ergebnisse aber nicht interpretieren. Offenbar gibt es im Grundkurs einiges zu lernen.

»Wir stören dich dann auch nicht länger«, verkündet Shawn und reckt seinen Kopf demonstrativ in Richtung Tür.

»Danke«, sagt Reese und nickt Lewis zu.

Ich jedoch blicke ihn unschlüssig an. Die Begegnung war mir viel zu kurz.

Lewis mustert mich abschätzend. Ganz kurz flackert Entschlossenheit auf. »Hazel«, sagt er mit etwas trockener Stimme. »Kann ich … dich noch sprechen?«

»Ja«, antworte ich etwas zu schnell.

Reese lässt für eine Sekunde ihren Stift sinken und hebt vielsagend eine Augenbraue, während sie mich ansieht.

»Okay«, zieht sie das »o«. »Dann warten wir im Labor zwei auf dich. Shawn, du kannst mir ja in der Zeit etwas von diesen Experimenten zeigen. Vielleicht lerne ich ja noch etwas.«

Sie gibt ihrem Cousin einen kleinen Schubs, der durch das spontane Ende der Führung beinahe erleichtert wirkt, und geht mit ihm nach draußen. Ich bleibe stehen und sehe Lewis etwas unbeholfen an, der wieder seine Hände in den Hosentaschen vergraben hat. Die plötzliche Stille, die uns umgibt, macht mich augenblicklich nervös. Seine Gegenwart auch. Obwohl ich nicht weiß, wieso. Weil die Wanderung mit ihm so schön war? Weil ich seitdem viel an ihn gedacht habe? Weil ich nicht weiß, ob es ihm auch so geht?

»Diese Proben«, plappere ich los, weil ich die Stille heute nicht gut ertrage. »Wie oft untersuchst du sie?«

»Jeden Monat eine Probe von jeder Art«, antwortet er leise, aber diesmal wieder mit beständigerer Stimme. Als hätte ihn allein die Anwesenheit der anderen aus dem Konzept gebracht, während er sich bei mir schon ein wenig sicherer fühlt. Ein schöner Gedanke. »Wasser, Boden und Geröll.«

»Wow, und das alles neben den Vorlesungen.« Lewis, Lou und Corey haben Vorlesungen, Extraufgaben und Programme, gehen Hobbys nach und haben ein Sozialleben, während ich es kaum schaffe, mich auf meine Suche nach Ms X, die Vorlesungen und die Eingewöhnung hier in Lullaby gleichzeitig zu konzentrieren. »Ich bin erst ein paar Tage hier und habe schon das Gefühl, dass mir der Kopf raucht.«

»Es wird besser, wenn du erst mal die Grundlagen kennst.«

»Das stimmt vermutlich.« Ich nicke, setze zum Sprechen an und verliere auf halbem Weg meine Wörter wieder. Dabei ist das unbedachte Sprechen sonst meine Stärke.

»Diese Probe ist ganz interessant«, sagt Lewis und nimmt mir damit den Druck.

»Wirklich? Wieso? Ich habe da, ehrlich gesagt, nicht so viel gesehen.«

»Weil du noch nicht weißt, worauf du achten musst«, erwidert er sanft. Wenn Shawn uns darauf hingewiesen hat, dass wir *Frischlinge* sind, schwang immer eine Spur Hohn mit, doch bei Lewis ist davon nichts zu spüren.

»Was ist denn an dieser so besonders?«, frage ich.

»Noch vor einem Jahr haben wir zu viele pathogene Bakterien in den Erdproben gefunden. Die können für Pflanzen gefährlich sein und den Forest bedrohen. Aber die Erde scheint sich zu erholen. Ich beobachte es schon seit Wochen, aber es war noch nie so klar zu erkennen wie jetzt.«

Mir fällt auf, wie sicher Lewis spricht, wenn es um die Arbeit geht. Als würde die LBU einen Schalter bei ihm umlegen. Er ist in seinem Element. Ich nehme es ganz deutlich wahr, und obwohl ich selbst bislang nie Begeisterung für das Innenleben von Erde verspürt habe, springt diese Euphorie ein wenig auf mich über.

Die Proben wirken so unscheinbar. Einfach nur braune, klumpige Erde. Und doch, mit dem Wissen, dass sich die Erde nun erholt und besser gedeiht, löst dieser Klumpen plötzlich etwas in mir aus. Es erinnert mich ans Leben, daran, dass Krankheit nicht Tod bedeutet und man immer wieder aufstehen und weiterkämpfen kann. Sich erholen kann.

»Die pathogenen Bakterien sind weniger geworden, dafür habe ich nun ganz viele Actinomyceten gefunden.«

»Und die sind gut?« Ich habe noch nie von ihnen gehört.

»Ja. Sie recyceln sozusagen den Boden, helfen also dabei mit, die Nährstoffdichte hoch zu halten. Außerdem sind sie für den erdigen Geruch verantwortlich.«

»Den liebe ich«, sage ich überschwänglich.

Er rückt etwas an mich heran, seine Schulter berührt meine, und das bringt mich unwillkürlich dazu, ihm noch ein wenig näher kommen zu wollen. Der Minzduft, der mir schon bei unserer Wanderung aufgefallen ist, dringt zu mir durch und lässt mich langsame, bedachte Atemzüge nehmen, um ihn ganz bewusst wahrzunehmen.

»Ich bin sicher, dass wir die Ergebnisse schon bald veröffentlichen und als entsprechenden Erfolg feiern werden.« In seiner Stimme schwingt ein kleines Zittern mit. Es ist nicht die Unsicherheit, die sonst herauszuhören ist. Stattdessen bilde ich mir ein, meine Anwesenheit wäre der Grund dafür. Als würde es ihn ebenso nervös machen, wie es bei mir der Fall ist, wenn wir gemeinsam in einem Raum sind.

»Ich bin froh, dass wir dich hier getroffen haben«, sage ich leise. Vorsichtig, mit Bedacht.

»Ja?« Lewis sieht mich an.

Ich schlucke schwer, nicke gleichzeitig und fasse Mut. »Ich habe viel an unsere Wanderung gedacht. Es ist schön zu sehen, was wir mit der LBU schützen werden und wofür wir hier kämpfen. Von Fotos und Videos wusste ich, dass der National Forest schützenswert ist, aber die Natur mit eigenen Augen zu sehen, ist etwas ganz anderes. Es bringt einen zum Nachdenken. Über das

Leben und die Vergänglichkeit. Aber vor allem über die Chancen«, füge ich schnell hinzu. »Ich will wirklich lernen, wie das mit dem Umweltschutz geht, will alles über die Zusammenhänge verstehen und dabei das Richtige für die Zukunft tun.«

»Mir hat die Wanderung auch gefallen«, sagt Lewis nun leise. Seine Augen gleiten langsam zu mir, scheinen mich zu mustern. Forschend. Dann legt er den Kopf ein wenig schräg, seine Augenbrauen ziehen sich zusammen. »Aber ich verstehe nicht ganz … es klingt fast, als wärst du durch Zufall an der LBU gelandet. Nicht durch eine bewusste Entscheidung.«

Noch einmal schlucke ich, aber diesmal schmeckt es bitter. Übelkeit steigt in mir auf, während ich Lewis anstarre und nicht weiß, was ich sagen soll. Wie soll ich ihm, ohne zu lügen, erklären, dass ich nicht primär wegen des Studiums hier bin? Dass ich bis vor einem Jahr nicht mal im Entferntesten daran gedacht habe, Umweltwissenschaften zu studieren, weil es nie meinem Interesse entsprochen hat? So weit habe ich nie über den Tellerrand geschaut. Mein Teller war dafür viel zu voll mit meinen eigenen Problemen, als dass ich es geschafft hätte, mich für die Umwelt einzusetzen oder mir auch nur Gedanken darum zu machen.

»Das ist eine lange Geschichte«, entgegne ich, und meine Stimme klingt dunkler. »Ich kann nicht darüber reden. Noch nicht«

»Okay.« Lewis wirkt weder enttäuscht noch verärgert. Im Gegenteil, er zuckt einfach mit den Schultern und hört auf, mich eindringlich zu mustern, stattdessen konzentriert er sich wieder auf das Mikroskop. »Soll ich dir die Probe genauer zeigen?«

Mein Kopf rattert, wägt das Für und Wider ab. »Ich denke, ich sollte wieder zurück zu Reese und Shawn«, sage ich, um der Situation irgendwie zu entkommen und das Chaos in meinem Kopf zu sortieren. »Sie warten sicher auf mich.«

»Oh. Okay.« Diesmal ist seine Enttäuschung hörbar.

»Vielleicht ein anderes Mal?«

Mein Vorschlag entlockt Lewis ein kleines Lächeln. »Gerne.«

»Okay, dann sehen wir uns bald.« Ich winke ihm zu, bevor ich geradewegs aus dem Labor stürme, wieder Richtung Campus laufe und erst mit Blick auf Forschungslabor zwei stehen bleibe, in dem Reese und Shawn nun sicher auf mich warten. Mein Herz rast, das bleierne Gefühl in meinem Magen wächst. Auslöser ist das Wissen, dass ich alle hier belügen muss, um mein Geheimnis zu hüten. Immer wieder lügen muss. Niemandem zeigen kann, wer ich wirklich bin. Niemandem von Ms X erzählen kann.

Ich habe keine andere Wahl. Oder?

# Kapitel 8

Meine ersten zwei Wochen in Lullaby vergehen zwischen Vorlesungen und Eingewöhnung rasend schnell. Mr Peterson hat mir den ersten Auftrag für Red erteilt, und so verbringe ich meine Freizeit neben den Vorlesungen damit, alles über die Arbeit der LBU zu lernen, um bei meinem anstehenden Interview vorbereitet zu sein. Zum Glück bestreite ich es nicht allein. Lou hat mir mehr als einmal versichert, dass sie einspringt, sobald ich auf dem Schlauch stehe. Aber das mindert meine Nervosität nicht im Geringsten. Das Interview ist für ein Lifestylemagazin, wird jedoch auch auf der Homepage der LBU veröffentlicht und somit für jeden zugänglich sein.

»Also«, sage ich zusammenfassend. »Wir führen diesen Archie Torris herum und zeigen ihm den Campus, die Forschungslabore und unser Wohnhaus, richtig?« Mir schwirrt bereits der Kopf von all den Dingen, auf die ich achten soll.

»Genau«, antwortet Lou, die mir gegenüber am Küchentisch sitzt und einen Kakao trinkt. »Ich würde vorschlagen, dass du zur Begrüßung etwas über Red erzählst, und ich übernehme die Führung auf dem Campus und gebe ihm einen Einblick in die Forschungslabore. Ich habe mehr Erfahrung in der praktischen Arbeit und kann ihm spezifischere Informationen nennen.«

Ich nicke. Archie Torris und seinem Fotografen etwas über Red zu erzählen, klingt für den ersten Auftrag machbar.

»Die meisten Interviews laufen eigentlich ganz locker ab. Du musst keine Sorge davor haben, etwas Falsches zu sagen. Notfalls kann ich alles korrigieren, und wir bekommen immer die erste Fassung des Artikels und können im Zweifel ein Veto einlegen, wenn etwas falsch wiedergegeben wird.«

»Das ist gut zu wissen.«

»Ich denke, dann haben wir so weit alles vorbereitet. Das Interview wird am Montag direkt nach den Vorlesungen stattfinden. Wir treffen uns vor Mr Petersons Büro, dort wird dann Mr Torris auf uns warten, nachdem der Dekan ihn begrüßt hat. Ihm ist der persönliche Kontakt wichtig, immerhin lebt die Uni davon. Aber ansonsten lässt er uns immer freie Hand.«

Lou sieht auf die Uhr. »Du musst jetzt los, oder?«

Sie hat recht. Wenn ich pünktlich zu meinem Arzttermin kommen will, sollte ich mich langsam auf den Weg machen.

»Und dann genießen wir erst mal unser Wochenende«, sagt Lou. Sie holt ihr Tablet hervor, um die Interview-Vorbereitungen von ihrer To-do-Liste zu streichen. Es gibt noch einige offene Punkte, die so gar nicht nach *Wochenende genießen* aussehen. »Es ist sowieso besser, nicht zu viel zu üben. Man reagiert spontaner auf die Fragen. Am Anfang habe ich den Fehler gemacht und mir genau überlegt, wann ich welche Antwort geben könnte, und dadurch ist das Interview irgendwie steif geworden. Es ist besser, aus dem Bauch heraus zu antworten.«

»Dann fange ich gleich mal damit an und versuche, nicht mehr zu viel über das Interview nachzudenken«, antworte ich, bevor ich mir Jeansjacke und Umhängetasche schnappe und Lou zuwinke, die sofort die zu bearbeitenden To-dos studiert. Wie hatte Corey sie an meinem ersten Tag genannt? Ein Arbeitstier? Vielleicht gar nicht so ein unpassender Begriff.

Dr. Ferrel, die Allgemeinmedizinerin der Stadt, hat ihre Praxis in unmittelbarer Nähe zum Diner, versteckt hinter einer kleinen Abbiegung. Vor meinem Antritt in Lullaby habe ich zweimal mit ihr telefoniert, um sicherzugehen, dass die einzige Ärztin der Stadt auch wirklich die Kapazitäten hat, um mich einmal monatlich zu untersuchen.

Vor dem blauen Schild, das die Arztpraxis ausweist, bleibe ich stehen und ziehe mir einen Mundschutz über, bevor ich das Haus betrete.

»Hallo, meine Liebe.« Eine ältere Dame mit grauem Bob sitzt

hinter der Anmeldung. Sie strahlt genau die Art von mütterlicher Wärme aus, die in jeder Arztpraxis herrschen sollte.

»Hazel Ann Kelly«, stelle ich mich vor. »Ich habe einen Termin bei Dr. Ferrel.«

»Aber ja, sie erwartet dich schon. Zimmer zwei.«

»Danke.«

Der Wartebereich ist überraschend leer. Im Vergleich zu den Praxen in San José scheint hier nicht viel los zu sein. Glück für mich, die eine regelmäßige ärztliche Betreuung benötigt. An den Flurwänden hängen Fotografien, die wunderschöne Berge unter freiem Himmel und grüne Kiefernlandschaften zeigen und wahrscheinlich im National Forest aufgenommen wurden.

Ich finde Zimmer zwei schnell, die Tür steht offen. Eine Frau, ihre weißen Haare zu einem hohen Zopf gebunden und die Lesebrille am Haaransatz, sitzt am Schreibtisch und blickt auf, als ich an den Türrahmen klopfe.

»Ah, du musst Hazel sein«, begrüßt sie mich. »Setz dich doch.«

Ich schließe die Tür und nehme auf dem Besucherstuhl vor ihrem Tisch Platz. Sie legt die Brille ab und faltet ihre Hände ineinander. Neben ihren Augen sind unzählige kleine Lachfältchen, die sie freundlich aussehen lassen.

»Schön, dass wir uns endlich persönlich kennenlernen. Hast du dich gut in Lullaby eingelebt?«

»Ja, auf jeden Fall. Es ist alles noch neu und aufregend, aber es gefällt mir wirklich gut hier. Vor ein paar Tagen war ich wandern, das erste Mal seit meiner Operation, und es hat richtig gut geklappt.«

»Das klingt sehr positiv.« Sie wirft einen Blick in ihre Unterlagen, auch wenn ich den Eindruck habe, dass sie meine Krankengeschichte bereits kennt. Patientinnen mit meiner Vorgeschichte hat sie sicher nicht allzu häufig. Kurz frage ich mich, ob sie als einzige Ärztin der Stadt auch für die Gerichtsmedizin tätig ist und damals den Autounfall nachbetreut hat, doch dann fällt mir ein, dass alle drei Opfer ins Krankenhaus gebracht wurden, sodass Dr. Ferrel sicher nicht involviert war.

»Mukoviszidose und eine LTX vor zwei Jahren?«, fragt sie. »Irgendwelche Komplikationen nach der Transplantation?«

»Ich hatte eine allergische Reaktion auf das Narkosemittel und einen Infekt einen Monat nach der Transplantation. Staphylococcus aureus.«

»Nicht ungewöhnlich nach einer Lungentransplantation. Die Lunge kommuniziert mit dem Umfeld und muss sich erst daran gewöhnen. Ich nehme an, dass eine Bronchoskopie veranlasst wurde?«

»Genau. Und meine Immunsuppressiva wurden angepasst. Seitdem gab es keine Auffälligkeiten mehr. Meine Untersuchungsergebnisse waren immer positiv«, sage ich mit etwas Stolz in der Stimme.

»Das ist gut. Dann sorgen wir dafür, dass es so bleibt.«

»Auf jeden Fall.«

Dr. Ferrel schiebt ihre Brille auf die Nase und sieht auf ihren PC. »Dein Arzt aus San José hat mir schon Berichte zugeschickt. Medikamentenverordnung, die letzten Untersuchungsergebnisse. Du bist bei mir gut aufgehoben, aber du wirst mir sofort Bescheid sagen, falls es dir mal schlecht gehen sollte, einverstanden? Ich gebe dir meine Handynummer für Notfälle. Egal, was es ist.«

Sie schiebt mir ein Visitenkärtchen zu, das ich in meine Tasche gleiten lasse.

»Dann nehmen wir dir mal Blut ab.«

Sie desinfiziert sich die Hände und zieht einen Mundschutz auf, ehe sie dicht neben mich tritt und meinen linken Ärmel hochschiebt. Blutabnahmen sind bei mir ebenso Routine, wie bis zu acht Tabletten auf einmal hinunterzuspülen. Man gewöhnt sich an alles. Selbst an die lästigen Dinge. Auch wenn ich es in San José gewohnt war, dass die medizinischen Fachangestellten diese Aufgabe übernehmen. In einer Kleinstadtpraxis läuft das wohl anders.

»Sehr schön«, sagt Dr. Ferrel, nachdem sie mir ein kleines Pflaster auf die Einstichstelle geklebt hat. »Ich melde mich, wenn ich die Ergebnisse habe. Deine nächste Langzeitverlaufsuntersuchung in der Klinik ist im Januar?«

»Genau. Die letzte war, kurz bevor ich hierhergekommen bin, deswegen habe ich ein wenig später mit der Uni angefangen.« Eine lästige Angelegenheit, so oft zur Nachkontrolle zu müssen – als würde das monatliche Blutbild bei der Hausärztin nicht reichen. Aber es ist nun mal vorgeschrieben und notwendig, regelmäßig alles kontrollieren zu lassen: den Medikamentenspiegel, Ultraschall- und Röntgenaufnahmen und manchmal eine bronchoskopische Lungenbiopsie. Alles, um frühzeitig chronische Abstoßungen erkennen zu können.

Dr. Ferrel nickt und tippt sich Notizen in ihren Computer. »Dann sind wir durch für heute. Es sei denn, du hast noch irgendwelche Fragen?«

»Habe ich nicht.« Ich stehe auf. »Wir sehen uns dann in vier Wochen, oder? Selbe Uhrzeit?«

»Ich habe dir dafür immer einen Freitagstermin geblockt. Solltest du mal eine Terminverschiebung brauchen, dann melde dich einfach. Ich weiß, dass ihr bei Red manchmal unumgängliche Verpflichtungen habt.«

Ich bedanke mich bei ihr und verabschiede mich bei der freundlichen Empfangsdame, dann verlasse ich die Praxis mit dem Gefühl, eine zuverlässige Ärztin gefunden zu haben. Ich entscheide mich dafür, meinen Eltern sofort meinen positiven Eindruck zu schildern, damit sie sich ein paar Sorgen weniger machen müssen, doch die Nachricht wird wieder einmal nicht gesendet. Ohne WLAN geht hier wirklich gar nichts in Sachen Handyempfang.

Ich biege um die Ecke und sehe zum Stadtarchiv. Das Archiv hat WLAN, außerdem wollte ich ohnehin mit meiner Recherche fortfahren.

Bei dem Gedanken, Lewis dort begegnen zu können, werde ich plötzlich nervös, auf zwei ganz unterschiedliche Arten. Einerseits, weil ich ihn wiedersehen will und mein Herz in seiner Nähe regelrecht Fahrt aufnimmt und ich mich bei ihm wohlfühle. Andererseits habe ich aber meine Lügen nicht vergessen. Und dieses Gefühl, dass es falsch ist, ihm nicht die Wahrheit zu sagen. Aber soll ich ihm wirklich etwas über meine wahre Mission verraten? Ich bin unsicher. Also schleiche ich förmlich auf das Stadtarchiv zu und schaue durch das Fenster, auf der Suche nach einem blonden Lockenkopf. Alles, was ich sehe, ist ein rothaariger Mann hinter dem Infoschalter, vielleicht zwei oder drei Jahre älter als ich. Lewis arbeitet heute offensichtlich nicht. Erleichterung und Enttäuschung kämpfen in mir, aber zumindest bringt mich diese Erkenntnis dazu, das Archiv zu betreten.

Ich setze mich wieder an einen der Computer. Zunächst schicke ich meinen Eltern meinen Lagebericht und hänge ihnen noch ein paar Fotos von unserem Hochbeet und den Forschungslaboren an. Meine Eltern reagieren sofort und stellen mir viele Fragen zu meinem Arztbesuch. Ob ich denke, dass Dr. Ferrel wirklich Ahnung hat, ob ich mich dort wohlfühle, ob sie meine Krankenakte gelesen hat. Ich beantworte sie so gewissenhaft wie möglich. Es ist lästig, aber ich würde alles tun, um meinen Eltern dasselbe Gefühl von Ruhe und Sicherheit zu vermitteln, das ich seit meiner Ankunft mit diesem abgeschiedenen Städtchen hier verbinde.

Erst als keine weiteren Fragen reinploppen, lege ich mein Handy beiseite, starte den Computer und knüpfe an meine letzte Suche an.

Ich gebe die Vornamen der Unfallopfer ein, um irgendwie an Todesanzeigen oder Berichte zu kommen, die mir einen Hinweis auf die Familien, vielleicht auch die Todesursache geben. Es dauert lange, bis der Computer endlich etwas ausspuckt.

> Nach dem tödlichen Unfall im November teilt die Stadt heute mit, dass die drei Opfer in privaten Zeremonien beigesetzt wurden. Die Familie von Kenna H., beigesetzt auf dem Jaw Spring Cemetery, bittet um die Beachtung ihrer Privatsphäre und von Beileidsbekundungen abzusehen.

Jaw Spring Cemetery. Ich suche auf meinem Smartphone nach dem Ort, der nur rund zwanzig Meilen entfernt liegt. Laut Suchmaschine ist es ein kleiner Friedhof. Was also, wenn ich einfach dorthin fahre und nach den Vornamen und den Initialen suche? Das wäre immerhin ein Anfang.

Kurz entschlossen packe ich meine Sachen zusammen und verlasse das Stadtarchiv, um zur Bushaltestelle zu gehen, die direkt gegenüber dem Rathaus liegt. Der Fahrplan ist schnell gefunden. Zwei Buslinien verkehren in Lullaby, ein Schnellbus und ein Linienbus nach Juniper. Der Linienbus hält am Friedhof, und es ist nur eine Dreiviertelstunde Fahrtzeit. Ich fotografiere mir die Abfahrtszeiten ab. Der nächste Bus kommt in zwanzig Minuten, Mundschutz und Desinfektionsmittel stecken wie immer in meiner Tasche, wieso also nicht gleich losstarten?

»Fährst du weg?«

Ich schrecke hoch. Lewis kommt auf mich zu, in der Hand eine Papiertüte mit Lebensmitteln. Ich sehe ein Glas mit Süßkartoffelsuppe und eine Packung Müsli daraus hervorblitzen.

»Ich fahre zum Jaw Spring Cemetery«, erwidere ich und bereue es sofort.

Er mustert mich. »Was machst du denn auf einem Friedhof?«

»Ich mag Friedhöfe ganz gerne«, lüge ich in meiner Not. In Wahrheit bin ich nicht gerne dort, weil sie mich an meine eigene begrenzte Lebenszeit erinnern.

Lewis sieht mich an, als würde er dieses vorgegaukelte Interesse gar nicht teilen, und sein Mundwinkel zuckt, als wollte er etwas dazu sagen. Aber er tut es nicht, wie immer. »Bist du am Sonntag dabei? Bei der Säuberungsaktion?«, fragt er stattdessen.

»Ist die schon dieses Wochenende?« Mein Zeitgefühl ist komplett durcheinander.

»Um zehn Uhr. Der Treffpunkt ist genau hier, an der Bushaltestelle.«

»Ich werde da sein.«

»Finde ich gut«, sagt er vorsichtig, und auf seine Lippen legt sich ein zaghaftes Lächeln, das ich sofort erwidere.

»Dann kannst du mir ja erzählen, ob dir der Friedhof gefallen hat«, sagt er, dann lacht er leise auf. Ein Laut, der sich tief in mir festsetzt, weil es so ungewohnt ist, ihn so frei zu erleben. Ohne dass ich immer das Gefühl habe, dass da eine Handbremse ist, die ihn behindert, auch wenn ich zugeben muss, dass diese Bremse sich ab und zu kurz löst. So wie jetzt, in diesem Moment. Zu dieser Erkenntnis kommt er wohl auch, denn er fährt sich daraufhin etwas unsicher durch das Haar, ehe er seine Brille gerade rückt. »Dann sehen wir uns«, sagt er, bevor er sich wegdreht.

Einen irritierenden Augenblick lang möchte ich ihm alles gestehen, will ihm meinen Trip zum Jaw Spring Cemetery erklären. Ich möchte reinen Tisch machen und ihm sagen, wieso ich wirklich in Lullaby bin. Welche Antworten ich so verzweifelt suche. Aber nichts davon kommt mir über die Lippen, und ich weiß, dass es besser so ist. Ich sehe einfach zu, wie Lewis hinter der nächsten Häuserecke verschwindet, und bleibe stumm.

Der Bus kommt pünktlich. Ich setze mir meinen Mundschutz auf, zahle ein Busticket und wähle den Sitz in der ersten Reihe. Während der Fahrt, die ein paar Minuten länger dauert als angegeben, wächst meine Aufregung. Ich war sehr lange nicht mehr auf einem Friedhof, das letzte Mal vor sieben Jahren, als mein Großvater gestorben ist. Zu der Zeit hatte sich meine Lungenfunktion stark verschlechtert, ich brauchte zum ersten Mal dauerhaft Sauerstoff, der mir durch einen Schlauch in der Nase zugeführt wurde. Ich konnte die Angst in den Augen meiner Eltern sehen, von Trauer gezeichnet und voller Sorge, dass ich meinem Großvater bald folgen würde. Wochenlang schwebte diese dunkle Wolke über uns, auch wenn ich versuchte, sie abzuschütteln und weiter optimistisch zu sein.

Zur Beruhigung nehme ich einen tiefen Atemzug, nehme den Sauerstoff tief in mir auf und spüre, was meine neue Lunge kann. Inzwischen ist sie selbst stark genug, um durch den Mundschutz Luft aufzunehmen.

»Nächster Halt: Jaw Spring Cemetery«, verkündet eine Frauenstimme aus dem Lautsprecher über mir. Ich drücke auf den Halte-Knopf und stehe auf.

Der Jaw Spring Cemetery ist von einer Backsteinmauer mit gusseisernem Tor umzäunt, neben dem Eingang steht ein alter knorriger Baum. Wäre Lewis jetzt hier, könnte er mir vermutlich genau sagen, um welchen Baum es sich handelt. Ich jedoch tappe im Dunkeln.

Ich ziehe meinen Mundschutz ab, desinfiziere mir die Hände und betrete dann den Friedhof. Er ist so klein und unscheinbar wie auf den Fotos im Internet. Vereinzelte Grabstätten sind bereits verwittert, die Namen auf den Steinen kaum noch zu entziffern. Kurz will mir dieser Anblick die Hoffnung nehmen, aber die Gräber, die ich suche, sind erst zwei Jahre alt. Es ist unwahrscheinlich, dass die Beschriftungen bereits unleserlich geworden sind. Also gehe ich Reihe für Reihe ab, betrachte jeden einzelnen Grabstein.

Mir ist kalt, meine Kleidung ist zu dünn, der Friedhof schattig, und meine innere Anspannung ebbt nicht ab. Dennoch gehe ich weiter. Und dann finde ich sie.

KENNA HANSON. 15.01.2000–03.11.2020
NIEMALS VERGESSEN

Die Inschrift lässt mich schlucken. Sie war erst zwanzig, nur ein Jahr älter, als ich es bin, und wurde mitten aus dem Leben gerissen. Es ist nicht fair. Sie hatte sicher noch so viele Pläne. Ich kann mich wenigstens innerlich darauf vorbereiten, dass mein Leben kürzer ist als das der meisten. Aber sie? Sie wurde einfach so herausgerissen, ohne Vorwarnung, ohne Gnade.

Tränen schimmern in meinen Augenwinkeln. Ich wische sie energisch weg. Keine Ahnung, was ich mir davon erhofft habe, ihr Grab zu sehen. Es ist grausam. Aber immerhin habe ich nun einen Nachnamen. Ich notiere ihn mit zitternder Hand in meinem Notizbuch, dann betrachte ich die verwelkten Blumen, die den Eindruck erwecken, als wäre viel zu lange niemand hier gewesen. Als wäre die Inschrift eine Lüge.

»Bist du Ms X?«, flüstere ich. Aber alles bleibt still.

Ich reiße mich von dem Grabstein los und suche weiter. Suche nach Silvia G. und Jill N., aber ich finde sie nicht. Wo auch immer sie begraben wurden, sie ruhen nicht auf diesem Friedhof.

# Kapitel 9

Die Säuberungsaktion ist ein größeres Ding, als ich dachte. Der Rathausplatz ist voll mit Menschen, die helfen wollen und nur darauf warten, endlich in einen der zwei parkenden Busse einsteigen zu können. Corey, der ebenfalls mitmacht, wird sofort von ein paar Leuten begrüßt. Ich hingegen stehe etwas verloren inmitten der Traube und suche in der Menge nach lockigen Haaren.

»Du … du bist gekommen.«

Ich drehe mich um. Lewis trägt heute ein dünnes Sweatshirt und eine Jeans, die ihm lässig auf den Hüften sitzt und extrem sexy an ihm aussieht. Mit einem Lächeln bemerke ich außerdem die Locke, die ihm wieder einmal widerspenstig in die Stirn fällt.

»Klar, habe ich doch gesagt.«

Er mustert meine weißen Stoffhandschuhe. »Du bist schon ausgerüstet, wie ich sehe.«

»Wenn ich Müll aufsammeln will, brauche ich die«, seufze ich. »Ich nehme Immunsuppressiva, die mein Immunsystem unterdrücken und mich leider ziemlich anfällig für Keime machen.«

»Deswegen das Desinfektionsmittel.« Insgeheim freut es mich, dass er dieses Detail aus dem Stadtarchiv behalten hat. Vor allem, weil wir uns zu dem Zeitpunkt noch gar nicht wirklich kannten.

»Und die täglichen Medikamente, der Verzicht auf bestimmte Lebensmittel … die Liste ist lang. Aber, hey, immerhin lebe ich. Was sind da schon kleine Einschränkungen?«, versuche ich, nicht zu bemitleidenswert zu klingen.

»Ich habe eine Idee«, sagt Lewis und sieht sich um. »Moment.« Er eilt zu einer der Helferinnen in gelber Weste, die gerade eine Liste auf einem Klemmbrett abhakt. Offenbar kennen die beiden sich, denn Lewis zeigt nicht die übliche eingesackte Körperhaltung, auch wenn er trotzdem nervös durch sein Haar fährt. Sie nickt ihm zu und fasst in eine Kiste, bevor er wieder zu mir zurückkommt und mir eine Greifzange entgegenhält. »Die ist vielleicht besser, oder?«

»Die ist superklasse, danke.«

»In fünf Minuten brechen wir auf!« Die Helferin geht einen Schritt zur Seite und lässt somit die ersten Leute in den Bus.

»Wieso gehen wir nicht zu Fuß?«, frage ich, als wir uns in die Warteschlange einreihen.

»Wir nehmen uns jeden Monat einen anderen Abschnitt vor. Heute geht es Richtung Clear Lake, zu Fuß wären wir zu lange unterwegs.«

»Verstehe. Dann fahren wir also näher an die Stelle heran.«

Lewis nickt.

»Clear Lake. Das klingt schön.« Irgendwie märchenhaft.

»Ich denke, er wird dir gefallen.«

»Hey, Hazel!« Corey ruft von einem der Busse herüber. »Willst du dich zu uns setzen?«

Ich sehe abschätzend zu Lewis. Keinesfalls möchte ich wieder zu aufdringlich sein, aber in meinem Kopf hatte ich mir vorgestellt, diese Säuberungsaktion mit ihm durchzuführen. Nur mit ihm. »Ich würde ehrlich gesagt lieber bei dir sitzen«, spreche ich meine Gedanken laut aus und versuche, ihn nicht zu forsch anzusehen. »Und vielleicht das mit der Säuberung zu zweit machen? Wenn du willst?«

Lewis blickt zu Boden, aber auf seinen Lippen zeichnet sich ein Lächeln ab. »Okay.«

Erleichtert gebe ich Corey ein Zeichen, der daraufhin mit seinen Leuten im ersten Bus verschwindet, während Lewis und ich uns im zweiten einfinden. Lewis nimmt direkt neben mir Platz, kurz darauf startet schon der Motor, und wir fahren los.

Um uns herum herrscht wildes Stimmengewirr, doch Lewis und ich sitzen einfach nur nebeneinander und hängen unseren Gedanken nach. Es ist keine unangenehme Stille, ich genieße es, kurz innezuhalten und vom Fenster aus dabei zuzusehen, wie wir Lullaby verlassen und einer Straße folgen, die offenbar direkt durch die Kiefernwälder führt. Irgendwann entdecke ich Schilder, die den Modoc National Forest ankündigen. Nach rund fünfzehn Minuten fahren wir schließlich auf einen offiziell aussehenden Parkplatz, der mit einer Übersichtskarte ausgestattet ist. Wir steigen aus und werden gebeten, uns nur in Gruppen fortzubewegen.

»So kommen wir doch wieder zu einer gemeinsamen Wanderung«, sage ich und lächle Lewis an. »Und dann auch noch zu einem guten Zweck.«

Er besorgt uns Mülltüten, die er sich unter den Schulterriemen seines Rucksacks klemmt, dann gehen wir los. Eine Zeit lang folgen wir den anderen auf dem Weg zum Clear Lake. Unterwegs sammeln die ersten von uns Müll ein, hauptsächlich Trinkpäckchen oder Taschentücher, hin und wieder auch Alufolie oder Zigarettenstummel. Erst als wir den See in der Ferne glitzern sehen, verstreuen wir uns auf dem Gelände, um ein großflächiges Gebiet abzudecken.

Ich folge Lewis, vertraue wie beim letzten Mal darauf, dass er mich sicher durch den Forest bringt. Die Kiefern stehen hier neben Steppengras, wilden Sonnenblumen und Lupinen. Ein kühler Wind weht, aber ich genieße die frische Luft und das Gefühl, wieder in der Natur zu sein. Besonders nach dem Stress der letzten Woche fühlt es sich wohltuend an.

»Wie geht es dir inzwischen in Lullaby?«, fragt Lewis.

»Die LBU ist noch besser, als ich es mir ausgemalt habe«, erwidere ich sofort überschwänglich. »Morgen habe ich mein erstes Interview mit einem Magazin. Lou und ich haben dafür geübt, aber ich bin trotzdem nervös.«

»Du wärst sicher nicht für Red ausgewählt worden, wenn du nicht gut in so etwas wärst.« Seine Stimme kratzt sanft. Ein ungewohnter Ton von Lewis, der es mit einem Räuspern zu kaschieren versucht, und dennoch ist da wieder dieser Moment, in dem ich mich frage, ob er alles ausspricht, was er sagen will. Was er denkt. Ob da noch so viel mehr unter der Oberfläche tanzt, das er mich noch nicht greifen lässt. Aber immerhin sind wir beide hier, unterhalten uns, lachen. Es ist ein Anfang.

»Vielleicht«, erwidere ich. »Reden kann ich, meine Noten waren sehr gut, und ich hatte viele Empfehlungsschreiben von ehemaligen Lehrern. Aber ich frage mich manchmal, ob ich nicht vielleicht auch einen Krankenbonus bekommen habe.«

Nun sieht er mich interessiert an. »Wie kommst du darauf?«

»Mr Peterson hat bei unserem Telefonat vor ein paar Monaten jedenfalls gleich dreimal betont, dass die LBU auf Diversität setzt und auch Erkrankungen keine Rolle spielen. Das war mir mindestens einmal zu viel.«

»Peterson.« Lewis seufzt.

»Kein Freund von dir?«

Er schluckt, zögert. »Jedes Jahr bewerbe ich mich auf verschiedene Stipendien«, sagt er schließlich stotternd. »Ich bin gut. Klingt es blöd, wenn ich das so sage? Meine Noten sind hervorragend, ich leiste viele zusätzliche Aufgaben, ich engagiere mich. Meine Professoren loben mich in den höchsten Tönen und sprechen alle von meinen Kompetenzen. Aber … bei den Stipendien komme ich nie auch nur in die engere Auswahl.«

»Dann hast du dich auch für Red beworben?«

»Wieso klingst du so überrascht?«

Meine Finger gleiten über meine Haarspitzen. »Versteh mich nicht falsch, mit deinem Grips wärst du sicher eine Bereicherung.«

»Aber?«

Etwas unbeholfen zucke ich mit den Schultern. »Ich hatte einfach bislang nicht das Gefühl, dass du gerne im Rampenlicht stehst. Du weißt, was alles zu Red gehört: öffentliche Auftritte, Reden, Fototermine, Videoaufnahmen. Ich hätte nie gedacht, dass das dein Ding ist.«

Seine Lippen werden etwas dünner, während er den Blick wieder über die Weiten des Forests schweifen lässt. Er wirkt nachdenklich. Zu nachdenklich.

»Entschuldige. Ich wollte dir nicht zu nahe treten. Das steht mir auch gar nicht zu.«

»Nein, das ist es nicht.« Lewis hebt eine zerbeulte Bierdose auf und wirft sie in unseren Müllbeutel. Dann fährt er sich durch seine Locken. »Es ist … kompliziert.«

Die Art, wie er das Wort *kompliziert* ausspricht, lässt mich aufhorchen. Es klingt, als würde weit mehr dahinterstecken als nur der Wunsch nach einem Stipendium, doch Lewis gräbt mit einem Fuß ein kleines Loch in die lehmige Erde und wirkt dabei so rastlos, dass ich nicht nachbohre.

»Komm«, schlage ich vor, »gehen wir weiter.«

Der Clear Lake nimmt, je näher wir kommen, immer mehr Form an: helles Blau, eine glitzernde Wasseroberfläche, Stockenten, die darauf schwimmen, dahinter eine malerische Berg- und Kiefernlandschaft. Ein paar Wanderer tummeln sich hier, fotografieren die Idylle und posieren vor dem Wasser.

»Dahinten gibt es eine Touristeninformation und ein kleines Café«, sagt Lewis. Es ist unverkennbar, dass sich hier weit mehr Touristen einfinden als in unserem Teil des Forests.

Einige von unseren Leuten sind zum Seeufer gegangen, um dort nach Müll zu suchen. Lewis und ich hingegen schlagen den Weg nach rechts ein, fort von dem malerischen See, hin zu etwas felsigerer Landschaft.

»Das wird dir gefallen«, entfährt es ihm plötzlich, und er kniet sich vor eine kleine Pflanze. Ein violetter Knubbel, von dem minziger Duft ausgeht.

»Koyotenminze«, erklärt Lewis. »Kannst du bei uns im Supermarkt als Tee kaufen. Bei der indigenen Bevölkerung wird er als Hausmittel gegen Atemwegserkrankungen eingesetzt.«

»Ah, ich verstehe. Deswegen hast du dabei an mich gedacht.«

»Er schmeckt auch gut. Ich selbst trinke jeden Morgen eine Tasse davon.« Der Minzduft, den ich schon öfter bei ihm wahrgenommen habe, kommt mir in den Sinn. »Der Tee soll auch gegen Bauchschmerzen helfen.«

»Ein Wundermittel also.«

»Genau. Die Schmetterlinge lieben den Nektar. Im Frühjahr und Sommer schwirren sie immer um die Minze herum.«

»Du weißt so viel«, sage ich etwas ehrfürchtig. »Du bist echt ein wandelndes Pflanzenlexikon.«

»In ein paar Monaten wirst du das auch sein. Warte nur die Exkursionen ab. Und die Pflanzen- und Tierkunde.«

»Es ist das eine, alles irgendwann mal zu lernen, aber du merkst es dir auch.« Ich habe früher oft mit Gavin Dokumentationen über das Meer gesehen. Informationen über Haie, Delfine, Schildkröten. Es war faszinierend, aber ich könnte dennoch nie und nimmer all die Informationen wiedergeben, die ich dabei gehört habe.

»Mir gefällt die Natur halt. Und wenn mir etwas gefällt, fällt es mir nicht schwer, es im Gedächtnis zu behalten.«

»Ich weiß, was du meinst«, sage ich, auch wenn es mir noch nie so leichtgefallen ist, mir solche Dinge zu merken. Außer die Rezepte meiner Mutter vielleicht. Aber das war auch viel Übung.

»Wofür interessierst du dich so?«, fragt Lewis. »Außer für Friedhöfe.« Er lacht leise, ein Klang, der in meinem Innersten nachhallt.

»Meine Mutter kommt von den Philippinen, daher mag ich die Kultur dort sehr gerne«, sage ich. »Es ist ein Stück Heimat, obwohl ich nie da war.«

»Wieso warst du nie da?«

»Zum einen wegen des Geldes. Reisen waren für mich aber auch gesundheitlich sehr schwierig.«

»Verstehe.« Er greift zu einem Stück Plastik, das in seinen Müllbeutel fällt. »Aber jetzt würde es wieder gehen, oder?«

»Ja, ich denke schon. Vielleicht hole ich das bald nach und schaue mir all die Orte an, die ich schon immer sehen wollte.« Ich habe sogar mal überlegt, mir eine dieser Karten zu holen, auf denen man mit kleinen Fähnchen markiert, wo man schon überall gewesen ist. Als Anreiz, irgendwann einmal viel von der Welt zu sehen. Aber es war in den letzten Monaten einfach nie meine Priorität. Ganz oben war immer, es an die LBU zu schaffen, um endlich mehr über Ms X herausfinden. Da ist kein Platz für Reisepläne. Noch nicht.

»Zum Beispiel? Welche Orte interessieren dich?«

»Hawaii, Schottland, Thailand, Australien«, zähle ich auf. Die Liste ist lang. Eigentlich gibt es kein Land, das mich nicht interessiert.

»Keine Städtetrips?«

»Paris oder London sind sicher wunderschön«, überlege ich. »Aber ich will durchatmen können, so wie hier.« Instinktiv nehme ich einen tiefen Atemzug. Es duftet intensiv nach Kiefern und einer Spur Regen.

»Ja, hier kann man wirklich zur Ruhe kommen«, sagt Lewis und sieht träumerisch auf die Landschaft vor uns. Das Steppengras, die Lupinen, die für kleine Farbtupfer sorgen.

»Nur der Müll stört die Idylle.« Ich nehme die Greifzange und hebe ein paar Taschentücher auf, die ich naserümpfend in die Mülltüte fallen lasse.

Lewis sammelt unterdessen einige Zigarettenstummel auf. »Unfassbar, dass die Leute hier immer noch rauchen. Dabei ist es strengstens untersagt.«

»Kontrolliert das denn keiner?«

»Doch, es gibt regelmäßige Kontrollen und hohe Bußgelder. Müll muss unbedingt vermieden werden, schon alleine wegen der Bären. Aber die Ranger können nicht überall sein, dabei haben sie die Kontrollen verschärft, seit der große Waldbrand gewütet hat.«

Ein Kloß bildet sich in meinem Hals. »Ich habe die Bilder im Fernsehen gesehen.« Meterhohe Flammen, durch die ganze kalifornische Wälder zerstört wurden und Hunderte von Tieren und Pflanzen sterben mussten.

»Dort hinten sind hektargroße Flächen verbrannt.« Lewis zeigt nach Süden. »Nichts mehr übrig. Ganz Lullaby musste evakuiert werden. Wir hatten noch Glück, dass sich das Feuer nicht bis zu uns ausgebreitet hat.«

»Das muss schrecklich gewesen sein. So hilflos dabei zusehen zu müssen.« Ich habe mich selbst vor dem Fernseher hilflos gefühlt. Das Elend hat einen geradezu angeschrien, selbst auf vierhundert Meilen Entfernung. Schwer vorstellbar, wie es den Leuten ergangen sein musste, bei denen es direkt vor der Haustür stattfand.

»Viele wollten bei den Löscharbeiten helfen, aber die Uni hat es uns untersagt«, sagt Lewis betroffen. »Es ist das eine, für die Erde zu kämpfen, aber sie wollen nicht, dass wir dabei unser Leben riskieren.«

»Verständlich. Die Uni wäre sicher betroffen, wenn sie noch mehr Studierende verlieren würden.«

»Noch … noch mehr? Wie meinst du das?«

Meine Finger klammern sich regelrecht um die Greifzange. Ich habe wieder einmal gesprochen, ohne nachzudenken.

»Ach, nichts«, sage ich, aber meine Stimme klingt höher. Es ist nicht verwunderlich, dass Lewis seinen Kopf schräg legt und mich eingehend mustert.

»Wir sollten vielleicht nach den anderen sehen«, lenke ich ab, drehe mich um und suche nach Corey, um meine Unsicherheit zu überspielen, doch ich stelle mich nicht besonders geschickt dabei an. Vielleicht, weil ein Teil von mir dieses Versteckspiel nicht leiden kann.

Lewis tritt neben mich. Seine Hand zuckt, als würde er in Betracht ziehen, sie auf meinen Arm zu legen, doch er tut es nicht. Dabei fände ich es schön. Sehr schön sogar.

»Was ist los?«, will Lewis wissen. Meine Unsicherheit hat sich auf ihn übertragen, seine Stimme ist wieder etwas leiser. Fast kratzig.

Drei Sekunden lang sehe ich ihn an, gehe im Kopf meine Optionen durch: von Lügen über Ausreden bis hin zur Wahrheit. Drei Sekunden, in denen ich in Lewis' tiefblaue Augen blicke und spüre, wie mein Herzschlag sich ganz sanft beschleunigt.

»Tut mir leid. Ich … ich hätte nicht fragen sollen.«

»Doch«, antworte ich sofort. »Ich bin so froh, dass wir reden.«

Lewis lächelt sanft. »Ich auch.«

Die anderen, die bei der Säuberungsaktion mitmachen, sind auf dem gesamten Gelände verteilt. Ich sehe Corey ein paar

Laufschritte entfernt mit einer Mülltüte kämpfen, die sich im sanften Wind immer wieder bewegt.

»Hattest du schon mal ein Geheimnis?«, flüstere ich fast. »Etwas, was wirklich noch niemand zuvor wusste?«

Ich bin selbst überrascht von meinen Worten. Das Bedürfnis, mehr Nähe zwischen Lewis und mir herzustellen, ist größer als der Wunsch, mein Geheimnis zu wahren. Ich vertraue ihm.

»Ehrlich gesagt nicht. Ich … ich habe eigentlich keine Geheimnisse.« Er sieht mich vorsichtig an, während er eine der Flaschen in den Müllbeutel steckt. Ich glaube ihm nicht. Zum einen, weil jeder Geheimnisse hat, zum anderen, weil da noch immer so viel hinter seinen Augen zu sehen ist, das ich nicht greifen kann. Als gäbe es einen Teil von ihm, den kaum einer kennt. Einen schmerzhaften Teil vielleicht? Etwas Dunkles. Aber vielleicht irre ich mich auch.

»Bei dir ist das anders?«, fragt Lewis, und meine Gedanken kehren zurück zu mir selbst. Zu mir und dem, was ich im Begriff bin zu sagen. Mein Mund wird trocken. Ich nicke, langsam und bedacht, weiche dabei seinem Blick aus.

Lewis zeigt mit dem Kopf nach rechts, wo dichterer Kiefernwald angrenzt. Fern von den anderen. Eine gute Idee. Wir tauchen ein in den Wald, sofort ist es, als würden wir uns in einer Blase befinden. Die Geräusche verstummen, werden verschluckt von den Bäumen. Nur der Gesang eines Diademhähers dringt zu uns durch und bestärkt mich in meinem Vorhaben.

»Ich bin nicht ohne Grund hier in Lullaby«, sage ich leise.

Lewis bleibt stehen. Ich lege die Zange ab, weil ich es gerade nicht ertrage, etwas in den Händen zu halten. Automatisch greife ich nach meinem Desinfektionsmittel und gebe etwas davon auf meine Handflächen.

»Das habe ich mir nach unserem Gespräch im Labor schon gedacht. Ich war mir nur nicht sicher.« Kein Vorwurf, nur eine Feststellung.

»Es hat vor zwei Jahren angefangen. Nach meiner Lungentransplantation.«

Lewis sieht mich an, seine Augen wirken durch die Schatten der Bäume noch dunkler, tief und weit. Wunderschön. Ich konzentriere mich kurz darauf, sammle meine Worte. Er lässt mir Zeit, drängt mich nicht, und das ist das Beste, was er in diesem Moment tun kann, in dem meine Entschlossenheit einem Kartenhaus gleicht. Ein falscher Satz, eine falsche Bewegung, und alles bricht zusammen und reißt das kleine bisschen Mut fort, das ich in diesem Moment in meiner Brust spüre.

»Organspenden sind immer anonym«, flüstere ich in die Stille des Waldes. »Es gibt keine Informationen. Man weiß gar nichts. Nur dass derjenige hirntot gewesen sein muss. Und man kennt die Blutgruppe, weil diese ja mit der eigenen übereinstimmt.«

Ich starre auf die Kiefernadeln direkt vor mir. Lewis ist weiterhin ganz still, wartet einfach ab. Vielleicht spürt er, wie schwer es mir fällt, darüber zu sprechen, und wie erleichtert ich gleichzeitig bin, endlich etwas sagen zu können. So zerrissen wie in diesem Moment habe ich mich noch nie gefühlt.

»Auf der Intensivstation, kurz nach meiner Transplantation, habe ich mitbekommen, wie zwei Frauen sich unterhalten haben«, finde ich endlich die passenden Worte. »Später habe ich herausgefunden, dass es zwei Assistenzärztinnen waren, die mich betreut haben. Sie haben über einen Unfall gesprochen, bei dem eine Frau gestorben ist. Sie meinten, dass es ein kleiner Trost sei, dass sie mir das Leben retten konnte.«

»Du … du denkst, sie haben von deiner Spenderin gesprochen?«, flüstert nun auch Lewis.

Ein schnelles Kopfnicken. »Sie haben auch etwas über die LBU gesagt, also habe ich angefangen zu recherchieren und bin überzeugt, dass sie ebenfalls hier studiert hatte. Ich muss wissen, wer sie gewesen ist. Auch wenn es mir eigentlich nicht erlaubt ist.«

»Dann bist du deswegen hier?« Was auch immer Lewis dachte, was hinter meinem Verhalten stecken würde: Mit dieser Tatsache hat er nicht gerechnet. Er wirkt schier überfordert, ein wenig ergriffen vielleicht. Als müsste er die Informationen noch verdauen.

»Ja«, antworte ich ehrlich. »Ich habe mich auf gut Glück an der LBU beworben und bin angenommen worden. Seitdem versuche ich, mehr über meine Spenderin herauszufinden. Ein paar Informationen habe ich schon, aber es reicht einfach noch nicht.«

Lewis starrt nachdenklich ins Leere. Schwer zu sagen, was ihm gerade durch den Kopf geht. Ob er mich verurteilt, mich versteht. Ob es ein Fehler war, ihn einzuweihen. Einen kurzen Moment lang macht es mir Angst, weil ich an all die Konsequenzen denke, die es nach sich ziehen könnte.

»Du darfst es niemandem verraten, Lewis. Niemand darf wissen, was ich weiß. Ich will nicht, dass die Ärztinnen oder das Krankenhaus Schwierigkeiten bekommen.«

»Wieso darf man nichts über die Spender wissen?«

»Ich denke, sie wollen Überreaktionen vermeiden. Extreme Schuldgefühle oder Abhängigkeit, die Belästigung der Spenderfamilien. So ein Spenderorgan zu erhalten ist eine größere psychische Herausforderung, als die meisten denken.«

»Und trotzdem willst du mehr herausfinden?« Immer noch diese nachdenkliche Miene, dieses sanfte Stottern seiner Stimme. Immerhin versucht er, es nachvollziehen zu können. Mich zu verstehen. Auch wenn er es vielleicht nicht kann. Vielleicht kann das niemand, der nicht in meiner Position ist.

»Bei mir ist dieser Prozess doch längst in Gang gesetzt worden, als ich diese Gesprächsfetzen mitbekommen habe«, erkläre ich. »Jetzt muss ich einfach mehr über sie wissen. Ich habe das Gefühl, dass ich erst dann wirklich zur Ruhe kommen kann.«

Ein paar Sekunden lang sagt Lewis nichts, starrt nur weiter zu Boden. Dann nickt er. »Das verstehe ich. Und ich verrate es keinem. Versprochen.«

Erleichtert atme ich aus. »Danke, Lewis.«

Er sieht mich an, die Intensität seines Blicks trifft mich unvorbereitet. Ich öffne unwillkürlich den Mund, erwidere seinen Blick, lege all meine Dankbarkeit hinein, aber es ist noch viel mehr als das. Vertrauen. Sympathie.

Die Zeit scheint kurz stillzustehen, während wir einfach nur dastehen, uns ansehen und dieses Band, das plötzlich zwischen uns besteht, wirken lassen. Erst als die Geräusche der anderen zu uns durchdringen, lösen wir den Augenkontakt. Ich blinzle, kämpfe kurz gegen Tränen der Erleichterung an. Zwei Jahre lang habe ich dieses Geheimnis mit mir herumgetragen, und es fühlt sich nun überraschend gut an, es geteilt zu haben. Ein Stück von der Last auf meinen Schultern abzugeben.

Wir erledigen den Rest unserer Arbeit relativ schweigsam, was vor allem daran liegt, dass Corey und zwei seiner Freunde sich zu uns gesellen und Lewis wieder in seine gewohnte Schüchternheit verfällt. Er redet kaum und gibt höchstens einsilbige Antworten, in denen sein Stottern wieder deutlicher zutage kommt als in den Gesprächen mit mir. Trotzdem entgehen mir nicht die Blicke, die er mir verstohlen zuwirft und die bei mir den Eindruck erwecken, dass es in seinem Kopf rattert. Wundern würde es mich nicht, nach dem, was er eben von mir erfahren hat. Wir sammeln jedoch weiter Müll ein und lauschen dabei Coreys Anekdoten über seine letzte Exkursion, bei der er in den Clear Lake gefallen ist.

Eine Stunde später sind wir fertig und die Busse bereit zur Abfahrt. Wir positionieren uns hinter den vollgefüllten Müllsäcken und schießen Fotos für die Homepages der Uni und des Modoc National Forest. Ich fühle mich schmutzig und stolz, aber auch nachdenklich, was nicht nur an dem Gespräch zwischen Lewis und mir liegt, sondern auch an der Tatsache, dass wir unglaublich viel Müll gefunden haben, obwohl wir gerade mal einen kleinen Abschnitt gesäubert haben. Wie viel Müll liegt noch in den Wäldern? Wie viele Tiere verheddern sich in Bierdosen oder Plastiktüten?

Die ersten Leute steigen in die Busse. Corey gesellt sich zu seinen Freunden, sodass Lewis und ich wieder allein sind. Erneut setzt er sich neben mich, und erneut schweigen wir, während wir den Weg zurück nach Lullaby antreten, doch die ganze Fahrt über bin ich mir seiner Anwesenheit bewusst. Seiner Schulter, die bei jedem Ruckeln des Busses meine streift. Seiner Hand, die nur wenige Millimeter neben meiner liegt. Seiner Augen, die mich immer wieder verstohlen ansehen. Des kleinen, versteckten Lächelns, das dann auf seinen Lippen liegt.

Wir fahren gerade in Lullaby ein, als er das erste Mal wieder etwas sagt.

»Ich … ich kann dir helfen.«

Es ist so leise, dass ich zunächst nicht sicher bin, ob ich ihn wirklich richtig verstanden habe.

»Du hast erwähnt, dass du Informationen hast. Wenn du willst, können wir sie zusammen durchgehen. Vielleicht fällt mir dazu etwas ein.«

»Wirklich?«, frage ich, plötzlich aufgeregt.

»Ich kann es wenigstens versuchen.«

Eine Welle der Rührung überrollt mich. »Wann?«

»Heute muss ich noch an einer Hausarbeit schreiben. Montag bin ich den ganzen Tag auf Exkursion. Aber wie wäre es Dienstag in der Mittagspause? Du könntest zu mir ins Wohnheim kommen, da kann uns niemand belauschen.«

Dass er sogar daran denkt, von niemandem gehört zu werden … mein Geheimnis ist bei ihm sicher. Das fühle ich.

»Das wäre toll«, sage ich. »Danke, dass du das für mich tust.«

»Klar. Aber erwarte nicht zu viel. Vielleicht bin ich ja auch nutzlos.«

»Allein das Angebot und dein Versuch zählen.«

Lewis nickt, seine Mundwinkel zucken leicht. »Dann komm ins Gebäude B, Zimmer B42.«

»Ich werde da sein«, besiegle ich unsere Verabredung. Eine Verabredung mit Lewis Branson, um mit ihm zusammen nach Ms X zu suchen? Das klingt absolut surreal.

Lewis sieht wieder hinaus zum Fenster, und ich kapiere, dass von seiner Seite aus nun erneut Schweigen herrschen wird. Kurz fühlt es sich falsch an, weil alles in mir übersprudelt vor Euphorie wegen unseres bevorstehenden Treffens.

Doch ich lasse mich darauf ein, auch wenn es meine Nervosität verstärkt. Pure Aufregung fließt durch meine Adern, als ich die malerische Landschaft vor meinem Fenster betrachte. Aufregung, die die Hoffnung freisetzt, nun vielleicht bessere Chancen auf Antworten zu bekommen. Aufregung, weil ich nun einen Verbündeten habe, nachdem die letzten zwei Jahre mit den Gedanken an Ms X beinahe einsam waren. Und vielleicht sogar ein wenig Aufregung, weil ich am Dienstag ein paar Stunden mit Lewis allein verbringen werde.

# Kapitel 10

Lou steht neben mir vor dem Hochbeet, das Corey so sorgsam angelegt hat und beständig pflegt. Immer wieder posieren wir davor, während ein Fotograf den Moment aus unterschiedlichen Perspektiven einfängt.

»Vier Studierende, allesamt hier in diesem Haus. Wie genau darf ich mir den Alltag vorstellen?«, fragt Archie Torris, der sich bereits unglaublich viele Notizen auf seinem Tablet gemacht hat, während ich ihn durch Red geführt und ihm alles gezeigt habe.

»Eigentlich führen wir ein normales Unileben«, erkläre ich. Die Nervosität flattert noch immer in meinem Magen, doch mit jeder weiteren Minute verflüchtigt sie sich ein wenig. Archie Torris und sein Fotograf sind nett. Es ist ein Glücksgriff, als ersten Auftrag ein Lifestylemagazin zu haben, das eine Reihe zum grünen Lebensstil herausbringt, denn die Fragen zielen auf das Unileben, den Umweltschutz sowie unsere Passion dahinter ab. Es sind weniger Fragen zu den Studieninhalten, wie es laut Lou oft bei Wissenschaftsmagazinen der Fall ist.

»Wir leben hier zusammen, besuchen unsere Vorlesungen, die eine Mischung aus theoretischem Wissen und praktischer Anwendung sind. Wir kochen gemeinsam, quatschen, lachen, eben alles ganz normal.«

»Bei *Oka.i.tado* sind wir immer sehr an solchen Eindrücken interessiert. Vielleicht schickt ihr uns noch einen Schnappschuss, wenn ihr gemeinsam kocht?«

»Sehr gerne«, erwidere ich. Die Kamera klickt erneut.

»Aber ihr habt ein Stipendium, lebt hier in diesem separaten Gebäude. Da seid ihr bei Red nicht ganz *normale* Studierende, oder?«

»Wir haben zusätzliche Aufgaben«, erläutert Lou. Sie ist viel mehr Profi als ich und setzt ihr strahlendes Lächeln auf. Ihr Auftreten ist absolut souverän und sympathisch. »Manchmal kommen mehrere Aufträge auf einmal, dann müssen wir zwischen den Aufgaben bei Red und denen unseres Studiums gut priorisieren, um beiden gerecht zu werden. Aber Red hat eine übergeordnete Rolle. Ohne die Spendengenerierung wäre die LBU niemals auf dem Stand, wie sie heute ist. Damals bei der Gründung hatten nur einhundert Studierende einen Platz. Die Forschung und die Mittel waren begrenzt. Dass wir nun so viel erreichen, verdanken wir diesen Spenden, denn mit ihnen haben wir mehr Studierende, qualifizierteres Lehrpersonal und vor allem mehr finanzielle Kapazitäten, um längere Forschungsstrecken zu leiten.«

»Wie bei der Studie über den Einfluss von Tourismus am Beispiel des Modoc National Forest?«

»Ganz genau«, sagt Lou. »Aber wir arbeiten derzeit an noch viel mehr Forschungsfragen.«

»An welchen zum Beispiel?«

»Meine liebste ist die Nachhaltigkeitstransformation.« Ich lasse Lou reden, denn so weit reichen meine Einblicke noch nicht. »Dabei geht es um das Spannungsfeld zwischen der modernen Umweltpolitik und nachhaltigen Entwicklungen, den sogenannten Rechtfertigungsstrategien. Wir beschäftigen uns mit der Frage, wie nachhaltige Entwicklungen besser politisch gefördert werden können und wieso das manchmal nicht passiert.«

»Spannend«, sagt Archie Torris. Seine Notizen werden immer mehr.

»Allerdings. Aber es ist nicht nur die Spendengenerierung, die für uns bei Red wichtig ist. Noch viel wichtiger finde ich unsere Öffentlichkeitsarbeit. Unsere Homepage, auf der wir regelmäßig von unserem Unileben, den Exkursionen und Forschungen berichten. Termine wie heute sind genauso wichtig. Nur so können wir regelmäßig auf das Thema Umweltschutz aufmerksam machen und hoffentlich mehr Bewusstsein dafür schaffen.«

»Das hast du schön gesagt«, werfe ich ein.

Archie Torris' Zahnpastalächeln wird breiter, als er uns neugierig mustert. »Ist das der Grund, wieso ihr euch beide bei diesem Programm beworben habt?«

Lou nickt. »Definitiv.«

In meinem Magen rumort es kurz, doch ich halte meine entspannte Miene aufrecht. »So ist es.« Die Antwort brennt in mir wie Feuer, doch ich dränge es zurück. »Wenn meine Arbeit hier dabei helfen kann, solche Orte wie den Modoc National Forest zu erhalten, dann ist das jedes Extra-Engagement wert«, sage ich, um den Wahrheitsgehalt meiner Aussage etwas mehr zu untermauern.

Archie Torris nickt begeistert, die Kamera klickt ein weiteres Mal. Sicher schon das hundertste Foto hier aus dem Garten.

»Vielleicht sollten wir da anknüpfen und Ihnen mal den Campus und, vor allem, die Forschungslabore zeigen?«, schlägt Lou vor. »Dann bekommen Sie einen besseren Eindruck von unserem Unileben.«

»Gute Idee.« Er gibt dem Fotografen ein Zeichen, dann verlassen wir gemeinsam den Garten, gehen durch das Wohnzimmer und hinaus auf die Straße. Während Lou die Führung über den Campus übernimmt, bin ich nur physisch anwesend.

Obwohl ich mir anhören sollte, was Lou zu sagen hat, um es für spätere Aufträge übernehmen zu können, bin ich gedanklich noch bei meiner kleinen Notlüge. Bei dem brennenden Gefühl in meinem Magen. Und damit auch unweigerlich wieder bei Lewis und unserem bevorstehenden Treffen. Ihm die Wahrheit zu sagen war schwierig, es hat mich wirklich Kraft gekostet, aber es war auch befreiend. Irgendwie erlösend. Als hätte dieses Geheimnis zwei Jahre lang auf meiner Brust gelegen und die Lunge beschwert, die jetzt eigentlich so frei atmen könnte.

»– die meisten von uns haben eigene Beweggründe, um hier an der LBU zu sein«, sagt Lou, während Archie mitschreibt. Offenbar hat sie gerade von ihrem persönlichen Traum des nachhaltigen Modelabels gesprochen, denn ich sehe aus dem Augenwinkel entsprechende Notizen auf dem Tablet. »Die LBU bietet einfach viele Möglichkeiten. Menschen mit unterschiedlichem Background kommen zusammen, treffen sich und arbeiten gemeinsam am Fortschritt. Ich denke, das macht die Atmosphäre hier aus.«

»Ja.« Archie nickt begeistert. »Es wirkt irgendwie familiär.«

»Hier fühlt man sich geborgen«, füge ich hinzu. Der Knoten in meinem Magen zieht sich zu, weil meine Worte der Wahrheit entsprechen. Lullaby sollte für mich nur Antworten bringen. Allein deswegen bin ich hier. Und doch fühle ich bereits jetzt, nach so kurzer Zeit, wie mein Herz immer mehr an der LBU und den Menschen hier hängt. An der Natur, der Mission, den Vorlesungsinhalten. Und es freut mich, einen so wundervollen Ort gefunden zu haben, der so viel Geborgenheit in mir auslöst, aber gleichzeitig ängstigt es mich auch. Weil ich mir bislang nie Gedanken dazu gemacht habe, wie es weitergeht, wenn ich meine Antworten zu Ms X gefunden habe.

Zimmer B42 liegt direkt neben dem Lernfoyer, in dem, wie so oft, Studierende an ihren Hausarbeiten sitzen. Die gewohnten Pflanzen zieren die Gänge. Hier scheint sich weit weniger auf den Fluren abzuspielen als im Wohnheim von Reese, vielleicht weil alle schon ihren Platz gefunden haben und nicht mehr auf neue Kontakte angewiesen sind. Aus einigen Zimmern dringt leise Musik. Nicht so aus der Tür von Lewis, in seinem Zimmer ist es mucksmäuschenstill.

Mein Herz klopft mir bis zum Hals bei dem Gedanken, gleich mit ihm allein zu sein. Das Notizbuch in meiner Tasche scheint Tonnen zu wiegen, das Gewicht zieht mich nach unten.

Etwas zu hektisch klopfe ich an.

»Komm rein.«

Ich betrete das Zimmer, einen quadratischen Raum mit einer breiten Fensterfront und einem kleinen runden Balkon. Eingerichtet ist er mit Möbeln aus Bambus, ganz ähnlich denen von Reese, nur dass Lewis im Gegensatz zu ihr ein Einzelzimmer hat und somit nur eine einfache Ausstattung vorhanden ist.

Lewis sitzt am Schreibtisch, auf dem ich diverse Bücher für seinen Studiengang ausmache. Heute trägt er seine Kontaktlinsen. Die Brille liegt zugeklappt auf seinem Nachttisch, der goldene Rahmen schimmert ein wenig im Licht der Deckenlampe. Er dreht sich zu mir um, auf seinen Lippen liegt ein zögerliches Lächeln, als würde ihn der Umstand, dass ich nun hier bin, genauso nervös machen wie mich.

»Schönes Zimmer«, sage ich, und meine Stimme klingt ein wenig zu trocken.

»Ich habe Glück, dass ich eines der Einzelzimmer bekommen habe.«

»Meine Freundin Reese hat sich schon gefragt, wie man zu der Ehre kommt. Muss man dafür jemanden bestechen?«

»Sie ist auch im ersten Jahr, oder?«

Ich nicke.

»Dann sind Einzelzimmer leider ausgeschlossen. Da wird sie durchmüssen.«

»Das wird sie nicht gerne hören«, sage ich mit einem Schmunzeln. Nicht, nachdem sie und Keyla sich gestern fast an die Gurgel gegangen sind, weil sie schon wieder eins von Reese' Tops anhatte, ohne sie vorher zu fragen.

»Setz dich doch«, bietet Lewis an und deutet in Richtung Esstisch. Ich nicke und lasse mich auf einem der Stühle nieder. Direkt darüber hängt eine Fotowand, sicher fünfzehn Bilderrahmen, manche mit Zertifikaten, andere mit Aufnahmen von seinem Highschool-Abschluss. Ein jüngerer Lewis, noch mit eckiger Brille, aber genauso lockigen Haaren, posiert allein mit Talar und Hut vor einem alten grauen Gebäude. Auf anderen ist er zusammen mit ein paar Leuten abgebildet. Der Hut ist weg, dafür tragen alle noch ihren Talar und lächeln in die Kamera.

»Deine Freunde aus der Highschool?«

Lewis zieht sich ebenfalls einen Stuhl heran und setzt sich zu mir an den Tisch, die Augen etwas träumerisch auf das alte Foto gerichtet, als würde er in Erinnerungen schwelgen. »Ja, leider sind wir jetzt alle ziemlich zerstreut. Rachel und Vivian sind zusammen auf einem Community College, Ryan ist in Yale und Tobi an der Brown.«

»Vermisst du sie?«, frage ich vorsichtig.

»Ja. Manchmal vermisse ich die ganze Highschool-Zeit. Vieles erschien mir da leichter.«

»Wirklich? Ich dachte immer, die meisten hassen die Highschool.« Ist das nicht sogar ein ungeschriebenes Gesetz? Viele können es doch kaum erwarten, endlich aufs College zu gehen und die ganze Highschool-Zeit hinter sich zu lassen. Zu viele Cliquen, zu viele Dramen.

»Ich nicht«, sagt Lewis. »Zu der Zeit war ich irgendwie … unbeschwerter. Man musste sich weniger Gedanken um die Zukunft machen.«

»Da ging es mir anders. Für mich war die Highschool wie ein Haifischbecken. Krank zu sein und einen Sauerstoffschlauch tragen zu müssen, macht einen nicht gerade zum Cheerleader.« Meine Hand streicht über den Holztisch. Das klang aus meinem Mund viel härter als in meinen Gedanken. »Ich hatte schon Freunde«, erkläre ich mich. »Aber trotzdem gehörte ich nie so richtig dazu. Dafür hatte ich viel zu viele Fehlstunden und zu viele Sorgen.«

»Das klingt hart«, sagt Lewis leise.

»Irgendwie habe mich durchgeschlagen. Nur war es vielleicht nicht so unbeschwert, wie es hätte sein können.«

Ich sehe mich weiter um, versuche das Thema damit fallen zu lassen. Die Highschool und mich verbindet zu viel Krankheit, zu viele trübselige Gedanken.

An der Fotowand entdecke ich auch einen Schnappschuss von Lewis, Jasper und – wie ich vermute – ihren Eltern. Es überrascht mich, dass er ein Foto seiner Familie aufgehängt hat, nach allem, was ich bisher über Jasper und ihn gehört habe. Ich sage jedoch nichts dazu, sondern mustere stattdessen die Urkunden und Auszeichnungen, die daneben platziert sind.

EHRENAMTLICHER HELFER IN DER HENRY FORD KLINIK

OHIO SCHACHMEISTERSCHAFT 2017, 4. PLATZ

SCHACHMEISTERSCHAFT 2015, 3. PLATZ

»Du spielst Schach?«, will ich wissen. Selbst hier am Tisch entdecke ich Schachfiguren, die an dem kleinen, angrenzenden Regal stehen. Nicht so billige, wie ich sie schon mal bei Red habe rumliegen sehen. Dieses Set sieht älter aus. Abgegriffen, ein wenig rustikal.

»Ich bin inzwischen etwas eingerostet, aber in der Highschool war ich im Schachverein. Hast du es schon mal probiert?«

»Bisher noch nicht«, sage ich und betrachte die Figuren. Die meisten Namen davon kenne ich nicht, erkenne jedoch die Dame und den König. »Aber vielleicht kannst du es mir ja mal beibringen?«

»Wirklich?« Lewis sieht mich verdattert an.

»Überrascht dich das so?«

»Ich habe nur nicht erwartet, dass du dich dafür interessierst.« Es klingt beinahe so, als hätte er schlechte Erfahrungen in Bezug auf sein Hobby gemacht. Als wäre das sonst etwas, mit dem er eher allein dastehen würde.

»Ich finde, man sollte alles mal ausprobiert haben«, erwidere ich. »Das Leben ist kurz, ich möchte nicht irgendwann denken, etwas verpasst zu haben. Wer weiß? Vielleicht schlummert ja ein richtiges Schachtalent in mir?«

Lewis lächelt. »Du bist immer so positiv. Das mag ich.«

Sein Kompliment freut mich mehr, als ich zugeben will. Nicht nur, weil Lewis nicht gerade wie jemand wirkt, der sonst damit um sich schmeißt. Sondern vor allem, weil ich an meiner positiven Lebenseinstellung hart gearbeitet habe, sie unabdingbar für mich geworden ist, um weiterzumachen. »Ich denke, das liegt an meiner Krankheit. An dem, was ich schon durchgemacht habe und wie sehr ich mich mit dem Leben auseinandersetzen musste. Immer wieder. Da lernt man, das Glas als halb voll zu sehen, weil alles andere einfach reine Selbstsabotage wäre.«

»Weil du dachtest … du würdest ohne die Transplantation sterben?«

»Das wäre ich vermutlich auch«, antworte ich knapp. »Aber ich habe mich an die Hoffnung und an glückliche Gedanken geklammert. Und es hat geklappt.«

»Gott sei Dank.«

Lewis spielt mit einer der Schachfiguren und lässt sie zwischen seinen Fingern auf und ab hüpfen. Obwohl es den Bewegungen ähnelt, die Reese immer mit ihrem Stift an den Tag legt, entgeht mir nicht die unterschiedliche Dynamik dahinter. Während Reese oftmals wirkt, als würde ihre Energie übersprudeln, macht es bei Lewis eher den Eindruck, als würde er damit nur seine Anspannung in den Griff bekomme. Meine Mom benutzt manchmal Meditationskugeln, die sie auf den Handflächen kreisen lässt, um sich nach einem harten Tag zu entspannen. Vielleicht hat diese kleine Schachfigur in seinen Händen ja einen ähnlichen Effekt auf Lewis.

»Wie ist es bei dir?«, frage ich und mustere ihn vorsichtig. »Ist dein Glas halb voll oder halb leer?«

Einige Sekunden starrt er auf seine Finger und denkt über meine Frage nach. Ich versuche, ihn derweil nicht anzustarren, sondern nehme selbst eine Dame in die Hand.

»Ganz ehrlich?«, sagt er. »Ich weiß es nicht so genau. Vielleicht ist es tagesformabhängig. Manchmal ist es leer, manchmal eher voll. Je nachdem.«

»Ich habe dich nicht für einen sonderlich launischen Menschen gehalten«, überlege ich. Bisher wirkte Lewis auf mich sehr beständig. Ruhig, gelassen. Etwas mysteriös durch diese besonnene Art.

»Launisch nicht«, erwidert er leise. »Aber manchmal … vielleicht etwas zu nachdenklich. Ich bin ein Kopfmensch. An manchen Tagen ist das nicht so gut.«

»Meine Mom sagt immer, dass Kopf, Herz und Bauch im Einklang miteinander sein müssen, damit wir gesund leben können.«

Lewis hört auf, die Schachfigur zu bewegen. Sein Mundwinkel zuckt, als würde ihm Moms Spruch gefallen. »Ein weiser Rat. Und? Ist es bei dir so?«

»Früher hätte ich Ja gesagt.«

»Jetzt nicht mehr?«

»Seit ich das mit meiner Organspenderin weiß und nach ihr suche, ist mein Herz vielleicht manchmal etwas lauter als mein Kopf.«

»Hm. Weil dein Kopf dir sagen würde, dass du besser nicht nach ihr suchen solltest?« Damit trifft er es ziemlich auf den Punkt.

»Manchmal«, gebe ich zu. »Immerhin gibt es Regeln. Regeln, die ich kenne, aber bewusst zur Seite schiebe. Mein Herz sehnt sich nach Antworten.«

Lewis sieht mich eine Weile an, ich schaue jedoch auf die Tischplatte, auf der ein kreisrunder eingetrockneter Kaffeefleck ist. Er sieht alt aus, vielleicht noch von einem vorherigen Bewohner. Lewis wirkt eigentlich nicht wie jemand, der sein Chaos nicht beseitigt.

»Dann sehen wir mal zu, dass du deine Antworten bekommst«, sagt er. »Was genau hast du bisher herausgefunden?«

Meine Finger sind rutschig, als ich meine Tasche öffne und das schwarze Notizbuch herausziehe. Ich lege es vor uns auf den Tisch.

»Hier steht alles drin. Viel ist es nicht, aber vielleicht kannst du ja etwas damit anfangen.«

Ich schiebe es ihm hinüber. Kurz ist es ein komisches Gefühl, das Notizbuch, das ich zwei Jahre lang wie einen Schatz gehütet habe, in den Händen von jemand anderem zu sehen.

Lewis klappt es behutsam auf und entdeckt sofort den Zeitungsartikel.

»Ich denke, dass eine von den drei Frauen meine Spenderin ist«, erkläre ich. »Dieser Unfall war an dem Tag meiner Operation. Sie waren alle Studentinnen an der LBU, also passt es zu dem, was ich im Krankenhaus gehört habe.«

»Den Unfall habe ich mitbekommen«, murmelt Lewis. »Es war mein erstes Jahr hier an der LBU, ich war gerade einmal zwei Monate hier. An dem Tag war ein schweres Unwetter, und der Wagen ist von der Straße abgekommen, richtig?«

»Ja. Aber im Stadtarchiv habe ich noch mehr darüber gefunden. Sie sagen, dass ein zweites Fahrzeug involviert sein könnte. Ein Wagen, mit dem Fahrerflucht begangen wurde.«

Der Zeitungsartikel knistert in Lewis' Hand. »Die Menschen an der Uni waren total bestürzt, überall lagen Blumen und Kerzen, viele aus den höheren Semestern haben geweint.«

»Es muss schwer gewesen sein, in einer Nacht drei Studentinnen und Kommilitoninnen zu verlieren.« Gänsehaut kriecht mir über die Arme, während ich mir vorstelle, wie ich mich fühlen würde, wenn so ein Unfall jetzt passieren würde. Wenn es Mitstudierende von mir, vielleicht sogar Leute aus meinen Kursen treffen würde.

»Weißt du, wer diese Studentinnen waren? Silvia, Kenna und Jill? Von Kenna kenne ich den Nachnamen: Hanson. Aber im Internet gibt es keine Spur von ihren Eltern. Ich habe vorgestern auf der Homepage der LBU nach den Vornamen gesucht: in Artikeln, Fotos und Forschungsarbeiten. Aber ich konnte sie nicht finden. Vielleicht, weil es schon so lange her ist.«

»Ich kannte sie nicht«, sagt Lewis. »Ich denke nicht, dass ich sie in den zwei Monaten auch nur gesehen habe, dafür ist der Campus zu groß, und gerade in den ersten Wochen konzentriert man sich mehr auf die Wege zu den Vorlesungen und den Unistoff als auf die Menschen drum herum.«

Ich nicke betrübt. »Verstehe.«

Lewis spielt mit dem Rand der Zeitung, während er meine Notizen durchgeht. Er wirkt weit weg, sagt nichts, aber mir ist es in diesem Moment recht, denn ich spüre die Enttäuschung. Darüber, dass es sich zwar gut anfühlt, nun einen Verbündeten zu haben, ich jedoch keine Antworten dadurch erhalte. Ich tappe noch immer im Dunkeln.

Bis Lewis leise brummt. »Da war doch diese Gedenkfeier«, sagt er plötzlich. »Ich war mir erst nicht sicher, ob ich hingehen soll, immerhin war ich neu an der LBU und habe die Opfer nicht gekannt. Aber ein paar meiner Freunde sind hingegangen, also habe ich mich angeschlossen«, erinnert er sich. »Es war ergreifend. Es gab eine Schweigeminute, und die Glocken am Rathaus haben geläutet.«

»Ja, genau. Darüber stand etwas in der Zeitung.«

»Wenn ich mich richtig erinnere, wurden Reden gehalten. Auch von einem Familienangehörigen.«

Mein Herz schlägt mit einem Mal schneller, drängt sich gegen meine Brust. »Weißt du, wer es war?«

»Lass mich überlegen.« Lewis fährt sich über die Bartstoppeln, die heute wieder ein wenig kürzer sind. Ich sehe genau, wie er im Geiste den Tag noch einmal durchspielt, versucht, sich an alles zu erinnern, auch wenn es angesichts der vergangenen Zeit fast unmöglich erscheint. Und doch erreicht da ein kleines Funkeln seine Augen. »Ja, da war der Bruder von …«

Mein Herz dröhnt mir nun regelrecht in den Ohren. Wummert im Takt der tickenden Wanduhr über dem Schreibtisch. Die Sekunden vergehen, ich halte unwillkürlich den Atem an, sehe Lewis in die Augen, während ich warte. Dadurch sehe ich es, noch bevor er es ausspricht. Die Leere. Das fehlende Puzzleteil.

»Es tut mir leid. Ich erinnere mich nicht mehr. Es ist einfach verdammt lange her.«

»Schon gut.«

Die Enttäuschung ist definitiv da, aber sie ist nicht auf Lewis gerichtet. Mehr auf die Umstände.

»Vielleicht fällt es mir ja wieder ein.«

»Ich danke dir trotzdem für den Versuch.«

»Klar.« Lewis schlägt das Notizbuch zu. Grüblerisches Schweigen breitet sich aus, das Lewis schließlich bricht. »Wie geht es jetzt weiter mit deiner Suche?«, fragt er.

»Keine Ahnung. Ehrlich gesagt habe ich mich da blindlings reingestürzt, ohne groß drüber nachzudenken.«

»Ohne Verstand«, sagt Lewis, seine Mundwinkel zucken leicht.

»Das kannst du laut sagen. Ich dachte wohl, wenn ich einmal hier bin, würden mir die Informationen nur so zufliegen, aber ich habe mich getäuscht, und jetzt muss ich mir wohl oder übel etwas einfallen lassen. Vielleicht durchforste ich noch mal das Archiv, kann ja sein, dass ich etwas übersehen habe.«

»Ich könnte Bray und Simon fragen. Meine Freunde, die mit auf der Gedenkfeier waren. Vielleicht erinnern sie sich daran.«

»Nein«, sage ich sofort, auch wenn ich ihm um jedes Hilfsangebot dankbar bin. »Ich will nicht, dass sie etwas von meiner Suche erfahren. Oder auch nur davon ahnen.«

»Okay. Aber bist du sicher? Es könnte dich weiterbringen.«

»Ich bin sicher«, entscheide ich. »Fürs Erste zumindest. Lass mich noch mal recherchieren. Wenn ich dann nicht weiterkomme, können wir sie immer noch um Hilfe bitten.«

»Gut.«

Ich nehme das Notizbuch an mich, drücke es leicht und lasse es dann wieder in meine Tasche sinken. Zusammen mit all meinen Hoffnungen.

»Dann weiß wirklich nur ich davon?«, fragt Lewis. »Du hast es nicht mal den anderen bei Red gesagt? Oder deiner Freundin Reese?«

»Ich habe darüber nachgedacht, es ihnen zu sagen.«

»Aber?«

»Ich kann es einfach noch nicht. Je mehr davon wissen, umso wahrscheinlicher ist es, dass die falschen Leute etwas davon mitbekommen, und dann weiß ich nicht, was das für das Krankenhaus bedeutet. Sicher würden sie mich auch davon abhalten wollen, weiterzusuchen. Und ich will einfach nicht aufgeben.«

Lewis nickt. Es sieht kurz so aus, als würde er etwas sagen wollen, doch er bleibt stumm. Obwohl ein großer Teil von mir bleiben möchte, raffe ich Tasche und Jacke zusammen und stehe auf. Irgendwie muss ich allein sein und erst mal verdauen, dass ich heute nicht wirklich weitergekommen bin.

»Danke«, sage ich und bin kurz gewillt, Lewis' Hand zu drücken. Stattdessen winke ich ihm zu und gehe zur Tür.

»War das mit dem Schachspielen ernst gemeint?«, fragt Lewis, als ich schon nach der Klinke greife. Ich drehe mich noch einmal zu ihm um.

»Und wie. Ich würde es wirklich gerne lernen. Auch wenn ich vermutlich eine ziemlich nervige Schülerin sein werde, die alles fünfmal erklärt bekommen muss. Könntest du damit leben?«

Lewis schmunzelt. »Ich denke schon.«

»Dann würde ich es gerne versuchen.«

»Vielleicht morgen? Direkt nach der Uni? Ich hätte ein bisschen Zeit, bevor ich zur Schicht im Archiv muss. Du könntest herkommen.«

»Ja«, sage ich. »Dann sehen wir uns morgen.«

# Kapitel 11

Dr. Wesley, unser etwas in die Jahre gekommener Professor für Humanökologie, schafft es heute nicht, Reese' und meine Aufmerksamkeit auf sich zu ziehen. Während er über die Funktionen und Grenzen der natürlichen Ökosysteme spricht, sitzen wir in der letzten Reihe und starren auf mein Handydisplay mit dem Interview-Entwurf, der vor zehn Minuten eingegangen ist.

Reese liest über meine Schulter mit. Das Interview ist wirklich gut geworden. Klare Antworten, ein sympathisches Bild der Uni und von Red, ein paar schöne Schnappschüsse während der Uniführung. Lou hat viele Sätze gesagt, die zum Nachdenken anregen.

»Es ist der Hammer«, flüstert Reese. »Wenn ich nicht schon an der LBU wäre, würde ich mich spätestens nach diesem Artikel bewerben.«

»Ich hoffe, Mr Peterson ist auch zufrieden.«

»Klar, wird er das sein. Ist verdammt offensichtlich, dass er mit euch die Richtigen für das Interview gefunden hat.«

Reese' Worte machen mich unglaublich stolz. Ich bin so sehr in dieses Studium reingeschlittert, dass ich wirklich nicht sicher war, ob ich das alles schaffen würde. Doch hier ist der Beweis, dass mein Stipendium vielleicht nicht nur Krankenbonus war.

Ich blicke wieder auf den dreiseitigen Artikel. Beim nächsten Mal würde ich es vielleicht sogar noch besser hinbekommen, noch lockerer – ohne im Vorfeld so nervös zu sein.

»Was also sagt uns das?«, fragt Dr. Wesley, und ich habe keine Ahnung, wonach er fragt. Einige Hände schnellen nach oben, während ich mich nur ratlos am Kopf kratzen kann.

»Wir sollten besser mal aufpassen«, flüstere ich Reese zu und packe das Handy weg, auch wenn ich den Artikel am liebsten noch mal gelesen hätte. Doch ich kann mir keine Ablenkung erlauben. Dr. Wesley mag aussehen und reden wie ein eingestaubter Dinosaurier, aber Jasper hat seine Prüfungen als knallhart bezeichnet.

»Für die Zukunft müssen wir daher auf die nachhaltige Nutzung erneuerbarer Rohstoffe achten«, sagt Jeannie, die wieder einmal die Antwort kennt. Sie ist wirklich gut.

»Richtig«, erwidert Dr. Wesley. »Ein Aspekt, der angesichts des steigenden Bevölkerungszuwachses umso wichtiger wird. Die Weltbevölkerung wächst pro Jahr im Durchschnitt um ein Prozent, nächstes Jahr werden demnach circa siebzig Millionen Menschen mehr auf der Erde leben. Das bedeutet mehr Natur, die dem Bau von Wohnräumen zum Opfer fällt, aber vor allem auch einen höheren Verbrauch von Rohstoffen. Schon jetzt werden in den Entwicklungsländern jedes Jahr rund dreißig Millionen Hektar Wald abgeholzt. Wir sprechen also davon, dass die derzeit verfügbaren Waldflächen sich innerhalb der nächsten fünfzehn bis zwanzig Jahre halbieren werden.«

»Puh«, sage ich, »das klingt ja furchtbar.«

Reese nickt betroffen, und wir beide beginnen, mitzuschreiben.

»Welche Folgen hat das?«

Ich zeige auf, er nimmt jedoch einen Studenten aus der ersten Reihe dran. »Biologische Arten sterben aus«, sagt dieser.

»Leider, ja. Von geschätzten fünf bis neun Millionen Tierarten sind es jährlich etwa elftausend bis achtundfünfzigtausend Arten, die aussterben. Mikroorganismen und Pflanzen nicht inbegriffen. Wir Menschen müssen also etwas ändern. Dringend. In den nächsten Wochen werden wir uns vermehrt mit den Phasen der Menschheitsgeschichte und der Bevölkerungsdynamik sowie der Entwicklung des westlichen Denkens befassen. Innerhalb der nächsten vier Wochen möchte ich von Ihnen eine zehnseitige Hausarbeit zu der Fragestellung, was dieses Wissen bei der Frage nach nachhaltiger Nutzung unserer Ressourcen für uns bedeutet. Seien Sie gründlich, aber auch kreativ. Damit beende ich die Vorlesung für heute.« Dr. Wesley nickt uns zu, packt seinen Koffer und verlässt den Vorlesungssaal. Wir anderen bleiben sitzen, verdauen diese Aufgabe.

»Kreativ sein«, murmelt Reese. »Wie genau meint er denn das?«

»Keine Ahnung«, sage ich ebenso ratlos. »Aber du schreibst Songtexte. Du bist also kreativ.«

»Dafür ist da gerade erstaunlich viel Leere in meinem Kopf«, antwortet Reese und zieht eine Grimasse.

»Bei mir auch. Ich fürchte, ich muss erst noch mal in Ruhe über das Thema nachdenken und weiter recherchieren, ehe ich wirklich etwas abliefern kann.«

»Dito«, sagt Reese und räumt ihre Unterlagen ein. »Hast du Lust, noch mit ins Diner zu kommen? Wir könnten auf euer erfolgreiches Interview anstoßen.«

»Klingt an sich nicht schlecht, aber ich bin schon verabredet. Ich könnte höchstens danach noch vorbeischauen.«

Jeannie kommt auf uns zu, ihr brauner Pferdeschwanz schwingt bei jedem Schritt hin und her. »Die Vorlesung hat einen ganz schön nachdenklich gemacht, oder?«

»Definitiv«, antworte ich. Reese nickt.

»Ich dachte, dass ich vielleicht eine Lerngruppe bilde. Hättet ihr Lust?«

Reese, die Jeannie nicht richtig leiden kann, wirft mir einen Seitenblick zu.

»Mal sehen«, entgegne ich. »Wir sagen dir morgen Bescheid, okay?«

»Super. Dann macht euch noch einen schönen Nachmittag.«

Sie eilt davon, Reese und ich sind nun die Letzten auf dem Gang, während der Rest schon in den Wohnhäusern verschwindet.

»Du willst nicht, oder?«

Reese zuckt mit den Schultern. »Jeannie ist so ehrgeizig. Das nervt.«

»Ach komm«, lache ich. »Das kann in einer Lerngruppe doch nur von Vorteil sein.«

»Ja, vielleicht«, sagt sie, aber ich höre sofort, dass Reese von ihrer Meinung nicht abrücken wird. »Neben ihr komme ich mir immer dumm vor. Sie weiß zu viel, aber noch schlimmer ist: Sie lässt es raushängen. Keine Ahnung, ob ich Lust darauf habe.«

»Dann überleg es dir einfach bis morgen.«

Ihre Hände, die mit der Schnalle ihrer Tasche spielen, werden fahriger. »Der Deal, dass wir zusammen lernen, steht doch noch? Oder ändert Jeannies Angebot etwas?«

»Quatsch, wir zwei sind ein Team. So oder so.«

»Alles andere hätte mich auch schwer enttäuscht.« Sie lässt ihre Hüfte sanft gegen meine stoßen. »Dann nur wir beide, okay? Ich habe echt keine Lust auf die Lerngruppe mit Jeannie.«

»Nur wir zwei«, versichere ich ihr.

Draußen trennen sich unsere Wege. Reese möchte in ihr Wohnheim, um sich für die Schicht im *Hopes* fertig zu machen, ich hingegen steuere Gebäude B an.

Sofort wird mir wärmer. Den Gedanken an meine Verabredung mit Lewis konnte ich den ganzen Tag über gut in den Hintergrund schieben. Das Interview und die Vorlesungsinhalte haben mich genug abgelenkt. Aber nun, da ich mich Zimmer B42 nähere, sind die Vorfreude und die leichte Nervosität sofort wieder da.

Lewis öffnet mir die Zimmertür. Auf dem kleinen Tisch steht bereits ein aufgebautes Schachbrett und wartet darauf, von uns benutzt zu werden.

»Wie … wie waren deine Vorlesungen?«, begrüßt er mich.

»Lang. Wir hatten eine Doppelstunde mit Dr. Wesley.«

»Oh.« Lewis nickt wissend. »Er redet immer etwas langsam und monoton.«

»O ja, und wie. Dabei sind die Inhalte seiner Vorlesungen eigentlich sehr interessant, er schafft es nur nicht immer, das auch entsprechend zu verpacken. Heute ging es um die Bevölkerungsdichte.«

»Lass mich raten: Ihr sollt die erste Hausarbeit schreiben.«

»Ja, genau.« Ich lasse mich am Tisch nieder, vor mir stehen

nun die weißen Figuren. »Dann stellt er jedem Studiengang dieselben Aufgaben? Ist das nicht riskant? Wir könnten einfach ältere Semester nach ihren Essays fragen.«

»Das wäre allerdings ziemlich unklug. Professor Wesley mag ein wenig eingestaubt wirken, aber er hat ein Gedächtnis wie eine Computerfestplatte. Da geht nichts verloren. Keine Info, schon gar keine von ihm gelesene Hausarbeit. Er kann meine auch ein Jahr später noch zitieren. Mit mir redet er jedenfalls bei jedem Semestergespräch über diese eine erste Arbeit.«

»Vielleicht, weil sie besonders gut war?«, tippe ich. Es würde mich jedenfalls nicht wundern.

»Könnte man denken. Aber er macht das bei allen, soweit ich weiß.« Lewis fährt sich über seinen Hoodie, der ihm etwas Lässiges verleiht. Es passt zu den Locken, die heute ein wenig verwuschelt sind. »Dr. Wesley ist einer der Professoren, die in jedem der drei Studiengänge Vorlesungen halten«, spricht er weiter, seine Hand vergraben in seine Hoodie-Tasche. »Und das nicht nur in den Grundkursen. Du wirst ihn also noch ein wenig länger aushalten müssen.«

»Okay. Also keine Schummeleien. Die liegen mir eh nicht.«

»Davon bin ich ausgegangen.«

Ich mustere das Spielfeld vor mir. »Das ist also Schach.«

»Du hast wirklich noch nie gespielt? Absolute Anfängerin?«

»Richtig«, sage ich. »Aber ein paar Sachen weiß ich.« Ich nehme einen der Springer zwischen die Finger, während ich nachdenke. »Weiß fängt immer an. Und Ziel einer Partie ist es, den Gegner schachmatt zu setzen. Allerdings bin ich mir nicht so sicher, was das genau bedeutet. Es hat irgendwas mit dem König zu tun. Dass er keinen Zug mehr machen kann?«

»Ganz genau. Ich denke, ich zeige dir erst mal, wie die Züge der jeweiligen Figuren aussehen.«

Lewis beginnt, mir alles zu erklären. Dass der Turm sich nur gradlinig bewegen kann und der Läufer immer diagonal. Es sind viele Informationen auf einmal, zumal mein Kopf schon von den Vorlesungen schwirrt. Ich hole mir kurzerhand einen Zettel und einen Stift von Lewis' Schreibtisch und mache mir Notizen, um beim Spielen einen Spickzettel zu haben. Es ist wie bei seiner Arbeit im Archiv und dem Wissen über den Modoc: Es fließt geradezu aus ihm heraus. Wenig Stottern, lautere Sprache, aufrechte Haltung. Damit bin ich nur noch williger, das hier wirklich zu lernen, auch wenn ich noch ein wenig überfordert bin von all den Regeln.

»Sollen wir einfach mal einen Probedurchlauf starten?«, schlägt Lewis schließlich vor.

»Aber sei gnädig mit mir. Für den Anfang zumindest.«

»Immer doch.«

Ich beginne mit einem Bauern. Während ich bei jedem Zug auf meinen Zettel sehe und nachdenke, entscheidet sich Lewis blitzschnell, so selbstsicher, dass ich mir seine gewonnenen Preise noch mal viel besser erklären kann. Er ist voll in seinem Element. Ich hingegen eiere ein wenig herum, zweimal muss mich Lewis davon abhalten, unüberlegte Züge zu machen, die mein Aus bedeutet hätten. Bei jedem Zug, jedem Tipp wird das Lächeln auf seinen Lippen ein wenig breiter. Er hat Spaß. Eine Erkenntnis, die sich sehr warm um mein Herz legt, es geradezu streichelt.

»Okay«, sage ich nach der Proberunde. »Ich glaube, das Spielprinzip habe ich verstanden. Jetzt muss ich nur besser werden.«

»Das macht die Übung. Irgendwann entwickelt man einen Blick für das Spielfeld und die machbaren Züge.«

Lewis stellt mit geübten Handgriffen die Figuren neu auf. Allein dafür hätte ich sicher zehn Minuten gebraucht, um zu überlegen, von welcher Position aus welche Figur startet. Das hätte ich mir vielleicht auch besser aufschreiben sollen.

»Hast du immer eine bestimmte Spielstrategie?«, frage ich.

»Es wäre doch unklug, dir das zu verraten, sonst gewinnst du noch gegen mich.« Lewis grinst. »Aber ja, ich habe bestimmte Strategien. Mehrere. Angepasst an die Strategie des Gegners, die man, wenn man aufmerksam ist, schnell herausfindet.«

»Was ist meine?«

»Gut Glück?«, antwortet Lewis vorsichtig und bringt mich damit zum Lachen.

»Erwischt. Aber jetzt möchte ich mal richtig spielen. Du darfst mir keinen Tipp geben. Wenn ich verliere, dann ist das eben so. Aber du kannst deine preisverdächtigen Künste trotzdem noch ein wenig zurücknehmen, damit ich wenigstens den Hauch einer Chance habe.«

»Willst du bei Weiß bleiben, oder sollen wir tauschen?«

»Ich behalte sie, wir haben uns gerade angefreundet.«

Wieder ein Grinsen. »Dann leg mal los.«

Wir spielen drei Runden. Egal, wie sehr Lewis sich auch zurückhält, ich verliere haushoch. Er ist schnell, es scheint ihn nicht mal viel Mühe zu kosten, gegen mich zu gewinnen, während ich hoch konzentriert bin und mich irgendwann davon erschlagen fühle.

»Aber du musst zugeben, dass ich besser werde«, sage ich. »Ich musste in der letzten Runde kaum noch auf meinen Spickzettel schauen.«

»Du machst das wirklich gut«, sagt er vollkommen überzeugt von seinen eigenen Worten. »Dafür, dass du es gerade erst gelernt hast.«

»Irgendwann besiege ich dich«, verspreche ich.

Vorsichtig mustert er mich, die Finger noch um seine Dame, mit der er mich eben schachmatt gesetzt hat. »Dann … hat es dir Spaß gemacht?«

»Klar. Wir müssen das unbedingt wiederholen.« Mein Ehrgeiz ist in jedem Fall geweckt. Und mein Interesse daran, Lewis noch mal derart ausgelassen zu sehen.

»Wann hast du eigentlich Schach gelernt?«

»Als ich fünf war. Unser Großvater hat es mir beigebracht.« Seine Augen werden ein wenig glasig, vielleicht, weil er in diesem Moment an seinen Großvater denkt. Als wäre er gefangen in den Erinnerungen des fünfjährigen Lewis, der das erste Mal beigebracht bekommt, wie man Schach spielt. Vielleicht am Anfang ähnlich überfordert wie ich heute. »Ich war als Kind wahnsinnig gerne bei ihm. Stundenlang haben wir beieinandergesessen, Schach gespielt und die Vögel in seinem Garten beobachtet.«

»Dann war er also auch ein Naturliebhaber?«

»Das liegt wohl in der Familie.« Er spricht das Wort *Familie* ganz anders aus, als ich es tun würde. Nicht warm, eher mit einer gewissen Melancholie.

»Du sprichst in der Vergangenheitsform von deinem Großvater.« Ich schlucke unwillkürlich.

»Er … er ist gestorben, als ich zwölf Jahre alt war.«

»Oh.«

Lewis beginnt, das Schachbrett wieder auf das kleine Regal neben seinem Tisch zu platzieren. Eindeutig eine Beschäftigungstherapie, um nicht von seinen Gefühlen übermannt zu werden.

»Das tut mir leid. Hätte ich das gewusst, hätte ich nicht nachgefragt. Das muss furchtbar gewesen sein.«

Einige Sekunden lang erwidert Lewis nichts, und ich denke schon, dass er nicht darüber sprechen will, als er schließlich nickt. »Danach habe ich einige Monate lang gar nicht mehr Schach spielen wollen. Ich habe es nicht ertragen.«

»Was hat deine Meinung dann geändert?«, frage ich sanft. Ich lehne mich vor und helfe, die weißen Figuren wieder auf dem Regal zu platzieren.

»Er«, krächzt Lewis. »Er hatte mich zu einem Schachturnier angemeldet, kurz vor seinem Tod. Ich hatte keine Ahnung – bis die Unterlagen dazu ankamen. Ich habe es nicht über mich gebracht, dieses Geschenk von ihm zu ignorieren. Also bin ich hingegangen.« Allein die Vorstellung jagt mir einen Schauer über den Rücken. Seinem Großvater nach dem Tod noch mal auf diese Weise nah zu sein … diese Anmeldung zu finden. Das klingt ergreifend und überfordernd zugleich. Sicher hätte es ihm gefallen, dass Lewis sich trotz seiner Trauer darauf eingelassen hat. Auf dieses letzte Geschenk, seine letzte Geste.

»Hast du gewonnen?«

Lewis lacht leise, die dunklen Erinnerungen scheinen zu schwinden. »Haushoch verloren«, antwortet er und lässt von dem Schachbrett ab, das nun wieder geordnet auf dem Regal steht. Ob es wohl das alte Brett seines Großvaters ist? »Diese Turniere sind wirklich hart«, erklärt Lewis. »Da sind nur die Besten der Besten, und ich war zu diesem Zeitpunkt noch nicht so weit. Aber es hat meinen Willen entfacht. Ich wollte besser werden. Also bin ich in den Verein eingetreten und habe geübt.«

»Und es hat sich gelohnt«, sage ich und denke dabei unwillkürlich an meinen eigenen Kampf, den ich gerade ausfechte. Meine eigenen Ziele, denen ich hinterherjage. Hoffentlich werde ich dabei genauso viel Erfolg haben wie Lewis.

»Ich bin froh, dass du dieses Hobby nicht aufgegeben hast.«

»Ich auch.« Lewis spielt mit der Kordel seines Hoodies, schiebt sie zwischen seinen Fingern hin und her. Ich weiß nicht, ob er gedanklich noch bei seinem Großvater ist, aber er wirkt weit weg. Bis er mich plötzlich ansieht, mit klarem Blick und leicht gerunzelter Stirn.

»Wie machst du das? Wieso ist es so leicht, mit dir zu sprechen?«

Perplex blinzle ich. »Ich weiß nicht.«

»Normalerweise kann ich das nicht so gut. Mit Leuten reden. Es kostet mich viel Überwindung, manchmal fehlen mir einfach die Worte, auch wenn ich es eigentlich will. Aber bei dir … da fühlt es sich nicht anstrengend an. Ich … ich mag das.«

Mein Herz reagiert sofort auf diese Worte. »Da bin ich froh«, bringe ich hervor. »Ich rede nämlich auch gerne mit dir.«

Lewis sieht mich unter gesenkten Augenlidern an. Schwer zu sagen, was er in diesem Moment denkt, doch seine Wangen erröten. »Ich habe viel über das nachgedacht, was du letztens gesagt hast. Darüber, dass man alles mal ausprobiert haben sollte. Ich tue mich eher schwer damit, Neues auszuprobieren. Ich bin erst einundzwanzig Jahre alt, aber schon ziemlich festgefahren.«

»Klingt, als würdest du das ändern wollen«, stelle ich fest.

»Ein bisschen vielleicht. Mal raus aus der Komfortzone. In den Gesprächen mit dir klappt es ja auch … vielleicht kann ich das irgendwie auf den Alltag übertragen. Auch ein bisschen lebensfroher sein.«

Stutzig sehe ich ihn an. »Ich halte dich schon für sehr lebensfroh.«

»Wirklich?«, fragt er überrascht.

»Lebensfroh bedeutet ja nicht, immer laut und quirlig zu sein. Es ist die Frage, wie man das Leben wahrnimmt und ob man es zu schätzen weiß. Du bist vielleicht introvertierter als ich, aber ich habe erlebt, wie du mit offenen Augen durch den Forest gehst, jede Pflanze und jedes Tier kennst. Du richtest deinen Blick auf die Natur und gibst darauf acht. Das ist lebensfroh, die Natur ist schließlich pures Leben.«

Lewis sieht mich an, sein Mund leicht geöffnet, als müsste er meine Worte erst auf sich wirken lassen. Als müsste er verstehen, dass ich jedes einzelne Wort davon ernst meine. Denn es ist so. Lewis mag leiser sein als ich, zurückgezogener und vorsichtiger, aber er steht mit beiden Beinen im Leben, geht seinen Leidenschaften nach und lebt bewusst, im Einklang mit der Natur. Das imponiert mir.

»So habe ich das noch nie gesehen«, sagt er leise, und seine Stimme klingt dunkler, als wäre ein Kloß in seinem Hals. »Aber diese Sicht gefällt mir. Sehr sogar.«

# Kapitel 12

Angesporn von meinem Interview-Erfolg und von meinem tollen Treffen mit Lewis brüte ich am nächsten Tag über meinem Notizbuch, um endlich bei meiner Suche nach Ms X weiterzukommen. Auf meinem Tablet vor mir ist eine Google-Suche geöffnet, in der Tasse daneben schwimmt noch ein Rest von meinem Kaffee. Ein Wunder, dass Jasper nicht schon alles leer getrunken hat. Sein Kaffeekonsum ist enorm. Er ist wie ein Zombie, wenn er nicht mindestens drei, besser sogar vier Tassen Kaffee auf nüchternen Magen getrunken hat. Vielleicht liegt es daran, dass er oft bis spätabends ausgeht und daher so schwer in die Gänge kommt, aber gesund ist es definitiv nicht. Und passt eigentlich gar nicht zu seinem sonst so sportlichen Lifestyle.

Ich nehme den letzten Schluck und verziehe das Gesicht. Eiskalt. Wie lange habe ich jetzt ins Notizbuch gestarrt? Und das ohne Ergebnis …

Irgendwo im Internet muss es doch eine Spur von Silvia, Jill und Kenna geben, immerhin waren sie an der LBU, die sehr auf Öffentlichkeitsarbeit setzt. Ich muss nur den richtigen Ort finden, die richtigen Fotos oder Artikel. Aber da ist nichts. Gar nichts. Frustriert fahre ich mir durchs Haar und gehe dann zur Küchenzeile, um mir Wasser einzuschenken.

Die anderen sind nicht da. Es ist wohl das erste Mal, dass ich das Haus komplett für mich allein habe, und es ist irgendwie erholsam, und gleichzeitig fehlt etwas. In San José war es nie so still, dort dringt wenigstens Autolärm durch die Fenster, während ich hier gar nichts höre, sobald die anderen nicht da sind und nicht ihren Hobbys nachgehen.

Absolute Stille.

Die Ruhe wird erst durchbrochen, als es dreimal hintereinander an der Tür klingelt. Mit einer flinken Bewegung schließe ich meine Suchfenster und gehe zur Tür.

Lewis steht vor mir, seine Brille sitzt ein wenig verrutscht auf der Nase, und er hat rote Flecken im Gesicht, als wäre er gerannt.

»Was ist los?«, frage ich perplex. »Wieso klingelst du Sturm?«

»Sind die anderen da? Können wir offen reden?«

»Wir sind allein«, antworte ich und gehe zur Seite, damit er eintreten kann. Jetzt bin ich neugierig.

»Ich habe ihn gesehen.«

»Wen?«, frage ich verwirrt.

»Diesen ... Verwandten. Der auf der Gedenkfeier gesprochen hat.«

Lewis' Aufregung überträgt sich sofort auf mich. »Du hast ihn gesehen? Wo?«

»Vorhin, in Lullaby. Er stand vor seinem Lieferwagen in der Nähe vom Rathausplatz und hat eines dieser Sandwiches aus unserem Supermarkt gegessen. Und jetzt weiß ich es wieder. Er ist der Bruder von Silvia. Zade? Nein.« Er beißt sich kurz auf die Unterlippe. »Zach Grimes. Er arbeitet in einer Schreinerei in Juniper, und ich habe ihn schon öfter in Lullaby gesehen.«

»Dann ist er regelmäßig hier?«

»Ich denke, ich habe ihn schon ein paarmal im *Hopes* gesehen. Aber ich habe noch nie mit ihm gesprochen.« Lewis beginnt, auf und ab zu gehen. So hibbelig habe ich ihn bisher noch nie erlebt. Es ist erfrischend, weil ich gerade selbst nichts anderes kann, als innerlich durchzudrehen. »Ich erinnere mich nur daran, dass er eine Rede gehalten hat, in der es um Silvia ging. Er hat geweint ... wirkte wie ein gebrochener Mann auf mich. Total aus der Bahn geworfen. Er ... er hat mir leidgetan. Danach habe ich ihn sicher noch ein paarmal gesehen, aber ich habe mir nie etwas dabei gedacht. Bis eben.«

»Lewis«, sage ich, meine Stimme überschlägt sich beinahe. »Ist dir klar, dass du mir gerade einen der Angehörigen identifiziert hast? Jemanden, der mir Antworten geben kann.«

»Nicht nur das«, ergänzt Lewis und bleibt endlich stehen. »Ich kenne das Firmenlogo, das auf dem Wagen stand.«

»Ich hole mein Tablet«, sage ich sofort und gehe zum Tisch, an dem noch meine Unterlagen liegen. Ich reiche es Lewis, und kurz darauf erscheint ein rundes, schokoladenbraunes Firmenlogo auf dem Bildschirm.

»Da«, sagt er. *»Plant down.«*

Ohne weiter darüber nachzudenken, schlinge ich meine Arme um Lewis. Für einen Augenblick versteift er sich, und seine Hände wirken etwas ungelenk, als er sie auf meinen Rücken legt und mir sanft darüberstreichelt. Es erinnert mich an den Moment beim Wandern, als er mich aufgefangen hat. Auch jetzt spüre ich seine Körperwärme, seine Berührung. Fast bin ich mir sicher, seinen Herzschlag zu hören. Vielleicht ist es aber auch mein eigener, der auf die Erinnerung reagiert. Nur jetzt kenne ich Lewis ein wenig besser als zuvor. Verstehe besser, wer er ist. Weiß, wie liebenswert und unterstützend er ist und wie wohl ich mich in seiner Nähe fühle, ob während unserer Gespräche oder schweigend.

Ich löse mich von ihm, nur ein wenig, und sehe ihn an. Ein paar Sekunden lang halten wir Blickkontakt. Ich versuche zu lesen, was er in diesem Moment fühlt, aber es ist schwer auszumachen. Ich spüre eindeutig, dass Lewis mich mag. Aber dennoch ist da diese Zurückhaltung, die ich noch nicht einordnen kann.

»Du glaubst gar nicht, wie dankbar ich dir bin«, sage ich mit belegter Stimme.

Kurz denke ich daran, ihn zu küssen. Hier und jetzt. In derselben Sekunde sehe ich möglicherweise auch bei ihm diesen Wunsch aufblitzen. Aber ich bekomme den Moment nicht richtig zu greifen, bevor er endet.

»Habe ich gerne gemacht«, entgegnet Lewis.

Ich sehe wieder zum Tablet. »Die Firmenadresse«, murmele ich leise. »Und eine Handynummer. Meinst du, die ist von Zach?«

»Schwer zu sagen. Aber in jedem Fall ist sie von jemandem, der ihn kennt.«

»Ja«, erwidere ich etwas ehrfürchtig. Ich schlucke, denn das Atmen fällt mir plötzlich schwer, als mir klar wird, dass ich Zach Grimes anrufen und ihn zu einem Gespräch bitten kann.

»Aber ich dachte, niemand darf wissen, dass du nach deiner Spenderin suchst. Wie willst du Kontakt zu Zach aufnehmen, ohne dich zu verraten?«, wirft Lewis ein.

»Ich denke, das wird nicht gehen«, sage ich. Das ist leider ein wirklich guter Punkt, den Lewis anspricht. »Ich werde ihm irgendetwas sagen müssen. Vielleicht nicht alles.«

Lewis nickt.

Zweifel überkommen mich. Einwände, wieso ich ihn nicht anrufen sollte. Aber genauso viele Argumente sprechen dafür, und diese Argumente wiegen schwerer. »Ich muss es machen, auch wenn es riskant ist«, sage ich. Herz und Kopf sind definitiv nicht in Einklang. »Aber es ist vielleicht meine einzige Chance, um der Sache wirklich auf den Grund zu gehen. Ich habe schon sämtliche Zeitungsartikel durchforstet, aber nirgendwo wird eine Organspende erwähnt, und von Silvia, Kenna oder Jill keine Spur. So komme ich mit meiner Suche nicht weiter.«

»Dann solltest du dort anrufen.«

»Jetzt?«, frage ich nervös.

»Wieso nicht? Du bist deswegen nach Lullaby gekommen, da solltest du es jetzt nicht lange aufschieben. Oder?«

»Du hast recht.« Wozu warten? Mein Wunsch auf Antworten wird sich nicht einfach in Luft auflösen.

Ich greife nach meinem Handy und gehe hinüber zum Kamin, wo wir manchmal ein wenig Empfang haben. Meine Hände beben, als ich die Nummer wähle und dann das Freizeichen höre.

Einmal.

Zweimal.

Dreimal.

»Ich kann das nicht«, piepse ich und drücke Lewis mein Handy in die Hand.

Ein Knacken in der Leitung, dann eine männliche Stimme, die den Firmennamen nennt. Lewis guckt etwas überfordert auf das

Handy, ich selbst kann vor Panik kaum denken. Plötzlich sehe ich ihn vor mir, den trauernden Bruder, dem ich Hunderte von Fragen über seine Schwester stelle und dabei das Krankenhaus verpfeife.

Lewis seufzt schwer, dann nimmt er das Telefon an sein Ohr. »Ja … guten Tag. Mein … mein Name ist Lewis Branson.« Seine Stimme klingt brüchig, mehr wie zu Beginn unseres Kennenlernens, als er noch zurückhaltender war. »Spreche ich mit Zach Grimes?«

Mein Herz setzt aus, kurz habe ich das Gefühl, ohnmächtig zu werden.

»Nein, ich … ich habe nach Ihnen gesucht.« Lewis' Stottern ist so stark wie schon lange nicht mehr. Ich sehe ihn entschuldigend an. »Besser gesagt … eine Freundin von mir.«

Er ist es. Lewis telefoniert wirklich mit ihm.

»Wäre es möglich, dass Sie sich mit ihr treffen? Vielleicht in Lullaby? Es geht um Ihre Schwester.«

Am anderen Ende der Leitung herrscht kurzes Schweigen.

»Morgen?«, scheint Lewis zu wiederholen. Er sieht mich fragend an. »Um … um fünfzehn Uhr im *Hopes?*«

Meine Gedanken überschlagen sich, während Lewis darauf wartet, dass ich ihm eine Rückmeldung gebe, ob Zachs Vorschlag für das Treffen für mich in Ordnung ist. Das *Hopes* wäre nicht meine erste Wahl für mein Vorhaben, aber ich nehme in diesem Moment alles, was ich bekommen kann. Hauptsache, ich kann ihn sprechen, mir Klarheit verschaffen. Ich bringe ein Kopfnicken zustande, da mir die Worte fehlen. Ich bin viel zu sehr damit beschäftigt, ruhig weiterzuatmen. Morgen. Morgen um fünfzehn Uhr werde ich dem Bruder von Silvia Grimes gegenübersitzen und ihm all die Fragen stellen können, die mir unter den Nägeln brennen. Es klingt unwirklich.

»Danke«, sagt Lewis, dann legt er auf und atmet zischend aus. Sammelt sich. »Unfassbar, dass ich dieses Telefonat geführt habe. Ich hasse telefonieren. Erst recht mit Menschen, die ich nicht kenne.«

»Tut mir total leid. Ich hatte irgendwie einen Blackout. Ich war zu nervös. Dabei kann ich so was eigentlich immer ganz gut.«

»Schon okay. Ich habe es hingekriegt, oder?«, fragt Lewis und klingt dabei wirklich, als wäre es eine große Überwindung für ihn gewesen.

Da ist er wieder, dieser Moment, in dem ich ihn einfach nur küssen möchte. Stattdessen sehen wir uns erneut an. Lewis noch immer mit meinem Handy in der Hand, ich selbst noch immer mit so viel Aufregung in meinem Magen.

»Wollen wir bald wieder wandern gehen?«, will Lewis ziemlich unvermittelt wissen.

Seine Augenbrauen ziehen sich leicht zusammen, er wirkt, als habe er noch immer Zweifel daran, dass ich gerne Zeit mit ihm verbringe.

»Nichts würde ich lieber tun«, sage ich überschwänglich und drücke kurz seine Hand, als er mir das Handy zurückgibt.

# Kapitel 13

Als ich mich auf den Weg zum Diner mache, habe ich kaum Augen für die herbstliche Dekoration, die in Lullaby nun Einzug gehalten hat: Überall stehen geschnitzte Kürbisse vor den Häusern, Lichterketten und Girlanden aus Blättern sind zwischen Häuserfassaden und Straßenlaternen gespannt. Wäre ich nicht so aufgewühlt, fände ich den Anblick geradezu magisch. Vor allem in Kombination mit den kälter werdenden Temperaturen, die mich heute dazu veranlasst haben, einen dicken Wollschal umzulegen. Doch die herbstliche Magie um mich herum ist getrübt, denn meine Gedanken drehen sich die ganze Zeit um das bevorstehende Gespräch mit Zach. Auch dann noch, als mich das Klingeln der Türglocke als neuen Gast im *Hopes* ankündigt.

»Hazel«, Reese kommt tänzelnd auf mich zu, in der Hand noch eine Kanne mit Kaffee. »Ich wusste gar nicht, dass du vorbeikommen wolltest.«

Ertappt sehe ich zu ihr. »Ich wusste auch nicht, dass du Schicht hast«, erwidere ich etwas zu monoton. Hatte sie gestern Abend nicht erzählt, dass sie sich heute mit ihrem Cousin treffen wollte?

»Ich bin eingesprungen. Die andere Aushilfe ist krank.«

»Oh.« Mein Magen verkrampft sich, aber ich versuche, mir nichts anmerken zu lassen. Dass Reese hier sein würde, war kein Teil des Plans. Aber solange ich mich nicht zu auffällig verhalte, stellt sie vielleicht auch keine Fragen, deren Antworten ich ihr nicht geben kann.

Nervös sehe ich mich um und versuche, Zach auszumachen. Eine Handvoll Tische sind besetzt. Ganz hinten im Raum entdecke ich einen jungen Mann – der Einzige, der allein an einem Tisch sitzt – mit kinnlangem braunem Haar, wilden Bartstoppeln und einem schwarzen Pullover. Er ist vielleicht Ende zwanzig, hält den Kopf gesenkt und rührt in seinem Kaffee.

»Willst du zu ihm?«, flüstert Reese.

»Ich glaube schon.«

»Er ist sonst nie um diese Zeit hier.«

»Du kennst ihn?«, frage ich überrascht. Waren meine möglichen Antworten etwa die ganze Zeit näher, als ich dachte? Hätte ich nur Reese einweihen müssen?

»Nein, nicht richtig. Er kommt nur jeden Montagnachmittag hierher und trinkt einen Kaffee.« Sie rückt ein wenig näher zu mir. »Aber er benimmt sich irgendwie eigenartig. Er unterhält sich nie mit mir und starrt dauernd aus dem Fenster. Irgendwie macht mich das nervös«, flüstert sie. Sie mustert erst ihn skeptisch, dann mich. »Ihr habt doch kein Date, oder?«

Wäre ich nicht so angespannt, würde ich vermutlich schallend loslachen. »Nein. Ich brauche nur Hilfe bei etwas. Hat etwas mit Red zu tun«, lüge ich, um weiteren Fragen aus dem Weg zu gehen.

»Mr Peterson spannt dich wohl schon ganz schön ein, was?« Reese zuckt etwas zu heftig mit der Schulter, den Blick weiter auf Zach gerichtet. Dabei hält sie die Kanne etwas schräg, sodass Kaffee auf den Boden tropft. »Mist.«

Sie taucht ab, um es wegzuwischen. Kurz habe ich wirklich den Drang zu lachen, bis mein Blick wieder auf Zach fällt und mir klar wird, dass dies der Moment ist, in dem ich den Bruder von Silvia Grimes kennenlerne. Der Moment, in dem ich vielleicht Antworten bekomme. Ich schlucke schwer, dann wickle ich meinen Schal auf, während ich auf ihn zugehe.

Kurz bevor ich den Tisch erreiche, schaut er zu mir hoch. Seine Augen sind grau, von Trauer gezeichnet. Erneut schlucke ich, aber nun hindert mich ein Kloß daran.

»Bist du Zach?«, frage ich mit trockener Stimme.

Er nickt, seine Lippen aufeinandergepresst. Er wirkt genauso nervös, wie ich mich fühle.

Ich setze mich auf den Platz ihm gegenüber, meinen Schal lege ich neben mich auf die Bank. »Ich bin Hazel.«

»Schön, dich kennenzulernen.« Er spricht leise, doch seine Stimme ist wie ein Reibeisen, dunkel und rau.

»Danke, dass du dich mit mir triffst.«

»Dein Freund sagte am Telefon, dass es um meine Schwester geht?« Der Verlust und der Schmerz strömen aus jedem einzelnen Wort. Auch nach zwei Jahren noch.

Ich will etwas erwidern, doch Reese kommt zu uns an den Tisch. »Kann ich dir etwas bringen?« Ihre Stimme klingt ein wenig höher als sonst, und ihre Augen huschen immer wieder zu Zach, dann wieder zu mir. Dabei zuckt ihr Mundwinkel nervös.

»Einen Pfefferminztee«, sage ich. Eigentlich müsste ich auch etwas essen, aber ich bekomme sicher nichts hinunter.

»Alles klar. Bekommst du.« Sie stößt an den Nachbartisch und flucht leise. Kurz darauf stellt sie schon den Tee vor mir ab und geht zurück hinter den Tresen. Zach schaut aus dem Fenster, genau wie Reese gesagt hat. Gedanklich weit weg, ein wenig verloren.

Wenigstens sind die zwei Tische hinter uns frei, sodass wir ungestört sprechen können. Doch anstatt das Gespräch zu beginnen, rühre ich in meiner Tasse. Die richtigen Worte zu finden ist schwerer, als ich dachte.

»Ich weiß, es ist sicher hart für dich, über Silvia zu sprechen«, beginne ich vorsichtig. »Aber ich habe von ihrem Unfall gehört. Von der Nacht, als sie und ihre Freundinnen –«

Zachs Finger zittern, als er zu seiner Kaffeetasse greift. »Ich rede nicht gerne darüber.« Er sieht zu mir, mustert mich eindringlich. »Und ich verstehe nicht, wieso dich dieser Unfall beschäftigt. Kanntest du meine Schwester?«

»Nein. Nein, ich kannte sie nicht.«

Der Wunsch, ihm alles zu sagen, ist da. Heiß und kalt zugleich setzt er sich in meinem Magen fest. Aber da ist auch die Sorge um die beiden Assistenzärztinnen, die ich belauscht habe.

»Ich kann dir keine Details nennen«, stoße ich hervor. »Nicht, ohne dabei jemand anderen in Schwierigkeiten zu bringen.«

Zach starrt mich an und wird blass. »Geht es um den Unfallverursacher?«

»Was? Nein! Ich schwöre dir, dass ich keine Informationen dazu habe, sonst hätte ich sie längst an die Polizei weitergegeben.«

Ich fühle mich wie ein schlechter Mensch, weil Zach offenbar in der Hoffnung hergekommen ist, diesen Unfall aufklären zu können, und ich ihm diese Hoffnung nun nehmen muss. Dabei weiß ich nur zu gut, wie es sich anfühlt, auf Antworten zu hoffen, die dann nicht folgen.

Entschuldigend sehe ich ihn an. Zach presst die Lippen zusammen und sieht kurz so aus, als wäre er den Tränen nahe. Dann nickt er betrübt.

»Aber … ich … ich muss einfach wissen … also –«

»Okay. Was immer es ist, ich schwöre dir, dass ich keine Fragen stellen werde. Fürs Erste.«

»Silvia«, flüstere ich fast. »War sie Organspenderin?«

Zach zieht die Augenbrauen zusammen. »Nein.«

*Sie ist es nicht.*

Mein Herz krampft sich bei der Erkenntnis kurz zusammen. Die Tasse in meinen Händen verschwimmt für einige Sekunden vor meinen Augen.

»Bist du sicher?«

»Absolut. Meine Stiefschwester war orthodoxe Jüdin, daher hat sie einer Organspende zu Lebzeiten widersprochen. Ihr war es wichtig, dass …«, er schluckt, »dass ihr Leichnam unversehrt bleibt.«

»Ich verstehe.«

Die Enttäuschung ist größer, als ich dachte.

»Weißt du, was mit ihren Freundinnen ist? Ob eine von ihnen Organspenderin war?«

»Ich weiß es nicht mit Sicherheit. Kennas Eltern haben noch viel Kontakt mit unserer Familie, aber sie haben nie etwas von einer Organspende erwähnt. Kenna und Jill kommen dafür aber auch nicht infrage.«

»Wieso nicht?«

»Für eine Organspende muss man doch hirntot sein, oder? Wie Silvia.« Kurz bricht seine Stimme. Da ist er wieder, der

Schmerz. Der Verlust. Er springt mich förmlich an. »Kenna und Jill sind an inneren Blutungen gestorben, glaube ich. Bei Jill bin ich mir allerdings nicht sicher. Ihre Eltern haben Silvia lange Zeit die Schuld an dem Unfall gegeben, deswegen haben sie kaum mit uns geredet.« Er klingt müde. So unendlich müde.

»Aber es heißt doch, dass ein zweites Fahrzeug involviert war«, werfe ich ein. »Wie können sie da Silvia an irgendetwas die Schuld geben?«

»Silvia war die Fahrerin. Das reicht für die Eltern«, antwortet Zach knapp. »Seit der Beerdigung haben wir nichts mehr miteinander zu tun.«

Zach trinkt seinen Kaffee aus, seine Fingergelenke knacken, als er sie gegeneinanderdrückt.

»Ich weiß nicht, wieso du diese Fragen stellst und was du suchst«, sagt er, als er sich eine Beanie aufsetzt und den Reißverschluss seiner Lederjacke zuzieht. »Aber ich denke nicht, dass Silvia, Jill oder Kenna die Antwort darauf sind.«

Tränen schwimmen in meinen Augen, als Zach aufsteht und einen Fünfer auf den Tisch legt.

»Warte«, bitte ich flehend. »Wie war Jills Nachname?«

»Noury«, sagt er, dann nickt er mir betroffen zu. »Tut mir leid, dass ich dir nicht helfen konnte.«

Ohne ein weiteres Wort verlässt er das *Hopes.* Ich bleibe allein am Tisch zurück und starre in meinen Pfefferminztee, den ich nicht mal richtig angerührt habe. Innerlich fühle ich mich wie gelähmt. Als habe Zachs Trauer auf mich abgefärbt, dabei ist es mein persönlicher Verlust, der sich gerade in mir freisetzt.

Sie waren es nicht. Keine von ihnen.

Reese kommt zu mir, kaum dass Zach das *Hopes* verlassen hat. »Alles in Ordnung? Was ist denn los?«

Ich starre auf den Fünfer. »Tut mir leid, Reese. Aber ich muss jetzt gehen. Ich erkläre es dir ein anderes Mal.«

Reese wirkt sorgenvoll, als ich aufstehe und mir meinen Schal schnappe. Ich drehe mich um, aber sie hält mich zurück, ihre Hand auf meiner Schulter.

»Geht es dir gut?«

»Es wird schon«, sage ich nur.

Kurz schließe ich die Augen, dankbar, eine Freundin wie Reese gefunden zu haben, doch im Augenblick kann ich nicht im Diner stehen, während all meine Hoffnungen sich in Luft auflösen. Ich muss allein sein. Nachdenken.

Kurz lege ich meine Hand auf ihre, um ihr meine Dankbarkeit zu zeigen, doch ich sehe sie dabei nicht an. Gleich darauf eile ich aus dem Diner, schlinge mir den Schal um den Hals und renne förmlich durch die herbstlich geschmückten Straßen von Lullaby, während mir Tränen über das Gesicht laufen.

Ich habe sie nicht gefunden.

Ms X hat keinen Namen, keine Identität.

Habe ich mich die ganze Zeit geirrt, als ich dachte, einer Antwort auf der Spur zu sein?

*Liebe Ms X,*

*als ich für eine Organspende gelistet wurde, wusste ich, dass ich keine Informationen über die Herkunft der Lunge bekommen würde. Keinen Namen, kein Alter, keine Todesursache. Anonymität durch und durch. Ich habe das nie hinterfragt, habe es einfach so hingenommen. Aber zu diesem Zeitpunkt wusste ich auch noch nicht, wie es sich anfühlt, einen Teil von jemand anderem in sich zu tragen. Wenn man die Gewissheit hat, dass der Mensch, der dir das Leben geschenkt hat, selbst tot ist. Der Gedanke, dass du für mich gestorben bist, lag nahe, setzte sich unkontrolliert in meinem Kopf fest, auch wenn ich weiß, dass es nicht so ist. Ich hätte deinen Unfall nicht verhindern können. Ich bin nicht schuld daran.*

*Aber das macht es nicht leichter.*

*In dem Moment, als der Anruf kam und ich in die Klinik ge-*

*bracht wurde, habe ich pure Erleichterung und Freude gespürt. Ich habe geweint, so glücklich war ich, dass das lange Warten nun endlich vorbei war. Direkt darauf folgten die ersten Gedanken an dich. Wer warst du? Wie bist du gestorben? Wie geht es deiner Familie? Wie konnte ich so glücklich sein bei dem Wissen, dass gerade ein Mensch gestorben war? Dass ich nur deswegen diesen Anruf erhalten habe …*
*Die Erinnerung an die Zeit vor der Narkose ist verschwommen, aber ich vermute, dass mein letzter Gedanke, bevor ich wegdriftete, dir galt. Nur dass ich damals noch nicht wusste, dass es sich um eine Frau handelte. Du warst nicht Ms X, sondern einfach nur Person X. Ohne Geschlecht. Ein Phantom, so wie es das Gesetz vorschreibt.*
*Als ich aus der Narkose aufwachte, war ich erschöpft, begleitet vom stetigen Piepen der Monitore und noch immer intubiert. Ich habe meine Augen fest zusammengepresst, habe versucht, gegen den Würgereiz anzukämpfen und gegen das Gefühl, diesen Schlauch wegreißen und sprechen zu wollen. Dabei wusste ich, dass ich das nicht konnte. Auch nicht versuchen sollte. Also lag ich da, konzentrierte mich auf meine Umgebung, um nicht durchzudrehen.*
*Zuerst hörte ich nur das Piepen. Gleichmäßig, vielleicht etwas schneller als zuvor, weil die Maschinen mein Unwohlsein bemerkt hatten. Dann hörte ich etwas anderes. Irgendwo in der Ferne klingelte ein Telefon. Zwei Frauen, die sich unterhielten. Eine davon hatte eine raue Stimme, als würde sie viele Zigaretten rauchen. Was schon fast paradox war, als ich darüber nachdachte, dass sie sich in der Nähe einer jungen Frau aufhielt, die soeben eine Lungentransplantation hinter sich gebracht hatte. Stimmte sie das gar nicht nachdenklich?*
*»Es ist wirklich furchtbar«, sagte sie. Sie sprach leise, und doch hörte ich es ganz deutlich, weil sich all meine Sinne nur darauf konzentrierten. Es war wie ein Anker, der mir dabei half, den Schlauch in meiner Luftröhre auszuhalten. »Aber immerhin konnte sie so noch ein Leben retten.«*

*Ein Leben retten? Meinte sie mich? Mein Leben? Sprachen sie von dir, meiner Spenderin?*
*Lärm drang durch die Flure und machte es mir schwerer, zuzuhören. Ich strengte mich an, meine Finger krallten sich in das Bettlaken, während ich versuchte, möglichst viel mitzubekommen.*
*»Diese renommierte Uni in Lullaby«, sagte die Frau mit der rauen Stimme. Doch ich konnte keinen Zusammenhang herstellen. Sprachen sie noch über dich? Bestand ein Zusammenhang zu dieser Uni? Lullaby. Ich kannte den Namen nicht, aber ich prägte ihn mir ein. Ich wiederholte ihn sicher ein Dutzend Mal. Lullaby. Lullaby. Lullaby. Bis ich dösig wurde, der Erschöpfung erlag. Die Stimmen der Frauen rückten in den Hintergrund, das stetige Piepen der Maschinen besänftigte mich. Ich klammerte mich an die Informationen, wiederholte sie in Gedanken immer und immer wieder. Dann schlief ich erneut ein.*
*Ab da wusste ich von dir, ab da warst du Ms X.*
*Zu diesem Zeitpunkt war mir noch nicht klar, dass ich dich suchen würde. Ich hatte damit zu kämpfen, meine Operation gut zu überstehen, mich an das Leben nach der LTX zu gewöhnen. Erst mit den Monaten wurde der Wunsch stärker. Der Drang, mehr über dich herauszufinden. Am dritten März, genau vier Monate nach meiner Operation, habe ich das erste Mal Lullaby gegoogelt. Das erste Mal über die Unfälle in dieser verhängnisvollen Nacht recherchiert.*
*Ein Jahr später habe ich mich für mein Stipendium beworben.*

# Kapitel 14

Die letzten zwei Jahre wirbeln in meinen Erinnerungen umher, und ich fühle mich klein und verletzlich. Viele Leute denken, mit der Operation sei der Kampf endlich ausgestanden, doch die Wochen und Monate nach der Lungentransplantation sind genauso schwer wie die zuvor. Die lange Zeit auf der Intensivstation, die Physiotherapie, die Umstellung in Bezug auf Ernährungsgewohnheiten, neue Medikamente. Dein Körper braucht Zeit, um die neue Lunge anzunehmen. Dein Geist braucht Zeit zu verdauen, dass nun plötzlich wieder Möglichkeiten vor dir liegen. Lullaby und dieser Unfall waren wie ein Leuchtturm für mich, der mir in dieser Zeit Orientierung gegeben hat. Ein Ziel, auf das ich hinarbeiten konnte. Die LBU, dieses Studium, die Suche. Und nun weiß ich nicht mehr weiter, weiß nicht, was ich tun soll. Ich liege nur da, starre an die Wand in meinem Zimmer und fühle mich leer wie lange nicht.

Erst ein Klopfen an der Tür bringt mich dazu, mich aufzurichten. Meine Haare kleben mir verschwitzt an der Wange.

»Ja?« Meine Stimme ist kraftlos. Die Tür öffnet sich, und Lewis tritt herein. Sein Anblick löst trotz meiner Traurigkeit Sehnsucht in mir aus. Die lockigen Haare, das goldene Brillengestell, die tiefblauen Augen, die mich heute sorgenvoll mustern und den Eindruck erwecken, als wüsste er genau, was in mir vorgeht.

»Corey hat mich reingelassen. Er war gerade im Garten und hat mich kommen sehen.«

Er geht auf mich zu, setzt sich auf mein Bett. Die Matratze gibt ein Stück unter ihm nach. Seine Finger streichen mir eine der Haarsträhnen aus dem Gesicht. Es ist nur eine flüchtige Bewegung, doch sie setzt ein Verlangen in mir frei, das sich durch das dumpfe Gefühl der Hoffnungslosigkeit kämpft, das das Gespräch mit Zach hinterlassen hat.

»Du hast dich nicht gemeldet«, sagt er, aber es klingt nicht wie ein Vorwurf. »Ich habe gestern den ganzen Nachmittag darauf gewartet, dass du von dem Gespräch mit Zach berichtest, und dann heute Morgen vor deinem Vorlesungssaal auf dich gewartet. Aber du warst nicht da. Ist das Treffen nicht so gut gelaufen?«

Ich schüttle den Kopf, meine Lippen sind aufeinandergepresst. »Sie ist es nicht, Lewis.« Eine Träne rinnt mir über die Wange. »Ich dachte wirklich, sie gefunden zu haben, Ms X. Aber sie ist es nicht gewesen. Vermutlich keine von ihnen.« Ich komme mir töricht vor. Dass ich ernsthaft dachte, ich könnte einfach hierherfahren und sofort alle erlösenden Antworten bekommen.

»Du kannst sie trotzdem noch finden.«

Mutlos blinzle ich. »Wie denn? Diese Unfallanzeigen waren neben dem, was ich im Krankenhaus gehört habe, meine einzigen Anhaltspunkte. Und ich traue mir und dem Gehörten selbst nicht mehr. Was ist, wenn ich mir da irgendwas zusammengereimt habe, was gar nicht existiert? Wenn sie gar nicht über meine Spenderin gesprochen haben? Ich dachte, ich hätte meinen Namen gehört, aber ich war von der OP total benommen. Vielleicht war das alles nur ein Konstrukt meiner Fantasie. Ich –« Ein Schluchzen entfährt mir. »Ich bin einem Phantom hinterhergejagt, Lewis.«

»Du willst Antworten. Das ist nichts Verwerfliches.« Er hat recht, und dennoch fühle ich mich mutlos.

»Du hättest Zach sehen sollen«, sage ich. »Ich habe bei ihm Wunden aufgerissen. Ich bin so egoistisch.«

»Hey.« Er sieht mich direkt an. »Man kann vieles über dich sagen, Hazel, aber ganz sicher nicht, dass du egoistisch bist.«

Noch einmal schluchze ich auf, diesmal trocken und krächzend. Mein Kopf sinkt auf Lewis' Schulter, etwas unbeholfen sitzt er da und weiß offenbar nicht, wohin mit seinen Händen. Doch er sagt mir auch nicht, dass ich wegrücken soll, sondern lässt es einfach zu.

Herzschlag neben Herzschlag hängen wir unseren Gedanken nach. Bis ich es nicht mehr aushalte.

»Ich will hier raus«, sage ich und hebe meinen Kopf. »Raus in die Natur. Ich kann hier drin nicht richtig atmen.«

»Okay«, erwidert er. »Dann pack deinen Rucksack. Ich hol schnell meine Sachen.«

Zwanzig Minuten später betreten wir gemeinsam den National Forest. Meine Haare habe ich zu einem unordentlichen Dutt gebunden, eine Fleecejacke mit hohem Kragen schützt mich vor der kühlen Oktoberluft.

»Gehen wir wieder zu den Rundschwanzsperbern?«, frage ich.

»Ich habe eine bessere Idee.« Ein Teil von mir ist sofort aufgeregt und neugierig, doch ich fühle mich zu kraftlos, um nachzufragen, um was für eine Idee es sich handelt. Stattdessen überlasse ich Lewis einfach die Führung.

Diesmal schlagen wir unseren Weg nicht nach rechts ein, sondern gehen geradeaus. Schnell wird die Erde felsiger, die Kiefern rarer. Vereinzelt sind Steppengras und Lupinen zu sehen. Nach einer Weile bleibe ich stehen. Vor uns liegt ein kleiner Berg, viel kleiner als der, auf dem wir beim letzten Mal waren. Davor wächst ein roter Teppich, sicher einen Meter hoch.

»Was ist das?«, frage ich und blinzle gegen das Sonnenlicht.

»Wilde Heidelbeeren. Normalerweise sind hier noch viel mehr, aber wir sind etwas spät dran. Im August und September ist alles voll davon.«

Ich nähere mich dem Teppich aus kleinen roten Sträuchern. Noch nie habe ich rote Heidelbeeren gesehen, aber sie wirken saftig und lecker. Zu schade, dass ich Beeren nur gekocht oder gegart essen darf.

»Das ist wunderschön«, sage ich und betrachte das Farbenmeer. Es wertet die etwas karge Landschaft hier in der Mitte des National Forest auf.

»Sie wachsen am besten auf diesem Lavaboden«, sagt Lewis, als habe er meine Gedanken gelesen. »Im Spätsommer sind sie oft noch höher. Manchmal so hoch wie ich.«

»Echt cool.«

»Wir müssen den Hügel hinauf. Das ist es noch nicht, was ich dir zeigen wollte. Allerdings weiß ich nicht, ob wir bei der anderen Sache heute Glück haben.«

Lewis geht nach dieser kryptischen Anspielung an den wilden Heidelbeeren vorbei und beginnt den Anstieg. Ich folge ihm.

»Was ist denn da oben?«, frage ich nun doch zu neugierig, um nicht wenigstens zu versuchen, ihm mehr Informationen zu entlocken.

»Das wirst du hoffentlich sehen.«

»Wieso verrätst du es mir nicht?«

»Was wäre das Leben ohne Überraschungen?«

Diesmal ist der Weg nicht so steil, und wir kommen schnell voran. Oben weht ein frischer Wind, aber wir haben einen phänomenalen Ausblick auf ein Tal unter uns, ebenfalls voller Lavagestein und Steppengras. In der Ferne glitzert das Wasser des Clear Lake.

»Es ist schön hier.« Ich atme tief durch, bedacht.

»Wollen wir eine Pause machen?«, erkundigt sich Lewis. Als ich nicke, holt er eine Decke aus meinem Rucksack, die er dort hineingequetscht hatte, und breitet sie unter uns aus. Einen Teil davon legt er über meinen Schoß.

Zusammen sitzen wir einfach da, wobei Lewis wirkt, als würde er noch auf etwas warten, aber ich habe keine Ahnung, was das sein könnte. Nicht hier, an diesem idyllischen, aber eher verlassenen Ort.

»Geht es dir schon etwas besser?«, fragt er irgendwann.

»Ein bisschen.«

Hier, an der Luft, fühlt es sich an, als könnte ich wieder klarer denken, das lindert jedoch nicht den Schmerz, den ich tief in meinem Innern verspüre. Denn ich habe das Gefühl, eine Freundin verloren zu haben. Die Suche nach Ms X hat sich wie ein roter Faden durch mein letztes Jahr gezogen. Plötzlich ist dieser Faden gerissen, und zwischen meiner Hälfte und der anderen liegt eine Kluft, ganz ähnlich der Kluft zwischen uns und dem Clear Lake.

»Ich weiß nicht, wie es jetzt weitergehen soll«, gebe ich zu. In der Ferne singt ein Vogel. Eine fröhliche Melodie, der ich dennoch mit ein wenig Melancholie lausche.

Lewis sieht mich zaghaft an. »Darf … darf ich dich etwas fragen?«

»Natürlich.«

»Kannst du dir auch vorstellen, an der LBU zu bleiben, egal, ob deine Spenderin wirklich mit diesem Ort verbunden ist?«

Eine Weile denke ich über seine Worte nach. Ms X hat mich hierhergeführt, zu diesem Ort, an diese Uni, zu den Umweltwissenschaften, was mir vorher als Studienfach nie in den Sinn gekommen ist. Es ist unbestritten, dass ich durch sie diesen Weg eingeschlagen habe, aber ebenso deutlich weiß ich, dass er mir gefällt. Ich mag es hier, ich fühle mich wohl. Ich bin umgeben von der Natur, von Menschen, die mir guttun, und gehe einer wirklich sinnvollen Aufgabe nach.

»Ja«, sage ich schließlich. »Ich bereue es nicht, hierhergekommen zu sein.«

»Dann solltest du dein Glück nicht davon abhängig machen, ob du deine Spenderin findest oder nicht. Oder?«

»Nein.« Meine Finger spielen mit der Decke. »Aber ich habe trotzdem diesen Drang. Ich will einfach wissen, wer sie war, wie sie gelebt hat, ob sie einen Organspendeausweis hatte.«

»Wieso?« Kein Vorwurf, nur echtes Interesse.

»Ich weiß nicht. Um zu wissen, ob es ihre Entscheidung oder die ihrer Familie war? Um zu wissen, ob sie damit glücklich sein könnte – mit dem Wissen, dass sie als ein Teil in mir fortlebt?« Lewis' Augen sind voller Zweifel. »Ich weiß, dass ich solche Gedanken nicht haben sollte«, sage ich. Er soll nicht denken, dass ich die Problematik dahinter nicht verstehen kann. »Nach meiner LTX habe ich einige Stunden Psychotherapie gehabt, und mir ist klar, dass ich meine Spenderin nicht derart in mein Leben lassen darf. Mir wurde gesagt, dass es vielen Organempfängern so geht, dass sie sich diese quälenden Fragen stellen und zu viel darüber nachdenken.«

Lewis brummt nachdenklich. Seine Zweifel schreien mich förmlich an. Seine Gedanken sind ähnlich laut wie meine.

»Nur dass ich ihnen einen Schritt voraus bin«, sage ich. »Ich *habe* Informationen. Ich denke zumindest, dass ich sie habe. Und deswegen kann ich diese Gedanken nicht loslassen. Egal, wie sehr ich mein Leben genieße, egal, wie glücklich ich bin, gleichzeitig bin ich auch traurig und fühle mich schuldig.« Dies auszusprechen – zum ersten Mal – fühlt sich befreiend an. Wären da nicht dennoch Lewis' Zweifel, die ihm geradewegs ins Gesicht geschrieben stehen.

»Vermutlich ist das der Grund, wieso man keine Informationen bekommt ...« Nur eine vorsichtige Äußerung, mit Bedacht gewählt. Eine, die dennoch ins Schwarze trifft.

»Vermutlich.« Ich kann seine Sorgen verstehen. Ich spüre sie ja selbst manchmal, wenn ich über das Thema nachdenke. Aber ich weiß auch, dass ich das hier brauche. Diese Antworten. Eine Erkenntnis, die Lewis scheinbar auch gewinnt, dann er seufzt ganz leise, ehe er sich ein wenig aufrechter hinsetzt und mich ansieht.

»Also schön«, sagt Lewis. »Silvia und Kenna sind raus, bei Jill bist du dir nicht sicher?«

»Zach hält es für unwahrscheinlich, dass sie Organspenderin war. Er denkt, dass sie an inneren Verletzungen gestorben ist. Damit würde sie nicht infrage kommen.«

»Ich suche die Nummer ihrer Familie heraus«, beschließt Lewis.

»Was? Das geht nicht.«

»Wieso nicht? Ich rufe einfach da an, gebe mich als Studienfreund von Jill aus und versuche etwas herauszufinden.«

»Du hasst telefonieren doch.«

Lewis schmunzelt. »Wirklich? Das ist dein Gegenargument? Nachdem ich bei Zach schon das Telefonieren übernehmen musste?«

Schuldbewusst zucke ich mit den Schultern.

»Beim letzten Mal habe ich es doch auch ganz gut hinbekommen.«

»Ich weiß und ich bin dir dankbar für das Hilfsangebot. Aber ich habe Angst. Je mehr Leute wir deswegen befragen, umso mehr gefährden wir vielleicht die Zulassung vom Krankenhaus.«

»Hm. Glaubst du wirklich, dass die deswegen ihre Zulassung verlieren würden?«

Eine Windböe spielt mit einer meiner Haarsträhnen, und ich versuche, sie zu bändigen und gleichzeitig die richtigen Worte zu finden.

»Nicht die ganze Zulassung«, sage ich. »Aber vielleicht die Zulassung als Transplantationsklinik. Die müssen wirklich strenge Auflagen erfüllen, vor allem, was die Anonymität zwischen Spendern und Empfängern betrifft. Was, wenn dem Krankenhaus vorgeworfen wird, nicht genug darauf geachtet zu haben? Ich will nicht auch noch Schuldgefühle deswegen haben müssen. Ich bin eh schon aufgewühlt, denn ich fühle mich schlecht wegen Zach. Dazu das Studium und die anstehenden Midterm-Prüfungen, auf die ich absolut noch nicht vorbereitet bin, und ich –«

»Hazel.« In Lewis' Stimme liegt ein sanftes Schmunzeln. Er nimmt ganz plötzlich meine Hand. Wie ein kleiner Stromschlag trifft mich seine Berührung, hinterlässt ein sanftes Kribbeln und bringt mich dazu, meinen Redeschwall zu unterbrechen. »Vertraust du mir?«

»Ja«, sage ich, ohne zu zögern.

»Dann vertrau darauf, dass ich weiß, was ich tue. Ich werde ihnen nichts preisgeben, was auf das Krankenhaus, die Ärztinnen oder dich zurückzuführen ist. Versprochen.«

Ich nicke, bin nicht in der Lage zu sprechen, weil das tiefe Blau seiner Iriden mich bis in mein Herz trifft. Ein Herz, das wieder hoffen will. Das erkennt, wie wichtig Lewis in diesem ganzen Konstrukt ist. Ohne ihn wäre ich vielleicht schon an der Suche zerbrochen. Das alles ist so viel erschöpfender, als ich es mir jemals vorgestellt habe. So viel schwieriger. Aber er ist hier, an meiner Seite. Hilft mir, die schönen Dinge des Lebens zu sehen und dass all die rastlosen Gedanken an die Vergangenheit mich nicht übermannen.

»Danke«, flüstere ich beinahe. Mein Blick fällt auf seine Lippen, so voll und wunderschön, heute umrandet von etwas dichteren Bartstoppeln. Ich beuge mich zu ihm. Lewis hält die Luft an, seine Lippen öffnen sich ein klein wenig. Abwartend. Zwei Herzschläge lang warte ich ebenfalls, ehe ich noch näher komme. Bereit, ihn zu küssen. Ihm nah zu sein.

Bis der Boden unter uns zu beben beginnt.

Erschrocken atme ich ein, kralle mich unbewusst an Lewis' Arm, während das Beben stärker wird.

»Was ist das?«

Lewis grinst mich an. Es ist mir unbegreiflich, wie er nicht in Panik verfällt. »Das, was ich dir zeigen wollte«, sagt er geheimnisvoll.

Er steht auf und sieht auf das Tal unter uns. Verwirrt tue ich es ihm nach, immer noch das Beben unter meinen Fußsohlen, aber diesmal höre ich es: Hufschläge. Eine Herde galoppiert mit fliegenden Mähnen durch das Tal, ein Pferd schöner als das andere. Die meisten sind braun, darunter finde ich auch einige wenige in dunklerer Farbe. Eins der Pferde bleibt stehen, steigt und wiehert. Inmitten der Herde galoppiert ein kleines Fohlen neben seiner Mutter.

»Sind das Wildpferde?«

»Ja.« Lewis klingt ebenso ergriffen von dem Anblick, wie ich es bin. Diese anmutigen Bewegungen, die Art, wie diese Tiere in einer dichten Herde zusammen laufen und den Bewegungen des Anführers folgen, wie sie kommunizieren, majestätisch und edel und dennoch wild und frei.

Unwillkürlich treten Tränen in meine Augen, aber diesmal sind es keine Tränen der Trauer oder der Hoffnungslosigkeit. Ich spüre pures Glück durch meine Adern fließen, während Lewis und ich Schulter an Schulter auf dem Berg stehen und zusehen, wie die Herde sich Richtung Clear Lake bewegt.

»Danke, Lewis«, sage ich erneut, und diesmal meine ich alles damit. Dass er mich hierhergebracht hat. Dass er mir beisteht. Dass er mir diese Momente des Glücks beschert.

Ich nehme seine Hand, drücke sie sanft. Lewis wendet seinen Blick von den Pferden ab und sieht mich an. So intensiv, dass ich schlucken muss. Bedacht führe ich meine Hand zu seiner Stirn, streiche ihm die widerspenstige Locke weg, die sich wieder einmal dorthin verirrt hat. Dann wandern meine Finger tiefer, streifen seine Wange, legen sich an sein Kinn. Die Bartstoppeln kratzen sanft an meinen Fingerkuppen. Eine Gänsehaut legt sich auf meinen Körper. Anspannung, Erwartung ... ein Wunsch, ihm näher, noch näher zu sein. Ein Wunsch, der auch in seinen Augen aufblitzt, pur und echt.

Und dann küssen wir uns.

Lewis schmeckt nach Minze, nach Freiheit und Geborgenheit. Meine Hände spielen mit den Locken in seinem Nacken, während seine eigenen an meiner Hüfte liegen und mich noch enger an sich ziehen. Unser Kuss ist zart und zurückhaltend. Wertschätzend und respektvoll und absolut magisch. Der Wind weht einzelne Haarsträhnen aus meinem Dutt, während wir einen Rhythmus finden. Einen gemeinsamen Herzschlag. Im Hintergrund hören wir die Wildpferde. Die Hufschläge dringen zu uns durch, im Einklang ihres Galopps. All das trägt dazu bei, dass dieser Kuss absolut perfekt ist, obwohl ich tief in meinem Innern weiß, dass allein Lewis dazu notwendig ist.

# Kapitel 15

Mit Reese meine Mittagspausen zu verbringen, ist jedes Mal wie aus einem Handbuch über den perfekten Unitag. Wir sitzen an einem der runden Holztische, die auf dem Campus aufgestellt sind, und genießen die Oktobersonne. Reese sitzt mir gegenüber, ihre Kopfhörer baumeln um ihren Hals, und in ihrer Hand hält sie ein Sandwich. Genüsslich beißt sie hinein und seufzt leise. Etwas Hummus tropft ihr vom Mundwinkel und landet auf ihrem Shirt, aber sie kümmert sich nicht darum, sondern hält einfach das Gesicht weiter in die Sonne.

Vor mir steht meine Lunch-Dose aus Edelstahl mit Resten des Bulgur-Salats von gestern, daneben meine Trinkflasche mit Lous selbst gemachter Limonade. Mein Notizbuch weiß ich in meiner Tasche, es finden sich neue Ideen für meine Suche darin. Kleine Hoffnungsschimmer, die ich nun, da ich meinen Frust herausgelassen habe, wieder zulassen kann. Irgendwie werde ich an Antworten kommen, ich brauche einfach Geduld.

Hier, inmitten dieser perfekten Mittagspause an diesem perfekten sonnigen Tag, fällt es mir leicht, diese Geduld aufzubringen. Es fühlt sich nach normalem Unileben an, und ich liebe alles daran. Die wuselige Stimmung um mich herum, die im Gegensatz zu der Ruhe steht, die die Kiefern in unserem Rücken ausstrahlen. Das kalifornische Wetter und der leise Klang einer Akustikgitarre, die hier irgendwo auf dem Campus gespielt wird. Die Inhalte meiner letzten Vorlesung in meinem Kopf, bei der ich tatsächlich alles verstanden habe, als hätten sich die Lücken, die ich wegen meiner verspäteten Ankunft hatte, geschlossen.

»Hast du schon davon gehört, dass man im Modoc National Forest auch Hang Gliding ausprobieren kann?«, reißt mich Reese aus meinen Gedanken.

Ich schlucke etwas Bulgur hinunter. »Wo man an so einen Drachen gespannt wird, um dann durch die Luft zu fliegen?«

»Ganz genau. Hayden und Patsy haben sich im Diner darüber unterhalten. Sie wollen es ausprobieren und haben gefragt, ob ich mitkommen will. Die beiden sind aus unserem Semester am nettesten, findest du nicht?«

»Wenn du gerade überlegst, ob ich mitkommen will, dann muss ich dich leider enttäuschen«, sage ich. »Ich bin sehr für Abenteuer und dafür, Neues auszuprobieren. Aber mich in einen Flieger zu hängen und mich von einem Berg zu stürzen, finde ich beängstigend. Dafür genieße ich mein Leben viel zu sehr.«

Reese runzelt die Stirn. »Der Forest würde es nicht anbieten, wenn es nicht sicher wäre, oder?«

»Vermutlich. Aber ich kenne meine Grenzen.«

»Ich bin noch unschlüssig. Eigentlich hätte ich Lust drauf.« Sie beißt in ihr Sandwich, kaut. Dann seufzt sie ein wenig zu kapitulierend. »Aber vermutlich kann ich es mir eh nicht leisten. Manchmal ist es wirklich ätzend, auf jeden Cent achten zu müssen.«

»Ja«, sage ich nachdenklich. Welches Privileg mein Stipendium ist, wird mir immer dann klar, wenn ich Reese sehe. Ihre ganzen Schichten im Diner, die ständigen Schnäppcheneinkäufe im Supermarkt, um irgendwie Geld zu sparen. Die LBU ist teuer, vermutlich könnten meine Eltern sie sich auch nicht leisten, und ich müsste ohne Stipendium genauso viel arbeiten, wie Reese, um mir das hier auch nur ansatzweise finanzieren zu können. Und selbst so viel zu arbeiten wie Reese, scheint nicht auszureichen – andernfalls kann ich mir zumindest nicht erklären, wieso sie Wade letzte Woche nach noch mehr Schichten im *Hopes* gefragt hat.

»Aber im Modoc gibt es so viel zu erkunden und zu erleben … ohne Geld und mit festem Boden unter den Füßen«, sage ich, um sie ein wenig aufzumuntern. »Ich persönlich würde das jederzeit vorziehen. Lewis hat mir die Wildpferde und die Heidelbeeren gezeigt.«

»Ist er das dahinten nicht?«

Ich drehe mich um, und mein Herzschlag beschleunigt sich, als ich seine blonden Locken in der Menge ausmachen kann. Er kommt gerade aus Gebäude B. Den Blick auf das aufgeschlagene Buch in seinen Händen gerichtet, schafft er es dennoch, den umstehenden Leuten auszuweichen. Heute trägt er keine Brille, sondern wohl seine Kontaktlinsen.

»Geh doch hin und sag Hallo«, schlägt Reese vor.

Es ist ein verlockender Gedanke, der sich aber sofort wieder verflüchtigt, weil ich seit unserem Kuss nicht genau weiß, wo wir stehen. Wie er darüber denkt. Ob er es so wunderschön fand wie ich. Geredet haben wir jedenfalls noch nicht darüber. Wir sind einfach Hand in Hand zurückgegangen, haben uns ohne einen zweiten Kuss und mit etwas verlegenen Worten voneinander verabschiedet und seitdem nicht gesehen. Jetzt bin ich mir nicht sicher, was der Kuss bedeutet. Ich weiß nur mit absoluter Sicherheit, wie ich mich selbst bei dem Gedanken daran fühle. Hitze steigt in meine Wangen, kaum dass ich darüber nachdenke.

»Du stehst auf ihn«, schmunzelt Reese.

»Vielleicht.« Ich weiche ihrem triumphierenden Grinsen aus. »Ja, ich denke, so kann man das nennen.«

»Das trifft sich gut«, flötet sie, »denn er hat dich gerade entdeckt und kommt auf uns zu.«

»Was?«

Lewis bewegt sich tatsächlich in Richtung unseres Tisches. Die Seiten seines Buchs hält er nun mit seinem kleinen Finger an der richtigen Position.

»Hey«, begrüßt er uns etwas atemlos. Mein Lächeln zuckt vor Unsicherheit, und ich bin froh, dass Lewis diese Unsicherheit zu teilen scheint, denn sein Blick huscht nervös zu Reese, die erneut in ihr Sandwich beißt und ziemlich zufrieden mit der Situation wirkt.

»Lewis, das ist meine Freundin Reese. Reese, das ist Lewis«, stelle ich die beiden einander vor, auch um die Stille zu durchbrechen. »Ihr habt euch schon im Forschungslabor gesehen. Als Shawn uns rumgeführt hat.«

Die beiden nicken sich zu, dann zeigt Reese auf den freien Platz neben mir. »Setz dich doch. Oder hast du es eilig?«

»Etwas. Ich … ich muss gleich rüber ins Labor.« Wie leise er mit anderen spricht. Die letzten Gespräche mit ihm waren so leicht, dass ich es fast vergessen habe.

Er sieht zu Reese, dann zu mir, ehe er sein Bein über die Bank schwingt. »Aber … ein paar Minuten schaden nicht.«

»Wir haben gerade über den Modoc National Forest gesprochen«, sage ich.

»Hazel hat erzählt, dass du der optimale Forest Guide bist?«

»Schon möglich. Ich gebe mir Mühe.«

»Er *ist* der optimale Guide. Ich habe schon jetzt viel mehr über Pflanzen und Tiere gelernt als in meiner kompletten Schullaufbahn.«

»Hast du auch schon mal dieses Hang Gliding ausprobiert?«, will Reese wissen.

Lewis schüttelt den Kopf. »Mein Bruder Jasper aber, soweit ich weiß.«

»Das ist doch dein Mitbewohner, Hazel, oder? Der mit den Tattoos?«

»Genau der«, antworte diesmal ich.

»Cool. Dann frag ich ihn mal.« Reese schiebt sich das letzte Stück ihres Sandwiches in den Mund, dann zieht sie ihre Trinkflasche aus dem Rucksack. »Es ist wirklich nicht so, als hätte es mir bislang gefehlt, mich von Bergen zu stürzen, um mit einem Hängegleiter durch die Luft zu segeln. Aber wenn ich an die ersten Prüfungen denke, hilft es vielleicht dabei, sich etwas abzulenken. Diese Midterms werden der Horror. Keine Ahnung, wie wir das schaffen sollen.«

»Bis dahin ist ja noch etwas Zeit«, sage ich, obwohl ich auch schon den Druck steigen spüre. Die ersten Prüfungen an der Uni sind ein absolutes Überraschungspaket, auf das ich eigentlich nicht scharf bin.

»Wenn es so weit ist, kann ich Hazel gerne meine Lernmaterialien aus dem ersten Jahr leihen«, schlägt Lewis vor. »Vielleicht helfen die.«

»Echt?«, frage ich.

»Sicher. Wenn du willst.«

»Und du teilst sie dann mit mir, stimmt doch, Hazel?«

»Klar, wir sind doch Lernpartnerinnen. Wie versprochen.«

»Gut.« Reese nickt zufrieden.

Daraufhin quetscht sie Lewis über die Prüfungen und seine Materialien aus. Lewis redet immer noch zaghafter, als er es inzwischen bei mir tut, aber er antwortet Reese geduldig auf alle Fragen und nimmt sich Zeit, obwohl er gedanklich sicher schon halb im Forschungslabor feststeckt. Dankbarkeit und Sympathie überkommen mich, lassen mich an unseren Kuss denken. Diesen perfekten ersten Kuss. So gerne würde ich ihn noch mal so küssen. Jetzt, in diesem Moment.

Er dreht den Kopf zu mir, als hätte er meine Gedanken gehört. Ein verstohlener Blick, der mein Herz zum Rasen bringt. Dann streift sein Daumen über meinen Handrücken. Ganz sanft, wie ein Windhauch. Er fühlt sich nach Bestätigung an. Für mich, uns, diesen Kuss.

»Wir haben gleich erst mal Umweltbiologie«, sagt Reese, die nicht mal bemerkt hat, welch stumme Übereinkunft Lewis und ich gerade hatten.

Lewis sieht auf die Uhr. »Und ich muss auch los. Sagt einfach Bescheid, wenn ihr die Unterlagen braucht. Dann bringe ich sie Hazel vorbei. Da fällt mir ein –« Lewis holt einen kleinen, gefalteten Zettel aus der Hosentasche und reicht ihn mir. »Du hattest doch nach dieser einen Pflanze gefragt. Ich habe dir was dazu aufgeschrieben. Wollte ich dir eigentlich in den Briefkasten werfen.«

»Da bin ich raus. Pflanzenkunde ist nicht mein Ding«, sagt Reese. Sie lehnt sich etwas weiter in die Sonne und schließt die Augen. Damit ermöglicht sie es mir, unbeobachtet den Zettel zu betrachten, der nie und nimmer etwas mit einer Pflanze zu tun hat. Keine meiner Fragen wurden von Lewis unbeantwortet gelassen.

*Ich habe Jills Nummer und rufe nachher an. Soll ich dir danach Bescheid sagen?*

Ich starre auf die Worte, die perfekte Unistimmung droht ein wenig einzubrechen. Keine Ahnung, ob ich wirklich dazu bereit bin, wenn das Risiko groß ist, danach wieder enttäuscht zu sein. Aber ich nicke ihm verstohlen zu.

»Schade, dass du Jasper heute nicht triffst, wenn du im Labor arbeitest. Die anderen sind den ganzen Tag unterwegs.«

»Ja, schade«, erwidert Lewis und nickt als Bestätigung, dass er den Hinweis verstanden hat. »Also, ich muss dann los. Viel Spaß bei Umweltbiologie.«

Er schultert seine Tasche und verlässt den Campus in Richtung Red. Einige Sekunden sehe ich ihm hinterher, glücklich und nervös.

»Ich mag ihn«, kommt es unvermittelt von Reese. »Er ist definitiv eine acht, mit Potenzial für weitere Sympathiepunkte«, spielt sie auf ihr Bewertungssystem an. »Schon allein, weil er uns das mit den Unterlagen angeboten hat.«

»Nicht nur deswegen«, murmle ich, jedoch mehr zu mir selbst. Bei mir ist er jedenfalls eine zehn von zehn. Mindestens.

# Kapitel 16

Ich sitze bereits wartend im Wohnzimmer, als Lewis an der Tür klingelt. Er steht da, die Hand vergraben in seiner Jeans, und küsst mich zur Begrüßung, langsam und vorsichtig, beinahe schon zart. Es ist noch neu, wir spielen uns erst noch ein. Aber wir werden sicherer darin. Vielleicht.

Er kommt ins Wohnzimmer und sieht sich um. »Also haben wir das Haus für uns?«

»Corey und Jasper sind auf einer Exkursion und kommen sicher erst heute Abend zurück. Und Lou ist noch in ihrer Lerngruppe.«

»Das ist gut.«

»Setz dich schon mal«, sage ich und deute zur Couch. »Willst du was trinken? Lou und Corey machen diese tolle Limonade mit frischen Kräutern aus dem Hochbeet. Ich kann dir aber auch Wasser oder Kaffee anbieten.«

»Limonade klingt gut.«

»Die nehme ich auch«, beschließe ich und hole zwei Gläser aus dem Schrank über der Spüle, bevor ich den Kühlschrank öffne und die Karaffe heraushole.

Mit der Limonade komme ich zurück zu Lewis, der die Ärmel seines dunkelblauen Strickpullovers hochgekrempelt hat.

»Du hast also bei Jill angerufen?« Ich habe nicht die Nerven, um lange um den heißen Brei zu reden und Small Talk zu machen. Lieber ich weiß gleich, was Sache ist.

Lewis sieht kurz zu Boden. Das reicht als Antwort.

»Sie ist es nicht«, flüstere ich. »Habe ich recht?«

»Jill ist noch im Krankenwagen an ihren inneren Verletzungen gestorben. Keine Chance für eine Organspende.«

Ich nicke stumm, während ich versuche, diese Information zu verdauen. Dieser Autounfall war mein einziger Anhaltspunkt.

Das Einzige, das für mich Sinn ergeben hat. Wenn weder Jill, Kenna noch Silvia meine Organspenderin sind, wer ist es dann? Wieso dann dieses Gespräch zwischen den Assistenzärztinnen? Habe ich das alles fehlinterpretiert? Mir vielleicht im Delirium alles nur eingebildet?

Frustriert blicke ich mich um und entdecke eine von Coreys Socken, die noch immer über dem Kamin hängt. Er war gestern in eine Pfütze getreten und hatte versucht, die Socke über dem Feuer zu trocknen, aber Lou hatte sich über den käsigen Geruch beschwert und damit ein wahres Wortgefecht zwischen Jasper, Corey und ihr ausgelöst. Jasper kam am Ende zu dem Urteil, dass es nichts an einem *aromatischen* Duft auszusetzen gäbe, und ich habe Tränen gelacht, weil diese ganze Diskussion absurd war. Einer von vielen unbeschwerten Momenten, die ich in den letzten Wochen erleben durfte. Hier bei Red, aber auch auf dem Campus und im Diner. Ich denke an Reese und an die Lerngruppe, die wir beide gegründet haben und in der wir uns nun auf die Prüfungen vorbereiten. An ihre quirlige Art und ihre Hände, die immerzu in Bewegung sind, wenn sie mit dem Stift auf dem Notizheft herumtrommelt und sich damit geradezu in mein Herz katapultiert hat. Ich weiß, wofür sich das alles gelohnt hat. Trotz der Enttäuschung, trotz der Tränen und der Hoffnungslosigkeit.

Ich bin hier. In Lullaby.

Ich habe diesen idyllischen Ort gefunden, diese tollen Menschen, die mir mehr und mehr ans Herz wachsen. Menschen wie Lewis.

Ich sehe ihn an. »Ich habe ein paar Ideen gesammelt, wo ich noch nach Antworten suchen könnte. Das möchte ich ausprobieren. Aber«, ich schlucke, »die nächsten Wochen werden stressig. Da sind die anstehenden Prüfungen, und ich habe einen neuen Auftrag für Red. Ich will meine Zeit nicht nur für die Suche opfern, sondern auch für das Studium. Und für uns … im besten Fall. Diese Dinge sind genauso wichtig wie die Suche.«

Lewis grinst mich etwas verlegen an, bevor er sich zu mir beugt und mich küsst.

»Das klingt gut«, sagt er heiser. »Ich fürchte nur, dass das mit der gemeinsamen Zeit auf heute nicht zutrifft.«

»Musst du ins Forschungslabor?«, frage ich, da er gestern im Forest neue Proben entnommen hat.

»Ja. Aber vielleicht hast du ja Lust, mir über die Schulter zu gucken?«

»Wirklich? Das wäre super. Wenn ich Dr. Livings richtig verstanden habe, geht es direkt nach den Midterms los mit unseren ersten Probenanalysen, da ist es sicher nicht verkehrt, dir dabei zusehen zu können.«

»Und ich dachte, es geht dir darum, mehr Zeit mit mir zu verbringen«, zieht er mich auf. Ist das sein erster offensiver Flirt in meine Richtung? Aufregend!

»Das natürlich auch«, spiele ich mit. »Aber wenn ich schon ein Genie kenne, will ich das auch ausnutzen.«

»Ich? Ein Genie?«

»Für mich bist du das«, erwidere ich ehrlich. »Ich habe noch nie jemanden kennengelernt, der mir so viel über die Natur erklären kann, wie du.«

Lewis' Ohren werden kurz ein wenig rot, dann räuspert er sich. »Gut«, sagt er grinsend. »Dann auf in die Höhle der Genies.«

Im Labor ist es kühl. Ich sitze auf einem der freien Tische, von dem aus ich Lewis bei seiner Arbeit beobachten kann. Immer wieder erklärt er mir einzelne Schritte, die ich mir versuche einzuprägen. In der Theorie haben wir all das schon in den Vorlesungen gelernt, nur die Umsetzung fehlte bislang.

»Bist du nervös wegen der Prüfungen?«, fragt Lewis irgendwann, nachdem er die ersten Proben analysiert hat und nur noch die Ergebnisse eintragen und vergleichen muss.

»Schon ein wenig. Die meisten Vorlesungsinhalte habe ich verstanden, aber es ist doch ganz schön viel Wissen, das wir auf einen Schlag abrufen müssen. Außerdem habe ich nicht vergessen, dass bei Red bestimmte Noten vorausgesetzt werden, damit das Stipendium wirklich verlängert wird.«

»Das stimmt. Aber soweit ich es bei Jasper mitbekommen habe, sind Mr Peterson für die Stipendienvergabe die Erfolge bei Red viel wichtiger als die Noten. Er will, dass ihr die LBU gut vertretet, euren Aufgaben nachkommt und ein gutes Bild abgebt. Solange das stimmt, sollte dir nichts passieren. Und bisher schlägst du dich doch wirklich gut.«

»Ich hoffe es«, sage ich. Immerhin deckt sich Lewis' These mit dem, was Shawn zu Reese gesagt hat. Auch wenn ich trotzdem das Gefühl habe, mich erst noch beweisen zu müssen. »Was die Aufgaben angeht, finde ich mich langsam ein. Bei Interviews stelle ich mich gar nicht so schlecht an, denke ich.«

»Daran habe ich auch keine Sekunde gezweifelt.«

»Schon klar«, lache ich leise. »Ich rede manchmal echt viel.«

»Und schnell«, sagt Lewis grinsend. »Aber das macht Unterhaltungen mit dir leichter ...«

»Ich weiß, was du meinst. Das merke ich, wenn ich mit Corey unterwegs bin. Er redet noch mehr als ich, zumindest dann, wenn es um sein Gemüse geht. Und er kann wirklich viel davon erzählen, wenn der Tag lang ist. Davon, was er als Nächstes anpflanzen will, welche Nährstoffe wichtig sind, und dann hält er kuriose Monologe darüber, wie er den Anbau noch optimieren kann.«

»Klingt sehr leidenschaftlich«, sagt Lewis. Vermutlich trifft er damit genau den Punkt. Corey ist bei den Sachen, die er tut, immer mit ganzem Herzen dabei. Ich glaube, das mag ich auch so an ihm.

»Ihr versteht euch also gut bei Red?«

»Sehr sogar. Ich mag die anderen echt gern.«

»Corey und Lou wirken auch wirklich sehr nett auf mich.«

»Ja, du solltest sie mal näher kennenlernen.« Tatsächlich habe ich seit dem Kuss oft darüber nachgedacht. Zeit allein mit Lewis zu verbringen ist toll, aber es wäre noch schöner, ihn richtig in mein Leben zu integrieren.

»Vielleicht«, antwortet er zögerlich.

»Wir essen abends immer etwas zusammen. Vielleicht kommst du mal dazu?«

»Eine schöne Idee«, sagt er, klingt dabei aber eher, als würde ich ihn bitten, eine Rede vor der ganzen LBU zu halten. Nackt.

»Aber?«, hake ich nach.

Lewis seufzt schwer. So schwer, dass er eigentlich gar nichts weiter sagen braucht. Ich verstehe auch so.

»Jasper. Er ist das *Aber*, habe ich recht?«

»Ja.« Nur ein Krächzen als Antwort. Keine Ahnung, was ich davon halten soll.

»Was genau ist das zwischen euch?«, frage ich geradeheraus. »Geht es noch immer um den Streit, den ich an meinem ersten Tag mitangehört habe? Habt ihr seitdem überhaupt geredet?«

»Haben wir.«

Ich wünschte, er würde sich nicht jedes Wort aus der Nase ziehen lassen. Es wirkt jedenfalls nicht so, als hätten die beiden irgendetwas geklärt ... oder wirklich geredet.

Coreys Worte fallen mir wieder ein. Darüber, dass die beiden ihre Streitigkeiten meistens nur unter den Teppich kehren, nur, damit er danach wieder neu entfacht.

»Und, habt ihr auch über den Streit geredet? Euch ausgesprochen?«, frage ich, so sanft ich kann, nach und weiß dennoch, dass es auf eine gewisse Art und Weise forsch klingt. »Ich war doch dabei«, erkläre ich mich. »Ich habe gehört, was ihr zueinander gesagt habt. So was vergisst man nicht einfach. Man muss sich zusammensetzen und darüber reden und ... na ja, eine Lösung finden.«

Lewis versteift sich. Vielleicht war es doch zu neugierig. Aber die Klappe zu halten und nicht zu sagen, was ich zu sagen habe, passt nicht zu mir. Besser, er weiß gleich, wie ich solche Dinge angehe.

Er weicht meinem Blick aus, seine Konzentration liegt ganz bei der Analyseneingabe auf dem Tablet. Trotzdem sehe ich, dass er über etwas brütet, also warte ich. Bis er endlich das Tablet sinken lässt, sich zu mir umdreht und es ausspricht.

»Dieser Streit ist wesentlich weitreichender als diese eine Diskussion an deinem Anreisetag. Es ist ... kompliziert.«

»Das hast du schon mal gesagt«, fällt mir ein. »Aber ich hatte das Gefühl, dass Jasper dieser Streit mit dir wirklich leidtut.«

»Ich weiß nicht.« Lewis schüttelt den Kopf. Irgendetwas in seinen Augen sagt mir, dass er mir glauben will und dass ihm dieser Streit mit Jasper leidtut, doch ich sehe auch viel zu viel Verbitterung dahinter. Als würde er meiner Einschätzung nicht trauen.

»Er ist dir an dem Tag hinterhergelaufen«, sage ich. »Wusstest du das? Er hat dir noch nachgerufen.«

»Das … das wusste ich nicht. Das habe ich nicht mehr mitbekommen.« Lewis runzelt die Stirn, Zweifel überall in seinem Gesicht, als würde er den Nachmittag und den Streit gerade noch einmal in allen Nuancen durchspielen. Ich hoffe es zumindest.

»Nun, du warst auch ziemlich schnell weg«, erinnere ich ihn. »Aber er wollte nicht, dass du gehst, und hat versucht, dich aufzuhalten.«

Lewis brummt nachdenklich. Ich werte es einfach als kleinen Erfolg, dass er mir überhaupt zuhört und nicht direkt dichtmacht, wie es noch bei unserer ersten Wanderung der Fall war, als ich ihn auf Jasper angesprochen habe.

»Ich würde euch wirklich gerne helfen«, biete ich an. »Wir beide verbringen doch jetzt Zeit miteinander. Zeit, die ich sehr genieße. Aber Jasper ist nun mal mein Mitbewohner. Ich will nicht zwischen den Stühlen stehen.«

»Ich …« Er kommt einen Schritt auf mich zu. »Ich versuche, mich an den Gedanken zu gewöhnen, ihn nun öfter zu sehen, und vielleicht … vielleicht irgendwie doch noch mal mit ihm zu reden. Okay?«

»Okay.« Ich lächle vorsichtig. Definitiv ein kleiner Erfolg. Ein erster Schritt in die richtige Richtung.

Er kommt noch näher, seine Hände legen sich an meine Hüften, während sein Blick auf meine Lippen gerichtet ist. Ein kleiner Schauer durchfährt mich, als er noch näher kommt, um mich zu küssen. Kurz hallen seine Worte in meinem Kopf wider, zusammen mit der Erkenntnis, dass er mir zwar zugehört, sich mir in Bezug auf Jasper und ihren Streit jedoch nicht anvertraut hat. Weil ich noch immer keine Einzelheiten weiß, obwohl ich doch gesagt habe, dass ich helfen möchte. Für ein paar Sekunden bin ich enttäuscht und in Bezug auf die beiden Brüder auch etwas ratlos. Doch ich komme nicht dazu, das Ganze näher zu beleuchten. Lewis' Lippen legen sich auf meine, sanft und voller Gefühl. Ich seufze leise auf, als er mich zu sich heranzieht und ich auf dem Tisch nach vorne rutsche. Ganz eng zu ihm, sodass ich seine Erektion durch seine Jeans spüren kann. Ich reagiere instinktiv darauf, will auch den letzten Millimeter Raum zwischen uns überbrücken und klammere mich regelrecht an ihn. Das hier ist echt. Pur. Ich spüre die Leidenschaft durch meinen ganzen Körper jagen.

Lewis atmet geräuschvoll aus, dann löst er sich, für meinen Geschmack viel zu früh, von mir.

Er lässt seine Stirn gegen meine sinken, schließt kurz die Augen, als müsse er sich sammeln. »Arbeit«, bringt er dann atemlos hervor. »Ich … muss das fertig bekommen.«

»Du hast recht«, gebe ich nach und zupfe meinen Pullover zurecht. »Ich wollte dich nicht ablenken.«

»Es ist eine schöne Ablenkung.« Er grinst mich an. Röte hat sich auf seine Wangen gelegt, seine Augen strahlen schelmisch.

»Trotzdem musst du weitermachen.«

Lewis nickt und sieht dabei etwas gequält aus. Dennoch geht er zurück zu seinem Tisch, auf dem noch sein Tablet liegt.

Ich schweige einige Sekunden, bringe meinen Puls wieder unter Kontrolle und dränge das sanfte Pochen zurück, das sich in meinem Körper ausgebreitet hat. Dann erst richte ich mich wieder etwas mehr auf, sammle meine Gedanken.

»Sobald die Prüfungen vorbei sind, koche ich für alle bei Red philippinisch. Wenn du dir das mit Jasper bis dahin überlegst, würde ich mich total freuen, wenn du auch kommen würdest.«

Lewis sieht kurz hoch, die roten Flecken verblassen ein wenig. »Okay. Ich … ich komme. Aber erwarte nicht zu viel.«

# Kapitel 17

Die kommenden Oktobertage bringen Regen und Wind, jedoch keine neuen Erkenntnisse zu meiner Spenderin. Es gab keine anderen Unfälle hier an der LBU, keine Todesfälle. Nichts, was auch nur auf eine mögliche Organspende hinweist. Meine Recherchen im Archiv und online sind ermüdend und kräftezehrend. Oft sehe ich von meinem Notizbuch auf und blicke aus dem Fenster vor meinem Schreibtisch, vor dem sich die Kiefern unter den Windböen biegen, während Regentropfen gegen die Scheibe prasseln. Die Sehnsucht nach einer Wanderung durch den Forest wird mit jedem Tag größer. Doch neben dem schlechten Wetter sind es auch die Midterms, die mich davon abhalten. Nur noch vier Tage bis zu meinen ersten Prüfungen, und ich bin ganz schön nervös. Reese und ich sitzen inzwischen täglich mit Lewis' Unterlagen im Diner, fragen uns ab und beruhigen uns gegenseitig, wann immer eine von uns die Krise bekommt. Was immer häufiger passiert. Ich habe noch nie jemanden so oft fluchen hören wie Reese. Aber wir sind nicht die Einzigen, die unter den anstehenden Prüfungen leiden. Die ganze Stadt scheint angespannt zu sein, zu viele Studierende leben und arbeiten hier. Überall sitzen sie in Gruppen zusammen, mit Büchern und Karteikarten, wild diskutierend und verzweifelt. Selbst Jasper und Corey, die sonst so locker wirken, stehen früher auf, um zu lernen, und kommen verspätet aus der Uni, weil sie noch etwas nachschlagen mussten. Sie stehen unter Druck, genau wie Lewis.

Es ist das zweite Mal diese Woche, dass ich mit meinen Lernkarten das Stadtarchiv aufsuche, nur um ihm irgendwie nah sein zu können, weil neben den Prüfungsvorbereitungen so wenig Zeit bleibt.

Auch heute sitze ich mit Wasserflasche, Lous neuesten Cookies und meinen Unterlagen an einem der Tische, während Lewis seiner Arbeit nachgeht. Immer wieder sehe ich zu ihm hoch, unsere Blicke treffen sich, und dann lächeln wir uns an. Doch er hat viel zu tun. Seit die Prüfungen anstehen, sind immer mehr Studierende hier, sodass der Infostand ständig belagert wird. Eine Weile sehe ich dabei zu, wie er Fragen beantwortet und dabei nervös durch seine Haare fährt. Dann besinne ich mich wieder auf meinen Lernstoff.

Ich stehe auf und schlüpfe hinter die Regale des Bibliotheksabteils, auf der Suche nach einem unserer Lehrbücher für Umweltbiologie, das ich in meinem Zimmer habe liegen lassen und in dem ich nun dringend noch mal etwas zum Thema Gewässerschutz nachlesen muss. Die Bücher sind wieder einmal nicht sortiert, weil alle hier langsam, aber sicher die Nerven verlieren. Ich bin wirklich froh, wenn die Prüfungen vorbei sind und Lullaby seine Gemütlichkeit wiederbekommt.

»Kann ich dir helfen?«

Im selben Moment, in dem Lewis' Stimme an mein Ohr dringt, legt er von hinten seine Hände um meine Taille. Sein Atem kitzelt mich und sorgt dafür, dass sich meine Härchen aufstellen. Ich drehe mich zu ihm um, schlinge meine Arme um seinen Nacken und lächle ihn an.

»Konntest du dich mal kurz losreißen?«

»Tut mir leid, dass ich heute so wenig Zeit habe.«

»Keine Sorge, ich bin auch ziemlich im Stress. Es ist noch so viel zu erledigen. Ich muss noch für die Prüfung in Umweltbiologie lernen, irgendwie vergesse ich beim Abfragen immer viel zu viele Details. Und heute Nachmittag kommt noch dieser Unternehmer, den Corey und ich herumführen sollen. Wieso das ausgerechnet in unserer Prüfungsvorbereitungswoche sein muss, weiß ich wirklich nicht. Aber es gehört dazu, also muss ich da wohl durch.«

»Traurig, aber wahr«, murmelt Lewis.

»Und ich vermisse unsere Wanderungen«, sage ich leise und streife ihm mit meinen Fingern über seine Wange.

Lewis sieht sich verstohlen um, dann rückt er noch ein wenig näher zu mir und streicht mir sanft durch mein Haar, das ich heute offen trage. Seine Lippen legen sich auf meine, zunächst zurückhaltend, dann stürmischer. Unsere Körper pressen sich gegen das Bücherregal in meinem Rücken. Ein leises Seufzen kommt über meine Lippen.

»Ähm … Leute?« Wir schrecken auf. Reese steht vor uns, mit einem breiten, ziemlich zufriedenen Grinsen. »Nicht vor den unschuldigen Büchern, okay?«

»Sehr witzig, Reese.«

Lewis ist rot angelaufen. »Ich … ich denke, ich muss auch wieder zum Schalter.«

»Und wir wollten doch noch etwas im Diner essen, bevor du deinen Termin mit diesem Unternehmer hast. Oder nicht?«

Reese hat recht.

Lewis mustert mich sehnsuchtsvoll, als er sich komplett von mir löst und sich auf den Rückweg macht.

Einige Sekunden vergehen, ehe ich mich dazu entschließe, ihm zu folgen. »Lewis.« Er steht bereits kurz vor dem Infoschalter, vor dem sich eine kleine Schlange gebildet hat. »Wenn diese ätzenden Midterms vorbei sind, dann nehmen wir uns mehr Zeit füreinander. Einverstanden?«

»Sehr sogar.«

»Übernächsten Sonntag ist mein Essen«, sage ich. »Das für Red, weißt du noch? Es bleibt doch dabei, dass du kommst?«

»Ja. Ich komme.«

Ich lächle, auch wenn mir die erneute Unsicherheit in Lewis' Blick nicht gefällt. Als wäre er nicht sicher, ob dieser Abend wirklich eine so gute Idee ist. Keinesfalls möchte ich ihn wegen Jasper bedrängen.

»Ich komme wirklich«, sagt er nachdrücklicher. »Habe ich doch versprochen.«

»Okay. Ich freue mich.«

Lewis nickt mir zu, dann widmet er sich wieder seiner Arbeit, und ich gehe zurück zu meinem Tisch. Ich sammle meine Unterlagen ein, auch wenn mir in diesem Moment einfällt, dass ich diesen blöden Text zum Gewässerschutz nicht gefunden habe. Das muss ich dann wohl später noch erledigen. Reese wartet bereits am Eingang auf mich. Ich quetsche meine Sachen in den Rucksack, desinfiziere mir die Hände und folge ihr.

Im Diner ist es voll. Wir sichern uns den letzten freien Platz, breiten unsere Unterlagen aus und bestellen jeweils eine Portion Süßkartoffelpommes mit Avocadodip und eine Cola.

»Hast du die Sache mit dem Gewässerschutz verstanden?«, will ich von Reese wissen.

»Ja, da war doch irgendwas in meinen Aufzeichnungen. Sekunde.« Reese scrollt durch ihr Tablet. »Schau mal, hilft dir das weiter?«

Sie schiebt es zu mir. Notizen aus der Vorlesung von letzter Woche, sehr viel detaillierter als meine eigenen.

»Reese, du bist ein Engel. Kann ich mir das abschreiben?«

»Na klar, tu dir keinen Zwang an.«

Shawn bringt unsere Bestellung. Selbst er wirkt noch kürzer angebunden als schon bei unserer kleinen Führung über den Campus, auch wenn Reese zumindest versucht, ihn aus der Reserve zu locken. Ohne Erfolg.

Ich beginne, ihre Unterlagen durchzugehen, die Pommes essen wir nebenbei.

»Ist das hier ein *M* oder ein *N*?«, frage ich und zeige auf das Wort.

Reese wirft einen Blick darauf. »Ein *M*.«

»Und das daneben? Ein *O*?«

»Ein *A*«, lacht Reese. »Ich hatte es eilig, als ich das geschrieben habe. Tut mir leid.«

»Schon gut.« Ich lege den Stift nieder und massiere mir die Schläfe. »Wenn mein Kopf nicht so voll wäre, könnte ich mitdenken und selbst herausfinden, was du da aufgeschrieben hast. Aber gerade geht jede Gehirnzelle dafür drauf, mir den Stoff zu merken.«

»Okay«, sagt Reese, so entschlossen, dass ich aufsehe. »Schluss mit diesem Irrsinn. Wir sind beide total gerädert, und du hast gleich deinen Termin. Also gönnen wir uns jetzt zehn Minuten Pause, in denen wir diese verdammten Süßkartoffelpommes nicht einfach so hinunterschlingen, sondern richtig genießen. Klar? Sonst kriegen wir beide einen Herzinfarkt, bevor wir die Midterms überhaupt erreichen.«

»Ich muss zugeben, dass ich eine Pause gut gebrauchen kann.«

»Gut. Dann weg mit dem Block. Na los.«

Ich schiebe meine Schreibutensilien zur Seite und ziehe mir stattdessen den Avocadodip heran, um eine der Fritten hineinzutunken. Genüsslich schließe ich meine Augen.

»Lecker, oder?«

»Wohltuend«, sage ich.

Reese nimmt einen Schluck Cola, ihre Eiswürfel klirren.

»Als ich mich für die LBU angemeldet habe, war mir schon klar, dass es hier nicht ganz so ablaufen würde wie in den Filmen«, murrt sie. »Keine Saufgelage, keine Partys. Den Zahn hat mir Shawn ziemlich schnell gezogen. Aber immer nur lernen? Hab ich mir irgendwie anders vorgestellt. Ich meine, das sind ja jetzt nur die Grundseminare. Will gar nicht wissen, wie es denen geht, die schon weiter sind.«

»Lewis ist das reinste Nervenbündel«, bestätige ich. »Und Corey flippt auch total aus, obwohl er sonst immer der Coolste von uns ist. Aber inzwischen ist er im letzten Jahr, und das baut bei ihm wohl mächtig Druck auf.«

»Verständlich.« Reese kaut nachdenklich auf einer Fritte herum. »Also, wo du ihn gerade schon erwähnt hast …«, sagt sie schließlich und grinst. »Du und Lewis.«

»Okay, das war ja jetzt klar.«

»Ihr knutscht in den Gängen. Es ist also nur natürlich, wenn ich dich danach frage.«

»Ich schätze, das stimmt. Ich … mag ihn.«

»Deine Augen leuchten, wenn du über ihn redest«, stellt Reese fest.

Etwas verlegen streiche ich mir eine Haarsträhne hinter das Ohr. Mit einem Mal komme ich mir vor, als wäre ich einem Röntgenstrahl ausgesetzt, der jedem verrät, wie es gerade in meinem Innersten aussieht. Irgendwie pastellfarben. Ein wenig gruselig, dass allein Lewis schuld daran ist.

»Er erdet mich irgendwie«, sage ich zaghaft. »Klingt das komisch?«

»Hm. Was genau meinst du denn damit?«

»Er hat einfach ein Talent dazu, mich wieder herunterzubringen«, sage ich, in Gedanken ganz bei meiner Suche nach Ms X, bei der allein er mich wieder aufbauen konnte. Nur mit ein paar Worten, ein paar Gesten. Eigentlich nur durch seine pure Anwesenheit. »Er strahlt so eine Ruhe und Beständigkeit aus.«

»Das klingt wirklich verdammt schön, Hazel.« Reese zieht die Nase kraus. »Und vielleicht eine Spur kitschig.«

»Hey«, beschwere ich mich lachend und werfe meinen Stift nach ihr.

»Schon okay, das darf auch mal sein. Aber übertreiben wir es besser nicht damit. Das hier ist kein Nicholas-Sparks-Film.«

Ich schmunzle. »Hält nichts von Kitsch und kennt trotzdem solche Filme?«

»Notgedrungen«, murmelt Reese zwischen zwei Fritten. »Meine Grandma hat mich gezwungen, sie mit ihr zu schauen.«

Ich lache leise, dann nehme ich auch eine Fritte, tunke sie in die Avocado und sehe zu, wie die grüne cremige Soße daran haftet. Aber ich esse sie nicht. Ein anderer Gedanke drängt sich mir auf.

»Das mit Lewis und mir mag kitschig und toll sein, aber ich verstehe ihn noch nicht so, wie ich gerne würde«, sage ich. »Da ist so viel zwischen ihm und Jasper, so viel Spannung, die ich nicht greifen kann und die er mir nicht weiter erklärt. Ich kann noch nicht ganz hinter die Fassade blicken.«

»Interpretier da nicht zu viel hinein«, erwidert Reese kauend. Mein Bruder hätte sie wegen der leisen Schmatzgeräusche zurechtgewiesen. »Dir und mir liegt das Herz auf der Zunge. Wir sagen, was wir denken, manchmal denken wir zu wenig und reden zu viel. Aber Lewis scheint da anders zu sein. Er braucht sicher nur noch etwas Zeit, um sich dir anzuvertrauen. Das bedeutet nicht, dass das mit euch nichts werden kann.« Sie spült die Fritten mit einem Schluck Cola hinunter, ihre Finger trommeln kurz gegen das Glas. Energiegeladen wie eh und je, selbst während der anstrengenden Prüfungsvorbereitungen. »Jemand, der dich so ansieht wie Lewis, der will sich dir ganz öffnen und der meint es auch ernst. Ich denke, er ist ziemlich verrückt nach dir.«

»Meinst du echt?«

»Auf jeden Fall. Jetzt müssen wir nur noch die Midterms überstehen, dann könnt ihr mehr Zeit miteinander verbringen, und vielleicht ergibt sich das mit der Offenheit dann von selbst.«

»Bis Dezember«, erwidere ich trocken. »Dann kommen die Final Exams, und das Spiel geht von vorne los.«

»Denken wir noch nicht drüber nach«, sagt Reese. Sie zieht ihre Unterlagen wieder zu sich heran. »Konzentrieren wir uns erst mal auf die Zwischenprüfungen. Also, wie lange noch, bis du diesen Unternehmer herumführen musst?«

»Zwei Stunden. Aber ich muss mich noch umziehen.«

»Dann lass uns ranklotzen. Auch wenn ich gar keinen Bock darauf habe. Verdammtes Lernen.«

# Kapitel 18

»Die Prüfungszeit ist vorbei, bitte legen Sie Ihre Stifte hin«, verkündet Dr. Livings mit strenger Stimme.

Durch den Raum geht ein allgemeines Aufatmen, überall landen Stifte auf dem Tisch. Der Typ vor mir streckt sich, sodass sein Pullover hochrutscht und ein Stück eines Tattoos freilegt. Ich lege ebenfalls meinen Stift zur Seite und sehe ein letztes Mal auf die Multiple-Choice-Fragen vor mir. Überall sind Kreuze gesetzt. So weit, so gut.

Wir stehen auf und bewegen uns zum Ausgang, wo Dr. Livings alle Prüfungsbogen einsammelt. Es war die vorletzte Prüfung der Midterms, nun fehlen nur noch Umweltchemie und die Abgabe meiner drei Hausarbeiten.

»Das war ätzend.« Reese taucht neben mir auf, ihre Hände umklammern eine Wasserflasche. »Ich musste dreimal raten.«

»Ich einmal. Aber ansonsten lief es bei mir ganz gut. Ich bin trotzdem froh, wenn wir morgen durch sind.«

»Dann haben wir endlich wieder ein Leben«, sagt Reese, als könnte es nach ihrem Geschmack direkt heute wieder damit losgehen.

Ich schnappe mir meine Tasche und stopfe meine Wasserflasche hinein. Vor dem Ausgang hat sich bereits eine Schlange gebildet. Die Leute können es kaum erwarten, endlich diesen Prüfungssaal zu verlassen. Ich brauche dringend frische Luft, aber es gibt erst mal noch ein paar Sachen zu erledigen.

»Kommst du mit ins Foyer? Die Hausarbeit für Dr. Wesley abgeben?«, frage ich.

»Ich bin noch nicht ganz fertig.«

»Was? Morgen ist schon Abgabe.« Während unserer Vorbereitungen hat Reese nie angedeutet, dass die Hausarbeiten ihr Probleme bereiten.

»Ich weiß, aber meine ersten Entwürfe waren totaler Mist. Ich wollte mich gleich noch mal dransetzen, mir fehlt noch der letzte Absatz.«

»Soll ich dir helfen?«

»Nein, alles gut. Ich schaffe das. Sofern Keyla mir die nötige Ruhe lässt.«

Wir verlassen den Prüfungssaal und finden einen überfüllten Gang vor. Überall stehen Leute herum, reden aufgeregt über die Prüfungen und vergleichen ihre Ergebnisse.

Reese verzieht das Gesicht. »Ich hasse das. Wieso müssen die immer alle die Prüfung nachbesprechen? Wenn ich versagt habe, erfahre ich das noch früh genug.«

Jeannie kommt auf uns zu, sie ist bei der Nachbesprechung die Schlimmste von allen.

»Ich haue ab«, flüstert Reese. »Lieber schreibe ich den ganzen Nachmittag an der Hausarbeit, als mir von Jeannie erklären zu lassen, dass meine Antworten falsch waren.«

»Okay. Wenn Keyla dich nicht in Ruhe lässt, dann komm zu Red. Da finden wir schon ein Zimmer für dich.«

»Danke.« Reese verschwindet hinter einer Ecke, kurz bevor Jeannie mich erreicht.

»Hazel! Wie lief die Prüfung bei dir?«

»Ganz gut. Ich war mir nur bei einer Frage nicht sicher.«

»Ich denke, bei mir lief es auch ganz gut. Aber allein die erste Frage war doch wirklich knifflig, findest du nicht? Hast du da auch Lösung A?«

»Ähm … ich glaube schon«, sage ich, aber in meinem Kopf sind die einzelnen Antworten und Fragen längst ein großes undurchsichtiges Knäuel. Keine Chance mehr, es zu entwirren.

»Gut, das ist gut.« Jeannie nickt mehrfach mit dem Kopf, ihr brauner Zopf schwingt bei jeder Bewegung mit. »Und was hattest du bei der zweiten Frage?«

»Jeannie«, sage ich geradeheraus, »ich bin sicher, dass du die Prüfung gut gemeistert hast. Du bist immerhin eine der Besten in Umweltbiologie.«

»Ach was, ich –«

»Doch, glaub mir. Das wird schon.«

Sie lächelt, mir entgeht jedoch nicht ihr nervöses Mundzucken. Was immer Reese denkt, Jeannies penetrante Art scheint mir weniger Angeberei, sondern viel mehr Unsicherheit zu sein.

»Hast du schon deine Hausarbeit für Dr. Wesley abgegeben? Ich wollte es gerade erledigen.«

»Ja, schon vor einer Woche. Ich bin gerne früh dran.«

»Na gut. Wir sehen uns dann spätestens morgen.« Ich winke ihr zu und gehe durch den Flur, schlängle mich an Leuten vorbei und wechsle ins Gebäude B, direkt zum kreisrunden Foyer mit dem Glasdach, auf das nun leiser Regeln prasselt. Die Tische sind bereits voll besetzt, lauter Studierende mit ihren Tablets und Laptops, um den Hausarbeiten den letzten Schliff zu verpassen und sie endlich abzuschicken.

»Hazel!« Lou sitzt an einem der Tische, und ich quetsche mich zu ihr durch. Vor ihr ausgebreitet liegen zwei Tablets. Auf einem sehe ich Design-Entwürfe, sicher für ihr nächstes Nähprojekt. Auf dem anderen erkenne ich eine Hausarbeit.

Ich lasse mich auf den freien Platz neben ihr plumpsen und sehe mich um. Die meisten Studierenden, die ich sehe, sind aus den höheren Semestern. Berge von Unterlagen türmen sich neben Laptops und Tabletts aus der Mensa. Jetzt nehmen sich die Leute nicht mal mehr die Zeit, um in Ruhe zu Mittag zu essen, sondern schlingen etwas zwischen Prüfungen und Hausarbeiten hinunter.

»Ganz schön was los hier«, sage ich und öffne mein Tablet, auf dem meine Hausarbeit gespeichert ist.

»Während der Prüfungsphasen immer«, erklärt Lou. »Wie lief's bei dir?«

»Ich glaube, ganz gut. Aber ich bin froh, wenn wir den Stress erst mal hinter uns haben.«

»Nicht nur du. Ich sehne mich nach Ruhe.«

»Du?«, lache ich. In den Wochen, in denen Lou jetzt meine Mitbewohnerin ist, habe ich sie noch nie wirklich entspannen sehen. Ihre To-do-Listen, die sie geradezu akribisch führt, sind jeden Tag randvoll.

»Na gut, ich mag den Stress und, ehrlich gesagt, auch Prüfungen.«

»So etwas Seltsames habe ich noch nie jemanden sagen hören.«

Lou kichert. »Meine Lehrer fanden das schon zu Schulzeiten komisch. Aber ich mag es, mich auf Aufgaben zu fokussieren und Lernpläne zu schreiben und … ja, ein bisschen auch den Druck. Weniger Platz für Langeweile«, sagt sie, obwohl es mir schleierhaft ist, wie ihr bei ihren zeitaufwendigen Hobbys überhaupt langweilig werden könnte. »Was ich jedoch nicht mag, ist diese angespannte Atmosphäre auf dem Campus.«

Ich sehe mich um und nehme die schwere Stimmung in mir auf, die von jedem Einzelnen hier ausgeht. Das genervte Fußtippen, das panische Geflüster über Prüfungsergebnisse, die rauchenden Köpfe, die nervösen Stimmen und die Lernkarten und Bücher, die jeder in der Hand hat. Ich weiß, was Lou meint. Irgendwie passt es nicht zu der sonst eher luftigen Atmosphäre in Lullaby.

»Ja, das zieht irgendwie runter«, gebe ich ihr recht.

»Genau.« Lou tippt auf ihr Tablet. Ihre Multitasking-Fähigkeiten sind definitiv besser ausgeprägt als meine. Aber immerhin habe ich es schon geschafft, meine Hausarbeit zu öffnen und das heutige Datum einzutragen, damit ich die Datei gleich abschicken kann. »Deswegen freue ich mich umso mehr auf unser Essen, das du für uns kochen willst. Endlich mal wieder ein gemütlicher Abend. Außerdem liebe ich es, neue Gerichte auszuprobieren.«

Seit dem Gespräch im Archiv, bei dem ich Lewis an das Essen erinnert habe und wieder einmal ratlos über seine Reaktion war, habe ich das Essen erfolgreich verdrängt.

»Lewis wirkt immer noch angespannt?«, liest Lou offenbar von meinem Gesicht ab.

Ich seufze.

»Die beiden sind furchtbar stur, nicht wahr?«

Ja. Stur und starrköpfig und viel zu wortkarg, wenn es um diesen ominösen Streit geht, bei dem ich einfach keine Einsicht bekomme. Und das nervt mich gewaltig.

»Wenn ich nur wüsste, wieso Jasper und Lewis sich streiten, dann wäre es wesentlich einfacher, darauf einzugehen«, mache ich meinen Gedanken Luft. »Ich weiß nur nicht, ob ich Lewis noch einmal danach fragen soll. Ich will ihn deswegen nicht bedrängen. Er redet sicher darüber, sobald er bereit dazu ist, oder?«

»Mhm. Du kennst Lewis sehr viel besser als ich. Aber wenn es dir wichtig ist, mit ihm über das Thema zu sprechen, solltest du es zumindest versuchen. Ich bin immer für Offenheit.«

»Ja«, sage ich nachdenklich, diesmal allein als Reaktion auf ihre letzten Worte. Als Echo dringt es durch meinen Kopf, lässt mein Herz und meinen Magen zusammenkrampfen. Offenheit ist mir auch wichtig, aber es ist so weit entfernt von dem, was Lou und ich haben. Da ist nur dieses Lügenkonstrukt rund um meine Organspende, das ich niemals so lange aufrechterhalten wollte. Immerhin vertraue ich Lou und allen anderen bei Red genauso, wie ich Lewis vertraue. Sie hätte auch verdient, alles über meine Geschichte zu erfahren und die wahre Hazel kennenzulernen. Mit all ihren Erlebnissen.

»Fertig«, Lou tippt auf ihr Tablet. Keine Ahnung, wie lange ich ins Nichts gestarrt habe, aber Lou hat es in dieser Zeit offenbar geschafft, ihre Arbeit zu beenden. »Dann kann ich jetzt hier zusammenpacken. Ich habe gleich noch ein Treffen mit meiner Lerngruppe.«

Sie räumt ihre Sachen ein, kurz darauf steht sie auf und verabschiedet sich von mir. Ich zwinge mich zu einem Lächeln, auch wenn ihre Worte noch immer in meinem Kopf herumschwirren. Sie vertreiben jegliche anderen Gedanken.

Lous schulterlangen Haare schwingen leicht mit ihrer Hüfte mit, als sie das Foyer verlässt. Ich hingegen sitze nur da und sehe ihr nach. Bis ich eine Entscheidung treffe. Für Offenheit und gegen Lügen. Es wird Zeit, dass ich meinen Freunden von meiner Transplantation erzähle. Nach den Prüfungen, bei diesem Essen. Es ist die perfekte Gelegenheit.

# Kapitel 19

In der Pfanne vor mir brutzeln Glasnudeln, Mungobohnen, Chinakohl, geschälte Möhrenstreifen und Zwiebeln. Es lässt mich an zu Hause denken, daran, wie oft ich dieses Gericht mit meiner Mutter gekocht habe. Langsam verspüre ich Heimweh, die Sehnsucht, meine Eltern mal wieder live zu sehen. Nicht nur über den Bildschirm eines Handys mit schlechtem Empfang. Seufzend öffne ich den Backofen, um die Ensaymadas herauszuholen. Die kleinen philippinischen Brötchen habe ich mit Margarine eingepinselt und im Ofen kross gebacken.

»Das duftet himmlisch«, sagt Lou, die gerade mit Corey in die Küche kommt. Corey setzt sich an den gedeckten Tisch, Lou hingegen stellt sich neben mich, um sich die Brötchen anzusehen. »Wow, die sehen klasse aus.«

»Danke. Ich hoffe, es wird euch schmecken.«

»So wie das riecht?«, fragt Corey. »Mir läuft schon jetzt das Wasser im Mund zusammen.«

»Ich wäre jetzt auch so weit«, sage ich. »Fehlen nur noch Jasper und Lewis.« Nervös blicke ich zu der digitalen Uhr am Backofen. Noch zwei Minuten bis zur verabredeten Zeit, und noch ist keiner der beiden erschienen. »Sie kneifen doch nicht, oder?«

»Jasper hat mir versprochen, dass er dabei sein wird«, antwortet Corey. »Er war etwas angespannt, aber trotzdem wirkte er fest entschlossen.«

»Lewis auch«, sage ich leise und schiele zu meinem Handy. Keine Nachricht von ihm.

»Die kommen schon noch.« Lou setzt sich auf einen der Stühle und gießt sich etwas Limonade ein, die sie heute Morgen angesetzt hat. Dann deutet sie auf die Speisen. »Hat dir das alles deine Mutter beigebracht?«

»Ja«, erwidere ich und lege die Brötchen in einen Korb. »Meine Mutter ist mit fünfzehn Jahren in die USA gekommen, dort hat sie meinen Vater kennengelernt und früh geheiratet. Seitdem kann sie sich nicht mehr vorstellen, woanders zu leben als in San José. Aber ihr war es wichtig, uns ein Stück aus ihrer Heimat mitzugeben. Einige Rezepte, etwas von der Musik. Ein paar Traditionen.«

»Zum Beispiel?«, fragt Corey neugierig.

»Auf den Philippinen feiert man schon ab September Weihnachten, ab da läuft mindestens einmal am Tag *Feliz Navidad*. Meine Mutter hat diese Tradition fortgeführt und uns von September an jeden Morgen damit geweckt.«

»Das klingt furchtbar«, lacht Corey. »Und gleichzeitig genial. Vielleicht sollten wir das hier auch einführen?«

»Jasper der Morgenmuffel würde verzweifeln«, sagt Lou. »Und du vermutlich auch, Corey, so verstimmt wie du immer bist, wenn man dich etwas zu früh weckt.«

»Durch laute Geräusche, ja. Aber Musik am Morgen klingt eher munter. Wie ein richtiger Gute-Laune-Start in den Tag.«

Lou sieht ihn an, als würde sie sich das lieber schriftlich geben lassen, ehe sie einen solchen Versuch starten würde.

»Okay, mehr Traditionen«, sagt Corey und spielt mit den Enden seines lichten Schnurrbarts. »Was gibt's noch zu wissen?«

»Wenn wir schon bei Weihnachten sind: Man feiert bis zum dritten Sonntag im Jahr. Dann gibt es einen Straßenumzug, das Santo-Niño-Fest. Das vermisst meine Mutter am allermeisten.«

»Vielleicht muss ich die Philippinen zur Weihnachtszeit auf meine Reiseliste setzen«, sagt Lou. »Das klingt irgendwie großartig.«

»Was steht sonst noch auf der Liste?«, frage ich und rühre die Glasnudeln um.

»Paris. Und Berlin.«

»Ah, wegen deines geplanten Labels, richtig? Da sind doch immer diese großen Modenschauen.« Viel verstehe ich nicht davon, aber ich habe schon ein paarmal von den Fashion Weeks dort gehört.

»Bei einer dabei sein zu können, ist sicher wahnsinnig inspirierend.«

»Ich drücke dir die Daumen, dass es damit mal klappt«, sage ich, auch wenn ich sicher bin, dass sie ihren Weg so oder so gehen wird. Sie hat genug Biss.

Eine Bewegung am Fenster lässt Corey und mich aufsehen.

Kurz darauf steht Lewis im Türrahmen, seine Hände in den Hosentaschen vergraben und mit einem nervösen Zucken in den Mundwinkeln. Trotzdem entgeht mir nicht, wie das Blau seiner Iriden sich kurz erhellt, als er mich sieht.

»Du bist gekommen.«

»Das habe ich dir doch versprochen.« Seine Stimme ist nur ein unsicheres Stottern, das ich am liebsten fortwischen würde. Aber ich weiß, dass ich das nicht kann. Nicht in diesem Moment, wo er den anderen gegenübersteht, und nicht mit der Begegnung mit Jasper in seinem Nacken. Also nicke ich ihm nur sachte zu und trete zur Seite. Lewis geht an mir vorbei, zieht Schal und Jacke aus und hängt sie an den Garderobenständer, dann winkt er etwas unbeholfen in die Runde.

»Komm, du kannst dich neben mich setzen«, schlage ich vor und deute auf den freien Platz neben mir und Lou, sodass Jasper den Platz am anderen Ende des Tisches nehmen muss.

Möglichst viel Distanz zwischen die beiden zu bringen, ist sicher nicht die schlechteste Idee.

»Limonade?«, fragt Lou.

»Oder Bier?«, fragt Corey, der sich selbst eins aus dem Kühlschrank holt. »Zur Feier der bestandenen Prüfungen?«

»Wieso nicht«, sagt Lewis und nimmt eine der Flaschen entgegen.

»Danke. Das Essen riecht gut.« Lewis' Stimme klingt zittriger als sonst, aber immerhin ist seine Haltung wieder etwas entspannter. Was vielleicht auch daran liegt, dass Jasper noch nicht da ist.

Er beugt sich nach vorne und guckt zu der Pfanne, die noch immer auf dem Herd ist. »Gebratene Glasnudeln?«

»Pancit Bihon«, sage ich. »Das ist das Lieblingsessen von meiner Mutter und mir.«

Corey reibt sich die Hände. »Ich denke, wir sollten einfach anfangen. Keine Ahnung, was mit Jasper ist, aber wir haben gesagt, dass wir uns um Punkt achtzehn Uhr treffen, also hat er Pech gehabt, wenn er nicht pünktlich ist. Findet ihr nicht?«

Lou wirft einen sehnsüchtigen Blick auf die Brötchen. »Sehe ich ganz genauso.«

»Na gut.« Ich fülle die Nudeln in eine große Schüssel und stelle sie in die Mitte des Tisches, bevor ich mich neben Lewis setze. Wir geben die Brötchen herum, dann stoßen wir an.

»Lasst es euch schmecken«, sage ich.

Corey stürzt sich als Erste auf das Essen, beißt ausgehungert in eins der Brötchen und seufzt zufrieden. Wir anderen haben gerade die Gabeln in die Hände genommen, als sich die Tür öffnet und Jasper hereinkommt. Sofort ist die Nervosität im Raum spürbar. Sie flackert auf und erreicht ihren Höhepunkt, als ihm eine junge Frau nachfolgt. Jasper nimmt ihr die Jacke ab. Lou mustert die Frau zaghaft, ich schiele jedoch zu Lewis. Er hat zu seiner steifen Haltung zurückgefunden, sein Kiefer ist aufeinandergepresst.

»Hey, sorry fürs Zuspätkommen«, sagt Jasper in üblich lässiger Manier. Dann deutet er auf seine Begleitung. »Das ist Danny. Sie hat sich heute den Campus angesehen, weil sie überlegt, bald hier zu studieren. Also dachte ich, ich lade sie zum Essen ein.«

»Ohne das vorher abzusprechen?«, kommentiert Corey seufzend. »Haben wir denn genug, Hazel?«

»Ja, es wird schon reichen«, antworte ich. Keinesfalls will ich Danny vor den Kopf stoßen, die nichts für die Anspannung im Raum kann. Auch nicht für meine Enttäuschung, die mich in diesem Moment überkommt, weil mit ihrer Anwesenheit mein Plan nicht aufgeht. Mit einer Fremden am Tisch kann ich nicht über meine Lungentransplantation sprechen. Es ist zu privat, zu intim. Dabei hatte ich mir so fest vorgenommen, endlich meine Geschichte zu erzählen.

Jasper schiebt einen weiteren Stuhl zwischen seinen und den von Corey, ich hingegen hole noch eine Lage Geschirr aus dem Schrank.

Danny lächelt mich mit ihren rehbraunen Augen an, gerade Zähne in Reih und Glied.

»Danke. Das ist echt total lieb von euch.«

»Dann überlegst du, an die LBU zu gehen?«, fragt Lou. Ihr Blick wandert kurz zu Jasper, der einen Arm locker auf Dannys Stuhllehne abgelegt hat.

»Wenn ich genommen werde«, sagt Danny, die von der Atmosphäre hier im Raum nichts mitzukriegen scheint. Ihr Lächeln verrutscht jedenfalls nicht. Ebenso wenig wie Jaspers Nonchalance, die mir in diesem Moment jedoch eher unpassend vorkommt. Er weiß doch, welche große Sache das hier für Lewis ist. Wieso musste er da jemanden mitbringen?

»Es wäre toll, in das Programm aufgenommen zu werden«, plappert Danny weiter. »Ich komme aus Langell Valley, der Modoc National Forest ist also quasi mein Zuhause.«

»Langell Valley«, sagt Lewis zu meiner Überraschung. Seine Stimme klingt etwas fremd, doch immerhin scheint er sie wiedergefunden zu haben. »Dann kennst du den National Forest von der anderen Seite.«

Ich sehe ihn fragend an.

»Der Ort liegt gegenüber von Lullaby, einmal quer durch den National Forest … noch am Clear Lake vorbei.«

»Wir gehören nicht mehr zu Kalifornien«, führt Danny aus, »sondern bereits zu Oregon. Aber ich bin viel im Forest und verfolge die Arbeit der LBU schon lange.«

»Wir drücken dir die Daumen für die Bewerbung«, sagt Corey. Wir anderen nicken. Jasper und ihr werden die Schüsseln herumgereicht, damit das Essen beginnen kann.

»So etwas wie Red wäre natürlich fantastisch«, sagt Danny, die eins der Brötchen inspiziert und es sich dann auf den Teller legt. »Aber Jasper meinte schon, dass so schnell kein Platz frei wird.«

Jasper, der gerade dabei war, ein paar Glasnudeln auf die Gabel zu rollen, hält inne und beugt sich lässig zu ihr. »Wir haben zumindest alle vor, unser Stipendium zu verlängern«, sagt er zufrieden. »Aber Corey ist bald fertig, und dann wird ein Platz frei. Ich könnte ein gutes Wort für dich einlegen.«

Danny kichert, Lewis hingegen seufzt genervt.

Jasper sieht zu ihm. »Alles klar, Bruderherz?«

Keinem von uns entgeht der gereizte Unterton. Corey schaltet zumindest schnell und erzählt etwas überschwänglich, wie seine Pläne nach dem Sommer aussehen könnten, wenn er mit der LBU fertig ist, während wir anderen noch mal den Brötchenkorb herumreichen.

»Alles gut?«, frage ich Lewis leise und lege meine Hand auf sein Bein. Eine flüchtige Berührung, die mir jedoch sofort ein vertrautes Gefühl gibt, das sich hoffentlich auf ihn überträgt. »Danke, dass du gekommen bist«, flüstere ich ihm zu.

Lewis sieht mich an, für ein paar Sekunden denke ich, dass wir allein im Raum sind. Es ist offensichtlich, dass er dieses Essen nur für mich durchzieht.

»Alles gut«, haucht er beinahe, seine Hand legt sich auf meine, drückt sie kurz, ehe er sich noch ein Brötchen schnappt. »Die sind echt eine Wucht«, sagt er.

»Die gab es bei uns oft sonntagmorgens. Am liebsten mag ich sie, wenn sie innen noch etwas warm sind. So wie jetzt.«

»Wie werden die gemacht?«, erkundigt sich Lou, während die anderen mit Corey quatschen.

»Mit Hefe, Mehl und Reismilch. Ich kann dir das Rezept geben, wenn du willst. Heute habe ich sie mit Margarine gemacht, aber es gibt auch eine süße Variante, dann werden sie mit Zucker bestreut.«

»Das würde ich echt gerne ausprobieren.«

Lewis sieht zu Lou. »Du backst gerne, oder? Hazel hatte letztens ein paar von deinen Cookies dabei. Die waren wirklich hervorragend.«

Lou strahlt ihn an. »Jetzt, wo ich weiß, dass du sie magst, kann ich dich gerne miteinplanen. Bevor die Chaoten dahinten wieder in Sekunden alles leer futtern.«

»Gerne«, sagt Lewis. Wenigstens bei Lou wirkt er ruhiger, weniger angespannt. Das ist ein Anfang.

Ich wickle Glasnudeln um meine Gabel.

Corey nimmt sich noch ein Brötchen. »Wann schickst du deine Bewerbung ab, Danny?«

»Ich werde es mit einem Stipendium probieren, also schon bald. Die Deadline dafür endet ja früher als für die anderen Bewerbungsrunden.«

»Ach, das schaffst du«, sagt Jasper und lehnt sich zurück. »Vielleicht nicht bei Red, aber wir haben ja auch noch zwei andere Stipendienkreise hier. Die LBU ist in der Regel recht großzügig, wenn du entsprechende Leistungen vorweisen kannst.«

Diesmal ist es Lewis' Schnauben, das feindselig klingt. Die Gespräche und das Klappern der Gabeln verstummen, plötzlich liegt Spannung über dem Tisch.

»Ist das dein Ernst?«, fragt Lewis. Seit ihrem Streit an meinem ersten Tag habe ich seine Stimme nicht mehr derart dunkel gehört. »Welche besonderen Leistungen hattest du denn vorzuweisen?«

»Fängst du jetzt wieder damit an?«, fragt Jasper. Er lässt die Gabel fallen, die mit einem leisen Scheppern in der Schale landet. »Hör zu, Lewis. Wir hatten das schon. Ich kann nichts dafür, dass ich für das Stipendium ausgewählt wurde und du nicht. Mach mich nicht immer zum Sündenbock, denn wenn du bei jemandem die Schuld suchen willst, dann bei dir selbst.«

Aus dem Augenwinkel sehe ich Lewis' Hand beben, als auch er seine Gabel sinken lässt. Kurz überlege ich, sie zu nehmen, um ihn zu beruhigen, doch er rückt schon ein Stück vom Tisch weg. »Du weißt genau, dass ich alles getan habe, um ein Stipendium zu bekommen. Bestnoten, Empfehlungen, Extraaufgaben. Ich reiße mir den Arsch auf. Und du? Was hast du geleistet?«

»Niemand von uns weiß, wieso wir ausgewählt wurden«, sage ich ruhig. »Genauso gut kannst du mir zur Last legen, dass ich genommen wurde. Es liegt nicht wirklich in unserer Entscheidungsgewalt. Wir können alle nur unser Bestes geben.«

Lewis sieht zu mir, seine Lippen werden dünner. »Du hältst im Zweifel zu meinem Bruder.« Er klingt nicht überrascht.

»Das tue ich nicht«, entgegne ich sofort. »Ich will nur sagen, dass –«

»Weißt du, Lewis«, mischt sich nun Jasper wieder ein. »Mir geht diese Leier wirklich auf den Senkel. Wenn du so tolle Leistungen erbracht hast, liegt es vielleicht allein an dir, dass sie dich trotzdem noch nicht ausgewählt haben. Die Uni braucht Menschen mit *Persönlichkeit* für ihre Stipendien, immerhin geht es dabei um Öffentlichkeitsarbeit und das Akquirieren von Spenden.« Lou und ich schnappen synchron nach Luft. Hat Jasper das gerade wirklich gesagt? Auch noch hier, vor allen anderen?

Lewis steht auf, sein Stuhl droht zu kippen. »Ich sollte besser gehen«, sagt er. Es klingt fast, als würde er mit Tränen kämpfen.

Mein Herz sackt in die Tiefe. »Warte doch.«

»Nein, es ist wirklich besser. Das … das Essen war toll, aber das hier«, er zeigt auf Jasper, »war keine gute Idee.«

Lewis stürmt geradewegs zur Garderobe, rupft Schal und Jacke vom Haken und verschwindet. Entgeistert starren wir alle auf die Tür. Betretenes Schweigen erfüllt den Raum.

Corey ist der Erste, der etwas sagt. »Jasper, das mit der Persönlichkeit war ziemlich uncool.«

»Er macht mich rasend. Immer hält er mir vor, dass ich das Stipendium bekommen habe und er nicht. Ich kann es nicht mehr hören.«

»Trotzdem«, sagt Lou. »Das war echt unter der Gürtellinie.«

»Ich –« Er sieht hilflos in die Runde, als würde er von uns eine andere Reaktion erwarten. Womöglich Verständnis. Aber niemand von uns erwidert etwas darauf.

Mit einem Zischen atmet er aus. »Ihr habt recht. Das war absolut scheiße.«

»War es«, sage ich mit einem Kloß im Hals. »Das hier war deine Chance, dich endlich mit Lewis zu vertragen. Ich weiß doch, dass du das willst. Wieso benimmst du dich dann wie ein Arsch?«

Jasper blinzelt, als würden meine Worte ihn wirklich treffen. Etwas in ihm wachrütteln. Ich würde es mir wünschen, denn so wie er gerade war, habe ich ihn in den letzten Wochen definitiv nicht kennengelernt. So wäre er nämlich niemand, mit dem ich gerne befreundet wäre.

Betroffen schüttelt er den Kopf. »Es ist nur manchmal so schwer, mit ihm zu reden. Ständig dieselben Vorwürfe, für die ich nichts kann. Aber ja, ich hätte das alles nicht sagen sollen. Von mir braucht er so was nicht auch –« Er bricht ab. Keine Ahnung, was er noch sagen wollte, denn er nippt nur an seinem Glas und bleibt stumm.

»Ihr müsst das hinkriegen«, meint Lou. »So geht das echt nicht weiter.«

»Weiß ich doch.« Unsicher sieht er zur Haustür, aus der Lewis eben noch gestürmt ist. »Soll ich mit ihm reden?«

»Ich denke, ich mache das erst mal«, sage ich und stehe auf. Das hier war immerhin *meine* Idee und *mein* Abendessen. »Um zu sehen, wie es ihm geht.«

Jasper nickt. »Sag mir dann Bescheid, okay?«

Ich ziehe mir meine Jacke und meine Stiefeletten an, dann verlasse ich das Haus und laufe Lewis hinterher.

Ich eile zum Wohnheim und klopfe an seine Zimmertür. Drei Herzschläge muss ich warten, ehe Lewis mir öffnet. Tränen schimmern auf seinen Wangen, seine Brille liegt auf dem Esstisch, sodass ich freien Blick auf seine geröteten Augen habe. Er sieht in diesem Moment so zerbrechlich aus. Es zerreißt mir das Herz.

Unvermittelt ziehe ich ihn in meine Arme. Ohne etwas zu sagen, ohne ihm Fragen zu stellen. Ich habe viele davon, viel Gesprächsbedarf, aber ich weiß, dass er gerade meinen Trost braucht. Also stehen wir nur da, aneinandergeschmiegt und stumm. Meine Brust wird eng und weit zugleich, dass er es schafft, vor mir zu weinen. Mir genug zu vertrauen, um alles von seinen Emotionen zu offenbaren. Diese Tränen nicht als Schwäche wahrzunehmen, sondern als Teil seiner Gefühlswelt. Normal. Notwendig.

Irgendwann löst er sich von mir, sieht mich an. Seine blauen Augen wirken nun noch dunkler, wie der tiefste Meeresgrund. Dort, wo keine Lichtstrahlen mehr hingelangen.

»Es tut mir leid«, krächzt er. »Ich … ich habe dir den Abend versaut.«

»Es ist okay.« Ich nehme seine Hand, führe ihn zu seinem Bett und lasse mich mit ihm dort nieder. »Du hast nichts versaut«, sage ich. Keinesfalls möchte ich, dass er sich nun auch noch Selbstvorwürfe macht, nach allem, was Jasper ihm schon an den Kopf geknallt hat. Nicht, wenn er ohnehin schon in einem so verletzlichen Zustand ist.

»Lewis?«, frage ich sanft. »Was genau ist das mit dir und deinem Bruder? Du weißt, dass ich immer zu dir halten würde, oder? Aber ich würde es gerne nachvollziehen können.«

Lewis wirkt weit weg, gedankenverloren starrt er an die Fotowand. Mehrmals setzt er zum Sprechen an, bis er endlich die Worte findet.

»Ich weiß, dass ich bei ihm nicht immer rational handle«, sagt er. »Es ist nur … schwer, sein Bruder zu sein. Jasper ist ziemlich perfekt. Der hübsche Sonnyboy, der alle um den Finger wickelt, gut in Football ist, gleichzeitig auch noch sehr intelligent. Ein guter Schüler, Schülersprecher natürlich.« Lewis vergräbt sein Gesicht in den Händen. »Gott, ich klinge wie ein eifersüchtiger Teenager.«

»Konkurrenz zwischen Geschwistern ist normal«, sage ich. Ich selbst habe in meinem Leben so oft schon auf Gavin geschaut und ihn mit mir verglichen. Wegen seiner Unbeschwertheit, seiner Gesundheit und seinem Talent, sich aus jedem Schlamassel herauszumanövrieren. »Es ist auch okay, mal neidisch auf den anderen zu sein.«

»Aber es ist nicht nur Neid«, gibt Lewis zu. »Manchmal bin ich regelrecht wütend. Alles fühlt sich unfair an. Damals auf der

Highschool haben wir uns noch gut verstanden. Wir waren nicht nur Brüder, sondern auch Freunde, auch wenn wir sehr unterschiedliche Interessen und Cliquen hatten. Wir haben viel Zeit miteinander verbracht, wir waren uns nah.« Ich versuche, mir die beiden in einem freundschaftlichen Verhältnis vorzustellen, was angesichts der gleichen Uniwahl einfach erscheinen sollte, aber nach all den Streitigkeiten gelingt es mir kaum. Dabei würde ich es mir für die beiden wirklich wünschen.

»Trotzdem war da immer diese Konkurrenz«, spricht Lewis weiter. »Vor allem zu Hause. Jasper hat immer die Anerkennung von unserem Dad bekommen. Egal, wie gut ich war … egal, wie sehr ich gekämpft habe.«

»Anerkennung. Wie meinst du das?«, frage ich vorsichtig.

»Er hat uns nie gleichbehandelt. Er hat nie einen Hehl daraus gemacht, dass Jasper sein Lieblingssohn ist und wie stolz er ihn macht. Seine Schlagfertigkeit, seine Extrovertiertheit, sein Humor, seine Sportlichkeit. Ich hingegen war der kleine stotternde Junge, der eine Sprachtherapie brauchte und selbst danach kaum ein Wort herausgebracht hat. Mir fällt es schwer, auf Fremde zuzugehen und zu reden … ich fühle mich dann wertlos … unscheinbar. Wie der Junge von früher, der deswegen ausgelacht wurde, obwohl mir durchaus bewusst ist, dass ich dieser Junge schon lange nicht mehr bin. Aber irgendwie steckt er noch in mir.«

Plötzlich ergibt alles einen Sinn. Die Zweifel in seinen Augen, die eingezogenen Schultern, die Unsicherheiten. Ich nehme seine Hand, allein schon um ihm zu zeigen, dass ich den Mann mag, der aus diesem Jungen geworden ist.

»Du magst zu Beginn schüchtern sein«, sage ich. »Aber du bist auch intelligent, fürsorglich, belesen und ziemlich heiß, wenn du mich fragst.«

Lewis lacht leise, kurz blitzen seine Augen auf. »Du findest mich heiß?«

»Sehr sogar.«

Er drückt meine Hand. Kurz ist es, als wäre all sein Schmerz vergessen, doch er kommt schnell wieder.

»Ich hatte jahrelang vor, an die LBU zu gehen. Schon als Kind war ich total fasziniert von der Natur, seit Dad uns mit zu seiner Arbeit als Geologe genommen und uns alles gezeigt hat. Als ich dann von der LBU erfahren habe, wusste ich, dass das meine Uni wird und ich Landschaftsökologie studieren möchte. Ich wollte das hier um jeden Preis. Jasper hingegen hat lange gehadert, was er studieren will, und wirkte auf mich ziemlich planlos. Und dann hat er sich aus heiterem Himmel an der LBU beworben und wurde angenommen. Mit Stipendium. Mein Dad war furchtbar aufgeregt. Er hat für ihn ein riesiges Fest gegeben, als klar wurde, dass er dieses Stipendium annehmen möchte. Ein Teil von mir hat sich für ihn gefreut, aber gleichzeitig fühlte es sich an, als hätte er mir meinen Traum weggenommen.«

»Damit hat er wieder deinen Konkurrenzgedanken angefacht«, mutmaße ich. Es wäre mir an seiner Stelle ebenso ergangen. Wenn man etwas unbedingt will, was einem anderen geradewegs in den Schoß fällt, liegt es nahe, deswegen frustriert zu sein.

»Nicht nur *meinen* Konkurrenzgedanken«, sagt Lewis. »Auch Dad wurde danach nicht müde, mich daran zu erinnern, was Jasper geschafft hat und dass ich jetzt in große Fußstapfen trete. Fußstapfen, die ich einfach nicht ausfüllen kann, egal, wie sehr ich mich bemühe. Egal, wie viel ich tue, egal, wie oft ich mich bewerbe, nie werde ich für ein Stipendium ausgewählt. Ich bekomme es einfach nicht hin. Jasper hingegen bekommt das Stipendium verlängert, jedes Jahr aufs Neue, obwohl er schlechtere Noten hat als ich. Weniger Extrapunkte. Vielleicht hat er recht. Vielleicht liegt es daran, dass ich nicht die passende Persönlichkeit habe, um die Unternehmer um den Finger zu wickeln und sie zu beeindrucken.« Erschöpft sieht er zu mir. »Als wir bei der Säuberungsaktion über Red geredet haben, hast du mich da auch nicht gesehen. Weißt du noch? Du hättest mich auch nie für Öffentlichkeitsarbeit in Betracht gezogen.«

»So habe ich das doch nicht gemeint«, antworte ich. Hätte ich gewusst, mit welchen Gedanken er diesbezüglich zu kämpfen hat, hätte ich das Thema niemals angesprochen. Nichts lag mir ferner, als ihn in seinem negativen Selbstbild zu bestätigen.

»Jasper kann so was«, fährt er unbeirrt fort. »Er hat Charme, er reißt ein, zwei Witze, lächelt spitzbübisch, und jeder liebt ihn.« Lewis seufzt. Ein schwerer Laut. »Es ist furchtbar, dass das zwischen Jasper und mir steht. Dass Dad den Keil, den Jaspers Bewerbung an der LBU zwischen uns getrieben hat, Tag für Tag vergrößert und diesen Streit schürt. Diese elende Konkurrenz. Ich will das eigentlich gar nicht. Ich würde es wirklich toll finden, drüberzustehen und meinen Bruder wiederzubekommen. Aber Jasper ist eben Jasper. Manchmal versteht er nicht, wie schwer es für mich ist. Dann haut er so einen Spruch wie eben raus und verhält sich wie ein arroganter Mistkerl.« Lewis zieht erschöpft die Nase hoch, schüttelt sachte den Kopf. Tausend Gedanken tanzen in meinem Kopf, Hunderte von Erwiderungen und Ermutigungen, doch ich komme nicht dazu, sie auszuführen. Lewis setzt bereits zum Weiterreden an, als wäre ein Schalter in ihm umgelegt. Manchmal fließen die Worte ungehindert, wenn man sich einmal traut, sie laut auszusprechen.

»Eigentlich habe ich schon lange vor, mich mit der Situation abzufinden. Dass ich kein Stipendium habe, bedeutet nicht, dass ich hier keine große Karriere beginnen oder meinen Traum nicht verwirklichen kann. Ich bewirke hier etwas. Ich liebe es, der Natur etwas zurückzugeben.«

»Und das tust du«, sage ich. An der LBU habe ich noch niemanden getroffen, der so voller Leidenschaft für das eintritt, was hier an der Uni verkörpert werden soll. Selbst Lou mit ihrem Ehrgeiz und ihren Extraaufgaben hat bei mir nie die Motivation vermittelt, unbedingt für die Natur einstehen zu wollen. Das war allein Lewis.

»Du bist großartig«, sage ich mit Nachdruck. Ich will, dass er es versteht. Dass er sich so sieht, wie ich ihn sehe. »Du lebst das hier wirklich. Das spürt man in der Art, wie du über die Pflanzen und Tiere sprichst. Du bist hier an dieser Uni genau richtig, daran darfst du niemals zweifeln. Egal, was die Vergabe von Stipendien, Jasper oder dein Dad sagen. Hörst du?«

Lewis sieht mich an, seine Tränen sind inzwischen getrocknet, aber er sieht noch immer mitgenommen aus. Dann nickt er. »Ich … ich bin es nur einfach leid, immer bei allen nur die zweite Geige zu spielen.«

Mein Daumen streicht über seinen Handrücken, kurz sehe ich Lewis erschaudern.

»Bei mir bist du niemals die zweite Geige«, flüstere ich beinahe. Plötzlich schlägt mir das Herz bis zum Hals. »Seit ich dich das erste Mal gesehen habe, seit wir auf diesem Berg waren, habe ich immer nur dich gesehen. Niemanden sonst.«

Lewis schluckt schwer. Kurz denke ich, wieder Tränen in seinen Augen zu sehen, doch diesmal lächelt er. Er rückt näher, seine Hand wandert zu meinem Nacken. Er zieht mich sanft an sich, sucht dabei Blickkontakt. Ein Blick, der dunkler wird. Tiefer.

»Hazel«, haucht er, sein Atem kitzelt an meinen Lippen. Er sieht mich an, als würde es ihm körperliche Schmerzen bereiten, wenn er mich nicht endlich küsst. Also lege ich meine Lippen auf seine, sachte und vorsichtig, als wäre es unser erster Kuss. Als wären wir beide zerbrechlich, wir und diese Emotionen, die mich gerade zu überwältigen drohen. Das Wissen, dass wir beide wirklich zusammengehören. Dass das hier echt ist. Dass wir all die Hindernisse, die uns das Leben in den Weg stellt, all die Unsicherheit und die offenen Fragen gemeinsam bewältigen können. Als würden wir über den Dingen stehen, solange wir uns halten.

Unsere Lippen öffnen sich, lassen Platz für mehr Leidenschaft. Mehr Verlangen. Aus Lewis' Kehle entweicht ein Raunen, das durch meinen ganzen Körper fährt und für ein sanftes Ziehen zwischen meinen Beinen sorgt. Es lässt mich seufzen, mich enger an ihn schmiegen, meine Hände überall. An seinem Nacken, um durch seine Locken zu fahren. An seinen Schultern, seinem Bizeps, seinen Wangen. Er hat viel zu viel an, ich will ihm noch näher sein. Ihn spüren. Meine Finger gleiten unter sein Shirt und schieben es über seine Arme. Kurz darauf wirbeln wir herum, und plötzlich ist Lewis auf mir.

Ich schlinge meine Beine um ihn, spüre die Erektion durch seine Jeans und stöhne unwillkürlich auf. Hitze schießt durch meinen gesamten Körper, taucht meinen Kopf in Watte, lässt mich meine Küsse noch stürmischer fortsetzen. Meine Lippen wandern zu seinem Hals, zu seinem Ohrläppchen. Sanft ziehe ich mit meinen Zähnen daran und entlocke Lewis noch so ein wundervolles Raunen. Ich liebe es. Ich will mich darin verlieren. Und doch ist mir in diesem Moment bewusst, dass das alles hier schnell geht. Dass ich nicht klar denken kann. Lewis' Hände spielen mit dem Saum meines T-Shirts, aber auch er zögert, ich spüre das Zittern seiner Finger.

Etwas widerwillig löse ich mich von ihm.

»Wenn du nicht weitermachen willst –«

Er seufzt leise. »Du glaubst gar nicht, wie sehr ich das hier will.« Er beißt sich auf seine Unterlippe, auch ohne seine Worte zu hören, weiß ich, dass er es möchte. Ich erkenne es an der Art, wie er mich ansieht. Wie er auf meine Küsse reagiert hat. An der beeindruckenden Beule in seiner Hose.

Wir richten uns langsam auf, meine Haare fühlen sich an wie ein Vogelnest, meine Wangen glühen.

»Es war ein wenig schnell«, sage ich leise, damit er weiß, dass es nicht nur ihm so geht.

Lewis nickt. »Ich … also ehrlich gesagt … habe ich nicht gerade viel Erfahrung vorzuweisen.«

Meine Hände legen sich an sein Kinn und heben es sanft an.

»Ich war von meinem fünfzehnten bis zu meinem siebzehnten Lebensjahr auf zusätzlichen Sauerstoff angewiesen und musste mich mit siebzehn von einer schweren OP erholen. Meinst du, ich hatte Zeit, mich zu vergnügen?« Ich lache leise, werde aber kurz darauf wieder ernst. Ich sehe ihn an. Sehe ihn so an, dass er mich genau versteht. »Es ist egal, wie viel Erfahrung wir haben oder nicht. Hauptsache, es ist echt.«

»Das ist es«, sagt Lewis.

»Dann bestimmen wir beide das Tempo. Wir allein. Okay?«

»Okay.« Sein Blick wandert dennoch sehnsuchtsvoll über meinen Körper. Er sorgt dafür, dass ich mich sexy und begehrenswert fühle, auch wenn mein Top verdreht ist und mein Zopfband sich gelöst hat. Ich weiß, dass beides ein Zeichen unserer Leidenschaft ist, und das fühlt sich ziemlich gut an. Neu und aufregend.

Es hätte sich nicht falsch angefühlt, heute aufs Ganze zu gehen, aber sich mit Lewis noch etwas mehr Zeit zu nehmen, fühlt sich noch passender an. Als sollte es so zwischen uns sein. Bedeutsam.

»Dann werde ich jetzt wohl besser nach Hause gehen«, sage ich. »Die anderen fragen sich sicher schon, wo ich bleibe.« Meine Finger gleiten über seine Wange. »Sehen wir uns morgen?«

»Ja«, antwortet er. »Was … was ist eigentlich mit der Halloweenparty? Gehen wir zusammen da hin?«

Allein diese Frage löst ein Kribbeln in meinem gesamten Körper aus. Dann setzt das Bedauern ein.

»Ich habe mich schon mit den anderen von Red verabredet. Reese kommt auch.«

»Also auch mein Bruder.«

Er sieht mich an, abschätzend und nachdenklich, als würde er sich unser Gespräch noch einmal durch den Kopf gehen lassen.

»Ich komme mit«, sagt er entschlossen. »Also … wenn du mich nach heute Abend noch dabeihaben willst. Ich will es hinkriegen, das mit Jasper endlich aus der Welt zu schaffen. Und ich will mit dir zu dieser Party.«

Ich lächle. »Dann gehen wir gemeinsam hin.«

# Kapitel 20

Die Vorbereitungen für die Halloweenparty laufen auf Hochtouren. Die Feier wurde von Lou, die den Vorsitz im Festkomitee innehat, penibel genau geplant. Ich habe mir von meinen Eltern mein altes Halloweenkostüm zuschicken lassen, auch wenn es langsam, aber sicher in Rente gehen sollte, immerhin trage ich es bereits seit fünf Jahren. Das orange Kleid mit der Kürbisfratze hat meine Mutter genäht, mein letztes Kostüm bevor ich zu krank wurde, um zu feiern. Daher bedeutet es mir viel. Trotzdem komme ich mir neben den tollen Kostümen der anderen etwas langweilig vor. Jasper geht als Phantom der Oper, Corey als Vampir. Und Lou sieht aus wie eine Elbenkönigin mit spitzen Ohren, einem wunderschönen weißen Kleid und einer Kette mit einem nachgemachten Smaragd. Er passt perfekt zu ihren grünen Augen, die sie durch entsprechendes Make-up zusätzlich betont hat.

»Wow«, sage ich, als sie in mein Zimmer kommt. »Du siehst toll aus.« Ich sehe an mir herunter und ziehe eine Schnute.

»Du doch auch.« Sie legt ihren Kopf schräg und mustert mich. »Es könnte nur noch ein paar kleine Handgriffe vertragen.«

»Und welche genau?«

»Darf ich –?«

Sie geht einmal um mich herum, dann nickt sie begeistert und zieht mich sanft hinüber in ihr Zimmer. Dort öffnet sie eine Truhe, in der sie offenbar Stoffreste und Nähutensilien aufbewahrt, und zieht einen grünen Stoff hervor. Perplex beobachte ich sie dabei, wie sie einen alten Clownshut aus ihrem Kostümkoffer nimmt und an die Nähmaschine geht. Nur wenige Minuten später setzt sie mir einen kleinen grünen Hut auf, der nun aussieht wie der Strunk eines Kürbisses.

»Voilà. Dazu vielleicht die?« Sie kramt aus dem Koffer eine grün-orange gestreifte Strumpfhose.

»Die wäre klasse«, sage ich sofort und ziehe sie an. Sie ist etwas zu groß, passt aber super zu dem Kleid.

»Ich weiß, dass du dich nicht gerne schminkst«, sagt Lou. »Ich könnte mir aber noch etwas grünes Glitter vorstellen, oder du bindest dir etwas grünen Stoff um den Hals, wie eine Schleife.«

»Beides.« Immerhin ist es mein erstes Halloween als Studentin, da will ich das volle Programm.

Lou nimmt sich erneut etwas von dem grünen Stoff, näht die Enden um und präsentiert sie mir dann als Schleife, die ich umbinde. Meine Haare lasse ich offen, was ich sonst eher selten tue, und tupfe mir etwas von dem grünen Glitter auf die Wangen, ehe ich mich erneut im Spiegel betrachte. Durch die kleinen Handgriffe von Lou ist aus dem fünf Jahre alten, etwas kindlichen Kürbiskostüm etwas Besonderes geworden.

»Danke«, staune ich und umarme Lou. »Es ist echt unfassbar, wie geschickt du in diesen Dingen bist. Dein Modelabel wird sicher eine Wucht.«

»Das hoffe ich«, erwidert Lou träumerisch, ehe sie beginnt aufzuräumen.

»Hast du dein Kostüm selbst genäht?«

»So wie die meisten Sachen, die ich trage. Es ist nicht so leicht, Kleidung zu finden, die perfekt zu meinen Kurven passt. Die meisten fallen entweder wie ein Sack oder quetschen mich ein, weil die Proportionen nicht gut genug auf mich abgestimmt sind. Also nehme ich das größtenteils selbst in die Hand, auch wenn das immer auch etwas teurer ist.«

»Und sicher zeitaufwendig«, sage ich. Lous Nähmaschine ist jedenfalls im Dauereinsatz.

»Aber es macht Spaß. Zu jedem Geburtstag und zu jedem Weihnachtsfest wünsche ich mir Stoffe von meinen Eltern, so habe ich immer welche auf Vorrat da.«

»Ich wünschte, ich könnte so nähen. Das ist verdammt cool.«

»Ich könnte es dir beibringen«, sagt Lou, während sie die Stoffreste wieder behutsam zusammenfaltet und zurück in die Truhe legt.

»Vielleicht keine schlechte Idee. Einen Versuch ist es wert. Aber wir fangen vielleicht erst mal mit Grundlagen an. Einen Knopf annähen, zum Beispiel?«

»Ach, das mit den Knöpfen lernst du spielend leicht«, sagt Lou mit einer abwinkenden Handbewegung. »Selbst Jasper könnte das, und der ist ein absoluter Grobmotoriker.«

Ich grinse. »Dann sollte ich es mal probieren. Aber jetzt müssen wir erst mal runter, oder? Das Gruppenfoto für die Homepage schießen.«

»Du hast recht.« Lou schließt die Truhe und wirft einen letzten Blick in den Spiegel.

Als wir die Treppe herunterkommen, steht überraschenderweise schon Lewis im Wohnzimmer. Er sieht heute aus wie der Joker, mit lilafarbenem Jackett, einer Seidenkrawatte und mit grüner Farbe in den blonden Haaren.

»Du bist schon da«, begrüße ich ihn und gebe ihm einen Kuss auf die bleich geschminkte Wange.

»Beneidenswert«, seufzt Corey, doch ich sehe ihn aus dem Augenwinkel grinsen. »Und ich bin mal wieder *forever alone.*«

»Tut mir leid, dass dein letztes Date so blöd gelaufen ist«, tröste ich ihn.

Jasper tritt zu uns und legt kumpelhaft einen Arm um Corey. »Wir finden schon noch jemanden für dich. Bei Lewis hat es ja auch etwas gedauert, aber jetzt sieh dir die beiden an.«

Lewis' Blick wandert zu seinem Bruder, und ich werde nervös. Abschätzend sehe ich zu den beiden, doch diesmal spüre ich keine Spannungen.

»Alles gut hier?«, frage ich dennoch. Jasper und Lewis nicken gleichzeitig.

»Wir sind uns beide darüber einig, dass wir heute einfach einen schönen friedlichen Abend haben wollen. Ist doch so, oder, Bruderherz?«

»So ist es«, sagt Lewis. Erleichterung darüber will sich aber nicht wirklich einstellen. Das klingt sehr nach dem alten Muster: streiten und unter den Teppich kehren. Nicht nach einer Aussprache. Aber für den Moment, im Sinne der Party, belasse ich es dabei und kommentiere es nicht.

»Lewis, würdest du vielleicht ein Foto von uns machen?«, fragt Lou. »Ist für die Homepage.«

»Klar.« Er nimmt das Handy von Lou entgegen. Sie und ich stellen uns nebeneinander, die Jungs dahinter. Corey steht hinter mir, aus dem Augenwinkel sehe ich Jasper von hinten einen Arm um Lou legen.

Lewis macht drei Bilder. Dann lösen wir uns aus der Pose.

Lou unterzieht die Fotos gleich einem ersten Check und scheint zufrieden zu sein. »Super. Dann mal los.« Sie rafft ihr Kleid.

»Lewis und ich kommen nach«, sage ich mit Blick auf die Uhr.

»Okay, dann bis gleich.«

Die drei verlassen das Haus, ich hingegen hole meine Tablettenschachtel, um die letzte Einnahme für heute vorzubereiten. Lewis setzt sich neben mich an den Küchentisch und sieht mir zu.

»Ganz schön viele.«

»Einundzwanzig am Tag. Aber jetzt fehlt nur noch der zweite Schwung Immunsuppressiva. Die muss ich immer zur selben Zeit nehmen, um Punkt zwanzig Uhr. Dann habe ich es geschafft.«

»Die sorgen dafür, dass deine neue Lunge nicht abgestoßen wird?«

»Genau. Daher ist es so wichtig, sie immer pünktlich einzunehmen.« Ich stelle mir ein Glas Wasser bereit. »Immer wenn der Antikörpertest kommt, bin ich ziemlich nervös. Bei meiner letzten Untersuchung lag mein Wert bei 1400.«

»Das ist gut?«

»Sehr sogar.« Ich lächle, verliere es aber auf dem halben Weg wieder. »Lewis?«, frage ich vorsichtig. »Hattest du noch mal einen Geistesblitz wegen der Suche? Ich habe überlegt, in den nächsten Tagen ins Archiv zu gehen.«

Seine Augenbrauen ziehen sich zusammen. »Wieder? Du hast inzwischen doch schon alles dreimal durchgekämmt. Bisher immer erfolglos.«

Resigniert schlucke ich. »Du hast recht. Keine Ahnung, ob es Sinn macht, erneut dorthin zu gehen.« Ich fahre mir durch die Haare. »Aber ich will nicht untätig herumsitzen.«

»Ich weiß«, sagt er versöhnlich. »Wir gehen alles Schritt für Schritt durch und überlegen zusammen, okay? Vielleicht haben wir ja doch etwas übersehen.«

»Das wäre toll«, erwidere ich.

Meine Uhr piept und erinnert mich an meine Tabletten. Ich nehme sie allesamt in die Hand und schlucke sie in einem Rutsch hinunter, nur aus Gewohnheit spüle ich etwas Wasser nach.

»Danke«, sage ich, »auch für heute Abend. Ich freue mich, dass du mitkommst.«

»Ich mich auch. Auch wenn ich es nach dem Stress der letzten Woche vermisse, mit dir allein zu sein. Vielleicht können wir morgen wandern gehen?«

Er steht auf und kommt auf mich zu, legt eine Hand auf meinen Rücken, was ein wohliges Gefühl in mir auslöst. Dann streichelt er mir sanft über die Wange, ehe er seine Lippen auf meine legt. Ganz zart, wie ein Windhauch. Ich schließe meine Augen, verharre in dem Gefühl, ihm so nah zu sein.

»Das machen wir«, flüstere ich.

»Gut.« Er grinst. »Aber jetzt erst mal auf zur Party.«

Es ist das erste Mal, dass ich den Festsaal der Uni betrete, in dem auch zweimal jährlich die berühmten Spendengalas stattfinden. Der Saal bietet genügend Platz für rund fünfhundert Menschen. Die meisten davon tummeln sich bereits auf der Tanzfläche, wo sie sich zu einnehmenden Elektrobeats bewegen. Über ihren Köpfen hängen Gespensterlaternen aus alten Papiertüten.

Ich sehe mich nach Lou, Jasper und Corey um, doch im Gedränge der Leute kann ich sie nicht ausmachen. Dafür tänzelt Reese auf uns zu. Sie trägt ein blutiges Kellnerinnenkostüm im Stil der Fünfzigerjahre, und ihre Braids sind zu einem eleganten Knoten gebunden. Sie ist bereits voll im Beat und singt stumm den Text des Songs mit, der gerade aus den Boxen tönt.

»Du siehst mega aus«, schreie ich förmlich, weil die Musik so laut ist. »Aber ich dachte, du musst bis einundzwanzig Uhr arbeiten und kommst später?«

»Wade hat mir früher freigegeben. Heute ist eh nicht viel los. Die meisten sind entweder hier oder auf der Halloweenfeier im Rathaus, also wollte er mir die erste Uniparty nicht verderben.«

»Nett von ihm.«

»Schön, dass du auch hier bist«, mischt sich Lewis ein.

»Gleichfalls, Mr Branson«, sagt sie und zwinkert ihm zu. Lewis versteift sich bei ihren Worten. Die Nervosität wegen der vielen Leute scheint ihn im Griff zu haben. Er hat mir jedenfalls gesagt, dass Partys sonst nicht so sein Ding sind.

Reese, die von Lewis' Anspannung nichts zu merken scheint, sieht sich um. »Verdammt voll hier. Wo ist denn der Rest eurer Truppe?«

»Gute Frage.«

»Egal, die finden wir schon noch. Kommt, wir holen uns erst mal etwas zu trinken.« Reese nimmt mich an der Hand, dann gehen wir in einer Kette zur Getränkeausgabe.

Ich hole mir etwas von der dunkelroten Halloween-Bowle, Lewis schnappt sich ein Bier, und wir stellen uns an den Rand der Tanzfläche. Reese wippt weiter im Takt der Musik. Es wundert mich nicht, dass sie die Songs alle mitsingen kann, immerhin trägt sie normalerweise fast immer Kopfhörer, auch wenn daraus meistens eher rockige Sachen zu hören sind. Aber die Musikrichtung scheint wohl egal zu sein, solange Reese dabei nur ihre Energie rauslassen kann. Ihre Finger trommeln jedenfalls sehr leidenschaftlich gegen ihren Becher.

Lewis wird von ein paar Leuten begrüßt und in kurze Unterhaltungen involviert. Mir entgehen nicht die neugierigen Blicke einiger Studentinnen, die unsere ineinandergelegten Hände mustern. Erst da wird mir wieder bewusst, was Corey mal zu mir gesagt hat: dass Lewis genauso beliebt ist wie sein Bruder, sich jedoch rar gemacht hat.

Ich drücke seine Hand, bestätige mir selbst damit, dass ich es geschafft habe, ihn umzustimmen, und lächle unwillkürlich.

»Hey, ich glaube, da drüben sind die anderen.« Reese zeigt in Richtung der kleinen Bühne, auf der ein Student aus Coreys Semester steht, der heute auflegt. Davor sehe ich Jaspers *Phantom-der-Oper*-Maske.

»Ja, da sind sie.«

Lewis löst sich von seinen Bekannten und prostet ihnen ein letztes Mal zu, bevor wir auf die anderen zugehen.

Schultern streifen mich, ein paar Leute aus unserem Semester winken Reese und mir zu. Ich entdecke Lou.

»Da seid ihr ja. Ich dachte schon, ihr kneift.«

»Wir haben euch in dem Gedränge nur nicht gefunden.«

»Cool hier, oder?«, fragt Corey, der sich bereits an einigen extrovertierten Tanzmoves probiert, die mich sofort zum Lachen bringen.

»Ihr habt das wirklich klasse organisiert«, sage ich zu Lou.

Eine Weile stehen wir da, ich nippe an meiner Bowle und beobachte die Leute um uns herum beim Tanzen. Ich selbst wippe eher nur mit dem Fuß. Es ist so lange her, dass ich getanzt habe, dass ich mich schon gar nicht mehr daran erinnern kann.

Reese schließt sich Corey an, und gemeinsam stürmen sie die Tanzfläche. Da haben sich definitiv zwei gefunden. Lou, die mir anvertraut hat, dass sie nicht so gerne tanzt, macht nicht mit. Sie steht die meiste Zeit neben mir, verschwindet aber auch immer wieder, um beim Ablauf des Festes nach dem Rechten zu sehen oder neue Getränke zu organisieren. Ihr Kopf ist auch jetzt noch voll im Arbeitsmodus. Jasper hingegen steht mit dem Rücken zu uns und flirtet mit einer Meerjungfrau.

»Willst du tanzen?«, fragt Lewis plötzlich.

»Meinst du das ernst?«, frage ich begeistert. »Ich hätte dich nicht für einen Tänzer gehalten.«

»Bin ich auch nicht. Aber … mit dir könnte es Spaß machen.«

»Okay. Aber ich warne dich: Meine Tanzerfahrungen beschränken sich auf mein Zimmer, es könnte also passieren, dass du dich gleich dafür schämst, mit mir hier zu sein.«

»Meine Tanzerfahrungen sind überhaupt nicht existent. Also gilt das Gleiche für mich.«

Lewis hält mir die Hand hin, ich nehme sie, und wir reihen uns neben Reese und Corey ein, die uns begeistert ansehen, als wir ebenfalls beginnen, uns zu bewegen. Es dauert ein paar Augenblicke, ehe sich die Energie auf der Tanzfläche auf mich überträgt. Die Frau aus dem Song singt davon, die Nacht durchfeiern zu wollen. Reese fühlt diesen Song, ich sehe es in jeder ihrer fließenden Bewegungen, an denen Coreys Augen geradezu magisch kleben. Sie hat den Rhythmus im Blut, während ich noch etwas unbeholfen und steif bin. Dennoch breitet sich eine gewisse Gelassenheit aus, als ich meine Augen schließe und mich fallen lasse. In das Vertrauen in meine neue Lunge, die mich durch diesen Abend tragen wird. Die jeden Tanzschritt durchhält. In die Leichtigkeit dieser Party, auf der ich eine normale Studentin sein kann, feiern kann, das Leben genießen. Wie eine ganz gewöhnliche Neunzehnjährige, ganz so, wie ich es mir immer gewünscht habe.

Als ich meine Augen öffne, trifft mich Lewis' Blick. Dunkler als sonst sieht er mich an, als wäre meine Fröhlichkeit besonders anziehend. Bei ihm sind noch deutliche Unsicherheiten zu erkennen, seine Bewegungen sind weit zurückhaltender als bei den meisten, aber dennoch sehe ich den Spaß in seinem Gesicht. In der Art, wie er leise mitsingt. In der Art, wie er seine Bierflasche zum Jubeln mit der Menge erhebt. Ich gehe ein wenig weiter auf ihn zu und lege einen Arm um ihn. Gemeinsam bewegen wir uns im Einklang mit der Musik, unsere Körper schmiegen sich aneinander, und ich setze damit unbewusst ein Feuerwerk frei. Hitze streift durch meinen Körper, zentriert sich zwischen meinen Beinen, während wir uns dabei in die Augen sehen. Er schluckt schwer, tanzt weiter. Wir genießen einfach den Augenblick.

Es ist wohl der erste Moment seit meiner Ankunft in Lullaby, in dem ich wirklich nicht eine Sekunde an Ms X denke, sondern alles ausblende.

# Kapitel 21

Am nächsten Tag liegen Corey und Jasper mit den Köpfen auf dem Küchentisch und leiden, während Lou ihnen Tee kocht.

Mit gequälter Miene hebt Corey seinen Kopf und sieht mich an, als würde er alles an meinem gepflegten Äußeren unfair finden. Seine Augen bleiben an meinem Rucksack hängen. »Wie können Lewis und du nur ans Wandern denken?«

»Frische Luft würde dir sicher auch guttun«, ziehe ich ihn auf.

»Keine Chance. Ich bewege mich heute nur von der Küche zur Couch und zum Bett. Dazwischen passiert nicht viel.«

»Dito«, sagt Jasper, der weit nach uns anderen nach Hause gekommen ist. Auch weit nach dem Ende der Party. Ich nehme an, er war noch mit der Meeresnixe unterwegs.

Dadurch, dass er die meiste Zeit mit ihr beschäftigt war, hatten Lewis und er immerhin keine Zeit für erneute Streitigkeiten. Ein paarmal haben sie sogar zusammen geredet, einmal gemeinsam gelacht. Ein kleiner Fortschritt, auch wenn es mir immer noch lieber wäre, sie würden sich einfach mal an einen Tisch setzen, um richtig über alles zu sprechen.

Ich stopfe mir einen Schokoriegel in mein Rucksackfach und schultere ihn, ehe ich einen letzten amüsierten Blick auf die zwei Alkoholleichen werfe. Keinen Alkohol trinken zu dürfen hat definitiv auch Vorteile. »Dann treibt es nicht zu wild«, lasse ich es mir nicht nehmen, die beiden noch mal aufzuziehen. »Bis später.«

»Viel Spaß«, sagt Lou. Sie ist noch die fitteste der Zurückbleibenden, aber sie muss auch im Vergleich zu den Jungs den Festsaal aufräumen. Ich beneide sie wirklich nicht darum.

Lewis wartet bereits vor dem Forschungslabor auf mich. Die grüne Farbe ist wieder aus seinen Haaren verschwunden, über seinem Pullover trägt er eine dunkelblaue Steppweste.

»Du hast die Haare wieder offen«, bemerkt er.

»Ich hatte den Eindruck, dass es dir gestern gefallen hat.«

Lewis lässt einige Haarsträhnen durch seine Finger gleiten. »Da hast du recht. Ich mag es, wie sich dann das Licht darauf bricht.«

»Wie meinst du das?«

»Sie sind sehr dunkel, aber in bestimmtem Licht wirken sie heller, als hättest du einen leichten Rotstich.«

Dass ihm solche kleinen Details überhaupt auffallen.

»Das kommt sicher daher, dass meine Mutter schwarze Haare und mein Vater rotblonde Haare hat. Da konnte sich die Natur bei mir nicht entscheiden.«

»Die perfekte Mischung«, sagt Lewis.

Wir betreten den Wanderpfad. Wo wir heute hingehen, wissen wir noch nicht. Ich hätte Lust auf die Rundschwanzsperber ebenso wie auf die Wildpferde. Alles im Modoc National Forest ist riesig, es gibt noch so viel zu entdecken, dass es auch schön wäre, etwas Neues zu sehen.

Wir biegen nach links ab und laufen in eine mir unbekannte Richtung, in der die Lupinen dichter wachsen. Irgendwo in der Ferne singt ein Diademhäher und erinnert mich an unsere erste gemeinsame Wanderung. Ist sie wirklich erst eineinhalb Monate her? Es kommt mir vor, als würden wir uns schon viel länger kennen.

Lewis stoppt plötzlich. »Siehst du dahinten?«, flüstert er und zeigt nach rechts. Es raschelt, ich erkenne jedoch nur irgendetwas Schwarzes zwischen dem Steppengras.

»Was ist es?«, wispere ich. »Ein Vogel?«

Ich bin mir sicher, schwarzes Gefieder zu sehen, aber es ist viel größer als ein normaler Singvogel und hat einen weißen Kragen.

»Ein Beifußhuhn.«

»Ob wir näher rangehen können?«

»Versuchen wir es.«

Ich mache einen vorsichtigen Schritt zur Seite auf das Huhn zu. Es reckt seinen Kopf nach oben, eine gelbe Färbung liegt oberhalb des dunklen Schnabels. Es mustert mich. Dann, schneller als ich es ihm zugetraut hätte, verschwindet es zwischen den Bäumen und ist nicht mehr zu sehen.

»Mist.«

Lewis lacht leise. »Lassen wir es lieber in Ruhe. Sieht nicht so aus, als würde es unsere Gesellschaft zu schätzen wissen.«

Er nimmt meine Hand, und wir gehen wieder unseren Weg entlang. Die Luft ist heute ein wenig kühler, aber immer noch warm genug, dass keiner von uns beiden frieren muss, auch wenn dichte Wolken die Sonne verschlucken, für die Kalifornien sonst so bekannt ist.

»Es war wirklich schön gestern«, sage ich. »Ich hatte echt Spaß.«

»Ich erstaunlicherweise auch. War mal ganz erfrischend.« Er hat auch einen sehr belebten Eindruck gemacht, wie er da so auf der Tanzfläche stand und sich hat treiben lassen. Lebendiger erlebe ich ihn eigentlich nur hier, im Modoc.

»Wobei ich die Zeit in der Natur dem immer vorziehen würde«, sage ich. »Vor allem mit dir.«

Lewis bleibt stehen und sieht mich an, tief und intensiv, sodass ich kurz zittere. Er zieht mich an sich, seine Hand streift durch meine offenen Haare, sein Blick fällt auf meinen leicht geöffneten Mund.

»Ich würde auch alles vorziehen, was mit dir zu tun hat«, sagt er, und seine Stimme klingt dunkler als sonst. »Wobei ich zugeben muss, dass es am schönsten ist, wenn wir allein sind, so wie jetzt.«

Ich nicke, zu mehr bin ich gerade nicht in der Lage. Die Sehnsucht, das Ziehen in meinem gesamten Körper, das sich schon gestern beim Tanzen bemerkbar gemacht hat, ist mit voller Wucht zurück und nimmt mich gefangen. Ich schlinge meine Arme um seine Hüften, ziehe ihn noch ein wenig näher zu mir. Und dann küssen wir uns. Hier, umgeben von der Natur, an dem Ort, der uns zusammengeschweißt hat.

Wir lösen uns erst voneinander, als ich einen Tropfen abbekomme. Erst einen, dann einen zweiten, direkt auf die Nase. Irritiert sehen wir auf, wo sich die Wolken verdunkelt haben. Irgendwo in der Ferne grollt es.

»Ein Unwetter haben sie nicht angesagt«, meint Lewis mit gerunzelter Stirn.

»Und nun?«, frage ich. »Zurück?«

»Es ist wohl das Beste. In dieser Gegend gewittert es nicht oft, aber im Forest ist damit nicht zu spaßen.«

Augenblicklich werden die Regentropfen dicker und fallen kühl auf uns herab. Erschaudernd ziehe ich meine Jacke ein wenig nach unten, um mich besser davor zu schützen. Lewis hat wieder meine Hand genommen, und wir treten den Heimweg an. Ich bin immer noch erhitzt und glücklich und gleichzeitig enttäuscht, weil unser Ausflug so plötzlich enden muss.

Da blitzt es, viel näher, als ich vermutet hätte. Wir erstarren gleichzeitig.

»So schaffen wir es nicht zurück«, sagt Lewis.

Erneut erhellt ein Blitz den Himmel und lässt mich zusammenzucken. Bei diesem Gewitter durch einen Kiefernwald zu spazieren ist eine schlechte Idee. Hier einfach nur zu stehen allerdings auch. Zumal der Regen immer weiter zunimmt. Meine Haare fallen mir bereits nass ins Gesicht.

»Was jetzt?«, frage ich planlos. Im Kopf gehe ich bereits alle Verhaltensregeln zu Gewittern durch, die mir einfallen, aber mir kommt nur immer wieder eine in den Sinn: nicht unter Bäumen stehen. In einem dichten Kiefernwald jedoch ein Ding der Unmöglichkeit.

»Hier in der Nähe gibt es eine Wanderhütte.« Lewis sieht sich um. »Ich glaube, rechtsherum. Sie ist schon etwas länger nicht mehr in Betrieb, aber letztens bei unserer Exkursion haben wir davor haltgemacht. Komm, wir sollten uns beeilen.«

Ich nicke und stolpere hinter ihm her, begleitet von Donnergrollen, das im Forest widerhallt. Der Regen läuft mir nun über die Stirn und verklärt mir die Sicht, doch Lewis führt mich in die richtige Richtung, bis wir eine kleine Hütte erreichen. Sie ist unscheinbar, eine Blockhütte mit etwas windschiefem Dach, aus dem ein Kamin herausragt. Es gibt keine Fenster, nur ein paar kleine runde Luken. Man erkennt auf den ersten Blick, dass sie lange nicht benutzt wurde. Spinnweben, an denen Wassertropfen perlen, hängen vor der Tür.

»Haben hier früher Leute übernachtet?«

»Ja, aber inzwischen schlafen die meisten auf dem Campingplatz vom Forest, denn der ist viel besser ausgestattet. Insgesamt existieren drei dieser kleinen Hütten. Hier liegen immer Notfallkoffer, Decken und Satellitentelefone aus.«

»Gut zu wissen«, sage ich.

Über uns blitzt es erneut. Lewis legt den Hebel an der Tür um, dann treten wir ein. Wegen der fehlenden Fenster ist es drinnen ziemlich dunkel, doch ich kann die spärliche Einrichtung erkennen. Es gibt nur einen Kamin, eine Sitzbank, die man zu einem Bett ausziehen kann, eine Holztruhe und einen Schrank. Sonst nichts.

Zitternd schlinge ich die Arme um mich. Lewis sieht es, seine Hand löst sich aus meiner und fährt meinen Oberarm entlang. »Ist dir kalt?« Eine behutsame Berührung seiner warmen Finger auf meiner nassen, kühlen Haut. »Warte.«

Schnellen Schrittes geht er zu der kleinen Holztruhe und zieht eine Wolldecke heraus.

»Schau mal, der Kamin hat noch etwas Restholz«, sage ich. »Meinst du, wir können ein Feuer machen?«

»Die Ranger mögen das nicht so gerne, deswegen deponieren sie hier eigentlich kein Holz mehr. Es gab schon Überlegungen, die Kamine zu sperren. Seit dem schlimmen Waldbrand letztes Jahr sind alle sehr nervös.«

Ich nicke betrübt.

»Aber ich denke, wir beide sind verantwortungsvoll genug, um ein kleines Feuer zu machen«, überlegt Lewis.

Erneut nicke ich, meine kalte Kleidung fühlt sich wie Eiswasser auf meiner Haut an.

Lewis bringt mir die Wolldecke und geht zum Kamin. Aus seinem Rucksack holt er ein kleines Feuerzeug heraus, drapiert die restlichen Äste neu und entzündet das Feuer. »Es dauert sicher etwas, bis es richtig brennt. Aber solange das Unwetter so wütet, können wir ohnehin nicht zurück.«

»Ja«, sage ich und sehe zur Wolldecke, dann auf meine nasse Kleidung, unter der ich wirklich stark friere.

»Lewis?« Meine Stimme klingt trocken. »Mir ist wirklich richtig kalt. Ich darf mir keine Lungenentzündung holen.«

Lewis wird ein wenig blasser. »Was sollen wir tun?«

»Ich fürchte, ich muss aus den nassen Sachen raus«, murmle ich. »Soweit es geht.«

Lewis starrt mich an. Es sind nur zwei oder drei Sekunden, nur ein paar Wimpernschläge, aber in diesem Moment sehe ich Hunderte von Emotionen auf einmal in seinem Gesicht. Sorge. Begierde. Angst. Freude. Sehnsucht. So viel Sehnsucht.

Ohne länger zu zögern, stelle ich meinen Rucksack ab und befreie mich aus meiner Jeansjacke. Es war von vornherein eine blöde Idee, nicht mit einer wasserabweisenden Jacke loszugehen. Wir haben schließlich November, nicht mehr Hochsommer. Egal, wie mild die Temperaturen heute Morgen auch waren.

Lewis wendet seinen Blick ab, richtet ihn auf die langsam größer werdenden Flammen, um mir etwas Privatsphäre zu geben, aber ich spüre die Spannung, die sich zwischen uns aufbaut. Spüre das Verlangen, das in Wellen zu mir herüberschwappt.

Schicht für Schicht schäle ich mir die Kleidung vom Körper. Meine durchnässte Jeans. Mein dünnes Sweatshirt. Schließlich stehe ich in schwarzer Panty und BH da, meine nassen Haare fallen mir auf die Schultern und lassen mich erschaudern. Aber in Wahrheit ist es auch Lewis' Anwesenheit. Die Art, wie sich seine Schultern anspannen und unter dem Pullover abzeichnen. Wie er noch immer auf die Flammen starrt.

Die Wolldecke könnte mich nun richtig wärmen, genau wie das Feuer, wenn es einmal richtig brennt. Doch mit einem Mal spüre ich flammende Hitze durch meinen Körper jagen bei dem Gedanken, nun einfach zu Lewis zu gehen. Meine Arme um ihn zu schlingen, seine Nähe auf meiner nackten Haut zu spüren.

»Hazel?«, fragt er genau in diesem Moment. Er klingt nervös.

Ich gehe auf ihn zu, meine nackten Füße tapsen über den Holzboden. Meine Hand legt sich auf seinen Rücken, streicht über den nassen Pullover und seine Weste.

»Du musst auch frieren«, sage ich.

Lewis schluckt hörbar, dann dreht er sich zu mir um. Er steht so dicht vor mir, dass ich seinen Atem auf meiner Haut spüren kann. Langsam wandern seine Augen über meinen Körper. Er zieht die Augenbrauen zusammen, als würde es ihn quälen, während sein Blick an meinem BH hängen bleibt, der meine kleinen, spitzen Brüste betont. Obwohl ich furchtbar aufgeregt bin, fühle ich mich sicher. Nicht verlegen, nicht fehl am Platz.

Ich ahne, dass ihm viele Worte durch den Kopf gehen. Aber er scheint sie nicht über die Lippen zu bekommen.

Ich sehe ihn an, fast schon fragend, als ich meine Hände unter seinen Pullover lege und andeute, ihn nach oben zu schieben. »In unserem Tempo«, sage ich.

Lewis streift sich die Weste ab, dann hebt er die Arme, damit ich den Pullover über seinen Kopf ziehen kann. Ich betrachte fasziniert die feinen blonden Härchen, die im Bund von engen blauen Boxershorts verschwinden. Meine Finger legen sich auf seine Brust, ich rücke näher an ihn heran. Als er sich zu mir herabbeugt und mich küsst, zögert er kurz, seine Hände auf meine Hüfte zu legen. Sobald er es tut, schießt erneut Hitze durch meinen Körper. Wohltuend. Allumfassend.

Ich schließe meine Augen, küsse Lewis und ziehe ihn enger an mich. Unsere Körper schmiegen sich aneinander, seine Atmung beschleunigt sich. Leise stöhnt er auf, als ich mich ein wenig enger an ihn presse. Seine Erektion drängt sich gegen mich, eine Hand vergäbt sich in meinem nassen Haar.

»Du bist wunderschön«, flüstert er plötzlich und trifft mich damit mitten ins Herz.

»Du auch«, sage ich.

Wir beide sehen etwas unsicher zu der Sitzbank. Doch statt zu ihr zu gehen, nimmt Lewis die Wolldecke und breitet sie direkt vor dem Kamin aus. Wir legen uns darauf, ich unten, Lewis kniet über mir. Mein Finger umspielt den Knopf seiner Jeans. »Wenn es einem von uns zu schnell oder zu viel wird, sagen wir es einfach. Okay?«

»Okay«, antwortet Lewis.

Er kommt mir zu Hilfe, öffnet seine Jeans und gibt den Blick auf seine Erektion frei, die sich deutlich unter der Enge seiner Boxershorts abzeichnet und mich gleichermaßen fasziniert wie auch nervös macht. Es ist das eine, sich vorzustellen, wie es wäre, jemandem so nah zu sein ... seine Begierde so deutlich vor sich zu sehen. Aber etwas ganz anderes, diese auch zu spüren. Wie sie im Einklang mit meinem Verlangen ist. Mit dem Wunsch, kein Stück Stoff mehr zwischen uns zu haben. Uns einander hinzugeben.

Ich weiß instinktiv, dass wir diesen Schritt heute nicht vollständig gehen werden. Dennoch will ich das hier. Mehr von ihm sehen. Ihn kennenlernen. Mich. Uns. Gemeinsam.

Er beugt sich wieder über mich, seine Locke fällt ihm ins Gesicht, und ich wische sie ihm sanft weg. Ich halte dabei seinem Blick stand, zeige ihm alles: Wie sehr ich das hier genieße. Wie schön er ist.

Meine Finger gleiten tiefer, seinen Oberkörper entlang, über seinen Bauchnabel, seine Hüftknochen. Lewis atmet geräuschvoll ein, als ich mit den Händen den Rand seiner Boxershorts erreiche. Mit einer Hand stützt er sich auf, schaut auf mich herab. Das Feuer im Kamin spiegelt sich in seinen Augen wider, fiebrig sieht er mich an. Seine freie Hand legt sich auf meine Brust, vorsichtig beginnt er, mich zu streicheln. Er streift meine Brustwarze, und ich zucke kurz zusammen, weil diese Art der Berührung so neu ist. Wie ein Blitzschlag jagt sie durch meinen Körper und bringt mich dazu, von Lewis' Boxershorts abzulassen und stattdessen meine Finger in die Wolldecke zu krallen. Mein Rücken drückt sich durch, ihm entgegen, während er mich weiter streichelt. Mich erkundet.

Der Träger meines BHs rutscht mir von der Schulter. Wir richten uns beide auf. Lewis scheint mich stumm zu fragen, ob noch alles in Ordnung ist, und ich nicke ihm zu, als ich mir auch den zweiten Träger abstreife. Es fühlt sich richtig an. Das alles hier. Aber plötzlich bin ich auch unsicher. Ich bin mir der Narben unterhalb meiner Brüste mehr als bewusst. Noch nie habe ich sie jemandem gezeigt.

Lewis bemerkt mein kurzes Zögern. »Ist alles okay?« Seine Stimme klingt so kratzig, dass ich unwillkürlich lächeln muss. Er ist genauso aufgeregt wie ich, vielleicht sogar genauso unsicher, und dieser Gedanke hilft mir tatsächlich. Es ist Lewis, ich kann ihm vertrauen.

Ich antworte ihm, indem ich betont langsam meinen BH ausziehe. Meine Haare fallen mir über die Schultern, kleine Wassertropfen rinnen meinen Rücken hinab, während ich Lewis unter einem Augenaufschlag ansehe. Zusehe, wie seine Lippen sich öffnen, wie er leise ausatmet. Ich lehne mich wieder zurück, bin wieder unter ihm und lasse einfach zu, dass er mich betrachtet. Sein Blick ist pure Begierde. Heiß und süß. Ich halte den Atem an, als er an meinen Narben ankommt, die sich in Halbkreisen unter meinen Brüsten abzeichnen. Lewis streckt seinen Zeigefinger aus und fährt behutsam die feinen Linien nach.

»Es tut nicht mehr weh, oder?«, fragt er sachte.

»Nein. Es fühlt sich schön an, wenn du mich berührst.«

Seine Hände fahren erneut darüber, streicheln mich, bis meine Brustwarzen sich aufstellen und ich wieder die Augen schließe. Seine Hand wandert tiefer, umkreist meinen Bauchnabel und berührt den Rand meiner Panty. Der Wunsch, dass er mich auch dort kennenlernt und seine Finger weiterwandern, ist unfassbar stark. Wie ein Sog, gegen den ich mich nicht wehren kann.

Noch vor ein paar Tagen hätte ich gedacht, dass es mir zu schnell oder zu viel wäre, aber jetzt, hier mit ihm, ist es alles, was ich mir wünsche.

Als ich die Augen kurz öffne, sehe ich Lewis lächeln. Nicht unsicher, nicht zurückhaltend. Einfach echt.

Er beugt sich über mich und legt seine Lippen auf meine. Ein stürmischer Kuss, heiß wie das Feuer, das neben uns prasselt und unsere Körper zusätzlich erhitzt. Ich stöhne leise auf, direkt an seine Lippen, als seine Hand in meinen Slip dringt und seine Finger meinen Kitzler streifen. Auch Lewis' Atem wird lauter. Seine Lippen öffnen sich genießerisch, als er beginnt, mich zu streicheln. Ich vergrabe mein Gesicht in seiner Halsbeuge, meine Hand fährt über seinen Rücken, drückt ihn ein wenig enger an mich. Mit Küssen streife ich seinen Hals entlang; immer wieder entfährt mir dabei ein tiefes Seufzen. Ich bin hin- und hergerissen zwischen dem neuen faszinierenden Gefühl und dem Wunsch, es ihm auch schön zu machen. Es fühlt sich so anders an, als wenn ich mich dort selbst berühre. Intensiver. Wenn auch verletzlicher.

Seine Finger verstärken den Druck, und ich stöhne auf. Lewis reagiert prompt darauf, ich spüre, wie er vor Begierde zittert. Meine Hand krallt sich in seine Schulter, als ich meinen Kopf zurückfallen lasse und meinen Rücken durchdrücke. Wellen der Lust fließen durch meinen Körper, jedes Mal ein wenig stärker, jede reißt mich ein wenig mehr mit.

Ich beginne, Lewis zu küssen, noch stürmischer als zuvor, beinahe schon hemmungslos. Meine Emotionen überwältigen mich. Bringen mich dazu, ihm alles von mir zu zeigen. Jeden Laut, jedes kleine Glücksgefühl, das mich in diesem Moment überkommt. Der Moment, in dem Lewis leise seufzt, als ich meine freie Hand nach unten wandern lasse. Seine Boxershorts herunterziehe, ihn berühre und seinen Penis umfasse. Ich streichle ihn, er streichelt mich. Unsere Hände sind überall, unsere Küsse wild wie das Gewitter über unseren Köpfen. Und dann höre ich Lewis. Ich spüre die Hitzewelle, die über ihn kommt, sein leises Stöhnen wird dunkler. Animalischer.

Er versteift sich kurz, als er durch meine Berührungen zum Höhepunkt kommt. Es ist das schönste Geräusch und das intensivste Gefühl, das ich jemals gespürt habe. Ich fühle mich begehrenswert, sexy, glücklich, verletzlich und verbunden. Alles zugleich. Aber vor allem spüre ich das Band zwischen uns, das Vertrauen.

Lewis schlägt die Augen auf, schläfrig und glücklich.

Seine Hand gleitet aus meinem Slip, legt sich auf meine Wange und streichelt mich, kostbar und sanft. Leichte Röte hat sich auf seinen eigenen Wangen gesammelt.

Er war nie schöner.

Ich denke, ich war es auch nie.

# Kapitel 22

Das Gewitter ist leiser geworden, aber der Regen prasselt unentwegt auf das Dach der Hütte. Die Wolldecke ist nun über unseren Körpern ausgebreitet. Lewis' Hand spielt mit meinen Haaren, während meine eigene noch immer an seinem Oberkörper entlangfährt, versunken in den Erinnerungen an dieses unglaubliche Erlebnis. Diese Nähe.

»Darf ich dich etwas Blödes fragen?«, unterbricht Lewis die genießerische Stille, die uns beide umgeben hat.

Ich hebe meinen Kopf und sehe ihn an. »Fragen sind niemals blöd.«

»Diese vielleicht schon.« Er runzelt die Stirn, seine Finger fahren sanft über die Narbe an meiner Brust. »Während deiner Operation wurde dir die Lunge entfernt und eine andere eingesetzt. Aber wie konntest du währenddessen atmen? Das geht doch gar nicht, oder?«

Ich schmunzle. »Solche Fragen habe ich mir am Anfang auch gestellt, als ich mich noch nicht so viel mit dem Thema befasst habe. Aber es ist ganz einfach: Sie entnehmen und ersetzen erst den einen Lungenflügel, dann den anderen. Dadurch ist der Körper immer mit Sauerstoff versorgt und arbeitet weiter, auch wenn die Operation dadurch länger gedauert hat.«

»Wie lange?«

»Neun Stunden.«

»Wow«, sagt Lewis perplex. »Das ist wohl ein Grund, wieso ich niemals Chirurg werden könnte.«

»Könnte ich auch nicht. Ich würde es nie schaffen, mich neun Stunden am Stück zu konzentrieren. Aber es sind wirklich Helden. Sie haben sich die ganze Zeit fantastisch um mich gekümmert, sowohl vor als auch nach der Operation.«

»Wie ging es dir danach?«, fragt er ehrlich interessiert. Es ist schön, dass er mehr darüber wissen will, auch wenn das Thema immer eine gewisse Schwere mit sich bringt.

»Ich war erschöpft«, antworte ich. »Die ersten Tage habe ich auf der Intensivstation gelegen und viel geschlafen, daher kann ich mich kaum daran erinnern. Es sind mehr Erinnerungsfetzen, durchmischt von ziemlich dichtem Nebel. Aus dieser Zeit ist die Erinnerung an das Gespräch der Assistenzärztinnen noch am präsentesten. Und der erste Besuch meiner Eltern.«

»Sie müssen sich Sorgen gemacht haben.«

»Ja. Aber wenn dein Kind eine unheilbare Krankheit hat, stehen Sorgen auf der Tagesordnung«, gebe ich zu bedenken.

»Unheilbar krank«, wiederholt Lewis leise. Seine Finger verharren an meiner Schulter.

»Macht dir das Angst?«

»Ein wenig vielleicht. Im Alltag fällt es leicht zu vergessen, dass du krank bist.«

»Das sollst du auch. Es wäre furchtbar, wenn unsere Gedanken ständig nur darum kreisen würden. Das hatte ich die letzten Jahre, und das will ich nicht mehr. Immerhin habe ich mich mit der Transplantation zu einem Neuanfang entschieden.« Lewis nickt. »Aber das ändert leider nichts an der Tatsache, dass ich krank bin. Mukoviszidose ist nicht heilbar – zurzeit jedenfalls nicht. Die Forschung arbeitet seit Jahrzehnten daran, und die medizinische Versorgung sowie die Lebenserwartung sind heute viel besser. Doch es gibt keine dauerhafte Lösung. Auch nicht für meine Lunge.«

»Aber … du hast doch jetzt eine neue.«

»Spenderorgane haben ein Verfallsdatum«, flüstere ich beinahe.

Lewis schluckt vernehmbar.

»Ich weiß, dass es hart ist. Mir fällt es auch nicht leicht, es auszusprechen. Aber das mit uns funktioniert nur, wenn du weißt, worauf du dich einlässt. Du musst wissen, dass ich krank bin, dass es Spielregeln gibt.«

»Das weiß ich«, sagt Lewis.

»Und dass ich nicht weiß, wie lange mir trotz der neuen Lunge bleibt«, wage ich es auszusprechen. Die Gedanken, die ich sonst so gerne verdränge. Die mich ängstigen.

»Ich verstehe«, sagt Lewis mit Bedacht. »Aber streng genommen kann niemand von uns wissen, wie lange wir leben werden – ob neue Lunge, oder nicht. Richtig? Sieh dir doch nur Silvia, Kenna oder Jill an: jung und gesund, mitten im Leben, und doch hat sie das nicht vor diesem Unfall bewahrt.«

»Das stimmt. Nur dass es bei mir quasi offizielle Statistiken dazu gibt. Zahlen, die mehr oder weniger genau diagnostizieren, wie viel Zeit eine Spenderlunge Patienten wie mir verschafft.«

»Ich weiß, worauf ich mich einlasse«, sagt Lewis. Ich höre keine Skepsis heraus, nicht den leisesten Zweifel. Er weicht nicht zurück. »Ja, es macht mir ein wenig Angst, weil ich dich nicht verlieren will. Aber das hindert mich ganz sicher nicht daran, das mit uns fortzuführen. Dafür ist es mir zu wichtig.«

»Gut.« Ich nehme wieder eine entspanntere Haltung ein, lächle sanft, als seine Hand erneut beginnt, mit meinen Haaren zu spielen. »Mir auch.«

In der Ferne donnert es, aber es klingt schon viel weiter weg. Trotzdem mache ich noch keine Anstalten, hier wegzuwollen. Vielleicht ist diese Hütte das Beste, was uns heute passieren konnte. Um die ausgefallene Wanderung bin ich in diesem Moment jedenfalls nicht traurig.

»Verstehst du dich eigentlich gut mit deinen Eltern?«, fragt Lewis nach einer Weile. »Du redest nicht viel über sie.«

»Du hast recht.« Kurz schäme ich mich deswegen, aber es sind nur ein paar Sekunden, in denen ich mich schuldig fühle, weil ich mich schon wieder ein paar Tage nicht bei ihnen gemeldet habe. Nicht persönlich, höchstens mit Fotos oder kurzen Nachrichten, die ich meist in Eile verfasst habe. »Ich liebe meine Familie und vermisse sie sehr. Aber gerade ist es das erste Mal, dass meine Krankheit und die Lungentransplantation nicht mehr im Fokus stehen. Ich bin einfach eine Studentin, kann frei sein. Zu

Hause ist es ein Dauerthema, und es ist manchmal ermüdend, ständig nur darüber sprechen zu müssen.«

»Das verstehe ich«, erwidert Lewis. »Bei uns zu Hause sind die Stipendien das Dauerthema, dem man einfach nicht entkommen kann.«

Ich bin beinahe erleichtert, dass Lewis das Thema von sich aus anschneidet, denn ich habe noch so viele Fragen. So vieles, was ich in Bezug auf seine Familie noch nicht greifen kann.

»Wieso ist das deinem Dad so wichtig?«, entscheide ich mich für die erste Frage. »Seid ihr so sehr auf das Stipendium angewiesen? Geht es euch finanziell schlecht?« Es geht mir einfach nicht in den Kopf. Selbst Reese, die wirklich jeden Cent umdrehen muss, bekommt keinen Druck von ihrer Familie. Ihre Mom und ihre Großmutter sind vielleicht nur noch umso stolzer auf sie, weil sie so hart arbeitet, um sich das Studium leisten zu können. Sie schicken ihr zumindest immer wundervolle Sprachnachrichten, in denen sie ihr sagen, wie stolz sie sind.

»Nicht im Geringsten«, sagt Lewis. »Mein Dad verdient gut, und durch meine Arbeit im Stadtarchiv komme ich über die Runden.«

»Aber worum geht es deinem Dad dann?«

»Es geht ihm mit Sicherheit um die Anerkennung. Darum, Freunden und Nachbarn sagen zu können, was für herausragende Talente seine Söhne sind.« Die Verbitterung, die in Lewis' Worten mitschwingt, kann ich gut nachempfinden.

»Es braucht kein Stipendium, um erwähnen zu können, wie toll du bist«, entgegne ich. »Er braucht sich nur mal fünf Minuten mit dir zu beschäftigen.«

Lewis beugt sich daraufhin zu mir nach vorne und küsst mich sanft. Seine Bauchmuskeln verhärten sich unter der Bewegung.

»Mein Dad mag halt leider auch diese Spielchen«, seufzt er, als er sich von mir löst.

»Welche Spielchen?«

»Jasper und mich gegeneinander antreten zu lassen und uns zu vergleichen. Das hat er schon getan, als wir noch Kinder waren. Es ging immer darum, wer besser ist: Wettrennen, Wettschwimmen, Zeitstoppen bei Denkaufgaben, bei Kreuzworträtseln. Er hat aus allem einen Wettbewerb gemacht.«

»Das klingt furchtbar«, sage ich ehrlich entsetzt. »Manchmal will man doch auch einfach mal laufen oder schwimmen, ohne dabei bewertet zu werden. Einfach, weil es Spaß macht.«

Lewis zieht eine meiner Haarsträhnen durch seine Finger und zwirbelt sie ein. »Vielleicht ist das der Grund, wieso mir unsere Wanderungen so gefallen. Hier geht es um nichts. Es ist eine Auszeit von dem ständigen Kampf um gute Noten und Empfehlungen.«

»Du solltest dir noch mehr Auszeiten nehmen«, sage ich. »Es geht schließlich ums Leben. Wir sollten nicht rund um die Uhr arbeiten, sondern auch mal abschalten. Das ist immerhin die Zeit, an die wir uns jahrelang zurückerinnern werden. Ich für meinen Teil möchte, dass mein Leben ein Abenteuer wird.«

»Und? Wie schlägst du dich bisher?«

»Ziemlich gut«, sage ich zufrieden. »Ich habe mich von meinen Eltern gelöst, habe neue Freunde gefunden, habe den Modoc National Forest erkundet, dabei der Umwelt geholfen, war auf meiner ersten Uniparty, habe ausnahmsweise mal getanzt und hatte sogar Spaß dabei.« Ich sehe ihn unter einem Augenaufschlag an. »Und dann habe ich da noch diesen tollen Typen kennengelernt, bei dem ich ohnehin das Gefühl habe, dass er allein diese Reise wert war.«

»Ach ja?«, fragt er grinsend. »Nicht schlecht für die ersten zwei Monate.«

»Sag ich ja. Es fühlt sich ziemlich gut an.«

»Was für ein Abenteuer kommt als Nächstes?«, fragt Lewis interessiert.

»Ich weiß nicht.« Ich richte mich auf, die Decke rutscht ein wenig von meinen Schultern. »Weiter Schach üben. Auf meine erste Exkursion gehen.«

»Die Exkursionen werden dir mit Sicherheit gefallen.«

»Ich kann es auch kaum erwarten. Dr. Livings hat versprochen, dass es bald losgeht.«

»Was sagt deine Abenteuerlust zu der Suche nach deiner Spenderin?«, fragt Lewis leise.

Mein Lächeln wird ein wenig schwerer. »Weitersuchen. Irgendwie.«

»Tut mir leid, ich wollte dich nicht wieder daran erinnern.«

»Schon okay. Ich denke zurzeit sowieso noch mehr als sonst an sie.« Mein Blick ist in die Flammen gerichtet, die immer kleiner werden. Das restliche Holz ist bald verbraucht. »Übermorgen ist der zweite Jahrestag meiner Operation. Mein zweiter Geburtstag, wenn du es so nennen willst. Meine Eltern und ich sagen das zumindest immer so.«

»Ein schöner Gedanke«, wirft Lewis ein.

»Ich dachte nur, zu diesem Zeitpunkt hätte ich meine Spenderin vielleicht schon gefunden. In Wahrheit habe ich gar nichts.«

»Ich weiß, dass es dich frustriert.«

Kurz verschwimmt das Feuer vor meinen Augen, aber ich blinzle die Tränen und die negativen Gedanken weg. Hier, an dem Ort, an dem ich eben noch pures Glück gespürt habe, möchte ich diese negative Gedankenspirale nicht. Ich will weiter fröhlich sein und den Moment genießen.

»Willst du übermorgen etwas Besonderes machen? An deinem zweiten Geburtstag?«, fragt Lewis.

»Letztes Jahr haben wir als Familie eine Art Zeremonie gehalten. Wir haben Kerzen angezündet und aufgeschrieben, wofür wir dankbar sind.«

»Das klingt schön.«

»Ja«, sage ich. »Ich weiß nur nicht, ob ich es dieses Jahr auch so handhaben will.« Irgendwie weiß ich in Bezug auf diesen Tag gar nichts mehr. Nicht, wie ich mich fühlen soll, nicht, wie ich ihn verbringen möchte.

»Was schwebt dir dann vor?«

»Ich würde es gerne feiern, am liebsten mit allen«, sage ich. Ein Vorhaben, das sich so konkret zum ersten Mal in meinem Kopf formt. »Aber ich habe die anderen von Red immer noch nicht eingeweiht«, sage ich resigniert. »Meine Eltern wollen, dass ich es ihnen sage. Sie haben dieses Horrorszenario, dass ich zusammenbreche und niemand weiß, was für eine Vorgeschichte ich habe.«

»Kein schlechtes Argument.«

»Ich weiß. Ich habe ja auch schon lange vor, sie einzuweihen, nur habe ich nie den richtigen Moment gefunden. Bei meinem philippinischen Abend wollte ich es erzählen, aber dann kam plötzlich Danny, und dann –«

»– habe ich alles ruiniert?«, rät Lewis niedergeschlagen.

»Nein«, sage ich sofort. »Du kannst nichts dafür. Aber ich finde seitdem nicht die richtigen Worte. Soll ich einfach morgens in die Küche kommen und sagen: Ich habe übrigens eine transplantierte Lunge, hier sind meine Medikamente, die ich bisher immer heimlich genommen habe, damit ihr nicht zu viele Fragen stellt.«

Lewis' Mundwinkel zuckt. »Etwas radikal, aber sicher eine Möglichkeit.«

»Ich hätte es früher erzählen sollen«, stelle ich fest. »Jetzt ist schon so viel Zeit vergangen. Was, wenn sie sauer sind, weil ich es für mich behalten habe?«

Lewis richtet sich auch auf, seine Locken sind verwuschelt. Es sieht niedlich aus, lenkt mich kurz ab. Aber nicht lang genug.

»Werden sie nicht«, meint Lewis. »Sag es einfach so, wie du es bei mir gemacht hast. Dann, wenn es sich für dich nach dem richtigen Moment anfühlt. Und wenn du noch etwas Zeit brauchst, ist es auch in Ordnung.«

»Ja«, sage ich nachdenklich. »Vielleicht sollte ich es einfach machen wie mit einem Pflaster. Augen zu und durch, es abreißen, ohne groß nachzudenken.« Die Flammen schrumpfen immer mehr und verschwimmen vor meinen Augen, während ich darüber nachdenke. Es mir vornehme. »Vielleicht tue ich das heute«, murmle ich.

Schweigen hüllt wieder die Hütte ein. Diesmal, um mich und mein Vorhaben zu bekräftigen. Erst nach einer Weile registriere ich, dass das Prasseln des Regens abgenommen hat. Auch der Donner, der eben noch in der Ferne zu hören war, ist verstummt.

»Sollen wir zurückgehen?«, frage ich. Lieber, wir nutzen das Zeitfenster, ehe das Gewitter zurückkommt.

Lewis sieht zum Feuer, das Holz ist verkohlt. »Warten wir noch zwanzig Minuten, um sicherzugehen, dass die Glut wirklich ausgeht.«

Ich denke an den Waldbrand, der so viel der schönen Natur in dieser Gegend zerstört hat. »Ja, das ist vernünftig.«

Mein Shirt liegt neben uns, ich schnappe es mir und streife es über. Auch Lewis zieht sich wieder an, wie ich zu meinem Bedauern feststelle. Kurz lasse ich meinen Blick noch einmal über seinen Oberkörper wandern, um mir jedes einzelne Muttermal und jede Muskelpartie einzuprägen. Dann erst ziehe ich mich ebenfalls komplett an und binde meine klammen Haare in einen unordentlichen Dutt. Gemeinsam falten wir die Decke zusammen und legen sie in die Truhe.

Kurz darauf verlassen wir schließlich die Hütte und gehen zurück nach Lullaby. Währenddessen kreisen meine Gedanken um meine Entscheidung, noch heute mit den anderen zu reden. Es ist Zeit.

Lewis und ich verabschieden uns auf Höhe des Forschungslabors mit einem innigen Kuss und dem Versprechen, später noch zu schreiben. Dann trennen sich unsere Wege. Ich folge dem Kiesweg, betrete das Wohnhaus und finde Corey und Jasper noch immer am Küchentisch vor.

»Immer noch einen Kater?«, frage ich schmunzelnd.

»Vom Allerfeinsten«, seufzt Corey und verzieht sein Gesicht.

Lou, die inzwischen ein paar Meter weiter im Schneidersitz auf der Couch sitzt und mit einer Tasse heißer Schokolade vor ihren Modedesigns brütet, lacht leise. »Sie leiden nicht gerade im Stillen. Das geht schon seit Stunden so.« Sie sieht mir zu, wie ich meine Schuhe abstreife und an die kleine Kommode neben der Tür stelle. »Wir haben uns schon Sorgen um dich gemacht. Das war ein ziemlich heftiges Unwetter.«

»Da sagst du was.« Ich gehe zur Küche, schenke mir ein Glas

Wasser ein, lasse die Jungs mit ihrem Kater am Küchentisch zurück und setze mich auf einen der Sessel am Kamin, um mich etwas an dem prasselnden Feuer zu wärmen. »Lewis und ich mussten Unterschlupf in einer alten Hütte suchen und warten, bis das Gewitter vorbei ist.«

Lou mustert mich. »Irgendetwas sagt mir, dass die Wartezeit dort nicht die schlechteste war.«

Ich sehe verstohlen zu Corey und Jasper und schenke Lou ein vielsagendes Lächeln. »Es war ziemlich schön, um ehrlich zu sein.«

Lou nippt an der heißen Schokolade. Nachdenklich mustert sie mich. »Wieso wirkst du dann so, als würde dich etwas belasten?«

»Es ist nur diese Zeit im Jahr«, sage ich. »Ich –« Meine Stimme bricht. Wieso fühlt sich das so viel schwerer an als bei Lewis? Wieso bekomme ich die Wörter nicht aus meinem Mund?

»Soll ich heute für uns kochen?«, frage ich, um abzulenken. Etwas zu tun zu haben ist gut, dann komme ich weniger zum Nachdenken.

»Ich bin eigentlich dran«, murrt Jasper. »Aber ich habe nichts dagegen, wenn du mich erlösen willst.«

»Noch mal Ensaymadas?«, schlage ich vor. »Mit extra Margarine? Ihr Jungs braucht was Fettiges, das diesen Alkohol aus euch raussaugt.«

»Immer her damit«, sagt Corey sofort. »Die sind jetzt genau das Richtige.«

»Dazu gibt's dann Nudeln mit Pesto«, bestimme ich. Jetzt für alle zu kochen ist genau das, was ich brauche.

»Darf ich dir bei den Brötchen helfen?«, fragt Lou. »Ich will unbedingt wissen, wie man sie zubereitet.«

»Klar. Ich zeig es dir. Ich gehe mich nur schnell umziehen.«

Oben in meinem Zimmer schäle ich mich aus der klammen Wanderkleidung und mustere die feinen Narben unter meiner Brust, die mir geradewegs zuflüstern, die anderen nun wirklich einzuweihen und keinen Rückzieher zu machen. Sie verdienen die Wahrheit. Und ich auch.

Als ich in frischer Kleidung zurück in den Wohn-Ess-Bereich komme, hat Lou ihre heiße Schokolade ausgetrunken, ihr Tablet weggelegt und steht mit hochgekrempelten Ärmeln und euphorischem Lächeln vor der Küchenzeile. Ich erkläre jeden meiner Schritte, während wir gemeinsam den Teig vorbereiten. Wenn ich für das Gespräch über meine Transplantation doch auch eine Anleitung haben könnte. Aber da muss ich allein durch. Wie ein Pflaster, erinnere ich mich.

»Wisst ihr«, setze ich an. »Es gibt da etwas, worüber ich mit euch sprechen wollte.«

Corey und Jasper sehen mich unumwunden an. Sie nehmen sogar ihre Hände von den Köpfen, als würden sie an meiner Tonlage merken, dass es sich um etwas Wichtiges handelt.

Ich nehme etwas Teig in meine Hand und rolle ihn zu einer Schnecke, damit wir daraus nachher die Brötchen flechten können. Die Hände einzusetzen und einer stumpfen Arbeit nachzugehen hilft dabei, nicht zu viel zu grübeln.

»Ich habe euch ja gesagt, dass ich Mukoviszidose habe«, sage ich, bemüht, eine ruhige Stimme zu haben. »Aber sie ist nicht der Grund, wieso ich auf bestimmte Lebensmittel verzichten muss.«

»Nicht?«, fragt Lou verwirrt. »Was dann?«

Sag es. Jetzt.

»Die Mukoviszidose hatte Folgen für meine Lunge. Ich habe kaum noch Luft bekommen und war auf zusätzlichen Sauerstoff angewiesen. Niemand wusste, ob mein Körper diesen Zustand lange aushält, also bin ich für eine Organspende gelistet worden.«

Corey mustert mich. »Eine neue Lunge?«

»Vor ziemlich genau zwei Jahren. Übermorgen ist der zweite Jahrestag.«

»Wieso erzählst du uns das erst jetzt?«, fragt Jasper.

»Weil ich nicht wusste, wie ihr reagiert«, antworte ich. »Aber vor allem, weil ich einfach mal meine Unizeit genießen wollte, ohne dass sich meine Krankengeschichte ständig in den Vordergrund drängt. Obwohl ich sie ohnehin nicht ganz abschütteln kann. Ihr habt nie gesehen, wie viele Medikamente ich jeden Tag nehmen muss.«

»Aber wie kommt es, dass du uns jetzt doch einweihst?«, fragt Jasper. Er runzelt die Stirn, dann legt er sein schelmisches Grinsen auf, das mich beinahe schon erleichtert. Gleich kommt bestimmt einer seiner blöden Witze, die die Situation auflockern. »Sei ehrlich … liegt es daran, dass Corey und ich heute so kränklich aussehen, dass du dir Sorgen machst?«, haut er den Spruch raus. »Ich weiß, wir sehen bemitleidenswert aus, aber es war wirklich nur der Alkohol.«

»Bemitleidenswert?«, brummt Corey. »Sprich da nur für dich selbst. Ein paar von Hazels Brötchen, und ich bin wieder vollständig hergestellt.« Er zwinkert mir zu, dann wird seine Miene wieder ernster. »Finde ich aber stark, dass du uns das gesagt hast.«

»Es wurde Zeit«, sage ich. »Ich kenne euch jetzt besser und vertraue darauf, dass ihr damit klarkommt. Außerdem ist es gut, wenn ihr es wisst. Für Notfälle.«

Lou lässt ihre Portion Teig sinken, die sie eben noch in ihren Händen gerollt hat. »Was für Notfälle könnten das sein?«

»Schwere Infekte zum Beispiel. Es ist immer gut, wenn jemand die Vorgeschichte kennt. Im Zweifel solltet ihr bitte Dr. Ferrel anrufen, ich hinterlasse ihre Nummer am Kühlschrank. Ich nehme jeden Tag Immunsuppressiva ein, die beeinträchtigen mein Immunsystem.«

»Damit die neue Lunge nicht abgestoßen wird?«, fragt Corey.

»Genau. Aber sie bewirken leider auch, dass ich anfälliger für bestimmte Viren und Bakterien werde. Deswegen auch die Einschränkungen bei der Ernährung.«

Jasper reibt sich über die Augen. »Das verstehe ich nicht ganz. Kann aber auch an meiner derzeitigen geistigen Verfassung liegen …«

»Bestimmte Lebensmittel haben eine erhöhte Keim- und Pilzbelastung«, erkläre ich.

»O Mann.« Corey fährt sich über seinen Schnurrbart. »Du hast ja keine Ahnung, wie viele Fragen ich gerade habe … und wie weh mein Kopf gleichzeitig tut.«

»Wie wäre es«, schlägt Lou vor. »Wir kochen in Ruhe, ihr Jungs schafft es, aufzustehen und den Tisch zu decken, und während wir essen, klären wir alle Fragen? Ich habe, ehrlich gesagt, auch noch ein paar.«

»Das klingt nach einem Plan«, sagt Corey und streckt sich. »Aber macht extra viele Brötchen. Ich brauche was im Magen.«

Corey und Jasper raffen sich auf, um den Tisch zu decken. Lou und ich kümmern uns derweil weiter um die Brötchen, formen eins nach dem anderen und bestreichen sie mit Margarine.

»Hazel?«, sagt Lou leise und sieht mich an. »Ich bin wahnsinnig froh, dass du es uns erzählt hast.«

»Und ich erst«, erwidere ich. Bis hierher war es gar nicht so schwer. Wirklich so schnell, wie ein Pflaster abzuziehen. Dafür fühle ich mich nun um einiges leichter. Weniger Lügen, weniger Geheimnisse. Einfach ich sein. Fehlt nur noch Reese, die ich so schnell wie möglich einweihen werde. Sie hat es ebenso verdient wie die anderen, die Wahrheit zu kennen.

# Kapitel 23

Die Kiefern vor dem Fenster krümmen sich unter Windböen, während auch in meinem Innersten alles in Aufruhr ist. Es kommt mir vor, als wäre es gestern gewesen, dass der Anruf kam und ich ins Lucians Creek Hospital gefahren wurde. Zwei Jahre mit der neuen Lunge. Ich fasse mir an den Brustkorb, spüre die Atembewegungen und konzentriere mich darauf. Einatmen. Ausatmen. Kräftige Züge, wie ich sie in den Jahren davor nie hatte.

Für einen kurzen Moment ist alles wieder da. Das verzweifelte Hoffen auf einen Anruf, obwohl ich damit auf den Hirntod eines anderen Menschen gewartet habe. All die Erinnerungen an Schmerzen und Sorgen, Schuldgefühle dicht gefolgt von Glücksgefühlen. Dann die Angst vor der Operation. Für einen Augenblick denke ich, mich in diesem Knäuel aus Emotionen zu verlieren, doch dann sehe ich hinaus auf die Kiefern, die gegen den Wind kämpfen, und entscheide mich dagegen. Ich stehe auf und ziehe mich an. Langsam, kraftlos, Kleidungsstück für Kleidungsstück. Mein Spiegelbild lächelt mir etwas müde entgegen, doch immerhin fühle ich mich nun wieder mehr wie ich selbst. Mit einem letzten, bekräftigenden Kopfnicken bündele ich all meine Energie und verlasse mein Zimmer, bereit für einen Kaffee.

Die anderen, unter ihnen überraschenderweise auch Lewis und Reese, haben sich vor dem Tisch im Wohnzimmer versammelt. Sie verstummen, als ich die Feuerwehrstange hinunterrutsche und vor ihren Füßen lande.

»Was ist hier los?«, frage ich verwirrt.

Als hätten sie auf dieses Kommando gewartet, rufen alle im Chor: »Alles Liebe zum zweiten Lungengeburtstag!« Sie treten zur Seite und geben den Blick auf eine tellergroße Torte in Form einer Lunge frei. Es ist alles da. Zwei Lungenflügel, eine kleine Luftröhre, alles im Comicstil mit rosa und weißem Fondant.

»Wie? Wer?«, frage ich neben der Spur. Mit so einer Überraschung habe ich nie im Leben gerechnet.

Alle nacheinander kommen auf mich zu und umarmen mich. Bei Reese, die erst seit gestern von meiner Transplantation weiß, verharre ich einige Sekunden länger, bis zuletzt Lewis dran ist, der mich küsst.

»Lewis hat uns erzählt, dass ihr zu Hause diesen Tag feiert«, erklärt Lou. Sie lächelt etwas unsicher. »Ich hoffe, die Lungenform ist okay?«

»Sie ist toll«, sage ich sofort. »Hast du die etwa gemacht?«

»Lou ist dafür wieder einmal die halbe Nacht wach geblieben«, sagt Jasper.

Tränen schimmern in meinen Augenwinkeln. Ich wische sie lächelnd weg, diesmal wirklich überwältigt von meinen Gefühlen, aber es sind keine negativen Emotionen. Nur lauter Glücksgefühle. Geborgenheit. Weil diese Menschen in meinem Leben sind, weil sie diesen besonderen Tag mit mir feiern. Diesen Tag, an dem Freude und Trauer, Leben und Tod so nah beieinanderliegen.

»Ich fasse es nicht, dass du mit ihnen unter einer Decke steckst«, sage ich zu Lewis.

Jasper grinst und legt einen Arm um seinen Bruder. »Ich schätze, er ist jetzt einer von uns.«

Lewis widerspricht seinem Bruder nicht, grinst nur vorsichtig zurück, und die beiden so nebeneinander zu sehen, vereint auf meiner Feier, lässt meine Tränen gleich noch einmal aufsteigen.

»Lou, schneide die Torte an«, sagt Corey. »Sonst heult Hazel noch.«

»Weil das verdammt süß von euch ist, okay?«

»Sie hat recht«, antwortet Reese. »Und noch süßer, dass sie mich extra im Diner aufgesucht haben, um mich einzuladen.«

»Ohne dich wäre es auch nicht das Gleiche«, sage ich und stupse sie an.

»Aber wir müssen uns mit der Feier leider etwas beeilen«, sagt Lou. »Sonst kommen wir alle zu spät zur Uni.«

»Leider wahr.« Der Blick auf die Uhr verrät mir jedenfalls, dass ich heute viel länger gebraucht habe, um in die Gänge zu kommen. »Dann einmal vom rechten Lungenflügel, bitte.«

Jasper reicht Teller herum, und Lou verteilt die Torte an uns, während ich meine Medikamente heraushole, die ich seit gestern in der Küchenschublade lagere.

Ich setze mich neben Lewis, wir alle prosten uns mit den Gabeln zu, und dann stürzen wir uns auf die Torte. Ein genüssliches Schweigen folgt, was nur Coreys zufriedenes Seufzen durchbricht. Die Torte ist perfekt, mit natürlicher Süße von Bananen und Datteln und einer Handvoll Schokoladensplitter.

»Du hast dich selbst übertroffen, Lou«, murmele ich, den Mund noch voll mit dem letzten Bissen.

»Wenn das mit dem Modelabel doch nichts wird, musst du eine Bäckerei aufmachen«, pflichtet Corey mir bei. »Aber das habe ich dir ja schon zur Genüge gesagt.«

»Mindestens einmal pro Woche«, lacht Lou. »Als Plan B wäre es sicher nicht schlecht, aber ich hänge einfach zu sehr an Plan A.«

»Du willst ein Modelabel gründen?«, fragt Lewis. Es freut mich zu hören, dass er im Umgang mit meinen Freunden sicherer wird.

»Genau. Ich will nach dem Umweltmanagement noch Design studieren und dann beides verbinden.«

»Verdammt cool«, wirft Reese ein. »Hazel hat erzählt, dass du all deine Kleidung selbst nähst. Stimmt das?«

Lous Wangen färben sich rosa, als sie ihr zunickt.

»Wow. Nimmst du auch Aufträge entgegen? Ich habe da schon seit Jahren diese Vorstellung von einem Sweatshirt, am liebsten in Weiß und Schwarz und mit roten, geometrischen Figuren. Es sollte locker fallen, aber nicht wie ein Sack. Irgendwie so …« Sie fuchtelt euphorisch mit den Händen und will scheinbar eine Körperform darstellen. Ein Stück Torte fällt von ihrer Gabel auf den Tisch. Keine Ahnung, was das für eine Form sein sollte. Jasper und Corey tauschen schmunzelnd Blicke. »Vielleicht ein bisschen schwer zu erklären«, murrt Reese.

»War doch recht lebhaft«, zieht Jasper sie auf. Reese streckt ihm die Zunge heraus, als wären die beiden längst Freunde, nicht nur flüchtige Bekannte. Aber Jasper macht es einem ja auch leicht ... genau wie Corey und Reese, die sich seit der Halloweenparty sowieso mögen. Er hat zumindest offiziell Reese' Sympathiesiegel erhalten und neun von zehn möglichen Punkten gesammelt, seit sie zusammen die Tanzfläche gestürmt haben.

»Ich jedenfalls habe sie verstanden«, sagt Lou. »Gib mir ein paar Tage Zeit, dann mach ich mir Gedanken dazu«, schlägt sie vor.

»Echt? Mega, danke.« Zufrieden schiebt sie sich die letzten Krümel ihres Tortenstücks in den Mund.

»Leider ruft die Pflicht«, sage ich und sehe zur Uhr. »Gerade heute wollen wir nicht zu spät kommen, oder Reese?«

»Definitiv nicht«, erwidert sie verschwörerisch.

»Die Vorbereitungen für die erste Exkursion?«, fragt Lewis.

Jasper horcht interessiert auf. »Welche? Die zum Big-Sage-Reservoir?«

»Richtig«, antworte ich perplex. »Ich vergesse immer, dass ihr diesen Kurs auch alle schon hattet.«

»Klar, die Exkursion dahin ist zwar Pflichtprogramm, aber wirklich toll.«

»Das Reservoir ist sozusagen der Hotspot des Tourismus hier«, sagt Lewis. »Bis zu vierzehn Tage können die Besucher dort campen, und es ist meist viel los, also sind die Eingriffe in die Natur dort am stärksten. Ich vermute, ihr nehmt dort Wasser- und Erdproben am See?«

»Genau. Meine ersten eigenen Proben«, sage ich grinsend.

Jasper zuckt mit den Schultern. »Irgendwann wird es eine recht stupide Arbeit.«

»Ich finde es sehr aufregend. Außerdem war ich noch nie am Big-Sage-Reservoir. Das hat mir Lewis bisher vorenthalten.«

Wir alle stehen auf, schnappen uns Jacken und Taschen, Corey nimmt sich noch mal ein Stück von der Torte, wickelt es in ein Wachstuch und verdrückt es auf dem Weg zur Uni. Auf dem Gelände trennen wir uns voneinander.

»Danke für diesen schönen zweiten Lungengeburtstag«, sage ich. »Ich kann es kaum erwarten, später ein zweites Stück Kuchen zu essen.«

»Nichts lieber als das«, antwortet Lou und umarmt mich. Kurz halten wir inne und genießen den Moment unserer neuen Freundschaft, ehe wir uns voneinander lösen, sie Lewis und mir zunickt und dann geradeaus hinter den Kiefern verschwindet.

»Sehen wir uns in der Mittagspause?«, fragt Lewis.

»Ja«, sage ich und beuge mich vor, um ihn zu küssen. Obwohl lauter Studierende auf dem Weg zu den Vorlesungen um uns herumschwirren, verharren wir einen Moment lang in unserer Verabschiedung. Die Zeit scheint für diese Sekunden stillzustehen, die Stimmen um uns herum verstummen, nur noch Lewis und ich existieren. Sein Duft nach Minze vermischt sich mit dem der Kiefern. Ihn einzuatmen ist entschleunigend, erdend und wundervoll. Es reinigt all meine negativen Gefühle, die trotz des schönen Geburtstagsfrühstücks im Hintergrund lauern.

Jasper räuspert sich. »Jetzt aber los.« Er zieht Lewis sanft von mir weg, dabei ein Grinsen auf den Lippen. Zufrieden stelle ich fest, dass die Jungs zu dritt zum Gebäude B gehen, als wäre Lewis wirklich langsam Teil der Clique und der Streit mit Jasper endlich vergessen. Ich wünsche es mir so sehr. Nicht nur, weil es für mich dann leichter wäre. Vor allem für die beiden wäre es künftig entspannter.

»Und da sind wir nur noch zwei«, sage ich zu Reese. »Na komm, wir müssen auch weiter.«

Sie tänzelt in Richtung Forschungslabor, wo wir uns für die Exkursion versammeln sollen. Ihre Braids schwingen hin und her und verleihen ihr Leichtigkeit, die mir in diesem Moment sehr guttut. Reese einzuweihen, nachdem der erste Schritt mit

Lou, Jasper und Corey getan war, war richtig, denn in diesem Moment spüre ich so viel Dankbarkeit.

Ich sehe zum Himmel, blinzle gegen die Sonne, die heute trotz der Novemberkühle scheint, und denke an diese Unbekannte, die mir all das hier ermöglicht hat.

*Liebe Ms X,*

*1400 Tage musste ich warten, ehe der Anruf von OPO, der Organ Procurement Organization, kam, um mir mitzuteilen, dass eine Lunge für mich gefunden worden war. 1400 Tage voller Ungeduld, Hoffen, Zweifeln und Bangen.*
*Im ersten Jahr nach der Listung für eine Organspende war ich voller Optimismus. Endlich die Entscheidung über eine Transplantation gefällt zu haben, war befreiend. Der erste Schritt in die richtige Richtung, bereit loszulegen.*
*Das zweite Jahr nach der Listung war irritierend. Ich war noch immer in dieser Warteposition, diesmal in schlechterer Verfassung als zuvor. Ich wollte geduldig sein, doch es war ein seltsames Gefühl, bereit für den Start zu sein, aber kein Startsignal zu bekommen. Als würde ich von einer unsichtbaren Kraft daran gehindert werden, endlich am Ziel anzukommen.*
*Im dritten Jahr war es keine unsichtbare Kraft mehr, die mich hinderte, sondern mein körperlicher Zustand, der sich so stark verschlechtert hatte, dass ich mir sicher war, den angedachten Sprint nicht mehr zu erleben. Ich war ausgelaugt, am Ende meiner Kräfte. Hoffnungslos.*
*Meinen Sweet-Sixteen hatte ich im Krankenhaus verbracht, und ich war weit entfernt von dem Leben, das ich mir erhofft hatte. Ich glaubte nicht mehr daran, dass dieser erlösende Anruf kommen würde. Es war die wohl ermüdendste und kräftezehrendste Zeit meines Lebens. Die Tage verstrichen in Zeitlupe, das Jahr*

*zog sich in die Länge. Vielleicht, weil jeder Atemzug so schwerfällig war, dass er von einem rasselnden Geräusch begleitet wurde. Begleitet von zähem Husten ohne Erlösung und vielen Nächten voller Angst. Ich wollte mich einfach in meinem Bett zusammenrollen und deprimiert sein, doch gleichzeitig wusste ich, dass ich körperlich nicht abbauen durfte. Jederzeit musste ich fit genug für eine Operation sein. Nicht weiter abnehmen. Durchhalten. Aufstehen, auch wenn alles in mir protestierte. Ein paar Schritte laufen, auch wenn man glaubt, die Beine würden nachgeben.*

*Ich habe mich mehr als einmal gefragt, ob es das wert ist: dass ich meinen Körper und meinen Geist zum Kämpfen zwinge, wenn ich doch das Gefühl habe, dass das Schicksal mich aufgegeben hat. Dabei war ich sonst nicht so pessimistisch. Eigentlich war für mich das Glas immer halb voll. Nur in diesem dritten Jahr nicht. Da war es leer, und ich war es auch.*

*Und dann kam dieser eine Anruf, der alles veränderte. Der schlagartig wieder einen Schwall Hoffnung in mir freisetzte. Als der Anruf kam, haben meine Eltern und ich geweint. Wir haben uns in den Armen gelegen, und all der Ballast, der sich in den vorangegangenen 1400 Tagen angesammelt hatte, ist abgefallen. Mit Blaulicht wurde ich ins Lucians Creek Hospital gefahren, dort hieß es dann wieder warten. Auf die Antwort, ob das Organ wirklich passte und ich körperlich bereit für die Operation war. Darauf, dass das Organ entnommen und untersucht wurde, bevor endgültig das grüne Licht kam. Bis zur Operation.*

*Rückblickend betrachtet hat sich das Warten definitiv gelohnt. Ich weiß nun, dass Geduld sich manchmal auszahlt. Doch gleichzeitig bin ich des weiteren Wartens müde. Ich will Antworten, will endlich wissen, wer du warst. Ich will nicht wieder geduldig sein müssen. Nicht diesmal. Nicht wieder 1400 Tage.*

# Kapitel 24

Du siehst beim Schachspielen wirklich sexy aus«, sage ich verwegen und berühre Lewis' Hand, mit der er sich bis eben noch nachdenklich über seine Bartstoppeln gestrichen hat.

Er sieht mich an. Das Blau seiner Augen verdunkelt sich, während leichte Röte in seine Wangen schießt. Es macht ihn nur noch anziehender.

Jasper neben uns ächzt leise. »Leute, wirklich? Während ich danebensitze? Nehmt euch ein Zimmer.«

»Das musst du gerade sagen«, erwidere ich und schiele zu ihm. »Wer flirtet denn immer offensiv vor anderen Leuten? Erst letzte Woche im *Hopes* war ich Zeugin, wie du versucht hast, bei dieser Kimberly zu landen. Schon vergessen?«

Jasper wirft mir einen schelmischen Blick zu. Er sitzt ein paar Meter von uns entfernt auf dem Sessel, ein Bein auf dem anderen und auf dem Schoß eine Zeitschrift, für die er vor vier Wochen ein Interview gegeben hat.

»Schachmatt«, unterbricht uns Lewis, während er einen seiner Springer bewegt.

»Was?« Ich blinzle und starre auf das Spielfeld. »Verdammt. Schon wieder?«

»Sorry.«

»Schon gut«, seufze ich. »Es wäre ja auch seltsam, wenn du nicht gegen mich gewinnen würdest. Wenigstens gegen Lou hatte ich gestern eine Chance.«

»Ihr habt gespielt?«, fragt Lewis überrascht. Er scheint immer noch Zweifel daran zu haben, dass mir Schach wirklich gefällt. Als wären es nicht Ehrgeiz und Spaß, sondern Mitleid für ihn, das mich dazu antreibt, seinem Hobby nachzugehen und immer wieder mit ihm zu spielen.

»Drei Runden«, sage ich. »Zwei davon gingen an mich.«

»Als Nächstes musst du gegen mich antreten«, sagt Jasper zu seinem Bruder.

»Du spielst auch?«, frage ich. Das Schachbrett stand verstaubt in einer Ecke, ehe ich es mit Lewis hierhergestellt habe, auch wenn Corey schwört, dass es früher schon einmal benutzt worden sei.

»Wir haben früher oft gegeneinander gespielt«, sagt Lewis. »Aber Jasper war nicht wirklich gut.«

»Hey, ich war nicht schlecht. Nur etwas unkonzentriert. Aber ich wette, heute bin ich besser.«

»Willst du ein Spiel wagen?«, fragt Lewis kühn.

Jasper schlägt sofort die Zeitschrift zu und legt sie zur Seite. »Da fragst du noch?«

Ich tausche meinen Platz mit Jasper, unsicher, ob dieses Spiel eine gute Idee ist. Die letzten zwei Wochen, seit Halloween, waren harmonisch. Eine Aussprache gab es nicht, aber es funktioniert zwischen den beiden – als habe es eine stille Übereinkunft gegeben, dass sie sich beide für einen Neufang entscheiden. Doch mich beschleicht das Gefühl, dass dieser Neuanfang noch auf wackligen Beinen steht und ein Schachspiel ihre Konkurrenzsituation entfachen und den neuen Frieden zerstören könnte. Trotzdem sage ich nichts, knabbere nur auf meiner Unterlippe, während ich dabei zusehe, wie die beiden die Figuren aufstellen.

Das Spieltempo ist wesentlich höher, als wenn Lewis mit mir spielt. Stille legt sich über den Raum, und Jasper und Lewis haben beide den Blick starr auf das Brett gerichtet. Läufer, Springer, Türme; sie bewegen die Figuren selbstsicher. Jasper hat die Stirn gerunzelt, während Lewis' Mundwinkel sachte zucken. Allein diese Tatsache verrät mir, dass er die Oberhand hat.

»Schach«, sagt er schließlich.

Jasper kratzt sich ratlos am Hinterkopf, dann bewegt er den König.

»Schachmatt.«

Für eine Sekunde halte ich die Luft an, warte auf Jaspers Reaktion. Ein Teil von mir macht sich auf einen erneuten Streit gefasst, doch Jasper lacht nur auf und schüttelt dann den Kopf.

»Nicht schlecht, Brüderchen. Aber ich bin ja auch etwas eingerostet. Gib mir ein paar Tage zum Auffrischen, dann will ich eine Revanche.«

»Jederzeit«, sagt Lewis selbstbewusst.

Erleichtert über den glimpflichen Ausgang gehe ich zu Lewis und lege von hinten meine Arme um ihn. Meine Lippen berühren sanft seine Wange. »Glückwunsch.«

In diesem Moment wird die Haustür aufgeschlossen. Corey und Lou kommen herein, Corey mit einem Jutebeutel voller Lebensmittel. Lou hingegen hat silberne Umschläge in der Hand.

Ich löse mich von Lewis. »Was hast du da?«

»Einladungen«, sagt Lou und reicht Jasper und mir jeweils einen der Umschläge. »Lagen in unserem Briefkasten.«

»Die alljährliche Wintergala steht wieder an«, sagt Jasper mit Blick auf den Umschlag. »Hab mich schon gefragt, wann die Einladungen kommen.«

»Eine Spendengala?«, frage ich. Ich öffne den Umschlag und ziehe eine ebenso silberne Karte hervor. Auf der Vorderseite ist eine schwarze, glitzernde Prägung zu sehen. *4. Dezember, 20 Uhr.* Ich drehe die Karte um und sehe eine verschnörkelte Computerschrift.

*Liebe Ms Kelly,*
*hiermit lade ich Sie herzlich zu unserer Winterspendengala ein. Bitte sehen Sie als Mitglied von Red Ihre Teilnahme als verpflichtend an. Unser gemeinsames Ziel ist es, neue Spenden für die LBU zu generieren, ich würde mich jedoch auch sehr freuen, wenn Sie den Abend mit Musik, Speis und Trank und netten Gesprächen genießen würden.*
*Ihnen ist gestattet, eine von Ihnen gewählte Begleitperson mitzubringen. Abendgarderobe vorausgesetzt.*
*Herzliche Grüße*
*Michael Peterson*

»Das klingt aufregend«, sage ich.

Schon seit Beginn meines Stipendiums wusste ich, dass diese Spendengalas kommen würden, und schon die ganze Zeit habe ich mich darauf gefreut, dieses Mal dabei zu sein. Und doch bin ich ein wenig betrübt. Lewis sitzt noch am Schachbrett, die schwarze Figur in seiner Hand bewegt sich hin und her. Er ist kein Teil davon, obwohl ich weiß, dass dies hier auch sein Traum ist. Obwohl er es verdient hätte, dabei zu sein. Ich lese die Einladung noch einmal. Ob Lewis mich wohl begleiten würde?

Jasper legt seine Einladung bereits beiseite und lehnt sich zurück. Offenbar teilt er meine Gedanken bezüglich seines Bruders nicht. »Eigentlich sind diese Abende nicht schlecht«, sagt er. »Es sind nicht nur die wichtigsten Unternehmen vertreten, sondern auch einige Ehemalige, die Karriere gemacht haben.«

Corey sieht von den Einkäufen auf, die er gerade mit Lou ausräumt. »Jedes Jahr werden auch ein paar der Eintrittskarten versteigert«, ergänzt er. »Meistens an Leute, die an unserer Forschung interessiert sind oder die Gala als Netzwerk nutzen wollen.«

»Und wir sollen uns da unters Volk mischen?«, frage ich nach.

»Das Übliche«, sagt Jasper. »Unseren Charme spielen lassen, von unserem Studium und unserer Arbeit hier erzählen. Sie davon überzeugen, dass sie eine möglichst große Summe spenden sollten.«

Klingt definitiv machbar, von den großen Summen einmal abgesehen.

»Dabei gibt's gutes Essen«, sagt Corey. »Und Lou und das Festkomitee sorgen für eine tolle Dekoration.«

»Außerdem dürfen wir uns richtig aufbrezeln«, wirft Lou ein.

»Wobei ich da meistens nicht so scharf drauf bin«, kommentiert Jasper.

Lous sieht ihn sofort skeptisch an. »Ach komm schon. Wir beide wissen, dass du es auch immer ein bisschen genießt, dich in Schale zu werfen. Dein Look hat ja fast schon Legendenstatus.«

Corey und – zu meiner Überraschung – auch Lewis prusten los, und ich habe das Gefühl, einen Insiderwitz nicht mitbekommen zu haben.

»Das offene Hemd?«, fragt Lewis wissend.

Corey grinst. »Damit die Damenwelt ihm auf die Brust starren kann.«

»Ich stehe einfach nicht auf Krawatte und Fliege«, brummt Jasper, doch sein Mundwinkel zuckt.

»Und dann die zurückgegelten Haare«, sagt Corey und zieht anzüglich seine Augenbrauen hoch, als würde es sich dabei nicht um eine einfache Frisur handeln. »Casanova pur.«

»Die mag ich aber«, gesteht Lou. »Steht ihm.«

Jasper sieht überrascht zu ihr. »Ach ja? Ich wusste gar nicht, dass sie dir gefällt.«

»Das binde ich dir auch nicht gerade auf die Nase. Dein Ego muss nicht noch mehr gepusht werden«, zieht Lou ihn auf. »Aber ja, Abendgarderobe steht dir.«

Fast schon sieht es so aus, als würde Jasper dieses Kompliment wirklich etwas bedeuten, doch der Eindruck verflüchtigt sich ebenso so schnell, wie er gekommen ist.

»Ich fürchte, bei der Kleiderwahl werde ich deine Hilfe brauchen, Lou«, sage ich. Ich habe mir für das Stipendium zwar extra ein passendes Kleid in San José gekauft, aber wie ich mich kenne, braucht es sicher wieder ein paar von Lous geübten Handgriffen, um damit wirklich vorzeigbar zu sein. Ich würde mich zumindest wesentlich wohler fühlen, wenn sie das Outfit vorher abgesegnet hätte.

»Keine Sorge. Das kriegen wir hin.«

»Gut.« Ich nicke, dann knibble ich an der Einladungskarte. »Dann bleibt nur noch eins zu klären.« Ich sehe zu Lewis. »Begleitest du mich?«

Die anderen drei haben begonnen, über ihre Klamotten zu diskutieren, und beachten uns gar nicht.

»Da fragst du noch?« Er lächelt mich an, breit und warm. »Jasper hat mich bisher nie mitgenommen. Höchstens seine Dates.«

Da ist er wieder, dieser Funken Verbitterung in Bezug auf seinen Bruder. Lewis scheint diesen Unterton auch zu bemerken, denn er schüttelt ermahnend den Kopf, schluckt schwer. »Etwas nervös macht mich der Gedanke schon, zwischen all diesen wichtigen Leuten zu sein, aber das wäre eine wirklich gute Chance, um Kontakte zu knüpfen. Richtig?«

»Und ein schöner Abend mit mir«, ergänze ich.

»Das auch«, sagt Lewis. »Ich … ich will unbedingt mitkommen.«

»Dann raus aus der Komfortzone«, sage ich, in Gedanken bei unserem Gespräch nach unserem ersten Schachspiel.

Ich schlinge meine Arme um seinen Hals und ziehe ihn näher an mich. Da ist sie wieder: die Sehnsucht. Die Erinnerungen an unseren Moment in der Hütte. Die Erinnerungen an seine Berührungen.

»Ich will euch ja wirklich nicht unterbrechen«, sagt Corey, der an uns herangetreten ist. »Aber wenn wir noch zusammen kochen wollen, sollten wir uns ranhalten. Ich verhungere sonst.«

»Das würden wir doch niemals zulassen«, scherze ich.

Ich gebe Lewis noch einen flüchtigen Kuss, ehe wir gemeinsam zur Küchenzeile gehen. Lou, die heute Vormittag schon Pizzateig angesetzt hat, hat bereits begonnen, einen Teil der Arbeitsplatte mit Mehl zu bestäuben und ihn erneut durchzukneten. Corey hilft ihr. Jasper hingegen bereitet die Bleche vor.

Lewis und ich treten an die Arbeitsplatte heran und beginnen, unsere Hände zu desinfizieren, damit wir den Belag schneiden können. Wir haben uns dafür entschieden, eine der Pizzen mit Kürbis zu belegen, den Lewis übernimmt. Ich schneide den Belag für Pizza Nummer zwei: Zucchini, Zwiebeln und veganen Fetakäse, den wir darauf zerbröseln.

Eine gute Stunde später sitzen wir vor unseren leeren Tellern und ebenso leeren Pizzablechen. Ich trinke einen Schluck Wasser, der sich anfühlt, als würde er meinen Magen zum Überlaufen bringen.

»Das war perfekt«, sagt Corey und tätschelt sich den Bauch. Wir anderen können ihm nur beipflichten.

Lou stellt eine Ladung Cookies in die Mitte des Tisches, an der wir uns noch bedienen können. Doch bis auf Jasper und Corey sind alle zu voll, um auch nur auf die Idee zu kommen.

Ich will gerade noch einen Schluck Wasser nehmen, als mein Handy klingelt. Es liegt im Wohnzimmer auf dem Couchtisch.

»Mom?«, frage ich, als ich den Videocall annehme. Es ist ungewöhnlich, dass sie um diese Zeit anruft. »Ist alles in Ordnung?«

Die anderen sehen fragend zu mir, ich zucke mit den Schultern.

»Hazel«, sagt meine Mutter. Ich sehe sofort, dass etwas nicht stimmt. »Ich fürchte, wir haben schlechte Neuigkeiten, was Thanksgiving betrifft. Dein Dad ist krank geworden.«

»Etwas Schlimmes? Geht es ihm gut?«

»Keine Sorge, du weißt doch, wie zäh dein Vater ist«, sagt Mom zu meiner Beruhigung. »Aber er hat eine sehr starke Erkältung und Fieber. Wir gehen von einem Infekt aus, vielleicht sogar von einer Influenza.«

Mein Herz sinkt in die Hose. Wir beide wissen, dass ich mich keinem solchen Infekt aussetzen sollte. Nicht, wenn es sich vermeiden lässt.

»Dad und ich haben lange überlegt, aber unter diesen Umständen solltest du wirklich nicht nach Hause kommen. Wir wollen nicht, dass du dich ansteckst und etwas riskierst.«

Ich nicke enttäuscht. Es wäre eine lange Fahrt gewesen, nur um einen Tag bei meiner Familie zu sein, aber ich hatte mich darauf gefreut, sie alle zu sehen. Außerdem ist Thanksgiving immer einer meiner liebsten Feiertage.

»Es tut mir so leid. Wir hatten uns so auf dich gefreut.«

»Ich mich auch, Mom. Sehr sogar.«

»Es ist wirklich ein schlechtes Timing.« Meine Mutter seufzt.

»Ich hoffe nur, Dad wird schnell wieder gesund«, sage ich und muss schlucken. »Kann ich ihn sprechen?«

»Er schläft gerade. Sein Körper holt sich die Ruhe, die er

braucht. Aber ich sag ihm, dass er dich anrufen soll, sobald er sich fit genug fühlt. Vielleicht können wir an Thanksgiving noch mal kurz facetimen?«

»Sehr gerne«, erwidere ich.

Mom schluchzt leise. »Mein Mädchen allein an Thanksgiving. Du sagtest doch, dass die anderen auch wegfahren? Ich finde den Gedanken schrecklich, dass du dann ganz allein bist und nicht bei uns sein kannst.«

»Ich schaffe das schon«, sage ich ehrlich, auch wenn mir gerade auch zum Heulen zumute ist. »Lieber etwas einsam, als meine Gesundheit zu gefährden.«

»Da hast du natürlich vollkommen recht. Wir holen das nach. An Weihnachten. Oder wir kommen dich bald besuchen. Irgendetwas fällt uns ein.«

»Da bin ich sicher.«

»Nun gut«, seufzt sie. »Ich fahre jetzt noch in die Apotheke, dein Dad braucht ein paar Sachen. Du meldest dich, wenn du dich traurig oder allein fühlst. Oder einfach so, zwischendurch. Okay?«

»Versprochen. Ich habe euch lieb, Mom.«

»Wir dich auch, Maus. Bis bald.«

Meine Mutter legt auf. Das Display wird dunkel, passend zu meiner Stimmung. Thanksgiving allein hier in Lullaby. An diesen Gedanken muss ich mich erst noch gewöhnen.

Lewis ist aufgestanden, die anderen sehen mich an.

»Tja, dann bleibe ich Thanksgiving wohl hier«, sage ich trocken. »Zu hohes Risiko für meine Lunge.«

»Das tut mir echt leid, Hazel«, meint Lewis.

Corey nickt. »Das ist scheiße. Wirklich.«

»Ist es«, sage ich. »Was dagegen, wenn ich nicht beim Abwasch helfe und stattdessen hoch in mein Zimmer gehe? Ich muss das kurz verdauen.«

»Klar, kein Ding«, sagt Corey. »Wir machen das schon.«

»Ihr habt was gut bei mir.«

»Ach was, ist doch selbstverständlich.«

»Wenn du reden willst …«, sagt Lou.

»Lewis?« Ich sehe zu ihm. »Kommst du mit hoch?«

»Natürlich.«

Hand in Hand gehen wir nach oben und lassen uns auf mein Bett fallen. Für ein paar Sekunden, vielleicht auch Minuten, herrscht Stille. Ich bin versunken in meinen Gedanken und Empfindungen, und Lewis lässt mir den Raum dazu.

»Erst jetzt wird mir klar, wie sehr ich mich darauf gefreut hatte, meine Eltern zu sehen«, sage ich schließlich.

»Es tut mir so leid, dass dein Dad krank geworden ist.«

»Mir auch«, erwidere ich. Nicht sauer auf das Universum zu sein und in Selbstmitleid zu versinken, fällt mir gerade wirklich schwer. »Ich bin es manchmal wirklich leid, immer vernünftig zu sein und wegen meiner Gesundheit auf Dinge zu verzichten.«

»Mir gefällt die Vorstellung nicht, dass du hier allein bist. Corey und Lou fahren doch auch zu ihren Familien, oder?«

Ich nicke betrübt, sehe aus dem Fenster. Es fühlt sich unfair an, dass immer ich diejenige bin, die zurückstecken muss. Aber ich versuche, mich nicht von diesen negativen Gedanken verschlingen zu lassen. Die Spendengala ist etwas, auf das ich mich freuen kann.

»Ich glaube, Reese und ihr Cousin Shawn bleiben hier«, fällt mir ein. »Vielleicht können wir den Tag zusammen verbringen.«

»Ich könnte auch meine Mom fragen, ob ich jemanden mitbringen kann«, schlägt Lewis vor.

»Wirklich?«

»Mein Dad ist über die Feiertage arbeiten, also wird meine Mom sicher froh sein, Gesellschaft zu haben. Und ich würde mich auch sehr freuen.«

»Ich will keine Umstände machen«, erwidere ich, auch wenn mir der Gedanke gefällt, zu sehen, wie die beiden aufgewachsen sind. Aber vor allem, nicht allein in Lullaby zu sein.

»Lass mich einfach mal meine Mom fragen, okay?«

»Okay«, krächze ich. Es ist ein kleiner Hoffnungsschimmer, aber er kann das Heimweh, das mich in diesem Moment packt, nicht vertreiben. Ich vermisse meine Familie, vermisse es, sie in meine Arme zu schließen, mit ihnen zu reden, zu lachen. Ich wollte ihnen doch meine ganzen Fotos von den Wanderungen zeigen – nicht nur per Handy, sondern ganz persönlich, sodass ich ihre Reaktionen live miterleben kann. Ich hätte mit ihnen Gesellschaftsspiele gespielt und mit Mom gekocht.

Ich beiße auf meine Lippe, versuche den Frust irgendwie loszulassen. »Hast du noch mal Lust auf eine Runde Schach?«, frage ich Lewis unvermittelt. Es ist das Einzige, was mir in diesem Moment in den Sinn kommt.

»Was, jetzt?«

»Ja. Ablenkung ist jetzt genau das, was ich brauche. Ich dachte, die Ruhe hier oben wäre gut. Aber mir ist gerade klar geworden, dass es die nächsten Tage hier unfassbar still wird, sollte ich nicht mit euch mitfahren können. Also möchte ich den Trubel noch etwas genießen.«

»Dann wieder nach unten?«, fragt Lewis etwas überfordert von meinen Gefühlsschwankungen. Insgeheim bin ich es auch ein wenig. Aber Gesellschaft wird jetzt sicherlich guttun.

»Vielleicht können wir ja noch ein paar Cookies von Lou abstauben«, sage ich und stehe auf. »Plötzlich habe ich das Gefühl, wieder jede Menge davon verdrücken zu können.«

# Kapitel 25

Nur drei Stunden Busfahrt trennen Lullaby von dem kleinen verwinkelten Haus mit Veranda in Medford, Oregon. Die amerikanische Flagge weht leicht im Wind und wirft einen Schatten auf den perfekt gemähten Rasen. Ich betrachte die braune Häuserfassade, stelle mir Jasper und Lewis hier als Kinder vor. Mit Tretrollern auf der Straße, während einer Wasserschlacht in der Auffahrt. Doch die gesamte Straße wirkt aufgeräumt, nirgendwo höre ich Kinder oder Hunde, nur Stille umgibt uns.

»Home, sweet home«, sagt Jasper und ist der Erste, der die Auffahrt betritt.

Wir folgen ihm direkt bis zur Haustür, die in dem Moment aufgerissen wird, als Jasper nach der Klinke greifen möchte.

»Da seid ihr ja endlich!«

Eine zierliche Frau mit blonden schulterlangen Haaren und einer eckigen Brille steht im Türrahmen, in der Hand noch ein zugeklapptes Taschenbuch. Eine Liebesgeschichte, wenn das Cover mich richtig vermuten lässt. Sie zieht Jasper unvermittelt in ihre Arme, dann tritt sie auf Lewis zu.

»Ich habe euch so vermisst.«

Ihre Hände fahren durch Lewis' Locken, die danach ein wenig abstehen, dann wendet sie sich zu mir, auf ihren Lippen ein warmes Lächeln. Es hilft mir sofort dabei, mich zu entspannen.

»Du musst Hazel sein.«

»Freut mich, Sie kennenzulernen, Mrs Branson.«

»Sag Zelda zu mir, ja? Immerhin werden wir Thanksgiving miteinander verbringen.«

»Gerne«, sage ich erleichtert über den herzlichen Empfang. »Vielen Dank, dass ich mitkommen durfte.«

»Aber natürlich.«

Sie winkt uns hinein in einen offenen Flur, der in sanften Beigetönen gestrichen ist. Das Familienfoto, das ich bereits aus Lewis' Zimmer kenne, hängt gleich neben dem Eingang. Erst jetzt, im direkten Vergleich, erkenne ich, dass Zelda schmaler und ein wenig erschöpfter wirkt als zu dem Zeitpunkt des Fotos. Doch auch jetzt ziert ein strahlendes Lächeln ihr Gesicht, während sie mit uns ins Wohnzimmer geht. Überall finden sich Beige und Braun, bunte Wolldecken liegen auf dem Sofa, ein paar Vitrinen mit Gesteinsmustern, die sicher Lewis' Dad von seiner Arbeit mitgebracht hat, stehen daneben. Außerdem ein großes Bücherregal – eine Mischung aus Fachliteratur und Liebesromanen, als würden sich Lewis' Eltern hier die Hand reichen. An das Wohnzimmer grenzt ein Erker mit einem Esstisch und sechs Stühlen an.

»Ich habe Kuchen gebacken. Hazel, du magst doch Apfelkuchen, oder? Ich habe extra auf die Walnüsse verzichtet. Lewis sagte mir, du hast ein paar Unverträglichkeiten.«

»Vielen Dank. Apfelkuchen klingt toll.«

»Sehr schön«, sagt sie, dann wendet sie sich an ihre Söhne. »Dann zeigt ihr Jungs Hazel doch mal, wo sie schläft – ich habe das Gästezimmer hergerichtet. Und ich bereite hier unten alles vor.«

»Ich helfe dir«, sagt Jasper. »Lewis macht das mit Hazel schon.«

Lewis nickt, dann nimmt er meine Reisetasche in die Hand und geht mit mir in Richtung einer schmalen Treppe, die nach oben führt.

»Viele Naturtöne«, sage ich mit Blick auf die terrakottafarbene Wandfarbe.

»Das Haus gehörte früher unserem Grandpa, und er mochte es so«, erklärt Lewis. »Dadurch fühlte er sich mit der Erde verbunden. Nachdem er gestorben ist, haben wir es nicht geschafft, diese Dinge zu verändern. Es ist eine schöne Erinnerung an ihn.«

Ich nicke verständnisvoll, meine Hand legt sich auf Lewis' Schulter, drückt sie sanft. Dann betreten wir das Gästezimmer. Es ist klein und verwinkelt, mit einem Kleiderschrank, einem

Bett und einem Ohrensessel darin. Ein paar Bilder von Flieder- und Rapsfeldern hängen an der Wand über dem Bett. Vom Fenster aus sehe ich einen kleinen Park.

»Ich hoffe, das passt für dich«, sagt Lewis. »Wir haben nicht viel Platz …«

»Es ist wunderbar.« Alles wirkt so warm und gemütlich. Definitiv ein Ort, an dem man sich heimisch fühlen kann.

Lewis legt meine Reisetasche ab, ich hingegen trete einen Schritt näher an ihn heran. Meine Hand gleitet über seine Bartstoppeln, die er frisch gestutzt hat.

»Danke, dass du mich mitgenommen hast. Es fällt mir immer noch nicht leicht, Thanksgiving ohne meine Familie zu verbringen, aber ich fühle mich bei dem Gedanken nicht mehr einsam.«

»Ich bin froh, dass du hier bist.«

»Nur schade, dass ich deinen Dad nicht kennenlernen kann.« Zu gerne hätte ich von ihm Geschichten gehört, aus den Zeiten, als er Lewis als Kind mit zur Arbeit genommen und somit seine Liebe zur Natur entfacht hat.

Lewis nickt, aber es wirkt nicht ganz aufrichtig. Vielleicht ist der Gedanke, Thanksgiving ohne einen Teil seiner Familie zu feiern, ebenso schmerzhaft, wie es für mich ist. »Mom ist klasse, du wirst dich sicher gut mit ihr verstehen.«

»Das glaube ich auch.« Zelda wirkt zumindest, als wäre es leicht, sie zu mögen und von ihr gemocht zu werden. »Wollen wir runtergehen? Der Apfelkuchen wartet sicher schon.«

»Den habe ich wirklich vermisst«, sagt Lewis träumerisch.

Gemeinsam gehen wir die Treppe hinunter, der Tisch ist bereits gedeckt. Jasper und Zelda sitzen daran und unterhalten sich über die Midterms.

»Alles in Ordnung mit dem Zimmer, Hazel?«

»Es ist perfekt«, erwidere ich und setze mich auf den freien Platz neben Jasper, sodass Lewis neben seiner Mom Platz nimmt. Sie reicht uns jeweils ein Stück Apfelkuchen mit perfektem Gittermuster. Der Geschmack ist herrlich süß und saftig, Lou würde sicherlich nach dem Rezept fragen und ihn bei der ersten Gelegenheit nachbacken.

Jasper nimmt sich noch ein Stück, dabei trinken wir Kaffee und sprechen über die Uni und unsere Zukunftspläne. Zelda hört gespannt zu und stellt immer wieder Fragen, ohne dabei zu neugierig zu sein.

»Ist es schwer für dich, dass du Thanksgiving nicht bei deiner Familie sein kannst?«, fragt Zelda irgendwann, als Jasper sich ein drittes Stück Kuchen schnappt.

Ich nicke, schlucke ein Apfelstück hinunter. »Es ist hart«, erwidere ich. »Wenn man das erste Mal so lange von zu Hause weg ist, freut man sich umso mehr darauf, sie wenigstens an den Feiertagen wiederzusehen«, erkläre ich, in Gedanken sofort bei Mom, Dad und Gavin. »Aber es ist tröstlich, nun hier zu sein. Ich habe mich wirklich sehr über die Einladung gefreut.«

»Ich finde es schön, dass meine Söhne Besuch mitbringen.«

»So fällt es nicht so auf, dass Dad nicht da ist«, sagt Jasper.

»Ist es üblich, dass er über die Feiertage arbeiten muss?«, erkundige ich mich.

Zelda nimmt einen Schluck Kaffee. »Nun, es kommt immer drauf an, was er zu tun hat. Gerade arbeitet er an einer Forschungsreihe über die Veränderung der Mineralhaushalte in den Gesteinsformationen. Er ist für zwei Wochen in Macdoel und unterbricht seine Forschung nur sehr ungern. Er hat dann immer das Gefühl, den Faden zu verlieren und das große Ganze nicht mehr erkennen zu können. Aber wir telefonieren regelmäßig.« Sie lächelt bei den Worten, aber dennoch ist es unverkennbar, dass sie sich nach ihm sehnt. Sicherlich ist es nicht leicht, einen Mann zu haben, der beruflich so viel auf Reisen ist.

»Wir machen uns schon ein schönes Thanksgiving«, sagt Lewis. Das Lächeln, das er seiner Mom zuwirft, ist so offen, wie ich es selten gesehen habe. Er lehnt sich zurück auf seinem beigen Stuhl, trinkt einen Schluck Kaffee und nimmt sich dann ein zweites Stück Kuchen. So verbringen wir den restlichen Nachmittag im Erker, reden weiter über die Uni und das Leben. Zelda berichtet von ihren Lieblingsbüchern. Jasper überreicht seiner Mutter eine handgeschriebene Anleitung von Corey, in der er die Anlage eines Gemüsehochbeets erklärt. Wir spielen irgendwann Karten und Schach, wobei Zelda sich nicht besser anstellt als ich und damit eine ebenbürtige Gegnerin darstellt. Jasper und Lewis schaukeln sich bei ihren Duellen gegenseitig immer höher, fordern sich ständig neu heraus. Wo ich vor ein paar Wochen noch Sorge hatte, die beiden könnten sich deswegen anfeinden oder in Konkurrenzgedanken verlieren, bleibt die Stimmung entspannt und locker. Wir lachen viel. Irgendwann, als der Abend längst angebrochen ist, schmiert Zelda Sandwiches mit Hummus und Rucola, und während wir essen, planen wir gemeinsam das Thanksgiving-Dinner.

Ein ausgelassener Abend, der erst endet, als Jasper irgendwann verkündet, noch einen Nachbarn zu besuchen, der auch aus der Uni heimgekommen ist. Lewis und ich helfen Zelda noch dabei, die Spülmaschine einzuräumen, bevor sie sich ins Wohnzimmer zurückzieht, um ihre Lieblingsfernsehsendung zu sehen.

Plötzlich sind Lewis und ich allein in der mir fremden Küche, seine Hand legt sich in meine, warm und vertraut.

»Gefällt es dir hier?«, fragt er leise.

Ich trete einen Schritt näher zu ihm, sehe ihn an.

»Sehr sogar. Deine Mom ist klasse.«

»Das ist sie.« Lewis legt seinen Kopf schräg und fasst offenbar einen Entschluss. »Ich würde dir gerne etwas zeigen. Wenn du willst.«

Auf mein Nicken hin führt Lewis mich an der Hand raus aus der Küche, die Treppe hinauf, vorbei an dem Gästezimmer. Zwei Zimmer daneben hält er an, grüne Buchstaben an der Tür verkünden seinen Namen.

»Dein altes Zimmer?«, rate ich.

»Nicht nur das«, sagt er geheimnisvoll.

Neugierig sehe ich mich um, als Lewis mich eintreten lässt. Es ist ein kleiner, länglicher Raum mit Holzmöbeln. Am Kleiderschrank kleben alte Sticker, teilweise schon abgeknibbelt.

»*Star Wars*«, stelle ich schmunzelnd fest. »Immer eine gute Wahl.«

»Zum Glück hast du das jetzt gesagt«, erwidert Lewis grinsend und küsst mir auf die Stirn, ehe ich meine Augen weiterwandern lasse. Seine Reisetasche steht neben dem Einzelbett, darüber entdecke ich ein paar leere Bilderrahmen, in denen möglicherweise die Bilder hingen, die sich nun in seinem Zimmer der LBU befinden.

Er blickt an die Decke, ich tue es ihm nach. Über seinem Bett ist eine Luke in das Holz eingelassen, an der eine kleine Schnur befestigt ist.

»Das will ich dir zeigen«, sagt Lewis. »Ich habe noch nie jemanden mit hochgenommen, der nicht zur Familie gehört. Selbst meine engsten Freunde nicht. Aber bei dir mache ich eine Ausnahme.«

»Jetzt machst du mich etwas nervös«, gestehe ich.

»Ich bin es auch ein wenig«, erwidert er, dann steigt er auf die Matratze, zieht an der Schnur und lässt eine kleine Holztreppe herunter, die direkt vor dem Bett endet.

»Nach dir.«

Mit etwas zittrigen Beinen steige ich die steilen Sprossen hinauf. Lewis, der nun unten wartet und somit in meinem Rücken ist, gibt mir Sicherheit, denn ich vertraue der altertümlichen Leiter nicht.

Oben erwartet mich ein ausgebauter Dachboden mit rundem Fenster. Neben dem Aufstieg stapeln sich einige Kartons, aus einem davon ragt ein altes Schachbrett. Vor dem Rundglas liegt eine Matratze, davor ein Regal mit Büchern und ein Teleskop, ausgerichtet auf das Fenster.

Hingerissen nehme ich alles in mir auf und stelle mir Lewis vor, wie er sich hier nach einem Streit mit seinem Bruder oder nach einem dieser unnötigen Wettkämpfe zurückgezogen hat, in seine eigene kleine Höhle. Sein Reich, das voller Liebe zum Detail eingerichtet wurde, sodass er es sicher stundenlang dort oben ausgehalten hat, ohne von jemandem gestört zu werden. Und nun teilt er diesen Ort mit mir? Obwohl er sonst nie jemanden mitnimmt?

»Das hier ist wirklich etwas Besonderes«, sage ich gerührt von dieser Geste.

Lewis umschlingt mich von hinten, seine Arme legen sich auf meinen Bauch. »Immer wenn mir alles zu viel wurde, bin ich hier hochgekommen.«

»Und hast hier übernachtet?«

»Übernachtet, die Sterne beobachtet, gelesen oder Musik gehört. Ich war ziemlich oft hier oben.«

Ich gehe auf das Teleskop zu und sehe hindurch, kann jedoch nicht viel erkennen. Der Himmel ist wie ein dunkler Teppich, an dem die Sterne trotz des Teleskops nur zu erahnen sind.

»Es ist nicht immer leicht, von hier aus die Sterne zu sehen«, erklärt Lewis. »Zu viele Lichter in der Nachbarschaft, zu viele Wolken. Aber manchmal hat man Glück.«

»Ich wusste gar nicht, dass du dich für die Astronomie interessierst«, stelle ich fest. Allein hierfür hat sich die Reise nach Oregon gelohnt. Um Zelda kennenzulernen … und diese andere Seite von Lewis, die mich in diesem Moment mehr als verzückt.

»Eigentlich interessiere ich mich für alles, was irgendwie mit der Natur zu tun hat«, sagt er. »Für mich gehört das Universum auch dazu. Die Planeten und deren Eigenarten, die unerforschten Gebiete und die Frage, ob dort Leben existiert und wie es sich von den Pflanzen und Tieren auf der Erde unterscheiden mag.«

»Wenn man darüber nachdenkt, wird einem klar, wie verdammt wenig wir erst wissen, oder?«

»Das gilt auch für die Erde«, erwidert er nachdenklich. »Das Meer macht den Großteil unserer Welt aus, und dennoch ist erst so wenig vom Ozean erforscht. Wir sind kleine Fliegen in einem großen Universum, halten uns aber für Dinosaurier.«

Ich trete an das Bücherregal heran. Die meisten der etwas eingestaubten Bücher darin handeln von Pflanzen, Gesteinen, Biologie und Planeten. Nur in der untersten Reihe sehe ich Romane, ein paar eindeutig für Kinder und Jugendliche geschrieben, daneben ein paar Thriller und Fantasy-Bände. Ganz rechts stehen ein paar Bücher ohne Einband.

»Fotoalben«, sagt Lewis, der meinem Blick gefolgt ist. »Meine Mom schenkt uns immer welche. Andere bekommen Autos, die Bransons kriegen Fotoalben.«

»Darf ich sie sehen?«

Wir lassen uns auf dem Boden nieder, direkt zwischen Bücherregal und Matratze. Lewis zieht einen der Bände hervor. Er ist flaschengrün, auf der Vorderseite ist eine *16* eingedruckt.

»Ein Geburtstagsgeschenk?«, rate ich.

»Meine ersten sechzehn Jahre, fein säuberlich festgehalten.« Lewis schaut auf den Stoffeinband, ehe er noch mal zu mir sieht, seine Mundwinkel zucken. »Keine Witze über meine Frisuren oder Brillen, okay? Ich war in einigen meiner Lebensjahre speziell.«

»Ich verkneife mir jeden Kommentar«, sage ich. »Allerdings kann ich für nichts garantieren.«

Er rückt an mich heran, sodass wir Schulter an Schulter sitzen. Kurz halten wir beide inne, genießen das vertraute Gefühl, das sich zwischen uns aufbaut. Hier, umgeben von Lewis' Vergangenheit, mit dem Wissen, dass er diesen Ort mit mir teilt, fühle ich mich ihm noch näher.

Ich klappe das Album auf. Ein Text in goldener Farbe, der Lewis in einer verschnörkelten Handschrift zum sechzehnten Geburtstag gratuliert, begrüßt uns. Lewis blättert zum ersten Foto: er als Baby, scheinbar kurz nach der Geburt, denn er liegt in einem Krankenhausbettchen, das Namensarmband noch um das kleine Handgelenk. Blonde, dichte Locken zieren seinen Kopf, noch eine Spur heller als jetzt. Die heutigen Gesichtszüge sind zu erahnen, vor allem die Nase wirkt vertraut. Daneben befindet sich ein zweites Foto, diesmal hält ein anderer blonder Junge Baby Lewis auf dem Arm. Offenbar Jasper, auch wenn ich ihn ohne die Tattoos und den Man Bun kaum erkannt hätte. Dafür sieht er Lewis hier sehr viel ähnlicher als heute.

»Damals war noch alles einfacher zwischen uns«, murmelt Lewis und fährt mit dem Finger über das Bild.

»Ihr schlagt euch doch zurzeit ganz gut, oder nicht?«

»Ja, dank dir«, erwidert Lewis warm. »Das, was du neulich gesagt hast, hat mir den nötigen Schubs gegeben. Jasper und ich sind zwei unterschiedliche Menschen, mit unterschiedlichen Stärken und Schwächen, und es geht nie fair aus, das miteinander zu vergleichen. Für keinen von uns.«

»Ganz richtig«, sage ich, dann zeigt er mir die nächsten Fotos. Es sind Bilder aus seiner Kleinkindzeit: eines von dem Moment, als er laufen lernte, eines von seiner ersten Wasserschlacht – nicht, wie ich mir vorgestellt habe, in der Auffahrt, sondern auf der Wiese im Vorgarten, damals noch nicht so fein säuberlich zurechtgestutzt. Immer wieder sehe ich auf den Bildern auch Zelda, damals noch etwas fülliger und vitaler. Daneben ist manchmal Lewis' Vater abgebildet, meist in einem dunkelgrauen Anzug aus Tweed, immer mit einer Brille und verwuscheltem Haar. In diesem Outfit sieht er beinahe aus wie Lewis. Hin und wieder schleicht sich auch ein älterer Mann mit lichtem Haar und einnehmenden warmen Augen in die Bilder.

»Dein Großvater?«, flüstere ich.

Lewis nickt sachte. »Damals hat er noch mit uns zusammengelebt. Da war vieles einfacher.«

Ich weiß nicht, was er genau damit meint, doch Lewis blättert weiter, will offensichtlich nicht mehr dazu sagen, also frage ich nicht nach.

Je näher wir an Lewis' Jugend kommen, umso weniger Familienporträts finde ich. Das meiste sind Schnappschüsse von gemeinsamen Ausflügen, von Geburtstagen, Thanksgiving und Weihnachten, manchmal auch Bilder aus dem Garten, wo Lewis auf einer Sonnenliege liegt und liest. Es wirkt wie das Abbild der perfekten Familienidylle, die kaum darauf schließen lässt, dass Lewis nicht nur positive Gefühle mit seiner Familie verknüpft. Wettkämpfe und Druck, das Gefühl, nicht genug zu sein; all das ist auf diesen Bildern nicht zu erkennen.

Aus dem Augenwinkel sehe ich ihn an. Lewis betrachtet das letzte Foto des Albums, aufgenommen wenige Wochen vor seinem sechzehnten Geburtstag, mit Fernglas in der Hand in einem Naturpark auf der Suche nach Tieren, die er beobachten kann. Ich kann ihn mir auch heute noch so vorstellen, denn er hat immer noch denselben entschlossenen und neugierigen Ausdruck in den Augen, dieselbe Verbundenheit zur Natur. Nur ist er heute besser gekleidet und etwas markanter in seinem Aussehen. Erwachsener.

»Danke, dass du mir das alles zeigst«, sage ich mit etwas zittriger Stimme. Wie aus dem Nichts beginnt mein Herz zu rasen. Plötzlich ist alles so überwältigend. Dass ich nun hier bin, dass er sich öffnet, seine Nähe, meine Gefühle. Alles ist roh und ungefiltert. Es bricht über mich herein und lässt mich schwer schlucken, weil mir erst in diesem Moment klar wird, was für einen großen Schritt wir mit diesem Wochenende gemacht haben. Damit, dass ich ihn hierherbegleite. Es war nicht immer leicht, Lewis kennenzulernen – richtig und wahrhaftig, mit allen Facetten. Aber hier sitze ich nun, umgeben von seiner Vergangenheit, in einer gemeinsamen Gegenwart und spüre nichts als wachsende Zuneigung für ihn. Ihn, der sich hier hochgeschlichen hat, um nachts die Sterne anzusehen. Ihn, der sich Teleskope und Ferngläser nimmt, um die Welt zu entdecken. Alles erforscht, sich den Themen annimmt. Voller Leidenschaft und Hingabe, umgeben von Zielen und Wünschen.

Ich lehne mich gegen ihn, mein Blick auf ihn geheftet. Mein Daumen kreist auf seiner Jeans, bis Lewis leise Luft einzieht. Bis er meinen Blick erwidert und ich dort dieselben übermannenden Gefühle sehe, wie ich sie in diesem Moment spüre.

»Ich bin so froh, dass du hier bist«, flüstert er. Fließender Honig in jedem seiner Worte.

»Lewis, ich –« Weiter komme ich nicht.

Unsere Lippen pressen sich längst aufeinander, hungrig, als wäre dies der erste Kuss nach einer langen Durststrecke. Vielleicht weil es das erste Mal ist, dass ich meine Gefühle für ihn so wahrhaftig vor mir sehe – bildhaft und gewaltig, wie ein tosender Sturm in meinem Innern, der sich nun in unseren Küssen Bahn bricht. Lewis' Finger vergraben sich in meinen Haaren, ich seufze leise auf, während sein Körper sich gegen meinen drängt. Mit der Hüfte drücke ich mich ihm entgegen, bis mich die Sehnsucht überkommt. Danach, ihm noch mal so nah zu sein. Ihn noch mal so wundervoll stöhnen zu hören und der Grund dafür zu sein.

Es scheint Lewis genauso zu gehen, denn unsere Küsse werden fiebriger, seine Hände legen sich an den Saum meines Pullovers und schieben ihn nach oben. Kurz darauf landet mein Oberteil neben uns auf dem Dielenboden. Ich sitze in meinem schwarzen BH vor ihm und sehe ihn unter einem Augenaufschlag an. Mein Herz pocht derart stark gegen meine Brust, dass mir immer wieder der Atem stockt.

Es ist ein umwerfendes Gefühl. Vor allem, als Lewis beginnt, meinen Hals zu küssen. Sanft gleitet er mit den Lippen darüber, hauchzart und doch voller Leidenschaft. An der Stelle genau unterhalb meines Ohrläppchens beißt er sanft zu, und ein angenehmer Schauer jagt durch meinen gesamten Körper, der mich dazu bringt, nicht mehr nachzudenken, nur noch zu handeln. Meine Finger gleiten wie von selbst unter sein Sweatshirt und schieben es nach oben. Noch während er es über den Kopf zieht, öffne ich den Knopf seiner Jeans. Wir drängeln nach hinten und lassen uns etwas unbeholfen auf die Matratze fallen, ich unter ihm. Seine dunkelblauen Augen scheinen mir zu sagen, wie sehr er diesen Moment genießt. Wir halten inne, sehen uns einfach nur an. Lewis' Finger gleiten ganz langsam über meine rechte Seite, zunächst an der Schulter entlang, an die Wölbung meiner Brust, hin zu meiner Hüfte. An meinem Schenkel spüre ich, wie seine Erektion wächst und sich gegen seine Jeans drängt. Ich schlucke schwer, sehe ihn erneut an. Seine Lippen sind nun zu einem frechen Grinsen verzogen, als wüsste er genau, woran ich denke. Um diese Annahme zu bekräftigen, streiche ich mit meinen Fingern sanft über seine Wange, ehe sie tiefer wandern. Immer tiefer, bis zu seinem Schritt. Ich streiche darüber und genieße, wie Lewis geräuschvoll die Luft einzieht. Ich mache es noch mal, und noch mal, lächle jedes Mal ein wenig mehr, während ich Lewis dabei beobachte, wie er genüsslich die Augen schließt.

»Ich kann nicht aufhören, an dich zu denken, Hazel.« Seine Stimme klingt heiser.

Er öffnet die Lider und sieht mich an, in seinen Augen sehe ich pure Begierde.

»Deswegen?« Ich lasse erneut meine Finger kreisen.

»Nein«, sagt Lewis erstickt. »Wegen allem. Wegen … diesem Lachen. Deiner positiven Art. Wegen den Gesprächen, die wir führen. Ich will das hier mit dir wirklich.«

»Ich will es auch«, flüstere ich.

Zur Antwort küsst er mich erneut. Er öffnet den Verschluss meines BHs, lässt ihn nach unten gleiten. Ein Anblick, den er anscheinend genießt, denn er betrachtet mich für einen kurzen Moment, ehe er mit seinen Fingern meine Brust umfasst.

Ich schließe die Augen, meine Hüfte biegt sich ihm entgegen. Meine Hände gleiten über seinen Po, greifen einmal zu, ehe ich damit kämpfe, seine Jeans herunterzuziehen. Sekunden später folgt meine, und ich bin vollkommen nackt. Entblößt liege ich da, aber ich fühle mich geborgen und wohl. Sexy. Aufgeheizt von Lewis' Blicken, die mir eindeutig sagen, wie sehr ich ihn errege. Unsere Küsse werden fiebriger, als er beginnt, mich zu streicheln. Mit dem Finger in mich einzudringen. Ich seufze leise auf. Es fühlt sich anders an als beim letzten Mal. Wir waren zurückhaltender. Nun trauen wir uns, etwas offensiver heranzugehen.

Unter Stöhnen öffne ich die Augen und sehe direkt in Lewis' wunderschönes Gesicht. Die Locke fällt ihm noch immer auf die Stirn, seine Wangen sind gerötet.

»Ich möchte mit dir schlafen«, sage ich ehrlich.

Sein Lächeln zittert leicht. »Bist du … dir sicher?«

»Wenn du es auch willst.«

Er zögert keine Sekunde, sondern nickt mir zu, ehe er mich noch einmal küsst. Diesmal langsamer und länger, als würden wir damit diese Entscheidung besiegeln. Dann sieht er sich um, auf seinen Wangen diese einladende Röte.

»Sekunde … ich bin gleich wieder da.«

Lewis verlässt den Dachboden, und ich bin allein mit meinem schlagenden Herzen und dem wunderbaren, stetigen Pochen in meinem Unterleib. Mit dieser Sehnsucht, endlich diesen Schritt mit ihm zu gehen, hier, umgeben von all den Erinnerungen, die er mit mir geteilt hat. Dieser Vertrautheit zwischen uns.

Als er zurückkommt, schließt er hinter sich die Tür ab, in der Hand eine Kondompackung. Wir verlieren uns wieder in unseren Küssen, fachen das Feuer erneut an, gehen hundertprozentig sicher, dass dies unser nächster Schritt ist. Erst danach lässt Lewis von mir ab, reißt die knisternde Packung auf und fischt das Kondom heraus, um es sich überzustreifen. Ich sehe ihm dabei zu, schlucke schwer. Aber es ist nur Aufregung und Lust, keine Angst in mir. Ich will es. So sehr.

Der Moment, in dem Lewis sich über mich beugt, wir beide nackt und bereit, beide mit dem Wissen, dass wir diesen besonderen Augenblick miteinander teilen, wird sich für immer in mein Gedächtnis brennen. Ich weiß es genau. Er sieht mich an, seine Hand fährt liebevoll über meine Lippen und meine Wange, dann nickt er mir leicht zu, abwartend, bis ich ebenfalls nicke. Bis ich ihm zeige, dass ich wirklich bereit bin. Ich bin es. Alles in mir sehnt sich danach. Mein gesamter Körper, aber vor allem mein Herz.

Ich habe mir in den vergangenen Wochen oft vorgestellt, wie es wohl sein wird, mit Lewis eins zu werden. Ihm so nah zu sein, ihm alles von mir zu zeigen und zu geben. Die Realität reicht nicht im Entferntesten an meine Vorstellung heran. Es ist kurz und aufregend, kostbar und respektvoll.

Wir sehen uns tief in die Augen, während er in mich eindringt und beginnt, sich in mir zu bewegen. Einige Sekunden lang muss ich mich daran gewöhnen. Ein kurzer stechender Schmerz und ein ungewohnt verletzliches Gefühl. Lewis hält inne, gibt mir Zeit. Dann kann ich es genießen, kann mich fallen lassen, mich auf die Bewegungen und die Nähe konzentrieren. Auf das leise Stöhnen von Lewis, das lauter wird, je mehr wir uns bewegen. Es klingt unglaublich. Auch noch eine halbe Stunde später, als wir es das zweite Mal tun, diesmal etwas länger, sodass ich auch zum Höhepunkt komme.

Als wir schließlich nebeneinanderliegen, beide außer Atem, fühle ich mich angekommen. In meinem Körper, in meinem neuen Leben. In dieser Beziehung.

# Kapitel 26

Der Dachboden ist nur in das helle Licht einer Schreibtischlampe getaucht. Inzwischen ist es mitten in der Nacht, aber wir denken nicht daran, schlafen zu gehen. Dieser Moment, umringt von Lewis' Halbseligkeiten und mit diesem wundervollen ersten Mal im Kopf, ist zu kostbar, um ihn abzukürzen. Ich will ihn ausdehnen, möchte alles genießen, auch wenn sich Müdigkeit auf Lewis' Gesicht geschlichen hat.

Ich stehe auf, gehe zu dem Teleskop, richte es auf den Sternenhimmel aus, der sich nun vor dem Rundglas abzeichnet, und sehe hindurch.

»Ich finde es schwer, etwas zu erkennen«, gebe ich zu. »Aber ich denke, da vorne ist der Große Wagen.«

»Es sind zu viele Lichter«, seufzt Lewis. »Ich habe schon länger überlegt, das Teleskop mit nach Lullaby zu nehmen. Stell dir mal vor, wie hell die Sterne dort sind …«

»Auf dem Berg mit den Rundschwanzsperbern müssten sie richtig gut zu sehen sein.«

»Keine gute Idee.«

»Stimmt, die Pumas«, erinnere ich mich.

»Und das Teleskop da hochzuschleppen, wäre wirklich mühselig«, gibt er zu bedenken. Vermutlich hat er recht. Der Aufstieg ist so schon beschwerlich, auch ohne extra Ballast und die Dunkelheit. »Aber im Garten von Red würde es vielleicht gehen. Nicht im Winter, wenn die Wolken alles verdecken, aber vielleicht im Frühling.«

»Können wir das machen?«, frage ich aufgeregt. »Im Frühling mit dem Teleskop in den Garten gehen?« Allein die Vorstellung hat etwas Magisches.

Lewis kommt näher zu mir, seine Hände streichen über mein Schlüsselbein, bevor er einen Kuss darauf haucht. »Wenn du das möchtest, gerne.«

Ich lasse von dem Teleskop ab, stattdessen drehe ich mich zu ihm um. Mit einer Handbewegung ziehe ich ihn etwas näher zu mir, sodass unsere Körper sich berühren. Er ist noch immer oben ohne, trägt nur Boxershorts. Ich bin in das Bettzeug eingewickelt, darunter noch immer nackt. Es fühlt sich vertraut und wundervoll an, genau wie unsere Küsse, in denen wir uns wieder verlieren.

»Es war die richtige Entscheidung, mit hierherzukommen«.

Lewis lacht leise auf. »Das kannst du laut sagen.«

Das Frühstück am nächsten Morgen ist ein absoluter Traum. Der Tisch biegt sich fast durch unter den frischen Bagels, den verschiedenen Gemüseaufstrichen, dem Orangensaft, Tee, Kaffee, den selbst gemachten Croissants und einem Schokomus ohne Nüsse, sodass ich beherzt zugreifen kann.

»Wie hast du geschlafen?«, erkundigt sich Zelda. »Ist das Gästebett in Ordnung?«

Lewis und ich werfen uns einen verstohlenen Blick zu. Tatsächlich habe ich nicht eine Minute darin gelegen. Wir waren noch die ganze Nacht auf dem Dachboden, haben viel geredet, kaum geschlafen. Kurz vor dem Frühstück habe ich mich aus seinem Zimmer geschlichen, um mich zu duschen und umzuziehen.

»Die Nacht war super«, sage ich.

Jasper, der mir gegenübersitzt, grinst schelmisch, als würde er die Situation genau durchschauen.

»Das freut mich. Dann steht den restlichen Feiertagen ja nichts mehr im Weg. Ich gehe gleich rüber in den Supermarkt, schon mal die Sachen für Thanksgiving einkaufen. Sonst sind die Läden zu voll und die guten Sachen weg.«

»Wir helfen dir«, sagt Lewis.

Jasper nickt. »Oder du schreibst uns auf, was du brauchst, und wir besorgen es.«

»Nichts da. Ihr kümmert euch um unseren Gast. Hazel will doch sicher die Gegend kennenlernen, oder nicht?«, fragt Zelda. »Die Natur hier ist wundervoll – nicht so schön wie in Lullaby, aber trotzdem ganz ansehnlich.«

»Ja, ich würde mich gerne ein bisschen umsehen.«

»Ich weiß auch schon, wo wir hingehen könnten«, sagt Lewis. »Da gibt es dieses –«

Die ins Schloss fallende Haustür unterbricht ihn. Mit gerunzelter Stirn sieht er zu seiner Mom, dann zu Jasper.

»Das ist doch nicht …?« Nichts als ein Flüstern, krächzend und dünn, wie ich es bei ihm lange nicht gehört habe.

Jasper mir gegenüber versteift sich, als wir Schritte hören. Zelda sieht auf.

Ein Mann in einem grauen Anzug und mit einer runden Brille kommt in den Raum. Seine blonden, lockigen Haare sind ein wenig licht am Haaransatz. Auf seinen Lippen liegt ein triumphierendes Lächeln, das so gar nicht zu den versteinerten Mienen der anderen drei Menschen hier im Raum passen will. Ich höre Lewis laut schlucken, seine Hand legt sich auf meine, drückt zu. Beinahe schon zu fest.

»Richard.« Zeldas Stimme klingt eine Spur höher als zuvor, sie springt auf, geht auf ihn zu. »Was machst du denn hier?«

»Es sind Feiertage«, entgegnet er, als wäre es offensichtlich. »Ich will bei meiner Familie sein.«

»Aber du hast doch gesagt, dass du erst in zwei Wochen wiederkommst. Was ist mit deiner Forschung?«

»Die läuft schon nicht weg.« Er kommt auf den Tisch zu.

Verdattert sitzen wir da. Ich bin die Erste, die aufsteht und ihm die Hand entgegenstreckt.

»Ich bin Hazel«, stelle ich mich vor. Obwohl ich normalweise nicht wortkarg bin, merke ich, dass ich leiser klinge als sonst. Der Stimmungswechsel ist allzu spürbar. »Sie müssen Mr Branson sein.«

»Ah ja, Hazel. Die Mitbewohnerin von Jasper … oder die Freundin von Lewis?« Er mustert mich abschätzend.

»Beides«, sage ich, überzeugt davon, Alkohol aus seinem Mund zu riechen. Hat er etwa getrunken? Morgens?

»Ich bin gespannt, die Storys dahinter zu hören. Aber zunächst: auf zu meinen Jungs.«

Lewis steht auf, sein Kiefer mahlt, als er von seinem Vater in eine Umarmung gezogen wird. Es wirkt nicht väterlich, nicht vertraut, eher steif und unheimlich. Die Spannung im Raum passt kein bisschen zu der Familienidylle, die ich heute Nacht auf den Fotos gesehen und bis eben hier am Frühstückstisch gespürt habe. Nichts scheint davon übrig zu sein.

Mr Branson geht zu Jasper, den er ebenso umarmt, dann gibt er Zelda einen Begrüßungskuss und lässt sich auf einen der freien Stühle nieder.

»Ich sehe, ich komme pünktlich zum Frühstück.«

»Wir waren eigentlich gerade fertig«, sagt Jasper. »Mom wollte für die Feiertage einkaufen, und wir möchten Hazel ein bisschen die Stadt zeigen.«

Jasper macht Anstalten aufzustehen, doch Mr Branson schüttelt den Kopf.

»Unfug. Wir haben uns monatelang nicht gesehen, und ihr überschüttet mich nicht gerade mit Updates. Nehmt euch gefälligst ein paar Minuten Zeit, jetzt wo ich extra hierhergekommen bin.« Er nimmt sich einen übrig gebliebenen Bagel.

»Hazel«, wendet er sich mir zu. Lewis quetscht mir die Finger. »Die Mitbewohnerin von Jasper, richtig? Also auch Stipendiatin bei Red?«

»Ja, seit diesem Semester. Ich bin neu an der LBU.«

»Studienfach?«, hakt er sofort nach.

»Umweltwissenschaften.«

»Ah ja.« Über seine Brille hinweg mustert er mich. »Darf ich fragen, wie Sie das Stipendium erhalten haben?«

»Glück … nehme ich an?«, sage ich. Wieso schafft er es, innerhalb kürzester Zeit eine gewisse Unsicherheit bei mir entstehen zu lassen?

»Unsinn«, bellt Mr Branson. »Mit Glück hat so etwas nie zu tun. Nur zu, keine falsche Bescheidenheit. Erzählen Sie mir, was es zu erzählen gibt.«

Ich sehe kurz zu Lewis. Er ist blass, seine Lippen sind nur noch eine dünne Linie, und ich kann seinen Schweißausbruch förmlich sehen. Das hier hat nichts mit ein wenig Druck von seinem Vater zu tun. Da steckt mehr dahinter. Ich spüre es in jeder Faser meines Körpers. In dem Schauer, der mir ungebremst über die Arme läuft.

Mr Branson hat etwas Einschüchterndes, selbst ich, die ihn kaum kennt, kann es fühlen. Vielleicht liegt es aber auch nur daran, dass der ganze Raum verstummt ist und die vorher fluffige Stimmung jetzt wie undurchdringbarer Nebel umherwabert und alles verschluckt.

»Ich hatte viele Empfehlungsschreiben«, antworte ich ihm. »Hinzu kamen ganz passable Noten und ein Video, das ich für die Bewerbung aufgenommen habe.«

»Ein Video?«, fragt er nach.

»Darin habe ich erzählt, wieso ich unbedingt an die LBU und zu Red möchte und habe ein bisschen über mich und meinen Werdegang berichtet. Es war nicht gefordert, Mr Peterson sagte mir in einem späteren Telefonat, dass es ziemlich unüblich war. Aber es hat ihnen wohl gefallen.«

»Natürlich hat es das«, sagt Mr Branson, seine Stimme ist dunkel. »Innovation, das ist immer das, wovon ich spreche. Neue Ansätze, herausstechen aus der Masse. Siehst du, Lewis? Ein wenig Ideenreichtum, etwas Kreativität, und dann läuft das Ding. Deine ständigen Ausreden kann keiner mehr ernst nehmen. Bei Red geht es um Kommunikation, um Präsenz. Hazel hat es bewiesen. Sie wollen Leute mit dem gewissen Etwas.«

Lewis neben mir schluckt.

»Wir sollten wirklich langsam los«, sagt Jasper. »Hazel die Gegend zeigen.«

»Es sind diese Extras, auf die es ankommt«, fährt Mr Branson unbeirrt fort. »Extras, die du einfach nicht in dir trägst, Lewis. Immer noch nicht. Jasper schafft es, Hazel schafft es. Und du? Wie oft hast du es jetzt schon versucht?«

»Ich … ich denke –«

»Sprich lauter, Junge. Ich sag doch immer: Die Leute müssen dich hören können. Wie sollen sie dich beachten, wenn du vor dich hin stammelst?«, fragt er und schüttelt missbilligend den Kopf. »Jahrelange Sprachtherapie, und *das* ist das Ergebnis. Ein

Paradebeispiel für die Inkompetenzen in unserem Gesundheitssystem. Offenbar alles Stümper.«

Nun bin ich es, die Lewis' Finger einquetscht. Meint sein Vater das ernst?

»Ich denke, die Leute an der LBU wissen, was sie an Lewis haben«, erwidere ich, bereue es aber sofort. Jasper schüttelt sachte den Kopf, Zelda scheffelt panisch Krümelreste in das Abfalltöpfchen in der Mitte des Tisches, um von meinen Worten abzulenken. Lewis schluckt erneut, und Mr Bransons Augenpaar ruht nun nicht mehr auf ihm, sondern auf mir. Eine Augenbraue hebt sich.

»Dann können sie nicht sehr viel von ihm halten«, blafft er. »Wieso lese ich sonst so selten seinen Namen? Lewis, sieh es ein: Du bist ein kleines Licht, das niemand wahrnimmt. Hör mit diesem ständigen Gestotter auf, und vielleicht klappt es dann endlich.« Ein theatralisches Seufzen folgt, das mir durch Mark und Bein geht. »Du weißt, dass ich dich liebe und an dein Potenzial glaube, aber langsam werde auch ich müde. All die Jahre Mühe und Zeit, all die Stunden, in denen ich mit dir gelernt habe ...«

»Dad, lass gut sein, okay?«, sagt Jasper. Sein Gesicht gleicht einer Tomate.

»Nimm deinen Bruder nicht in Schutz. Ich weiß, dass du genauso denkst.«

»Tue ich nicht. Ich –«

»Wir sollten wirklich langsam einkaufen gehen«, sagt Zelda. »Und wir wollen doch nicht, dass unser Gast sich unwohl fühlt.«

»Ach.« Mr Branson wischt den Einwand seiner Frau einfach mit einer Handbewegung weg. »Ich denke, Hazel weiß genau, wovon ich spreche. Sie ist bei Red, sie ist also nicht auf den Kopf gefallen.«

»Nein, ehrlich gesagt, scheine ich gerade ziemlich auf den Kopf gefallen zu sein«, sage ich spitz. Ich kann hier nicht einfach sitzen und das alles kommentarlos hinnehmen. Mir ist bewusst, dass ich diesen Mann wohl besser nicht verärgere, dennoch habe ich keine Angst vor ihm.

»Lewis ist der intelligenteste, wissbegierigste und loyalste

Mensch, den ich kenne. Und dabei ist es unerheblich, ob er leise oder laut spricht, denn was er zu sagen hat, ist es wert, gehört zu werden.«

Mr Branson schnaubt. Lewis hingegen drückt meine Hand, diesmal etwas sanfter.

Dann steht er auf. »Wir gehen«, sagt er, noch etwas leiser als sonst. »Ich … ich werde nicht hier sitzen und mir weiter anhören, wie enttäuschend ich für dich bin, denn alles, was Hazel gerade gesagt hat, ist wahr. Ich … ich weiß, wer ich bin und was ich kann. Ich brauche deine Anerkennung dafür nicht. Und deine Erniedrigungen schon gar nicht.«

»Junge«, seufzt Mr Branson, aber es klingt nicht versöhnlich. »Ich meine das alles nicht böse. Ich will das Beste für dich. Etwas aus dir herauskitzeln, was sonst niemals zutage kommt. Du musst mehr kämpfen. Nur so kommt man an die Spitze.«

»Die Spitze, an der du mich siehst, ist überhaupt nicht die, wo ich hinwill«, bricht es aus Lewis heraus.

»Ach, dann willst du kein Stipendium?«

»Doch … aber ich … ich …«

Mr Branson lacht.

Jasper steht ebenfalls auf, sein Stuhl quietscht auf dem Fliesenboden. »Was er damit sagen will, ist: Stipendien sind toll, aber sie sind nicht alles. Sie sagen nichts darüber aus, wer man ist und wer man sein kann. Lewis kann auch so Karriere machen.« Lewis nickt ihm zu. »Und wir wollen diese Vergleiche nicht mehr. Wir wollen einfach *wir* sein dürfen, ohne diesen ständigen Druck.«

Ein Knall lässt uns alle aufschrecken. Mr Branson hat mit der Handfläche auf die Tischplatte geschlagen, Zelda zuckt zusammen. »Ich weiß nicht, was in euch gefahren ist, aber das hier ist mein Haus, und ihr seid meine Söhne. Als Vater ist es mein gutes Recht, euch zu erziehen und anzutreiben, und so einen Tonfall dulde ich nicht.«

»Dann fahren Hazel und ich zurück an die Uni«, sagt Lewis, leise, aber bestimmt. »So möchte ich nicht die Feiertage verbringen.«

»Nicht nur Hazel und du«, sagt Jasper. »Ich auch.«

»Unfassbar«, erwidert Mr Branson.

Sein Blick ruht auf mir, als wäre ich die Unruhestifterin. Vielleicht bin ich es auch. Aber ich bereue es in diesem Moment kein Stück.

»Wenn das so ist, dann gehe ich jetzt in mein Arbeitszimmer«, sagt er dunkel. »Ihr habt eine halbe Stunde, um euch darüber klar zu werden, was ihr jetzt tun wollt. Aber vergesst nicht, dass ich extra hergekommen bin, um die Feiertage mit euch zu verbringen. Wenn ihr jetzt geht, braucht ihr nicht mehr wiederzukommen.«

Jaspers Adamsapfel hüpft angespannt, doch er rudert nicht zurück. Lewis nickt schließlich.

»Wir packen«, verkündet er, dann zieht er mich an der Hand die Treppe hinauf. Im Wohnzimmer höre ich einen erneuten Knall, diesmal möglicherweise von einer Tür. Zeldas Schluchzen dringt durch das Haus.

Lewis und Jasper ziehen mich sanft ins Gästezimmer und schließen die Tür. Verwirrt stehe ich vor ihnen und versuche, meinen Herzschlag zu beruhigen, der sich unwillkürlich beschleunigt hat. Wie konnte dieser schöne idyllische Morgen nur derart eskalieren?

»Was war das?«, frage ich verwirrt.

»Das … war unser Dad«, sagt Lewis.

»Oder das, was von ihm übrig ist«, wirft Jasper ein.

»Ich verstehe nicht. Wieso sagt er solche Sachen über dich, Lewis? Wieso redet ihr überhaupt noch mit ihm, so wie er euch behandelt?«

»Es tut mir so leid, Hazel«, murmelt er. »Hätte ich gewusst, dass er über die Feiertage herkommt, hätte ich dich niemals mitgenommen.«

Unten ertönt erneut ein Knall. Jasper sieht sich nervös um. »Wenn wir wirklich verschwinden wollen, sollten wir uns beeilen.«

»Du hast recht. Wir holen unsere Sachen. In zehn Minuten treffen wir uns wieder hier.«

»Gut, dass du endlich mal etwas zu ihm gesagt hast«, meint Jasper und legt seinem Bruder eine Hand auf die Schulter. »Ich bin stolz auf dich.«

»Hat sich gut angefühlt. Beängstigend … aber auch gut.«

»Thanksgiving dann in Red? Auf unsere Art?«, fragt Jasper, als hätte er lange darauf gewartet, so etwas zu sagen.

»Das ist der Plan«, sagt Lewis.

Die beiden verschwinden daraufhin aus dem Gästezimmer, um ihr Gepäck zu holen, und lassen mich noch immer etwas fassungslos zurück. Meine Gedanken schwirren umher, Fetzen aus dem Gespräch eben verbinden sich mit dem, was ich zuvor schon über Lewis und den Druck wegen des Stipendiums wusste. Ich kann Lewis nun besser verstehen, seine Unsicherheiten und Ängste. Seinen Vater jedoch verstehe ich nicht. Wie kann er so mit seinem Sohn umgehen? Wie passt das mit der Vaterfigur zusammen, die ich auf den Familienfotos gesehen habe? Der Vater, der mit seinen Söhnen die Natur erkundet und Ausflüge macht. Wann ist er so eiskalt geworden?

Ich muss nicht viel einpacken, nur meine Kosmetiktasche und ein Sweatshirt, das ich gewechselt habe. Danach treffe ich mich vor der Tür mit Jasper und Lewis, beide noch immer mit entschlossenem Gesichtsausdruck. Wir wollen gerade die Treppe hinuntergehen, als Zelda uns entgegenkommt.

Stressflecken bedecken ihre Haut, ihr Gesicht ist tränennass und ihre Augen so verängstigt, dass es mir die Kehle zuschnürt. Sie war gut zu uns, eine tolle Gastgeberin. Sie hat es nicht verdient, dass wir ihr den Rücken kehren.

»Bitte«, flüstert sie beinahe. »Wir hatten so wenig Zeit.«

»Ich weiß«, sagt Jasper und zieht seine Mom in seine Arme. »Aber du verstehst, wieso wir nicht hierbleiben können, oder? Wir können das nicht immer über uns ergehen lassen.«

»Das weiß ich.«

»Komm mit nach Lullaby«, schlägt Lewis vor. »Die Zimmer in Red sind frei. Du könntest dort ein paar Tage übernachten und mit uns Thanksgiving feiern. Dir über einiges klar werden.«

Zelda schluckt, in ihren Augen sehe ich eindeutig die Sehnsucht danach, diesem Wunsch nachzukommen.

Dennoch schüttelt sie den Kopf. »Ihr seid vielleicht so weit, diesen Schritt zu gehen. Aber ich bin es noch nicht.«

»Mom«, sagt Lewis leise. »Du bist doch auch nicht mehr glücklich mit der Situation.«

»Bin ich nicht. Aber ich habe eurem Vater nun mal vor fünfundzwanzig Jahren versprochen, in guten wie in schlechten Tagen für ihn da zu sein. Und es gibt die guten Tage noch. Manchmal sind sie noch da.«

»Manchmal reicht nicht«, sagt Jasper verbittert.

»Vielleicht nicht. Aber das werde ich für mich selbst entscheiden müssen. Auch wenn das bedeutet –« Sie schluchzt auf. »Auch wenn das bedeutet, meine Jungs jetzt gehen zu lassen und Thanksgiving ohne sie zu feiern. Ich hätte wirklich gerne für euch gekocht. Und Hazel«, sie geht auf mich zu, »dir hätte ich wirklich gerne schönere Feiertage beschert. Es tut mir leid. Ich wollte nicht, dass es so läuft.«

»Ich auch nicht«, sage ich und lasse die Umarmung zu, in die sie mich zieht. »Danke trotzdem für die Einladung und den schönen Abend gestern. Es war ein schnelles Ende, aber den Anfang mochte ich sehr.«

Zelda löst sich von mir, dann nickt sie traurig. »Ihr solltet jetzt gehen, bevor er wieder zurückkommt.«

»Du kommst klar?«, fragt Jasper. »Bist du dir sicher?«

»Bin ich. Ich weiß schon, was ich mache.«

»Mir … mir gefällt es trotzdem nicht.«

»Mir auch nicht, Lewis. Aber ich bin wahnsinnig stolz auf dich. Das weißt du, oder?«

Tränen schimmern in Lewis' Augen, er nickt sachte. Dann nimmt er meine Hand, und wir verlassen das Haus. Lassen die Geräusche von Mr Branson, den wundervollen Dachboden, die im Wind wehende Fahne und das leckere Frühstück hinter uns und laufen stumm zur Bushaltestelle. Alle drei in unseren Gedanken versunken, ich noch mit viel zu vielen Fragen in meinem Kopf.

# Kapitel 27

Bei unserer Ankunft in Lullaby ist es still. Sonst wummert immer ein leiser RnB-Sound aus Coreys Zimmer, oder Lous Nähmaschine rattert. Manchmal höre ich Lachen oder das Knistern des Feuers, doch als wir diesmal das Wohnzimmer betreten, herrscht gespenstische Ruhe.

Der Abend ist längst angebrochen, die Stimmung gedrückt. Jasper und Lewis haben die Busfahrt über nur das Nötigste gesagt, dabei brennen mir noch immer so viele Fragen unter den Nägeln. Ich weiß, dass wir über die Sache mit ihrem Dad sprechen müssen, aber keiner der beiden scheint momentan die Kraft dazu zu haben.

Lewis stellt meine Reisetasche ab, die er für mich getragen hat, seine eigene noch in der Hand. »Dann werde ich erst mal auspacken. Wir sehen uns später.«

»Du kannst hierbleiben«, sagt Jasper schnell. Er sieht seinen Bruder an, in seinem Gesicht kann ich noch alle Ereignisse der letzten Stunden ablesen.

»Wirklich?«, fragt Lewis überrascht.

»Ja.« Jasper vergräbt eine Hand in seiner Hosentasche. Die Stimmung zwischen den beiden ist seltsam. Vertraut und doch so verlegen. Ein Umstand, den ich noch nicht ganz greifen kann. »Coreys Zimmer wäre frei.« Er sieht zu mir, dann wieder zu seinem Bruder. »Wobei Hazel sicher auch nichts dagegen hat, noch mal eine Nacht mit dir in einem Bett zu verbringen.« Ein jungenhaftes Grinsen legt sich auf seine Lippen, ehe er wieder ernster wird. »Aber wo auch immer du schläfst: Es würde sich irgendwie komisch anfühlen, wenn du jetzt gehst.«

»Okay«, sagt Lewis lediglich.

Die beiden bringen unsere Taschen hoch, und wir gehen einer nach dem anderen duschen, um uns danach wieder im Wohnzimmer einzufinden. Noch immer schweigsam, etwas zu nachdenklich.

Wir kochen uns Nudeln mit Tomatensoße und planen das Thanksgiving-Essen, entzünden ein Feuer, wärmen uns daran. Irgendwann holt Jasper das Schachbrett hervor, und ich sitze auf dem Sessel, um den beiden bei ihrem Spiel zuzusehen. Auch hierbei wird wenig geredet, aber es ist dennoch ein schönes Bild, die beiden derart vereint miteinander zu sehen. Sie zusammen lachen zu hören, auch wenn der Vorfall mit ihrem Vater noch immer nachhallt. Als würde er irgendwie in der Luft liegen, wie ein dichter Nebel.

»Es ist spät«, sagt Jasper irgendwann. »Ich hau mich hin.«

Lewis und ich wünschen ihm eine gute Nacht. Jasper nickt uns zu und verschwindet in sein Zimmer.

Ich komme zum Sofa, setze mich neben Lewis. Meine Hand sucht seine, mein Blick ist auf den Kamin gerichtet.

»Du willst darüber reden, richtig?«

»Nun ja ... schon«, gebe ich zu. Auch wenn ich weiß, dass Lewis und Jasper gerne dem Muster folgen, Streitigkeiten unter den Teppich zu kehren und nie wieder hervorzuholen: Ich kann das nicht.

»Nach allem, was du gehört und gesehen hast, verstehe ich, dass du verunsichert bist«, sagt Lewis. »Ohne dich hätte ich vielleicht nie den Mut gefunden, mich zu wehren. Aber es ist auch beschämend, dass du gehört hast, wie ... wie mein Dad mit mir geredet hat.«

»Vor mir musst du dich nicht schämen«, sage ich vehement. »Niemals, okay? Ich will das alles nur besser einordnen können.«

»Weißt du ...« Lewis schluckt schwer. »Dad war nicht immer so. Früher war er wirklich ein guter Vater. Er hatte diese Angewohnheit, Jasper und mich miteinander zu vergleichen und Wettkämpfe zu veranstalten, aber es war ein kleiner Fehler, den wir ihm verzeihen konnten, weil er ansonsten wirklich viel für uns getan hat. Oft habe ich es bei Freunden erlebt, dass die Väter nie richtig präsent waren. Unser Dad war anders, er hat mit uns

Ausflüge gemacht und sich Zeit genommen.« Er wirft mir einen Seitenblick zu. »Du hast die Fotos gesehen, es waren gute Zeiten. Keine perfekten, aber ich erinnere mich gerne daran zurück.«

»Auf den Bildern saht ihr auch sehr glücklich aus.«

»Schon damals hatte ich aber tief in mir drinnen das Gefühl, dass er Jasper bevorzugen würde. Er war einfacher, brauchte nicht viel Hilfe oder Unterstützung. Ich hingegen war schüchtern und ängstlich, auf Sprachtherapien und Förderungen angewiesen. Erst als ich mich für Naturwissenschaften interessiert habe, hat mich das Dad nähergebracht. Manchmal habe ich mich gefragt, ob mein Interesse echt war oder ich ihm nur imponieren wollte. Er war als Kind immer mein Held. Ein Vorbild. Aber wenn ich in mich reinhöre, spüre ich, dass diese Leidenschaft für Naturwissenschaften meine eigene ist. Es liegt nicht an ihm.«

»Daran hätte ich auch niemals gezweifelt«, erwidere ich. »Wer dich hier erlebt, weiß, dass du das hier nicht nur wegen deines Dads tust.« Allein das Funkeln seiner Augen, wenn er Proben analysiert oder mir die Natur erklärt, offenbart echte Leidenschaft. So was kann man nicht vortäuschen.

»Trotzdem war in mir auch immer der Wunsch, es ihm recht zu machen«, sagt Lewis resigniert. »Es hinzukriegen, dass er stolz auf mich ist. Nur wurde das mit den Jahren immer schwieriger. Dad hat sich verändert. Es war nicht direkt für alle greifbar, mehr ein schleichender Prozess. So wie du ihn jetzt kennengelernt hast, so war er früher nicht. So voller Wut.«

»Wieso ist er so geworden?«, flüstere ich fast.

»Alkohol. Plus ein wenig Verbitterung seit dem Tod meines Großvaters, denke ich. Sein Tod hat ihn in ein Loch gezogen. Gleichzeitig wurde eine wichtige Forschungsarbeit von Dad nicht anerkannt. Er dachte, es sei sein Durchbruch, aber die Ergebnisse hatten einen minimalen Fehler und haben dadurch die ganze Forschung zunichtegemacht. Da fing es an«, erinnert sich Lewis. »Er war immer schlechter drauf, hat immer härter gegen mich geschossen. Eigentlich gegen alle, aber ich war und bin sein Lieblingsopfer. Er fing an, mich kleinzureden, mehr Druck aufzubauen. Mir immer wieder zu sagen, ich solle lauter reden und aufhören zu stottern, mehr wie Jasper sein. Es war … hart. Ich habe wirklich versucht, seinen Wünschen nachzukommen. Einfach, damit es aufhört.«

Ich schlucke. Tränen steigen mir in die Augen, als ich Lewis ansehe. Diese Verletzlichkeit, die sich in seinem Gesicht widerspiegelt. Dieser Wunsch, einfach von seinem Vater geliebt zu werden.

»Dann ist er immer so zu dir? So wie heute Morgen?«, frage ich mit belegter Stimme. Ich kann mir kaum ausmalen, wie das wäre … ein Leben voll von solchen Erniedrigungen.

»Nicht immer. Meine Mom hat ja gesagt: Es gibt gute und schlechte Tage. Manchmal erinnert er mich wieder an den Dad von früher. Dann wacht er auf und hat einen Lauf, ist fröhlich und ausgeglichen, kümmert sich um den Haushalt, macht meiner Mom Komplimente und textet mir, wie stolz er auf mich ist. Es sind die Momente, die es einem schwer machen, wirklich einen Schlussstrich zu ziehen. Das hat mich immer davon abgehalten, etwas zu sagen. Neben meiner Angst. Gegen ihn die Stimme zu erheben, ist schwerer als bei allen anderen.« Er schüttelt sachte den Kopf, vielleicht weil er gerade erkannt hat, dass er genau das heute geschafft hat. »Aber diesen guten Tagen stehen wirklich viele schlechte gegenüber. Ich kriege es, seit ich an der LBU bin, nur gefiltert mit, die ganzen Grautöne dazwischen bleiben von mir fern. Entweder bekomme ich die eher seltenen motivierenden Nachrichten oder – und das viel häufiger – Voicemessages, in denen er mir, vermutlich betrunken, die Hölle heißmacht. Wenn ich wieder kein Stipendium bekommen habe. Wenn Jaspers Arbeit wieder einmal veröffentlicht wurde und meine nicht. Irgendetwas findet er immer.« Lewis' Augen werden glasig, während er ins Feuer starrt. »An dem Tag, an dem du den Streit zwischen Jasper und mir mitbekommen hast, habe ich wieder einige dieser Nachrichten auf dem Handy gehabt. Dad hat mir mitgeteilt, wie enttäuscht er von mir ist und dass ich es nicht wert sei, noch weiter seine Zeit zu verschwenden. Jasper hatte gerade etwas in einer Zeitschrift veröffentlicht und das Stipendium verlängert bekommen. Dad meinte, Jasper wäre nicht überrascht gewesen, dass ich keins erhalten hätte … so hat er es zumindest in seiner Nachricht ausgedrückt.«

Darum ging es also an meinem ersten Tag? Um Jaspers Erfolge und seinen Vater, der Lewis einzureden versucht hat, dass sein Bruder ebenso wenig von Lewis hält wie Mr Branson selbst? Etwas, das Jasper wusste, und doch hat er bei unserem gemeinsamen Abendessen genau dieses Bild bestätigt, indem er Lewis mangelnde Persönlichkeit vorgeworfen hat, um bei Red genommen zu werden. Er wusste, welche Knöpfe er drücken musste. Unter diesen Umständen ist es umso erstaunlicher, dass die beiden doch noch einen Weg gefunden haben, miteinander klarzukommen.

»Danach habe ich Jasper zur Rede gestellt«, erzählt Lewis weiter. »Aber er war sauer, dass ich auf Dad höre. Er war der Meinung, dass ich mich zu sehr von ihm beeinflussen lasse. Aus heutiger Sicht denke ich, dass Jasper recht hatte. Ich habe Dads Nachrichten und seine Wut viel zu sehr an mich herangelassen und für bare Münze gehalten. Vielleicht sogar meinen Selbstwert darüber definiert. Irgendwie traurig, oder?«

»Es ist aber mehr als verständlich«, erwidere ich. »Mir wäre es sicher auch so gegangen … es ging schließlich um deinen Dad.« Es liegt wohl einfach in der Natur der Sache, dass man sich von den Meinungen seiner Eltern beeinflussen lässt. Zumindest eine Zeit lang. »Aber du hast ihm heute die Stirn geboten«, gebe ich zu bedenken. »Das war doch ein riesiger Schritt nach vorne.«

»Der ohne dich nicht möglich gewesen wäre.«

»Wie geht es nun weiter? Mit dir und ihm?«

»Vielleicht gar nicht«, antwortet er nachdenklich. »Ich muss mir wohl eingestehen, dass es diesen alten Dad, den aus meinen Erinnerungen, nicht mehr gibt. Diese neue Version von ihm kann ich nicht lieben. Nicht, solange er mir selbst keine Liebe entgegenbringt. Ich … kann mich nicht noch mal mit ihm an einen Tisch setzen und mir anhören, was er an mir für falsch hält, denn ich will das alles nicht mehr glauben. Ich will … ich sein.«

»Das klingt nach einem sehr guten Plan.«

Lewis beugt sich nach vorn, streicht mir eine Haarsträhne hinter die Ohren. Dann seufzt er schwer. »Ich wünschte nur, ich könnte Mom helfen. Sie ist nicht glücklich. Er behandelt sie weit besser als mich, aber auch sie leidet unter seiner Veränderung, und sie schafft es nicht, von ihm loszukommen.«

»Zelda ist vielleicht noch nicht so weit wie du. Aber so wie ich sie einschätze, findet sie einen Weg, mit euch in Kontakt zu bleiben. Sie liebt euch doch.«

»Ja.« Lewis sieht wieder zu den Flammen, die inzwischen in sich zusammengesunken sind. Nur noch ein paar Minuten, bis sie ganz erlöschen und nur noch Glut übrig bleibt. »Irgendwann wird sie sich lösen können. Ich habe ja auch ein wenig Zeit gebraucht.«

»Genau.« Ich lege meinen Kopf auf seine Schulter und sehe zu, wie die Flammen kleiner und kleiner werden. Es gibt für uns alle viel zu verdauen. Am meisten für Lewis, der diese neue Stärke und die Entscheidungen, die damit zusammenhängen, sicher noch nicht vollends begreift. Aber ich bin unfassbar stolz auf ihn. Ich weiß nicht, wie es ist, einen Vater zu haben, der einem eine solche Wut anstatt Liebe entgegenbringt. Der sein Kind kleinredet, um sich selbst größer zu fühlen. Aber ich weiß, dass Lewis und Jasper mehr verdient haben. Das heute war ein wichtiger Schritt, sich das selbst einzugestehen.

»Jasper hat zu mir gehalten«, sagt Lewis, als habe er meine Gedanken gehört. »Er … er hat sich vor Dad noch nie so für mich eingesetzt. Vielleicht ist es gut, hier gemeinsam Thanksgiving zu feiern. Eine Art Neuanfang. Für uns alle.« Er sieht nachdenklich zum Kamin. »Du hast doch gesagt, dass Reese und ihr Cousin über die Feiertage in Lullaby bleiben. Wieso lädst du sie nicht hierher ein? Jasper wollte auch jemandem mitbringen. Dann wäre es voll und laut und … ungezwungener. Mir würde das gefallen.«

»Mir auch«, erwidere ich sofort. So ein Neufang ist vielleicht genau das, was die beiden Brüder brauchen. Endlich zueinander finden, ohne von außen beeinflusst zu werden. Schon jetzt haben sie einen unglaublichen Meilenstein auf diesem Weg erreicht.

Aber in diesem Moment kann ich nicht verhindern, dass sich eine Frage in meine Gedanken drängt: wie weit entfernt ich selbst von meinem Meilenstein bin. Davon, mit meiner Situation ins Reine zu kommen. Ms X zu finden.

Innerhalb von Sekunden ist sie in meinem Kopf. Meine plötzliche Unruhe steht in starkem Kontrast zu dem inneren Frieden, den Lewis in diesem Moment ausstrahlt. Morgen werde ich im Kreis meiner Freunde Thanksgiving feiern und darüber sprechen, wofür ich dankbar bin. Und alles, was ich dann sagen kann, hängt nur mit ihr zusammen. Mit dieser einen Frau und ihrem Organ, weil sie mir all das hier ermöglicht hat. Und ich schaffe es nicht, sie zu finden.

# Kapitel 28

Ganz Lullaby ist wundervoll geschmückt. Überall hängen Blättergirlanden, die Kürbisgrimassen von Halloween sind verschwunden, stattdessen stehen Flechtkörbe mit ungeschnitzten Kürbissen und Stroh vor den Läden. Der Verkäufer vom Supermarkt ist sogar als Pilgervater verkleidet. Fast schon bin ich enttäuscht, als ich das *Hopes* betrete und Reese nicht mit einer dieser weißen Kappen sehe, mit denen die Pilgerfrauen immer dargestellt werden. Stattdessen hat sie ihre Braids heute zu zwei hohen Zöpfen gebunden und die Haarbänder farblich passend auf ihren dunkelroten Pulli abgestimmt. Sie winkt mir zu, als ich mich an die Bar setze.

»Noch zehn Minuten, dann habe ich endlich Feierabend, und der Thanksgiving-Spaß kann beginnen«, begrüßt sie mich. Dann zieht sie ihr Tablet aus der Hosentasche und nimmt die Bestellung von Tisch vier auf. Am Nebentisch sitzt ihr Cousin Shawn. Reese sieht ein wenig missmutig zu ihm, als wäre irgendetwas zwischen den beiden nicht in Ordnung, aber vermutlich liegt es daran, dass er sich dazu entschieden hat, sich unserer kleinen Feier heute nicht anzuschließen und stattdessen zu arbeiten, obwohl ich ihn ausdrücklich eingeladen hatte.

Reese stellt mir eine Cola hin, und ich warte. Heute ist nicht viel los. Nicht hier im *Hopes* und auch nicht in der Stadt selbst. Viele sind bei ihren Familien, nur ein Bruchteil der Studierenden ist noch vor Ort und ähnlich heimatlos wie Reese und ich in diesem Moment.

Am Ende ihrer Schicht übergibt sie die Schürze an Shawn, der für sie übernimmt.

»Stört es dich nicht, an Thanksgiving zu arbeiten?«, frage ich ihn. Reese' Blick nach zu urteilen, den sie ihm sofort wieder zuwirft, stört es sie in jedem Fall.

»Ach, besser als allein im Wohnheim zu sitzen«, antwortet er und zuckt mit den Schultern.

»Oder mit deiner Cousine zusammen zu feiern?«, fragt Reese schmollend. Habe ich die Situation also richtig erfasst.

»Ach komm, Reese. Feiertage bringen verdammt gutes Trinkgeld.«

»Ja, ich weiß«, seufzt sie bockig. Dann nimmt sie eine Papiertüte vom Tresen, aus der herrlicher Duft aufsteigt, und hält sie demonstrativ in meine Richtung. »Wade ist heute auch besonders großzügig mit Extras in Form von Süßkartoffelpommes und Kürbissuppe.« Sie schielt zu Shawn. »Dein Pech, wenn du das ganz allein hier im Diner essen musst. Wenn du vereinsamst, denk immer daran: Du wolltest es so.«

»Keine Sorge, so schnell vereinsame ich schon nicht«, sagt Shawn und zieht eine Grimasse. »Macht euch einfach einen schönen Abend, okay?«

Wir verabschieden uns und sagen ihm, dass er gerne noch nachkommen kann, und gehen dann gemeinsam hinüber zu Red. Der Duft der Pommes begleitet uns, also nehmen wir beide jeweils eine heraus, tippen sie aneinander, als würden wir uns zuprosten, und schieben sie uns grinsend in den Mund.

»Ich bin so froh, dass du doch hier bist«, sagt Reese. »Ich weiß, für euch ist es kacke, immerhin hattet ihr euch auf zu Hause gefreut. Aber ich habe die ganze Zeit gedacht, ich müsste allein im Diner sitzen und Shawn bei der Arbeit zusehen. Das wäre das beschissenste Thanksgiving aller Zeiten geworden.« Wieder dieser gequälte Gesichtsausdruck von Reese.

»Alles in Ordnung zwischen euch beiden?«, frage ich.

»Wenn ich das nur wüsste«, seufzt sie. Es ist das erste Mal, dass ich Reese nicht komplett energiegeladen und gut gelaunt erlebe, und das ist beunruhigend. »Shawn ist irgendwie anders in letzter Zeit.«

»Was meinst du mit anders?«

»Er nimmt sich kaum Zeit für mich und ist schlecht gelaunt und wortkarg. Ganz anders als früher. Und er kam nicht mal auf die Idee, heute freizunehmen, um den Feiertag mit mir zu verbringen.« Sie seufzt. »Hilfe, ich klinge wie ein bockiges Kind.«

»Tust du nicht.« Wir nicken ein paar anderen Leuten zu, die gerade aus dem Archiv kommen, und folgen weiter den mit Blattgirlanden geschmückten Straßen. Ich verstehe Reese. An ihrer Stelle würde ich mich vermutlich genauso frustriert anhören. »Schon seit wir uns kennen, sprichst du ständig von deinem Cousin, und wie sehr du dich darauf gefreut hast, mit ihm hier zu studieren«, fasse ich meine Gedanken in Worte. »Ist doch klar, dass du enttäuscht bist, weil ihr nicht zusammen feiern könnt.«

»Wenn's nur das wäre, aber seine Stimmungsschwankungen hat er ja schon seit Wochen. Schon bei unserer Führung, weißt du noch? Er hatte gar keine richtige Lust.«

»Aber er war trotzdem da und hat es durchgezogen«, erinnere ich sie. »Nur für dich.«

»Vielleicht hast du recht.« Hinter den Kiefern sieht man bereits die rote Häuserfassade von Red. »Aber wir machen uns eine gute Zeit, oder?«, fragt Reese. »Jasper hat auch jemanden eingeladen?«

»Odrey, jemand aus seinem Semester. Die beiden haben irgendeine lockere Freundschaftsnummer am Laufen, und sie hatte wohl auch noch keine Pläne für heute. Sie bereiten gerade schon alles vor.«

Wir betreten das Wohnhaus und stellen die Papiertüte auf den Küchentisch. Ich habe am Vormittag Brötchen gebacken und mich an einer Kürbissuppe versucht. Lewis und Jasper stehen derweil am Herd, im Ofen brutzeln ein Gemüsegratin und Kartoffelspalten vor sich hin. Jasper knabbert vorab an einer Karotte, kein Wunder, dass er ausgehungert ist. Er hat in der Früh stundenlang den Boxsack malträtiert. Es klang beinahe, als hätte er sämtliche Worte, die zwischen ihm, Lewis und seinem Vater gefallen sind, in seinen Schlägen verarbeitet. Es war zumindest sehr laut und dynamisch.

Gemeinsam mit Reese decke ich den Tisch und stelle zur Feier des Tages einen Kranz mit orangefarbenen Kerzen darauf, den Lou vor ihrer Abreise aus Kiefernzweigen angefertigt hat. In Sachen Kreativität ist sie wirklich unschlagbar.

Zwanzig Minuten später sitzen wir beim Essen. Odrey neben Jasper, Lewis und Reese neben mir. Die Kerzen brennen, Pommes, Brötchen, Gratin und Kartoffeln stehen in Schüsseln auf dem Tisch, vor uns wartet die Kürbissuppe in kleinen Kokosnussschalen. Reese und ich schießen gleichzeitig ein Foto davon, um es unseren Familien zu schicken. Kurz sehe ich zu Lewis und Jasper, frage mich, ob sie wohl gerade genau wie ich an ihre Mom denken, die das geplante Essen jetzt nicht mit uns zusammen genießen kann, doch ich verwerfe den Gedanken schnell wieder. Jasper, Lewis und ich haben die Übereinkunft, heute nicht über ihren Dad oder den Vorfall in Medford zu sprechen, und die beiden haben extra ihre Handys ausgeschaltet, um nicht damit konfrontiert zu werden.

Wir halten uns an den Händen, schließen die Augen und denken an alles, wofür wir dankbar sind. Dann lassen wir unsere Gläser aneinanderklirren und hauen rein.

Die Suppe ist perfekt, schön cremig und würzig und wohltuend warm. Wir dippen unsere Brötchen hinein und lauschen dem Prasseln des Kamins und dem Wind, der um das alte Feuerwehrhaus fegt. Es ist eine gemütliche, heimelige Atmosphäre. Danach vertilgen wir die Kartoffeln, das Gratin und die Pommes. Es ist viel zu viel, um alles aufzuessen, aber wir schlagen uns ganz gut. Am Ende lehnen wir uns satt und zufrieden auf unseren Stühlen zurück. Eine Weile sitzen wir noch da, tauschen unsere Thanksgiving-Traditionen miteinander und reden über die Uni. Irgendwann verschwinden Odrey und Jasper in dessen Zimmer, während Reese sich an einem Kartentrick versucht, den Wade ihr beigebracht hat. Er ist noch viel zu durchschaubar.

Ich hingegen nippe nur an meinem Wasser und starre in die Flammen vom Kamin. Schwere macht sich in mir breit, denn Ms X drängt sich wie von selbst in meine Gedanken. Dankbarkeit und Schuld reichen sich die Hand.

»Du denkst an sie, richtig?«, flüstert Lewis. Ich nicke kaum merklich.

Reese fällt eine Karte aus dem Stapel. Sie flucht leise, die Finger trommeln nervös auf dem Kartendeck herum, während sie den Trick noch mal leise murmelnd durchgeht. Dann sieht sie zu mir. »Von wem sprecht ihr?«

Reese' dunkle Augen mustern mich, die Karten noch immer in ihrer Hand. Plötzlich will ich ihr die Wahrheit sagen.

Will es in die Welt hinausschreien.

»Hast du dir schon mal ein Ziel gesetzt, das du einfach nicht erreichen kannst, egal, wie sehr du dich auch bemühst?«, frage ich leise.

»Nein. Ehrlich gesagt habe ich nur für eine Sache wirklich hart gekämpft, und das war der Platz an der LBU«, sagt Reese schulterzuckend. »Ansonsten hatte ich bisher nie unerfüllte Ziele oder Träume. Zumindest nichts von Bedeutung.« Sie runzelt die Stirn. »Wieso fragst du? Hast du so ein Ziel?«

Ich nicke vorsichtig.

Lewis' bejahenden Zuspruch kann ich förmlich hören. Es ist richtig, etwas zu sagen. Jetzt und hier.

Ich seufze schwer, sammle all meinen Mut zusammen, und dann lege ich los. Erzähle vom Gespräch der Assistenzärztinnen, meinem Wunsch, mehr über Ms X herauszufinden, meiner Suche nach den Opfern des Autounfalls und dem Gespräch mit Zach. Reese sitzt nur da, hört mir zu, wie es eine gute Freundin tut.

»Dann hast du dich deswegen mit diesem Zach im Diner getroffen?«, fragt sie irgendwann. »Ich sehe ihn jeden Montag im *Hopes* und hatte immer schon das Gefühl, dass er irgendwie traurig wirkt, aber ich hätte nicht gedacht, dass er seine Schwester verloren hat.«

Lewis steht auf und holt neue Getränke aus dem Vorratsraum. Reese und ich bleiben sitzen.

»Aber Zachs Schwester war nicht deine Spenderin?«

»Niemand, der in diesen Autounfall involviert war«, seufze

ich. »Dabei war ich mir so sicher. Es hat alles gepasst. Als die Spur im Sande verlaufen ist, dachte ich, ich gehe einfach meinem Leben nach, und irgendwann trifft mich ein Geistesblitz, wie ich die Suche weiterführen könnte. Aber er kommt einfach nicht. Trotzdem frage ich mich immerzu, wer sie wohl gewesen ist.«

»Dich lässt die Frage nach ihrer Identität nicht los«, erkennt Reese.

»Ist es nicht verrückt? Wo ich doch eigentlich so glücklich in Lullaby bin? Sollte mir das nicht reichen?«

»Keine Ahnung. Verdammt schwierig Frage. Ich würde wohl auch mehr darüber wissen wollen.«

»Was, wenn mir die Antworten nicht gefallen?«, spreche ich meine Gedanken laut aus. »Was, wenn Ms X ein schlechter Mensch war, eine Verbrecherin? Oder was, wenn sie ein besonders guter Mensch war? Das wäre fast noch schlimmer. Wenn ich erfahre, dass sie Mann und Kinder hinterlassen hat und ich dann das Gefühl habe, ihnen etwas weggenommen zu haben?«

»Du hast ihr doch gar nichts weggenommen«, sagt Reese nachdrücklich. »Deine Lungentransplantation hat gar nichts an ihrem Schicksal geändert. Sie wäre so oder so gestorben.«

»Ich weiß. Rational betrachtet. Aber emotional?« Ich seufze. »Denkst du, dass ich weitersuchen und noch mehr Zeit investieren soll? Lohnt es sich überhaupt?«

Reese sieht mich nachdenklich an. Es ist selten, dass ich sie so ruhig und ernst erlebe, als spüre sie genau, wie wichtig mir das Thema ist. »Das musst du entscheiden, Hazel«, sagt sie schließlich. »Ganz allein du.«

Ich starre in die Flammen. Lewis kommt zurück, in der Hand eine neue Flasche Rotwein, die er für Reese und sich öffnet. Ich hingegen bleibe bei Wasser, grüble über Reese' Worte nach. Aber in meinem Innern kenne ich die Antwort auf meine Frage bereits.

»Ich will es«, sage ich. »Ich will nach wie vor wissen, wer sie war. Aber wie? Alles, was ich finden konnte, war dieser Autounfall, und der war eine Sackgasse. Ich habe einfach keine Anhaltspunkte mehr.«

»Ein Rätsel«, sagt Reese überschwänglich und nippt an ihrem Wein. »Überlegen wir mal zusammen. Wie genau bist du auf diesen Autounfall gestoßen?«

»Ich wusste durch die Assistenzärztinnen, dass die Spenderin etwas mit der LBU zu tun hat, also habe ich die Uni zusammen mit dem Datum meiner Transplantation in die Suchmaschine eingegeben«, erkläre ich. »Dabei bin ich auf diesen Zeitungsartikel über den Autounfall gestoßen.«

»Im Archiv haben wir alles ausgegraben, was wir dazu finden konnten«, wirft Lewis ein.

»Gut, dann weiten wir die Suche eben aus. Hol mal deinen Laptop.«

»Jetzt?«, frage ich perplex.

»Klar. Wozu noch lange warten, wenn es dich doch beschäftigt? Außerdem liebe ich Rätsel, und ich bin diesen Kartentrick leid. Also, her mit dem Laptop.«

»Moment.«

Ich stolpere fast die Treppe hinauf, schnappe mir mein Notizbuch und klemme es mir zusammen mit dem Laptop unter den Arm. Mit beidem kehre ich zurück zu Reese und Lewis, die die Reste unserer Süßkartoffelpommes mit etwas Sour Cream auf einen Teller gegeben haben.

Wir setzen uns wieder auf den Boden, Laptop, Getränke und den Teller platzieren wir in der Mitte. Die Pommes sind schon ein wenig labbrig geworden, aber mit der Sour Cream schmecken sie dennoch himmlisch.

Reese übernimmt den Laptop und startet die Suchmaschine. Mit dem Finger tippt sie sich gegen die Stirn, als würde sie ihr Gehirn ankurbeln wollen. »Du hast den Unfalltag mit der LBU in Verbindung gebracht«, sagt sie. »Wenn wir den Unfall weglassen und nur die Stadt mit reinnehmen? Was ist dann?«

Sie tippt *Lullaby* und *03.11.2020* ein.

Ein paar Schlagzeilen über den Unfall erscheinen, darunter

die beiden Zeitungsartikel, die ich bereits kenne. Auch eine Mitteilung über die Säuberungsaktion im Modoc National Forest ist verlinkt.

»03.11.2020, die Kleinstadt Lullaby erhält eine neue Statue auf dem Rathausplatz«, liest Reese vor und verzieht das Gesicht. »Stinklangweilig. Wäre an dem Tag noch irgendetwas Aufregendes passiert, wäre das sicher nicht die Schlagzeile.«

»Es ist ein Diademhäher geworden«, sagt Lewis und erntet damit verwirrte Blicke von Reese und mir. »Die Statue«, ergänzt er. »Es ist ein Sockel mit einem ungefähr dreißig Zentimeter großen, bronzefarbenen Diademhäher, direkt vor dem Eingang des Rathauses.«

Reese blinzelt, ihr Mundwinkel zuckt. »Immer noch nicht spannender, diese Statue«, kommentiert sie, dann gibt sie ein paar weitere Suchbegriffe ein. Lewis und sie werfen sich gegenseitig Stichworte zu, mit denen sie es probiert. *Lullaby + Tod November 2020, Lullaby + Unfall, November 2020. LBU + Tod, November 2020, Lullaby + Organspende.*

»Nichts«, sagt Reese und klingt enttäuscht. Ich bin es auch ein wenig, aber mich wieder auf die Suche zu konzentrieren, ist dennoch ein gutes Gefühl. Vor allem jetzt, wo meine Freundin auch eingeweiht ist.

»Wir finden schon noch etwas.« Reese sieht grimmig auf den Laptop, dann nimmt sie sich eine der Pommes. Ein paarmal noch tippt sie weitere Begriffe ein, auch Lewis übernimmt einmal die Führung und versucht es selbst, bis wir erkennen, dass wir keine blinden Hühner sind, die durch Zufall ein Korn finden. Wir brauchen eine zündende Idee, etwas, das unsere Suche strategisch lenkt. Ich habe schon so lange gesucht, da wird mir die Antwort nicht so einfach auf dem Silbertablett serviert. Vielleicht werde ich sie niemals bekommen. Aber ich werde nicht aufgeben, und in Reese' Gesicht erkenne ich denselben Ehrgeiz.

# Kapitel 29

Fünf Anrufe innerhalb einer Stunde. Die Handys von Jasper und Lewis, die sie über Thanksgiving ausgeschaltet hatten, laufen inzwischen unter den Kontaktversuchen ihres Vaters heiß. Ich dachte zunächst, er würde Demut zeigen. Doch die Sprachnachrichten, die beide erhalten, kochen über vor Vorwürfen und weiteren Drohungen, die eindrücklich zeigen, dass Mr Branson offenbar nichts verstanden hat. Nichts über die Beweggründe unserer Abreise, nichts von Lewis' Worten an ihn. Absolut unbelehrbar. Die wenigen positiven Nachrichten, die sie empfangen, sind von Zelda, die sich nach ihnen erkundigt und ihnen sagt, dass sie sich meldet, sobald sich die Situation beruhigt. Es ist ein furchtbarer Gedanke, dass sie jetzt mit ihrem Ehemann im selben Haus ist und seine Wut möglicherweise abbekommt, doch Jasper und Lewis haben mir beteuert, dass er ihr niemals etwas antun würde. Ich hoffe, dass sie recht haben. Ich selbst habe kein Vertrauen in den Mann, den ich kennengelernt habe.

Wir sitzen zu dritt am Frühstückstisch, die Handys mit den Displays nach unten gerichtet, um weitere Anrufe und Nachrichten nicht direkt mitzubekommen. Vor uns liegen die Reste unserer Thanksgiving-Brötchen, die wir mit Marmelade und Schokomus bestrichen haben, um sie zusammen mit Kaffee und ein wenig Obst zu genießen.

»Du hast schon wieder diesen Gesichtsausdruck«, sagt Jasper zu Lewis. »Wir bleiben unbeeindruckt, selbst wenn Dad sich auf den Kopf stellt.«

»Und was, wenn er hier auftaucht?«, fragt Lewis nervös. »Stell dir vor, er fährt hierher. Was machen wir dann?«

»Ihn draußen versauern lassen«, murrt Jasper schlecht gelaunt. »Wir müssen es einfach durchziehen, wenn wir wirklich erreichen wollen, dass es aufhört.«

»Weil Dad sich niemals ändern wird«, sagt Lewis. Er wiederholt diese Worte seit unserem Weggang immer wieder. Dieses Mantra scheint ihm dabei zu helfen, sich innerlich von der Situation abzukapseln und durchzuhalten, egal, wie schwer es ihm auch fällt.

Ich greife nach einem Stück Apfel und tunke es in die Reste des Schokomuses.

»Weißt du, was wir brauchen?«, fragt Jasper.

»Eine Zeitmaschine, damit wir Dad davon abhalten können, mit dem Trinken zu beginnen und ein schlechter Vater zu werden?«, fragt Lewis mit hochgezogener Braue.

»Keine schlechte Idee, aber ich dachte mehr an etwas Zeit nur für uns. Wie lang ist es her, dass wir das letzte Mal etwas zusammen unternommen haben?«

»Ich kann mich nicht erinnern.«

»Weil es vor der LBU war«, meint Jasper. »Aber es täte uns gut, meinst du nicht?«

Lewis nickt, dann sieht er zu mir. »Aber Hazel ist dann ganz allein.«

»Hey, ich komme schon klar«, sage ich sofort. Tatsächlich finde ich die Idee, dass die beiden mal etwas Zeit für sich haben, hervorragend. »Es wäre meine Chance, einmal das Haus ganz für mich zu haben«, sage ich, um ihnen ein zusätzliches Argument zu liefern. »Da tun sich ja innerhalb von Sekunden so viele Möglichkeiten auf. Nackt durch alle Zimmer tanzen …«

»Moment mal, dann bleibe ich hier«, wirft Lewis ein.

»Ich könnte auch so laut singen, wie ich will, und niemanden würde es stören«, fahre ich fort. »Oder ich trinke einen Sojadrink direkt aus der Packung.«

»Sojadrink aus der Packung?«, fragt Jasper gespielt schockiert. »Wenn Lou das hören würde.«

»Sie würde es nie herausfinden«, erwidere ich grinsend. Dann werde ich wieder ernster. »Macht ihr beide euch einen schönen Tag. Das ist eine wirklich gute Idee. Sollte mich doch die Langeweile packen, kann ich immer noch bei Reese im Diner vorbeischauen.«

»Was schwebt dir denn vor?«, wendet sich Lewis an seinen Bruder.

»Eine Bootstour auf dem Clear Lake?«

»Etwas kalt draußen.«

»Stimmt, das halten wir nicht lange aus.« Jasper kratzt sich am Hinterkopf.

»Wir könnten ins Einkaufszentrum nach Juniper fahren«, schlägt Lewis vor. »Du wolltest dich doch nach neuen Tablets erkundigen. Vielleicht schnappst du dir einen Black-Friday-Deal. Wir könnten danach bei diesem Thailänder essen und vielleicht noch in eine Bar gehen?«

»Klingt nach einem Plan«, sagt Jasper. »Finde ich gut. Warte, ich ziehe mich nur um. Dann können wir los.«

Jasper flitzt die Treppe hoch, Lewis hilft mir derweil dabei, das benutzte Geschirr in die Spülmaschine zu räumen und die Aufstriche im Kühlschrank zu verstauen.

»Es ist toll, dass ihr das macht.«

»Ich bringe dir Karamellpopcorn mit. In der Mall gibt es einen Stand.«

»Ui. Eine große Packung, okay?«

»Die größte, die ich finden kann.« Lewis gibt mir einen Kuss, zieht mich näher an sich. Er streicht mir eine Haarsträhne hinters Ohr.

Aber wir haben zu wenig Zeit. Jasper kommt bereits herunter. Als er das Handy vom Tisch nimmt, geht gerade ein neuer Anruf ein.

»Sorry, Dad, aber du verdirbst uns den Tag nicht«, sagt Jasper zum Smartphone. Aus dem Augenwinkel sehe ich, wie er den Flugmodus einschaltet.

Die beiden packen ihre Sachen ein, dann verabschieden sie sich von mir und verlassen das Haus Richtung Bushaltestelle.

Ich nehme mir eine der Wolldecken, die in einem Korb neben der Couch liegen, setze mich und wickle mich darin ein. Dann greife ich nach dem Buch über den Einfluss von Tourismus auf die Umwelt, das Lewis mir ausgeliehen hat. Doch ich kann mich nicht darauf konzentrieren. Es ist einfach zu still, und mich überkommt zum ersten Mal seit meinem Studium starkes Heimweh. Es war das zweite Thanksgiving meines Lebens, das ich nicht zu Hause verbringen konnte. Beim ersten Mal war zumindest meine Familie bei mir im Krankenhaus, in dem ich mich noch von der Operation erholt habe. Wir haben Sandwiches gegessen und zusammen einen Film auf dem viel zu kleinen Fernseher in meinem Krankenzimmer geschaut. Es war nicht ideal, die gefüllten Ofenkartoffeln meiner Mutter haben ebenso gefehlt wie der süße Vanillepudding zur Nachspeise, doch immerhin waren wir zusammen. Anders als dieses Jahr.

Ich lege das Buch zur Seite, nehme mein Handy und gehe hoch in mein Zimmer, um mich auf meinem Schreibtisch zu positionieren, wo ich immer noch den besten Empfang im Haus habe, bevor ich die Nummer meiner Eltern wähle.

»Schwesterherz«, Gavins Stimme ertönt am anderen Ende der Leitung.

»Hey, sind Mom und Dad nicht da?«

»Nope. Dad ist beim Arzt. Er hat sich echt ordentlich was eingefangen, sein Fieber ist noch mal gestiegen.«

»Das klingt nicht gut«, sage ich besorgt. Dad ist immerhin auch nicht mehr der Jüngste, und so ein Fieber kann selbst ihn aus der Bahn werfen.

»Es war eine Katastrophe, überhaupt einen Arzt zu finden, der ihn heute noch untersucht, aber Mom hat nicht lockergelassen«, sagt Gavin. Ich kann sie mir bildlich vorstellen, wie sie bei den Ärzten Sturm geklingelt hat, um gehört zu werden. »Sie war eh schon mies drauf, es war wohl das traurigste Thanksgiving aller Zeiten. Dad im Bett, dein Platz leer …«

Ich nicke betrübt. »Ich hätte euch gerne gesehen.«

»Lass das Mom nicht hören. Wenn sie das Gefühl hat, du würdest einsam und allein in Lullaby sitzen, wird sie nur wieder weinen.«

»Keine Sorge. So war es nicht«, sage ich. »Wir hatten einen schönen Abend.«

»Und du bist auch nicht verhungert, oder? Wenn Mom ein Privatflugzeug zur Hand gehabt hätte, wären ihre Ofenkartoffeln als Eilzustellung verschickt worden.«

»Verhungert sind wir nicht. Wir hatten wirklich ein tolles Essen. Die Ofenkartoffeln haben mir aber trotzdem gefehlt.«

Gavin seufzt etwas zu schwer, für seine Verhältnisse. »Ich vermisse dich. Ohne dich ist es echt anders zu Hause.«

»Anders gut oder anders schlecht?«, hake ich nach.

»Weißt du noch: Ich habe mich immer beschwert, weil du so viel Aufmerksamkeit bekommst.«

»Ich erinnere mich dunkel«, sage ich schmunzelnd.

»Nun ja, du kannst sie wiederhaben.«

Ich lache. »So schlimm?«

»Sie kanalisieren nun all ihre Aufmerksamkeit auf mich. Früher hätte es mich gefreut. Aber ich bin siebzehn! Ich will nicht ständig gefragt werden, was ich so treibe und wie es mir geht. Letzten Dienstag wollte Mom mich ernsthaft von der Schule abholen, damit ich nicht den Bus nehmen muss. Das wäre eine nette Geste gewesen, wenn sie mich nicht vor meiner gesamten Highschool überrascht hätte.«

Ich verkneife es mir, zu lachen, kann ein Zucken meiner Mundwinkel jedoch nicht unterdrücken. Gavin muss alles an diesem Augenblick gehasst haben. Ihm war es vor seinen Freunden schon immer wichtig, möglichst cool zu wirken.

»Sie meinen es nur gut«, erinnere ich ihn.

»Weiß ich. Macht es aber nicht weniger nervig«, meint Gavin. »Aber ich bin ja auch bald fertig mit der Highschool und kann ausziehen.«

»Hast du inzwischen konkrete Pläne?«

»San José Community College. Die Bewerbung läuft.«

»Oh, cool. Dann sind meine Daumen fest gedrückt. Du sagst mir doch sofort Bescheid, wenn du die Zusage bekommst, oder?«

»Klar, und wie ich das mache. Ich schicke es dir mit einem Video, auf dem ich vor Freude auf dem Tisch tanze.«

»Ich nehme dich beim Wort.«

Kurz wirkt Gavin abgelenkt, dann räuspert er sich leise. »Du, Hazel? Ich muss jetzt Schluss machen. Sandy und Ben sind hier, und wir wollen auf den Baseballplatz.«

»Klar, dann viel Spaß. Grüß Mom und Dad von mir, und lass dich nicht von ihnen ärgern. Sie tun es nur aus Liebe.«

»Keine Sorge. Mach's gut, Schwesterchen.«

Gavin legt auf. Auch wenn er mir leidtut, weil er nun von meinen Eltern betüdelt wird ... Sie können nichts dafür, immerhin war es als Eltern eines kranken Kindes ihre Hauptaufgabe, sich zu sorgen und zu kümmern. Ich war so oft auf sie angewiesen. Da ist es sicher nur natürlich, dass sie das nun irgendwie auf meinen Bruder projizieren.

*Liebe Ms X,*

*ich war neun Monate alt, als ein Arzt meine Mukoviszidose diagnostizierte. Es war der Tag, an dem für meine Eltern sicher eine Welt zusammenbrach, immerhin hatten sie mich bis zu diesem Zeitpunkt für komplett gesund gehalten.*

*Sie hatten noch nie von Mukoviszidose gehört, waren nur zu einem Arzt gegangen, weil ich unter Bauchschmerzen und Verstopfung gelitten habe. Niemals hatten sie damit gerechnet, dass der Arzt ihnen sagen würde, ich wäre unheilbar krank. Ein Gendefekt hat mir das Ganze eingebrockt. Ein kleiner Fehler im CFTR-Gen, das dafür sorgt, dass meine Schleimhäute nicht von einem dünnen, wässrigen Film befeuchtet werden, sondern von einem sehr zähflüssigen Schleim befallen sind. Der perfekte Nährboden für Keime und Bakterien.*

*Es hat einige Jahre gedauert, ehe ich wirklich verstand, dass ich krank war. Wenn man jung ist, registriert man die Unterschiede zu anderen Kindern noch nicht so bewusst. Tägliches Inhalieren, Atemübungen, Antibiotikatherapien in der Klinik, das Tra-*

*gen von Mundschutz und das Desinfizieren der Hände waren mein Alltag. Die Realität, die ich kannte. Erst an der Elementary School habe ich erkannt, dass andere Kinder diese Realität nicht teilten. Die anderen trugen keinen Mundschutz, hatten nie Tabletten, die sie einnehmen mussten. Keiner von ihnen fehlte regelmäßig für mehrere Wochen, um in einer speziellen Klinik am Antibiotikatropf zu hängen. Es war wohl der Zeitpunkt, an dem ich erst verstand, dass ich wirklich krank war. Auch wenn ich das* Unheilbar *darin noch nicht greifen konnte. Mir wurde schlagartig bewusst, wie viel mehr Freiheiten mein Bruder hatte. Dass er Baseball spielen konnte, ohne Atemnot zu bekommen, oder dass er nie diese grässlichen Tabletten schlucken musste. Ab da war ich neidisch auf meinen Bruder, dem alle Türen offenstanden, jede Minute seines Tages, während ich einem strengen Zeitplan folgte. Morgens Atemübungen und Inhalation, erster Schwung Tabletten, nach der Schule wieder Inhalieren und regelmäßig zur Physiotherapie, abends erneut Tabletten und Inhalieren. Dazu die Untersuchungen beim Arzt und in der Klinik, die Übernachtungen dort.*

*Meine Eltern haben stets versucht, mir zu vermitteln, dass mein Leben gut ist. Dass ich dennoch alle Optionen habe, egal, wie hoch oder niedrig meine Lebenserwartung sein könnte. Sie waren der Grund, wieso ich es geschafft habe, dennoch optimistisch und lebensfroh zu sein, auch dann, als ich ohne Sauerstoff überhaupt nicht mehr atmen konnte. Als ich mit sechzehn Jahren keine Treppenstufen mehr hinuntergehen konnte, ohne im Kopf durchzuspielen, ob ich es schaffen würde, wieder hinaufzukommen. Als ich, während alle meine Schulfreundinnen begannen, Jungs zu daten, in der Klinik festhing und eine Schulveranstaltung nach der anderen verpasste.*

*Es war hart. Unheilbar krank zu sein, ist hart. Es fühlt sich unfair an.*

# Kapitel 30

Ein Knall weckt mich. Ich sitze kerzengerade im Bett, blinzle gegen das Sonnenlicht des frühen Morgens an und versuche, mein Herz zu beruhigen, das bei Reese' Ankunft einen halben Infarkt erlitten hat. Sie steht in meinem Zimmer, hat die Tür so enthusiastisch aufgeschlagen, dass sie gegen meine Wand gedonnert ist, und grinst mich an.

»Was ist denn los?«, frage ich unwirsch.

»Scheiße noch mal, ich glaube, ich habe sie gefunden.«

»Was?« Zunächst bin ich irritiert. Die Bedeutung ihrer Worte begreife ich erst nach ein paar Sekunden.

»Du – du hast sie gefunden?«, stammle ich.

Reese schließt die Tür und setzt sich auf mein Bett. Erst jetzt fällt mir das Tablet in ihrer Hand auf.

»Ich hatte heute Nacht eine Eingebung. Wer ein Organ spendet, muss hirntot gewesen sein, richtig?«

Ich nicke perplex.

»Was also, wenn das, was zu diesem Hirntod geführt hat, gar nicht am dritten November, sondern früher passiert ist? Es können Tage oder sogar Wochen vergehen, bis jemand für hirntot erklärt wird. Ist doch so, oder nicht? Also habe ich bei der Suche weiter ausgeholt und das hier gefunden.« Sie schiebt mir das Tablet zu, auf dem ein Nachruf geöffnet ist.

**San Francisco trauert um Juniorprofessorin Maggie Ganes**

Maggie Ganes (30 Jahre), Expertin für Umweltbiologie und Ökologie, zuletzt angestellt an der renommierten LBU, sollte die neue Hoffnung der San Francisco States University werden. Hunderte von Studierenden haben sich darauf gefreut, bei ihr zu lernen, die Uni habe einen neuen Studienzweig geplant, der mit der Einstellung von Maggie Ganes starten sollte. Immerhin hatte die Professorin nicht nur erste Erfahrungen am Lehrstuhl, sondern war an der Lullaby University zuletzt auch für die Prüfung und Vergabe der Stipendien zuständig, die als Aushängeschild der LBU gelten.

Wie die San Francisco States University nun jedoch mitteilt, ist Maggie Ganes am 28.10.2020 beim Überqueren einer Straße nahe San José von einem Auto erfasst und schwer verletzt worden. Fünf Tage hat sie im Lucians Creek Hospital um ihr Leben gekämpft, doch zuletzt konnte nur noch der Hirntod festgestellt werden.

Auf dem Gelände der San Francisco States University wird eine Gedenkstätte errichtet. Alexander Cloud, Leiter der Universität, spricht von einem großen Verlust, der die ganze Studentenschaft zutiefst erschüttert und eine große Lücke hinterlässt.

Ich lese den Artikel dreimal, ehe alle Informationen in meinem Gehirn ankommen. Reese sieht mich gespannt an, auf ihren Lippen liegt noch immer ein triumphierendes Lächeln, aber ich bin zu überfordert, um es zu erwidern. Der gelesene Text spult sich in meinem Kopf ab.

»Sie war Professorin an der LBU«, flüstere ich. »Sie war hirntot und in dem gleichen Krankenhaus, in dem ich operiert wurde. Wie groß ist die Wahrscheinlichkeit, dass sich meine Spenderin im selben Krankenhaus befand?« Ich starre weiter auf das Tablet, die Schrift verschwimmt vor meinen Augen.

»Es passt alles, oder?«, will Reese wissen.

»Ja«, hauche ich, noch immer fassungslos. »Es passt.« Ich muss es noch mal aus meinem eigenen Mund hören, um es zu verstehen. Ich sehe zu Reese hoch, in Zeitlupe, wie es mir vorkommt, und lächle. Erst zaghaft, weil die Freude darüber noch verletzlich wirkt und ich Angst habe, etwas könnte meine Hoffnung wieder zerschlagen. Doch es erklärt, wieso die Assistenzärztinnen so genau wussten, wer meine Spenderin war, es erklärt jedes Wort ihres Gesprächs.

»Es passt«, sage ich erneut, diesmal mit fester Stimme, bevor ich Reese schwungvoll in meine Arme ziehe.

Reese quietscht leise, als ich sie zu fest drücke. »Ich habe doch gesagt, wir finden etwas. Es gibt zwar noch keinen Beweis, dass es wirklich Maggie Ganes war, aber ich halte es zumindest für eine heiße Spur.«

»Eine sehr heiße«, sage ich und lese den Artikel ein weiteres Mal. Mir ist warm und kalt zugleich. Hinzu kommt ein wenig Übelkeit, die in mir hochsteigt.

»Da ist noch etwas.« Reese nimmt das Tablet und wischt zur Seite.

Ein Foto erscheint. Eine junge Frau mit kupferrotem Haar und einer spitzen Nase.

»So sah sie aus?«

»Hübsch, findest du nicht?«

»Sehr sogar. Sie macht den Eindruck, als wäre sie ein wirklich freundlicher Mensch gewesen«, murmle ich.

»Siehst du. Keine Verbrecherin.«

Ich mustere den dunkelbraunen Blazer, den sie auf dem Foto trägt. »Ich habe immer gedacht, Ms X wäre eine Studentin gewesen. Aber eine Professorin?«

»Da steht, sie sei dreißig gewesen«, sagt Reese. »Im Vergleich zu den meisten Professoren, mit denen wir es zurzeit zu tun haben, war sie quasi noch ein Küken.«

Ich kann nicht aufhören, auf ihr Bild zu starren. Auf die feinen Lachfältchen um ihre Augen, an denen man sieht, dass sie keine zwanzig mehr war. Und doch hatte sie etwas Jugendliches. Sie als Professorin zu haben, wäre sicher cool gewesen.

»Ist der Altersunterschied bei einer Organspende egal?«, fragt Reese interessiert.

»Bei mir war es jedenfalls kein Kriterium. Es ging um die Übereinstimmung von Gewebemerkmalen, die Blutgruppe zum Beispiel«, erkläre ich. »Wenn ich mich recht erinnere, wurde mir auch gesagt, dass der Unterschied von Körpergröße und Gewicht nicht zu groß sein durfte.«

»Organspenderin und Empfängerin im selben Krankenhaus. Ein irrer Zufall.«

»Wenn sie es wirklich war, dann ja. Es gibt eine genaue Reihenfolge, nach der Organspenden abgehandelt werden. Ich war weit oben auf der Liste. Und dennoch …« Wieder starre ich auf die spitze Nase, als würde sie mir meine Antworten liefern können.

»Wie willst du herausfinden, ob sie es wirklich war?«

»Ich werde nach lebenden Verwandten recherchieren. Irgendjemand muss einer Organspende zugestimmt haben, und denjenigen muss ich finden.«

»Und dabei möglichst diskret sein«, sagt Reese.

»Ganz genau.«

Reese nickt. »Ich schicke dir die Links zu dem Artikel und dem Foto zu. Wenn ich dir irgendwie weiter bei der Recherche helfen kann, dann sag mir Bescheid. Jetzt muss ich aber erst mal los. Ich will vor unserer ersten Vorlesung noch schnell in den Supermarkt. Hab kein Waschmittel mehr. Sicher hat Keyla sich wieder bedient.« Sie verdreht die Augen, schnappt sich ihr Tablet und erhebt sich vom Bett. »Sorry für den unsanften Weckruf. Aber ich musste dir das einfach, so schnell ich konnte, zeigen.«

»Danke«, sage ich. »Es ist unfassbar, dass du das gefunden hast.«

»Hat Spaß gemacht.« Reese lächelt verschwörerisch, dann winkt sie mir zu, aber ich halte sie noch auf.

»Warte, Lou hat mir etwas für dich gegeben. Ich wollte es dir nachher mit zur Vorlesung bringen, aber wo du schon mal hier bist.« Ich hole ein gefaltetes Blatt Papier aus meiner Schreibtischschublade und reiche es Reese, die es mit gerunzelter Stirn aufklappt. Ihr Mund öffnet sich, während sie darauf starrt.

»Was ist es?«, frage ich, auch wenn ich so eine Ahnung habe.

»Sie ist ein Genie«, murmelt Reese. »Es ist perfekt.«

Reese dreht das Papier um und offenbart eine Zeichnung eines Pullovers: rote geometrische Formen, schwarz-weißer Stoff, ein lockerer Schnitt, der einen Carmen-Kragen andeutet, ein asymmetrischer Saum. Genau wie Reese ihn Lou vor einigen Wochen beschrieben hat.

»Der Entwurf ist klasse«, sage ich begeistert.

Reese nickt euphorisch. »Ist Lou da? Ich muss ihr unbedingt sagen, wie toll ich ihn finde.«

»Sie ist schon bei ihrer Lerngruppe. Freitags treffen sie sich immer wahnsinnig früh. Aber komm doch heute Abend vorbei, dann siehst du sie sicher.«

»Auf jeden Fall.« Reese versinkt einige Sekunden in der Zeichnung, ehe sie einen Blick auf die Uhr wirft. »Dann bis gleich in Ökologie. Halt mir einen Platz frei, für den Fall, dass ich spät dran bin.«

»Klar, mache ich. Und Reese? Danke noch mal. Du glaubst gar nicht, wie happy ich gerade bin.«

Vor mir liegt mein Notizbuch, in das ich alles hineingeschrieben habe, was ich in den letzten drei Stunden über Maggie Ganes in Erfahrung bringen konnte. Beigesetzt auf einem Friedhof in San José, geboren in Los Angeles. Sie hatte eine Schwester und eine Mutter, die in einem Zeitungsartikel erwähnt, jedoch nicht namentlich genannt werden. Laut Telefonbuch leben acht Frauen mit dem Nachnamen Ganes in Kalifornien, sofern die Verwandten überhaupt denselben Namen tragen wie sie. Einen Nachruf der LBU finde ich nicht, lediglich einen kurzen Hinweis auf der Homepage der Uni, dass sie »wegen Umstrukturierungen« frühzeitig die LBU verlassen würde und Mr Peterson ihr alles Gute wünscht. Keine weiteren Artikel, keine Worte zu ihrem Tod. Es ist seltsam, aber immerhin die Erklärung dafür, dass ich an der LBU vorher noch nichts zu ihr in Erfahrung bringen konnte.

Lewis kommt in mein Zimmer, in der Hand trägt er ein Tablett mit zwei Schüsseln Glasnudelsalat, die ihm sicher Lou mitgegeben hat.

»Du kommst früh«, begrüße ich ihn. »Bist du schon fertig mit deinen Proben?«

»Es ging heute schnell.« Er stellt das Tablett ab und entdeckt mein Notizbuch. »Was machst du da?«

»Neuen Erkenntnissen folgen.«

Trotz meiner Euphorie bemerke ich die tiefen Schatten unter Lewis' Augen. Er behauptet zwar, mit der Familiensituation klarzukommen, aber er wirkt müde, vor allem, wenn er mal wieder die Anrufe seines Dads abwimmelt. Es muss kräftezehrend sein, immer wieder stark zu bleiben und die Anrufe und Nachrichten zu ignorieren. Mir ist bewusst, dass Lewis somit jedes Mal aufs Neue seinen Entschluss festigen muss. Aber ich weiß auch genauso gut, dass er das schafft. Er muss nur durchhalten.

Lewis und ich nehmen uns jeweils eine Schüssel und beginnen, den Glasnudelsalat zu essen, während ich ihm alles über Maggie Ganes erzähle.

»Also. Was sagst du?«, frage ich am Ende meiner Zusammenfassung.

»Es klingt erst mal sehr passend«, sagt er zu meiner Zufriedenheit. »Und sie war wirklich mal hier an der Uni?«

»Ja, bis kurz vor ihrem Tod. Aber noch vor deiner Zeit.«

»Mir sagt der Name auch nichts.«

»Ich habe ein Foto.« Ich schiebe ihm mein Handy hin.

Lewis sieht auf den Bildschirm, seine Stirn kräuselt sich. Fast wirkt es so, als wären ihm diese spitze Nase und die kupferfarbenen Haare vertraut.

»Kennst du sie doch?«

»Nein. Definitiv nicht. Ich war damals noch nicht an der LBU. Aber ich bin mir sicher, sie schon mal irgendwo gesehen zu haben. Vielleicht auf einem Foto …«

Ich lasse meine Gabel sinken und sehe überrascht zu ihm. »Einem Foto?«

»Vielleicht.« Wieder dieses Kräuseln seiner Stirn. »Ich bin mir nicht sicher.«

»Sie schien für ihr Alter schon ziemlich erfolgreich zu sein. Immerhin war sie ja auch an der LBU angestellt, und das mit dreißig. Das ist ganz schön ambitioniert. Vielleicht hast du mal einen Artikel von ihr gelesen?«, versuche ich ihm auf die Sprünge zu helfen.

»Oder ein Foto von ihr war auf der Homepage«, überlegt er. »Ich war früher quasi täglich auf der Seite.«

»Ein Fanboy«, lache ich.

Lewis steigt mit ein. »So etwas in der Art.«

»Meinst du, Jasper oder Corey könnten sie kennen? Sie sind immerhin schon länger an der LBU als du.«

Lewis scrollt nach links und liest den Zeitungsartikel, den Reese gefunden hat. Seine Stirn legt sich noch mehr in Falten, er wirkt fast teilnahmslos, als er seine Brille zurechtrückt.

»Ich weiß nicht«, erwidert er.

Ich versuche, mich davon nicht beirren zu lassen. Immerhin bin ich einen riesigen Schritt weiter als noch vor ein paar Stunden.

»Ich kann versuchen, ihre Familie ausfindig zu machen. Guck, ich habe schon nach möglichen Verwandten gesucht. Das grenze ich noch weiter ein, und dann könnte ich da anrufen und hoffentlich mehr herauskriegen.«

Lewis nickt, er wirkt noch immer nachdenklich. Obwohl es mir widerstrebt, packe ich meine Unterlagen zusammen.

»Aber genug für heute«, sage ich. »Du bist schließlich nicht gekommen, um weiterzuarbeiten. Du hast dir deinen Feierabend verdient. Außerdem habe ich dich vermisst.«

Ich krabble auf ihn zu und setze mich rittlings auf seinen Schoß. Lewis lächelt, auch wenn er mir noch immer eine Spur zu nachdenklich und erschöpft wirkt. Die Sache mit seinem Vater muss ihn wirklich auslaugen.

»Genießen wir noch mal die Zweisamkeit, bevor wir morgen auf der Spendengala viel zu viele Menschen um uns herum haben«, sage ich.

»Das klingt gut.« Diesmal erreicht sein Lächeln auch seine Augen.

Ich lege ihm meine Arme um den Hals und beuge mich zu ihm, um meine Lippen auf seine zu legen. Mein Becken rutscht nach vorne, drückt sich gegen ihn. Ich spüre seine Nähe und reagiere augenblicklich darauf. Grinsend löse ich mich aus dem Kuss. »Wie müde bist du?«, frage ich.

Seine Augen blitzen auf, als er versteht. »Dafür bin ich nie zu müde«, sagt er und vergräbt seine Hände in meinen Haaren.

Als wir uns erneut küssen, fegt die Leidenschaft zwischen uns alles aus dem Gedächtnis. Maggie Ganes. Ihre Familie. Meine Fragen.

Für den Moment gibt es nur Lewis und mich.

# Kapitel 31

Nach stundenlangen Vorbereitungen sind mein elegantes blassrosa Kleid und ich bereit, endlich auf meine erste Spendengala zu gehen. Meine Wimpern sind getuscht, meine Wangen haben durch einen Hauch Rouge einen schmeichelhaften Roséton, und ich habe gestern stundenlang geübt, in meinen goldfarbenen Schuhen zu laufen, deren Absätze ein wenig höher sind als die, die ich sonst trage. Aufregung macht sich in mir breit, als ich die Treppe hinunterschreite wie in einem dieser Hollywoodfilme und unten passenderweise auch schon Lewis steht und auf mich wartet. Ein eleganter dunkelblauer Anzug schmiegt sich perfekt an seinen Körper, darunter trägt er ein weißes Hemd, dazu eine weinrote Fliege. Er war nie schöner. Vor allem, weil er gerührt schluckt, als er mich sieht.

Er geht einen Schritt auf mich zu. »Du siehst umwerfend aus.«

Ich drehe mich einmal um die eigene Achse, um ihm das Gesamtbild zu präsentieren. »Das Kleid habe ich extra gekauft, als ich bei Red angenommen wurde. Ich trage sonst nicht so edle Kleider, aber vielleicht muss ich das noch mal überdenken. Ich fühle mich wie eine Disneyprinzessin.«

»Disney wäre blöd, dich nicht als Prinzessin zu nehmen.«

»Das sehe ich ganz genauso«, sage ich grinsend. »Und siehst du die tolle Frisur? Die hat Lou mir gemacht. Schick, oder?«

»Sehr.«

Der seitliche Knoten ist mit Tonnen von Haarspray und kleinen Klammern fixiert. Dennoch kontrolliere ich erneut den Halt, ehe ich mein Kleid raffe.

»Wollen wir dann?«, frage ich. »Lou, Jasper und Corey sind schon dort.«

»Sie sind schon da?«, wiederholt er nachdenklich.

»Wieso? Ist etwas nicht in Ordnung?«

»Alles okay«, entgegnet Lewis, aber irgendetwas an der Art, wie er es sagt, lässt mich daran zweifeln. Ich spüre seine Anspannung, also vermute ich, dass er nervös ist. Es ist Lewis' Chance, sich beim Dekan zu beweisen, und gleichzeitig weckt es vermutlich sämtliche Ängste in Bezug auf die Kommunikation mit fremden Menschen.

»Es wird sicher ein schöner Abend«, versuche ich, beruhigend auf ihn einzuwirken.

Lewis nickt zögerlich.

Ich gehe zur Garderobenstange, die neben der Tür steht, und ziehe mir das anthrazitfarbene Cape über. Lou hat es mir geliehen, da ich nichts Festliches habe, was mich und das schöne Kleid vor der Kälte schützt, die in den letzten Tagen in Lullaby Einzug gehalten hat. Lewis nimmt sich ebenfalls seinen Mantel, den er über die Sofalehne gelegt hatte. Dunkelblau wie sein Anzug.

Gemeinsam treten wir aus dem Haus, raus in die klirrende Kälte, die im Laufe des Tages noch zugenommen hat. Die Luft ist klar, wie kurz vor dem ersten Schnee. Ich sehe in den Himmel, kann jedoch keine Flocken entdecken.

Es sind nur ein paar Gehminuten bis zum Festsaal. Die Kiefern davor sind über und über mit Lichterketten geschmückt, ein funkelndes Lichtermeer in der Dunkelheit.

»Sieht das schön aus«, flüstere ich ehrfürchtig.

Ein Student in weißem Anzug begrüßt uns und überprüft unsere Einladung, dann nimmt er uns die Jacken ab, und wir betreten den Saal. Hätte ich nicht gewusst, dass ich hier erst vor rund fünf Wochen Halloween gefeiert habe, wäre mir niemals in den Sinn gekommen, dass es sich dabei um denselben Festsaal handelt: Sanfte Klänge erfüllen den Raum, ausgehend von der kleinen Bühne, auf der ein Mann mit einer Akustikgitarre sitzt. Kellner, ebenfalls in weißen Anzügen, gehen umher und verteilen Champagner und Orangensaft. Andere tragen Tabletts mit kleinen Häppchen, die mir verdächtig nach Wades Kochkünsten aussehen. Lewis sieht zur Decke, und ich tue es ihm nach. Hunderte von weißen, sternförmigen Lampions hängen über unseren Köpfen.

Mir war schon seit meiner Ankunft an der LBU klar, dass die Uni ihre Spendenaufrufe ernst nimmt, aber nicht im Traum hätte ich mir eine solch bombastische Veranstaltung vorstellen können. Plötzlich kommen mir die Spendensummen, die laut Lou letztes Jahr generiert wurden, gar nicht mehr so unmöglich vor.

»Da sind die anderen«, sage ich, als ich Lou und Corey erblicke. Corey bedient sich gerade an einer der Champagnerflöten. Wir gehen auf die beiden zu, ich selbst nehme mir eins der Saftgläser, Lewis ebenfalls einen Champagner.

»Du siehst toll aus«, begrüßt mich Lou. Ihre blonden Haare sind ebenfalls zu einem eleganten Knoten gewickelt, und sie trägt ein hellblaues Kleid mit Pailletten, sodass sie aussieht wie eine Eiskunstläuferin im Abendkleid.

»Du auch«, sage ich ehrlich und proste ihr zu. »Du hast nicht übertrieben, die Veranstaltung ist wirklich elegant.«

»O ja, genauso toll wie letztes Jahr. Es waren aber auch einige Nachtschichten für die Planung nötig.«

»Wo ist Jasper?«, frage ich.

»Bei irgendeiner Unternehmerin. Er ist mit ihr in Richtung Ausstellung gegangen.«

Ich nehme einen Schluck Orangensaft. Die Fotoausstellung im Nebenraum dient zur Veranschaulichung unserer Arbeit, und Mr Peterson wurde bei seinen gestrigen Instruktionen nicht müde zu erwähnen, wie überaus wichtig es ist, diese immer wieder einzelnen Leuten zu präsentieren und uns dabei persönlich einzubringen.

»Irgendwelche wichtigen Leute, die ich kennen sollte?«, frage ich.

Corey nickt verstohlen. »Siehst du die Frau in dem dunkelblauen Hosenanzug und mit den roten Haaren?«

Ich entdecke besagte Frau neben Mr Peterson.

»Das ist Loretta Stinley, eine ehemalige Red-Stipendiatin. Sie hat vor rund zehn Jahren ihren Abschluss gemacht. Inzwischen ist sie Leiterin bei Ecovation.«

»Ecovation«, sagt Lewis leise. »Die sind doch führend in Sachen Solarenergie.«

»Solar und Wind. Eine richtig große Nummer.«

»Links von ihr steht Robert Frost«, flüstert Lou. »Millionär und Klimaforscher.«

»Hat er nicht diese Dokumentationsreihe über die Umwelteinflüsse in der Arktis gedreht?«, frage ich. »Ich bin sicher, dass ich den Namen in dem Zusammenhang schon mal gehört habe.«

»Er macht Dokumentarfilme, schreibt Bücher und gibt auch regelmäßig Interviews in Fachzeitschriften oder im Fernsehen«, antwortet Corey. »Soweit ich weiß, soll er auch schon mal einen Termin beim Präsidenten gehabt haben, aber das können auch Gerüchte sein. Die Leute reden viel, wenn der Tag lang ist.«

»Da sagst du etwas«, schnaubt Lewis leise, und ich sehe überrascht zu ihm auf, denn er klingt irritierend verbittert.

»Alles in Ordnung?«, flüstere ich ihm zu. Er wirkt angespannt, erst recht, als er einen großen Schluck Champagner nimmt. »Wenn es dir zu viel wird, musst du nicht bleiben.«

»Doch, ich bleibe«, sagt Lewis.

Es klingt dermaßen passiv-aggressiv, dass ich seinem Blick folge. Er schaut geradewegs zu Jasper, der eben zurückkommt. Eine ältere, schon grauhaarige Dame in einem ziemlich teuer aussehenden Kleid ist bei ihm untergehakt. Die beiden sehen gut nebeneinander aus, sehr elegant, wie Großmutter und stolzer Enkel. Jasper hat heute die Haare offen und mit etwas Gel nach hinten gekämmt. In Kombination mit dem dunkelgrauen Anzug wirkt es vornehm, doch durch den offenen Hemdkragen trotzdem lässig. Er gibt der Frau einen Kuss auf die Wange, verabschiedet sich mit ein paar Worten von ihr und kommt dann strahlend auf uns zugeschlendert. Seine gute Laune würde auf mich abfärben, wenn nicht Lewis' stocksteife Haltung wäre. Ich verstehe ihn nicht. Ist es wirklich nur die Aufregung?

»Eine Spende ist definitiv im Sack«, verkündet Jasper euphorisch. »Mrs Vanderstorm hat einen richtigen Narren an mir gefressen.«

»Wie alle«, murmelt Lewis leise, aber laut genug, dass ich es hören kann. Die anderen, die Jasper in ein Gespräch verwickeln, zum Glück nicht.

Ich nehme Lewis zur Seite und starre ihn an. »Was ist denn los? Haben Jasper und du euch wieder gestritten?«

»Alles bestens«, entgegnet Lewis, aber ich glaube ihm nicht. Er sieht zu Boden. »Ich … ich gehe mir noch etwas zu trinken holen.«

Mit diesen Worten lässt er mich stehen. Wenn sein Verhalten bislang noch nicht Beweis genug dafür war, dass etwas nicht stimmt, dann habe ich ihn jetzt. Lewis lässt mich nicht einfach so allein. Niemals.

»Stimmt was nicht?«, fragt Lou, die sich einen Schritt aus der Gruppe gelöst hat.

Ich zucke etwas hilflos die Schultern. »Weißt du, ob er sich mit Jasper gestritten hat?«

»Mitbekommen habe ich nichts. Aber ich hoffe nicht. Es lief doch gerade so gut zwischen den beiden.«

Ich suche den Raum nach Lewis ab, kann ihn jedoch nicht sehen. Dafür kommt Mr Peterson geradewegs auf uns zu.

»Ah, meine Elite«, sagt er freudestrahlend und stößt mit uns an. »Ich hoffe, Sie genießen den Abend?«

»Ja, Mr Peterson«, antwortet Lou. »Die Dekoration ist wieder einmal hervorragend, finden Sie nicht?«

»Genau wie die Auswahl unserer Gäste. Ich denke, es wird Zeit, sich mal unters Volk zu mischen. Es gibt schließlich so einige Gelder, die wir heute einstreichen wollen.« Sein Tonfall ist freundschaftlich, und er zwinkert, als wäre es ein Scherz, aber uns allen ist klar, dass es eine offizielle Ansage war. Genug damit, in einer Gruppe zusammenzustehen und zu quatschen. Er will Ergebnisse sehen.

Mir gefällt der Gedanke nicht, Lewis in diesem ungeklärten Zustand allein zu lassen, aber ich kann ihn nach wie vor nirgendwo entdecken. Wir prosten alle noch mal Mr Peterson zu, dann teilen wir uns auf.

Lou legt mir eine Hand auf die Schulter. »Falls ich ihn in die Finger bekomme, versuche ich etwas herauszufinden.«

»Danke.«

Ich tue jetzt das einzig Sinnvolle: meinen Auftrag erfüllen. Immerhin weiß ich genau, wieso ich heute hier bin. Was immer Lewis' Problem ist, muss warten.

Vor mir steht eine Gruppe älterer Herren. Ich gehe einfach auf sie zu. Fremde anzusprechen fiel mir zum Glück immer schon leicht.

»Meine Herren«, sage ich mit einem Lächeln, das so gar nicht zu meinem inneren Konflikt passt. »Ich hoffe, Ihnen gefällt unsere kleine Veranstaltung?«

»Red?«, mutmaßt einer der Männer. Ich tippe darauf, dass er der Älteste von ihnen ist.

»Ist das so offensichtlich?«, frage ich.

»Nach all den Jahren erkenne ich ein Muster in der Auswahl der Mitglieder. Charme ist eigentlich immer vorhanden.«

»Vielen Dank für das Kompliment«, antworte ich, nun wird mein Lächeln echter. »Dann sind Sie also häufiger auf diesen Galas?«

»Auf diesen und auf allen anderen.« Er nippt an seinem Glas. »Derek Bishop«, stellt er sich vor. »Gründer von Prekstone und somit schon lange ein Geschäftspartner der LBU.«

Ich kenne die Firma nicht, lasse mir das jedoch nicht anmerken. Wir schütteln uns die Hand, reihum stellen sich auch die anderen vor. Sie löchern mich mit Fragen zu meinem Leben bei Red und zu meinen Zukunftsplänen. Einer von ihnen ist Geschäftsführer von Lobo Education, einem grünen Modelabel, also gebe ich ihm den Tipp, sich später mit Lou zu unterhalten. Es ist ein freundliches Gespräch. Die Herren sind wirklich amüsant, so lange wie sie sich schon gegenseitig kennen und sich immer wieder aufgeheitert ins Wort fallen. Irgendwann geben sie eine Anekdote nach der anderen zum Besten, danach sichern sie

Spenden zu. In einer Höhe, bei der mir schwindelig wird. Es ist ein Erfolg, aber das Glücksgefühl setzt nicht richtig ein.

Wo zum Teufel steckt Lewis?

Ich verabschiede mich von der Herrenrunde und steuere den nächsten Kellner an, um mir ein neues Glas Orangensaft zu holen. Mr Shan hat Lou gefunden. Sie ist sichtlich glücklich bei ihm untergehakt und mit ihm auf dem Weg zur Fotoausstellung. Hoffentlich bringt sie dieser Kontakt ihrem Traum näher. Corey ist ebenfalls in der Nähe des Nebenraums und spricht mit einem Herrn um die dreißig. Selbst aus der Ferne finde ich bestätigt, was Mr Bishop über den Charme bei den Red-Stipendiaten gesagt hat, denn bei Corey sprüht er ordentlich. Vielleicht flirtet er auch mit dem Herrn, irgendwie habe ich so das Gefühl, dass er in sein Beuteschema passt.

Ich verwickle noch zwei weitere Herren in ein kurzes Gespräch und versuche, mich auf meine Aufgabe zu konzentrieren, doch es fällt mir schwer. Zu oft sind meine Gedanken bei Lewis, den ich in der Menge immer noch nicht finden kann. Ob er schon nach Hause gegangen ist? Ohne mir Bescheid zu sagen? Es würde nicht zu ihm passen … aber das trifft leider auf alles zu, was passiert ist, seit wir den Festsaal betreten haben.

Jasper kommt von links auf mich zu. »Na, warst du schon erfolgreich?«

»Allerdings«, sage ich ein bisschen stolz. »Und das ganz ohne so ein schelmisches Grinsen.«

»Aber es wirkt. Miss Letterman war hingerissen.« Er deutet auf eine ältere Dame, die aussieht wie die Schwester der Queen.

»Wo hat es noch gewirkt?« Lewis' Stimme lässt uns beide aufschrecken. Wie aus dem Nichts ist er hinter uns aufgetaucht, in der Hand ein Glas Champagner, obwohl er offensichtlich schon genug davon hatte.

»Wo warst du?«, frage ich. »Ich habe dich überall gesucht.«

»Sieht nicht so aus«, murmelt er.

Ich blinzle. Ist er eifersüchtig? Ist das sein Problem?

»Bist du betrunken?«, flüstere ich, doch Lewis sieht zu Jasper.

»Also«, sagt er zu seinem Bruder. »Wen hast du noch bezirzt?« Die Art, wie er *bezirzt* sagt, klingt vorwurfsvoll.

Jaspers Stirn legt sich in Falten. »Wenn du denkst, dass ich irgendwie an Hazel interessiert bin oder da was läuft, dann irrst du dich gewaltig.«

Ich nicke bekräftigend. Allmählich komme ich mir vor wie im falschen Film, und definitiv sind wir am falschen Ort, um derartige Probleme hochkochen zu lassen. Unsicher sehe ich mich um, doch die Musik und die Gespräche um uns herum sind noch laut genug, dass niemand uns Aufmerksamkeit schenkt. Egal, wie aufgeheizt die Stimmung gerade ist.

»Hazel und ich sind nur Freunde«, spricht Jasper weiter.

»Ich rede nicht von Hazel«, sagt Lewis leise, jedoch mit Nachdruck. »Ich rede hier von Maggie Ganes.«

Jasper und ich ziehen gleichzeitig die Luft ein. Wieso spricht er hier über sie? Und was hat Jasper damit zu tun?

Jasper ist blasser geworden, sieht sich nervös um. »Nicht hier, Mann.«

»Wieso? Hast du Angst, dass jemand herausfindet, dass dein Stipendium ervögelt ist?«

»Was?«, fragen Jasper und ich synchron.

Jasper fährt sich durch die Haare, die nun nicht mehr so ordentlich daliegen. »Du hast keine Ahnung, wovon du da sprichst, Alter. Ich habe mir nichts –« Er stockt, versucht seine Stimme zu drosseln, die nun doch langsam die Aufmerksamkeit der Umstehenden auf sich zieht. »Mein Stipendium hat rein gar nichts mit Maggie und mir zu tun.«

»Maggie und dir?«, wiederhole ich seine Worte leise. Dann lief da wirklich etwas? Er kennt Ms X?

Lewis schnaubt. »Sie war in deinem ersten Jahr für die Vergabe der Stipendien zuständig. Du hattest etwas mit ihr. Ich erinnere mich an das Foto auf deinem Handy. Ich weiß, dass sie mit dir drauf war. Ich weiß es genau.«

»Lewis«, sage ich, so leise und eindringlich, wie ich kann. »Ich verspreche, dass wir darüber reden und alles klären, aber das ist nicht der richtige Ort.«

»Du … du weißt genau, wie sehr Dad mich immer fertiggemacht hat, weil ich nicht so viel Erfolg habe wie du«, spricht Lewis unermüdlich weiter. »Meinst du echt, ich kann das so stehen lassen, wenn dieser Erfolg nichts mit deinen Leistungen zu tun hatte?«

»Lewis. Hör auf«, entgegnet Jasper. Er tritt vor, baut sich vor seinem Bruder auf. Obwohl er nicht aggressiv scheint, nur wütend, wirkt es aufgrund seiner Körpergröße und der Intensität seiner Stimme bedrohlich. »Ich habe mir meinen Erfolg erarbeitet. Maggie hatte nichts damit zu tun.«

»Ich wusste immer, dass du ein Frauenheld bist. Aber eine Professorin? Wirklich?«

Angst sammelt sich in meinem Magen. Ich weiß einfach nicht, wie ich das hier aufhalten soll. Verzweifelt sehe ich mich um, auf der Suche nach Corey, der vielleicht dazwischengehen kann. In der Ferne sehe ich Lou, die scheinbar mitbekommt, dass etwas nicht stimmt, und versucht, sich zu uns durchzuquetschen. Aber Corey wäre mir lieber. Allein der Gedanke, mich selbst zwischen diese Männer zu stellen und auch nur zu glauben, ich würde es irgendwie schaffen, sie zu besänftigen, erscheint mir unmöglich. Sie ignorieren mich inzwischen komplett und funkeln sich wütend an.

Einige Umstehende haben ihre Unterhaltungen unterbrochen und starren in unsere Richtung. Die Spannung im Raum wird schneidender.

»Was ist hier los?« Mr Bishop kommt mit großen Schritten auf uns zu. Doch Lewis lässt sich davon nicht beeindrucken.

»Was hast du ihr fürs Stipendium geboten?«

»Hör auf, ich warne dich!«

»Was, Jasper? Was hast du gemacht, um dieses Stipendium von ihr zu bekommen? Hat es sich wenigstens für sie gelohnt?«

Da holt Jasper aus. Ich schreie, versuche nun doch, dazwischenzugehen, doch Mr Bishop hält mich zurück. Er weiß genau, dass ich, wenn ich zwischen die Fronten gerate, vermutlich weit größeren Schaden nehmen würde als einer der beiden Jungs.

Jaspers Schlag trifft Lewis am Kinn, ich sehe ihn zurücktaumeln. Irgendetwas knackt bedrohlich, vielleicht sein Kiefer, aber eventuell ist es auch das Produkt meiner Fantasie. Mir wird übel. Ich wehre mich gegen Mr Bishops Griff, versuche, zu den beiden zu gelangen. Aus Lewis' Mund läuft blutiger Speichel, aber was mir wirklich Angst einjagt, ist der Ausdruck in seinen Augen. Als wäre etwas in ihm zerbrochen. Das Band zwischen Jasper und ihm, vermutlich der Teil, der von den jahrelangen Erniedrigungen seines Vaters und dem stetigen Konkurrenzkampf zwischen beiden längst porös war.

Inzwischen haben sich einige der anwesenden Herren genähert und versuchen nun, Lewis und Jasper voneinander fernzuhalten. Lewis ist der Versuchung erlegen, Jasper den Kinnhaken heimzuzahlen. Die beiden sind mitten in einem Gerangel. Ich höre Lous halbgaren Versuch, die beiden zur Vernunft zu bringen.

»Du hast nie etwas gesagt«, bricht es aus Lewis hervor, und ich sehe Tränen, die unkontrolliert über seine Wangen laufen. »Wenn Dad mir eingetrichtert hat, dass ich nichts wert bin, wenn er mich einen Schwächling oder einen Verlierer genannt hat, hast du geschwiegen.«

»Das stimmt nicht. Ich habe immer versucht, dich zu verteidigen.«

»Nicht genug! All die Jahre, in denen er –« Lewis schluchzt auf und zerreißt damit förmlich mein Herz. »All die Jahre, in denen er mein Stottern nachgeäfft und mir gesagt hat, dass ich ein Loser bin, war ich allein. Die ganze Zeit wusstest du, dass dein Stipendium erkauft war, und du hast nie etwas gesagt. Du hast einfach zugelassen, dass er mich weiter drangsaliert und wie ein Stück Scheiße behandelt.«

Die Übelkeit in mir nimmt zu. Auch wenn ich es selbst beim Frühstück vor Thanksgiving mit angesehen habe, wird mir erst jetzt richtig klar, was Lewis jahrelang ausgesetzt war: psychischer Gewalt.

Mittlerweile haben zwei Männer sowohl Lewis als auch Jasper zu fassen bekommen und halten sie fest. Lewis kämpft dagegen an, Jasper hingegen sieht einfach nur noch erschöpft aus, als wäre er genauso zerbrochen wie Lewis.

»Ich wollte nie –«

»Schluss damit!« Mr Peterson kommt auf uns zu.

Die Menge, die sich um uns herum versammelt hat, teilt sich bei seiner Ankunft und macht ihm Platz. »Sie beide«, er sieht voller Abscheu zu Lewis und Jasper, »sofort raus aus diesem Saal. Auf der Stelle!«

Lewis hört endlich auf, sich zu wehren, und nickt, wenn auch noch eine Spur zu grimmig. Die Männer lassen die beiden los, kurz rechne ich damit, dass sie sofort wieder aufeinander losgehen, doch sie schenken sich nur einen wütenden Blick, bevor sie aus dem Saal gehen.

Nun lässt auch Mr Bishop mich los. »Tut mir leid, Ms Kelly, aber ich konnte nicht zulassen, dass Sie sich deswegen in Schwierigkeiten oder in Gefahr bringen.«

»Danke, Mr Bishop. Aber das sind meine Freunde. Ich muss nach ihnen sehen.«

Er nickt verständnisvoll. Wenn er nur wüsste, dass ich in diese Schwierigkeiten längst involviert bin – zumindest, wenn wir wirklich von meiner möglichen Spenderin sprechen. Nur verstehe ich das alles noch nicht. Jasper soll eine Affäre mit ihr gehabt haben?

Aus dem Augenwinkel sehe ich, wie Lou versucht, die Leute zu beruhigen und ihnen zu sagen, dass es sich nur um ein großes Missverständnis handelt und sie weiter den Abend genießen sollen. Auch wenn ich sofort sehe, wie mitgenommen sie selbst von dem Vorfall ist, ist sie Profi genug, um einfach weiter zu funktionieren. Nicht wie ich.

Ich raffe mein Kleid und folge Mr Peterson, der Lewis und Jasper aus dem Saal geleitet. Seine Autorität kann ich fast riechen. Bisher habe ich ihn immer als gelassenen Mann erlebt, aber nun gleicht er einem Vulkan, der kurz vorm Ausbruch steht. Wir haben seine Gala entehrt ... seine Uni in Verruf gebracht. Alles, wofür Red steht. Und das vor den wohl einflussreichsten Unternehmern des Landes. Die Angst vor den Konsequenzen lässt mich augenblicklich erschaudern.

Draußen hat sanfter Schnee eingesetzt. Umrahmt von den Lichtern in den Bäumen, wirkt es fast, als wären wir Eindringlinge in einer friedvollen Welt, in der diese Wut und diese Autorität nichts zu suchen haben.

Mr Peterson baut sich vor den Jungs auf. »Sie verlassen jetzt diese Veranstaltung und lassen sich nicht mehr hier blicken, verstanden? Morgen um vierzehn Uhr erwarte ich Sie beide in meinem Büro, damit wir über die Konsequenzen Ihres Handelns und Ihre Zukunft an der LBU sprechen können.« Lewis wird ein wenig blasser. »Ich bin schwer enttäuscht. In meiner gesamten Laufbahn –« Mr Peterson bricht ab, schüttelt energisch den Kopf. »Morgen, vierzehn Uhr. Ich versuche jetzt zu retten, was zu retten ist.«

Er verschwindet zurück in den Saal, würdigt mich dabei keines Blickes. Keine Ahnung, ob er erwartet, dass ich zurückgehe, um drinnen wieder meiner Aufgabe nachzugehen, aber ich rühre mich nicht von der Stelle. Jasper und Lewis sehen sich an. Beide zittern, ob vor Kälte oder vor Wut kann ich nicht sagen, aber es wirkt nur wie die Ruhe vor dem Sturm. Was immer da gerade für eine Lawine ausgelöst wurde, sie ist noch lange nicht zum Stillstand gekommen.

# Kapitel 32

Schneeflocken haben sich in Lewis' Locken verfangen. Es wäre beinahe ein schöner Anblick, würde er sich nicht mit dem Saum seines Jacketts das Blut aus dem Mundwinkel wischen und seinen Bruder voller Abscheu ansehen.

»Ich glaube dir nicht«, setzt er da an, wo er vorhin unterbrochen wurde. »Du … du hattest nie so gute Noten wie ich, nie solche Empfehlungsschreiben. Trotzdem hast du dieses Stipendium bekommen. Dann finde ich heraus, dass du etwas mit der Frau hattest, die für deren Vergabe zuständig war. Also, Jasper. Was soll ich da denken?«

»Ich habe mir diesen Platz verdient«, erwidert Jasper, sein Kiefer mahlt bei jedem Wort. Es klingt fast wie ein Knurren. »Ich habe es dir schon hundertmal gesagt, und ich sage es wieder: Ich bin gut in dem, was ich tue. Nur weil du mein Potenzial nicht sehen willst, heißt das nicht, dass die anderen ebenso blind sind. Ich war fünf Minuten in diesem Saal und habe direkt eine Spende generiert. Ich bin jemand, den die LBU braucht. Vielleicht habe ich nicht so gute Noten wie du. Vielleicht war ich auch nicht der Gewinner einer Schachmeisterschaft oder der Vorsitzende der Bio-AG. Aber ich hatte einen verdammt guten Essay über den Klimawandel und meinen persönlichen Bezug als Sohn eines Geologen vorzuweisen, der nicht nur Mr Peterson und Maggie zum Nachdenken angeregt hat, sondern in meiner ersten Woche hier auf der Homepage von Red veröffentlicht wurde. So gut bin ich! Du willst das nur einfach nicht sehen, weil du neidisch bist. Voreingenommen und starrsinnig.«

»Und Maggie Ganes? Was war sie? Eine Zufallsbekanntschaft?«, wirft Lewis ein. »Als Hazel mir die Informationen zu ihrer Spenderin gezeigt hat, dachte ich erst, ich würde mich irren … aber ich weiß, dass ich euch auf einem Foto gesehen habe.

An dem ersten Weihnachten, nachdem du dein Studium begonnen hast, habe ich mit deinem Handy Fotos von dir und Mom gemacht, weißt du nicht mehr? Damals wusste ich nicht, wer sie war, aber dieses Foto war dein Sperrbildschirm. Ich weiß, dass da etwas lief.«

»Nicht wegen eines Stipendiums«, sagt Jasper, und ich glaube ihm. Ich sehe es an dem gequälten Gesichtsausdruck, an der Art, wie er zu Boden sieht, wenn er über sie spricht. Als würde er von seinen Gefühlen übermannt werden.

»Lewis«, mische ich mich leise ein und bringe ihn tatsächlich dazu, mich anzusehen. »Hör auf damit. Hör auf mit diesen Vorwürfen. Ich dachte, über diesen Punkt wärst du hinaus.«

»Bin ich nicht.« Plötzlich wirkt er sehr verloren auf mich.

Ich gehe auf ihn zu und lege meine Hand auf seinen Unterarm. Kurz hoffe ich, dass diese Berührung ihn besänftigen kann. Ich selbst spüre, wie allein seine Nähe sich beruhigend auf all meine Zellen legt und mir zuflüstert, dass alles gut werden wird. Doch Lewis sieht beinahe angeekelt zu seinem Bruder, bevor er den Kopf schüttelt.

»Ich glaube ihm nicht«, flüstert er, aber diesmal wirkt er selbst nicht überzeugt von seinen Worten.

»Weil du betrunken bist«, sagt Jasper. »Du hast offenbar nichts aus der Sache mit Dad gelernt, denn du nutzt gerade die gleiche Taktik wie er: sich betrinken und dann um sich schlagen.«

»Ich bin nicht wie er. Kein bisschen!«

»Gerade schon«, widerspricht Jasper.

Kurz denke ich, dass Lewis wieder wütend wird und erneut auf Jasper losgeht. Doch stattdessen reißt er sich los und dreht sich um. Seine Schritte knirschen unter dem Schnee. Es vermischt sich mit der Geräuschkulisse aus dem Festsaal hinter uns, in dem die Feier wieder in vollem Gange zu sein scheint.

»Lewis, warte!«

Ich will ihm hinterherlaufen.

»Lass ihn«, sagt Jasper und hält mich zurück. Lewis verschwindet in der Dunkelheit. »Wenn er so drauf ist wie jetzt, dann lässt er ohnehin nicht mit sich reden. Schon gar nicht mit so viel Alk im Blut.« Jasper schüttelt den Kopf, dann mustert er mich. »Was zum Teufel ist los? Wieso redet er von Maggie? Und was hast du mit ihr zu tun?«

Ich seufze tief und schwer, gleichzeitig zittere ich. Mir ist kalt, sowohl von innen als auch von außen. Das Schneegestöber hat zugenommen.

»Wir sollten ins Warme gehen«, sagt Jasper ein wenig sanfter. Er zieht sein Jackett aus und legt es mir über die Schulter. Dann verlassen wir gemeinsam das Gelände und stapfen zurück zu Red, das mit dem weißen Dach und den verschneiten Fenstern urgemütlich aussieht. Dennoch lässt der Anblick keine Wärme in mir entstehen. Ich kann nicht aufhören, an Lewis zu denken und mich um ihn zu sorgen.

Im Wohnzimmer lasse ich mich auf dem Sessel nieder. Jasper entzündet das Feuer im Kamin und legt mir eine Decke über die Beine. Er selbst nimmt auf dem Sofa Platz. Ich spüre seine Anspannung und seine Neugier. Er möchte ganz offensichtlich, dass ich zu sprechen beginne. Aber ich kann nicht. Die Flammen im Kamin nehmen mich gefangen, erinnern mich an die Wanderhütte und Lewis. Wir waren uns so nah, ich dachte, wir hätten keine Geheimnisse mehr voreinander. Aber wieso hat er mir dann nicht gesagt, dass Jasper Maggie kannte? Als ich ihm das Foto von ihr gezeigt habe, muss er sie wiedererkannt haben … und hat nichts gesagt.

»Hazel, bitte.« Jasper klingt gequält. »Ich halte das Schweigen nicht mehr aus.«

»Tut mir leid. War alles ein bisschen viel heute Abend.«

»Nicht nur für dich«, erinnert er mich. »Aber ich muss wissen, was Sache ist. Ich verstehe das alles einfach nicht.«

»Weil du mein Geheimnis nicht kennst«, sage ich. »Weil du nicht weißt, dass ich nach Lullaby gekommen bin, um herauszufinden, wer mir vor zwei Jahren die Lunge gespendet hat.« Irritiert runzelt er die Stirn. »Ich habe erfahren, dass die Spenderin in Verbindung mit der LBU stand, also habe ich mich hierher beworben und mit der Suche nach ihr begonnen. Lewis und Reese haben mir bei der Recherche geholfen. So haben wir das mit Maggie herausgefunden.«

Jasper starrt mich an, blinzelt überfordert. Seine Hand zittert, als er sich erneut durch die Haare fährt, dann schüttelt er den Kopf. »Ich verstehe nicht, was du mir sagen willst«, meint er, aber es klingt, als würde er genau verstehen. Er steht auf, so plötzlich, dass ich erschrecke.

»Hazel«, setzt er eindringlicher nach. »Wenn du damit sagen willst, dass du denkst, dass Maggie diese … wenn du sie für diejenige hältst …«

»Deren Lunge ich in mir trage«, flüstere ich.

Jasper sieht aus, als habe ich ihn angeschrien. »Aber … das würde bedeuten, dass sie gestorben ist. Wie? Wann?«

Das Blut weicht aus meinem Körper. Die Übelkeit, die ich noch während der Auseinandersetzung von Lewis und Jasper verspürt habe, ist schlagartig zurück. »Du wusstest es nicht?«, frage ich, aber es klingt mehr wie eine Erkenntnis. Ich stehe auf, gehe auf ihn zu und umarme ihn fest. »Es tut mir so leid, ich dachte, alle wüssten das.«

Ein Beben durchzuckt Jaspers Körper, als er zu weinen beginnt. Mein Herz zieht sich schmerzhaft zusammen, immer wieder, während ich dabei zusehe, wie mein Mitbewohner und Freund trauert. Ich weiß nicht, woher er Maggie kennt und ob die beiden wirklich eine Affäre hatten, aber in diesem Moment weiß ich, dass er sie geliebt hat. Vielleicht noch liebt. Jasper, von dem ich immer dachte, er wüsste gar nichts von der Liebe, nur von schnellen Abenteuern, steht nun vor mir als gebrochener Mann.

Eine Weile später sitzen wir auf dem Boden vor dem Feuer, eingehüllt in eine Decke. Jasper spielt mit seinem Schnürsenkel, sieht in die Flammen. Er wirkt weit weg. Alles in mir brennt darauf, Informationen zu bekommen, aber ich dränge ihn nicht. Wie könnte ich auch, wenn er derart verletzt und ausgelaugt wirkt?

»Ich habe Maggie kennengelernt, nachdem ich mich bei Red beworben habe«, beginnt er irgendwann, und seine Stimme klingt dunkler als sonst. »Es stimmt, sie war für die Vergabe der Stipendien zuständig, aber das war sie nicht allein. Auch Mr Peterson und der damalige Vize-Dekan Mr Hollister. Er ist inzwischen pensioniert, aber er hat mit mir damals alles besprochen und mir die Zusage für Red geschickt. Sie alle waren begeistert von meinem Essay. Dads guter Ruf und meine außerschulischen Aktivitäten haben mir den zusätzlichen Bonus und mich schlussendlich in dieses Programm gebracht. Maggie war damals nichts weiter als eine mir unbekannte Professorin.«

»Doch das hat sich dann geändert?«

Ein schwaches Kopfnicken. »Sie hatte ein paar Kurse in den höheren Semestern, war aber hauptsächlich für uns Stipendiaten zuständig. Sie war noch dabei zu promovieren und hatte viel Erfahrung mit Veröffentlichungen. Als entschieden wurde, dass mein Essay publiziert werden sollte, gab es offene rechtliche Fragen. Ich hatte mich in meinem Essay viel auf die Arbeit von meinem Dad bezogen, und auch wenn ich seine Erlaubnis für die Veröffentlichung hatte, gab es vorab einiges zu klären, damit die Uni das Essay ungehindert auf die Homepage stellen und später auch an eine Fachzeitschrift verkaufen konnte.«

»Und Maggie hat dir dabei geholfen?«, mutmaße ich.

»Sie war so anders, ruhig und stark. Intelligent und belesen. Ich war ab der ersten Sekunde in sie verschossen.« Jasper lässt seine Schnürsenkel los, sieht mich eindringlich an. »Lewis irrt sich, wenn er behauptet, dass ich immer ein Aufreißer war«, sagt er aufgebracht. »Auf der Highschool hatte ich eine feste Freundin. Es war das Übliche: ich der Footballspieler, sie ein Cheerleader. Als klar wurde, dass ich nach Lullaby gehe und sie an die Ohio States, haben wir uns getrennt. Es hat wehgetan, aber es war okay für uns beide. Ich denke, es war einfach wunderbar für den Moment. Nichts für die Ewigkeit, dennoch eine schöne erste Liebe. Aber dann kam Maggie, und das war etwas komplett anderes. Sie hat mich einfach umgehauen.«

»Aber sie war doch Professorin«, sage ich. »Und trotzdem hat sie sich auf dich eingelassen?«

»Es war nicht so, dass wir das geplant hatten«, sagt Jasper. »Erst waren es nur die Treffen wegen des Essays, aber die Treffen haben immer länger gedauert, von Mal zu Mal. Plötzlich ging es nicht mehr nur um diesen Text, Red oder das Studium. Es ging um ihre Träume, Wünsche, unsere Familien.« Die Art, wie er das sagt, lässt mich aufhorchen.

»Wusste sie es?«, frage ich sanft. »Was euer Dad für Probleme hat? Wie es dir zu Hause damit ging?«

Ein vorsichtiges Nicken zur Antwort. »Sie war die Erste, der ich davon erzählt habe.«

»Dann muss sie dir wirklich viel bedeutet haben«, nehme ich an. Jasper war in den letzten Monaten nie wirklich jemand, der sein Herz auf der Zunge hatte. Flotte Sprüche, ein paar Witzeleien, manchmal auch gute Ratschläge – das schon. Aber das, was er da beschreibt, wirkt viel weitreichender.

»Wir waren neun Monate ein Paar«, sagt er. »Niemand wusste davon. Weder meine Familie noch jemand hier bei Red. Wir waren diskret.«

»Aber Lewis hat doch ein Foto gesehen.«

»Ich hatte mir über die Weihnachtsferien diesen Sperrbildschirm mit einem Foto von Maggie und mir eingerichtet. Es war nur ein spontaner Schnappschuss. Ich habe mir keine Gedanken deswegen gemacht, immerhin wusste doch zu Hause niemand, wer sie ist. Lewis war seit meiner Aufnahme an der LBU ohnehin distanzierter, und wir haben kaum geredet. Als er sie wiedererkannt hat, hat er sich in seinem Kopf sicher sofort die passende Geschichte zurechtgelegt. Es fällt ihm leicht, mich als Womanizer zu sehen.« Er seufzt. »Ich liebe meinen Bruder. Ich weiß, dass er viel durchgemacht hat. Noch viel mehr als ich. Unser Vater ist ein Sadist, wenn du mich fragst. Es hat lange gedauert, bis ich es selbst sehen konnte, aber er erniedrigt andere, beleidigt, droht. Ich habe auch viel abbekommen – Dad ist unerbittlich, wenn es um die Karriere geht. *Hun-*

*dertprozentiger Einsatz. Ich will keine Versager als Söhne, Jasper. Bist du ein Versager? Bist du?«*

Meine Kehle schnürt sich zu. »Das klingt grauenvoll.«

»Ist es«, sagt Jasper dunkel. »Und Lewis hat es lange nicht geschafft, sich davon abzugrenzen. Ich habe oft versucht, ihm zu helfen. Wirklich. Ich habe probiert, Dads Aufmerksamkeit auf mich zu lenken, damit *ich* seinen Frust abbekomme, hatte aber keinen Erfolg damit. Also habe ich Lewis zugeredet, dass er nicht auf ihn hören darf und sich wehren muss, aber es kam nicht wirklich bei ihm an.«

Das alles klingt so anders, als Lewis' Sicht der Dinge. Hat er nicht eben noch gesagt, dass Jasper ihm nie beigestanden hat? Nie für ihn da war? Auch wenn Jasper in seinen Streitigkeiten mit Lewis Grenzen überschritten hat, klingt es nicht so, als hätte er tatenlos zugesehen. Seine Versuche haben nur einfach nicht gefruchtet. Vielleicht kamen sie zu spät?

»Ich denke, es war leichter für ihn, mir eine Mitschuld daran zu geben, dass Dad ihm mehr Druck macht«, überlegt Jasper. »Er hat es nicht geschafft, sich davon zu distanzieren. Bis Thanksgiving. Dass er es nun endlich gewagt hat, Dad Paroli zu bieten, ist grandios.«

»Ich denke, Lewis leidet einfach wirklich unter der Situation«, versuche ich ihn zu verteidigen, in Gedanken bei seinen Tränen, als er von seinen Erfahrungen mit Mr Branson erzählt hat.

»Ich habe auch unter ihm gelitten«, gibt Jasper zu bedenken, und ich glaube ihm. Ich sehe es in seinen Augen. »Aber ich hatte immer mehr Selbstbewusstsein, um es wegzustecken. Und mein Stipendium hat ihn irgendwann etwas besänftigt.« Er fährt sich über den Mund, sieht kurz in die Flammen. Vielleicht um sich zu sortieren. »Und dann kam Maggie. Sie hat mir auch geholfen. Bevor ich sie kennengelernt habe, ging es mir mit der ganzen Situation auch schlechter.« Er schluckt hörbar. »Ich weiß nicht, ob ich jemals wieder eine Frau so lieben kann wie sie. Zurzeit schaffe ich es ja nicht mal, eine Frau länger als eine Nacht in meine Nähe zu lassen.«

»Was ist mit euch passiert?«, frage ich vorsichtig. »Mit Maggie und dir?«

Jaspers Blick wird glasiger. »Es wurde komplizierter. Sich nicht zeigen können und sich zu verleugnen. Ich hatte das Versteckspiel satt, aber Maggie hatte Angst um ihre Karriere. Wir haben uns tierisch gestritten, haben wirklich hässliche Dinge gesagt. Sie hatte Sorge um ihre Promotion, wenn unsere Beziehung entdeckt wird. Ich hingegen habe ihr vorgeworfen, sie würde ihre Karriere über unsere Liebe stellen. Die Umstände waren einfach nicht optimal für uns«, sagt Jasper, in Erinnerungen versunken. »Ich würde heute so vieles anders machen. Erst recht, wo ich weiß, dass sie –« Er sieht mich an. »Weißt du, wie es passiert ist?«

»Ein Unfall beim Überqueren einer Straße.«

»Wann?«

»Am 28. Oktober vor zwei Jahren.«

Jasper nickt, eine einzelne Träne läuft über seine Wange. »Zwei Wochen nachdem sie die LBU verlassen hat.« Seine Stimme ist nur noch ein Krächzen.

»Ist sie … wegen dir gegangen?«, frage ich und fühle mich sofort schlecht. Selbst wenn es so war, soll er nicht denken, dass er damit irgendeine Mitschuld an ihrem Unfall trägt. Ich will die Frage gerade zurücknehmen, als er zu meiner Erleichterung mit dem Kopf schüttelt.

»Es war sicher ein Faktor«, sagt er. »Aber nach unserem großen Streit gab es auch Probleme mit Mr Peterson. Mr Hollister, der Vize-Dekan, wurde pensioniert, und Maggie hat sich auf seine Stelle beworben, aber Mr Peterson glaubte, dass sie noch nicht so weit wäre. Sie haben, glaube ich, sehr hitzig diskutiert.« Mr Petersons knappe Informationen über Maggies Weggang bei der LBU kommen mir in den Sinn. War ihr deswegen so wenig Text gewidmet? Sind die beiden im Streit auseinandergegangen, und hätte Maggie deswegen an der San Francisco States University gearbeitet?

»Sie hat dann eine andere Stelle angenommen«, bestätigt Jasper meine Gedanken. »Ohne es vorher mit mir zu besprechen. Sie hat gesagt, dass sie an der LBU nicht mehr für sich einstehen könnte und dass auch wir beide nicht so weitermachen durften. Sie hatte ja recht, immerhin haben wir uns ständig gestritten, aber es war wie ein Schlag ins Gesicht. Wie eine Bestätigung meiner Theorie, dass die Karriere ihr wichtiger war.«

»Ja«, antworte ich nachdenklich. »So wäre das vermutlich auch bei mir angekommen.«

»Ihre letzten Worte an mich waren, dass ich mein Leben leben soll und wir besser keinen Kontakt mehr haben«, sagt Jasper verletzt. »Es ist nicht so, als hätte ich nicht oft überlegt, sie anzurufen oder ihr zu schreiben. Aber sie wollte diesen Neuanfang, und ich fand es egoistisch, mich einzumischen und womöglich alles zu zerstören, was sie sich dort aufgebaut hatte. Oft habe ich darüber nachgedacht, sie zu googeln. Zu sehen, ob sie die Karriere hat, von der sie geträumt hat, aber ich war zu verletzt, und es tat zu weh, also habe ich es gelassen und versucht, sie aus meinem Gedächtnis zu streichen. Was mir nie wirklich gelungen ist. Ich hatte diese Vorstellung, dass sie vielleicht ihr Glück gefunden haben könnte. Aber so war es nicht«, schluchzt er. »Es waren nichts als Wunschvorstellungen. Träumereien. Weil sie …« Jaspers Stimme bricht. Sein Gesicht vergräbt sich in seinen Händen, während er unkontrolliert zu weinen beginnt.

Ich schließe meine Arme um ihn. Schuld und Trauer überkommen mich. Weil ich Maggie so gerne zu ihm zurückbringen würde. Aber ich kann es nicht. Nur einen Teil von ihr. Ihre Lunge. Wenn sie denn von ihr ist.

Als habe Jasper meine Gedanken gelesen, hebt er seinen Kopf und sieht mich unter Tränen an. »Wieso denkst du, dass du ihre Lunge hast?«

Also erzähle ich ihm alles. Von dem Gespräch der Assistenzärztinnen, von meiner Suche. Der Tatsache, dass sie an einer Kopfverletzung gestorben ist und sich ebenfalls in San José befand, genau wie ich.

Jasper starrt auf meinen Brustkorb, als wäre darin die Antwort auf alle seine Fragen versteckt. Vielleicht überlegt er auch, ob er spüren kann, dass ein Teil von ihr wirklich in mir weiterlebt.

Doch er schüttelt nur sachte den Kopf. »Du weißt es nicht mit Sicherheit.«

»Nein«, gebe ich zu. »Es sind Vermutungen. Bisher gibt es keine Beweise dafür, dass das Gespräch, das ich mit angehört habe, wirklich im Zusammenhang mit meiner Organspende stand. Ich will dich nicht anlügen, in den letzten Wochen gab es immer wieder Zweifel in mir. Zweifel, ob ich etwas fehlinterpretiert haben könnte. Vielleicht ist das alles ein großer Zufall, und meine Lunge ist von jemand ganz anderem. Ich weiß es nicht.« Ich nehme Jaspers Hand und sehe ihn eindringlich an. »Aber an einem gibt es leider keinen Zweifel«, sage ich leise und halte Blickkontakt. »Maggie ist wirklich gestorben. Ich habe drei Zeitungsartikel, die das beweisen.« Ich höre Jaspers Schluchzen, sehe das Beben seiner Schultern und fühle mich schwer. Aber ich weiß auch, dass es richtig ist, diese Worte klar auszusprechen. Ihm zu sagen, was er wissen muss. Ihm keinen Raum für Hoffnungen zu machen, dass ich mich in Bezug auf Maggies Unfall irre. Auch wenn ich wünschte, es wäre so.

»Es tut mir von Herzen leid, Jasper. Wirklich«, sage ich. »Auch der Streit mit Lewis.«

»Das war nicht seine Schuld«, krächzt er. »Es ist unsere Familie. Dieses ganze kranke System, das wir viel zu lange aufrechterhalten haben. Wir hätten uns schon vor Jahren von Dad abwenden sollen. Als der Schaden noch nicht so groß war.«

Vermutlich hat er recht. Das alles war nur der Tropfen, der das Fass zum Überlaufen gebracht hat, aber das Fass wurde schon über Jahre gefüllt – Tropfen für Tropfen – und nie richtig geleert. Vielleicht hätten die beiden doch mal richtig reden sollen. Sich aussprechen.

»Aber ihr beide bekommt das wieder hin, oder?«, frage ich, denn ich könnte nicht akzeptieren, dass das hier das Ende zwischen den beiden bedeuten soll. Nicht, nachdem ich sie nun zusammen erlebt habe. Gesehen habe, wie stark sie zusammen sein können. »Ihr habt in den letzten Wochen doch so viele Fortschritte gemacht. Ich weiß, dass ihr beide es eigentlich wollt. Ihr liebt euch doch.«

»Lewis muss nüchtern werden, dann sieht er die Sache sicher anders als heute Abend. Es hätte einfach nicht so laufen sollen. Betrunken, in der Öffentlichkeit, mit einer Prügelei. Wir hätten es in Ruhe besprechen sollen.«

»Da gebe ich dir recht.«

Jasper nickt, lässt die Schultern hängen. Der Gedanke an Lewis, die Frage, wie es ihm wohl in diesem Moment geht, breitet sich in meiner Brust aus wie ein Feuer, brennt sich in mein Innerstes. Aber gerade kann ich mich nicht darum kümmern. Gerade ist es Jasper, der mich braucht. Er und seine Trauer, die mich noch immer anspringt und sich in diesem Zimmer ausbreitet.

»Wie geht es dir jetzt?«

»Gute Frage«, erwidert er flüsternd. »Ich weiß nicht, ob ich den Gedanken ertrage, dass Maggie nicht mehr da ist. Vielleicht hatte ich in meinem Innern immer diese Vorstellung, ich könnte nach meinem Abschluss zu ihr kommen, und dann wäre alles anders. Wenn ich reifer bin, älter, etwas aus mir und meinem Leben gemacht habe. Vielleicht wären wir dann doch noch glücklich geworden. Aber diese Chance haben wir nun nicht mehr, und es wird vermutlich noch lange dauern, das zu begreifen.«

Ich nicke, wage es nicht, etwas zu sagen und seine Schilderungen zu unterbrechen. Es scheint wichtig für ihn, sie auszuführen. Ich wünschte nur, ich könnte ihm die Trauer irgendwie abnehmen.

»Keine Ahnung, ob Maggie deine Spenderin ist oder nicht«, redet er weiter. »Aber wenn sie es ist, dann bin ich froh, dass sie mir damit nicht nur eine neue Mitbewohnerin, sondern auch eine Freundin geschenkt hat. Ich bin sicher, dass es Maggie gefallen hätte, jemandem das Leben zu retten. Erst recht, wenn es jemand ist wie du, Hazel.«

Nun bin ich es, die aufschluchzt. Ich rücke etwas näher zu ihm, lege meinen Kopf auf seine Schulter. So verharren wir eine Weile, starren in die Flammen und hängen dabei unseren Gedanken nach. Denken beide an Maggie Ganes, an das Leben und den Tod, an zweite Chancen und verpasste Möglichkeiten.

# Kapitel 33

Am nächsten Tag herrscht nachdenkliches Schweigen zwischen Lou, Corey, Jasper und mir. Der Kaffee fließt in Strömen, aber er hilft nicht, dass wir uns besser fühlen. Selbst die Tatsache, dass die Gala trotz des Vorfalls noch das Spendenziel erreichen konnte, ändert nichts. Die Stimmung ist gedrückt durch dieses Desaster eines Abends. Der einzige Trost ist, dass Corey und Lou nun beide von meiner Suche wissen. Keine Geheimnisse mehr, die Schaden anrichten könnten. Absolute Offenheit.

Unter Jaspers Augen liegen dunkle Schatten, und seine Haare sind unordentlich zusammengebunden, wie ich sie bei ihm noch nie gesehen habe. Er trägt einen schwarzen Hoodie und rührt in seiner Kaffeetasse, sein Blick geht ins Leere. Ich mache mir Sorgen um ihn. Nicht nur wegen des bevorstehenden Termins mit Mr Peterson, sondern auch wegen Maggie. Er hält sich tapfer, aber ich weiß, dass ihn die Trauer wie eine Lawine überrollt hat. Er macht sich Vorwürfe, fragt sich, ob er es irgendwie hätte verhindern können. Er ist kurz davor zu zerbrechen.

»Wie spät ist es?«, fragt er ungefähr zum siebten Mal.

»Halb«, antwortet Lou, obwohl Jasper selbst eine Armbanduhr trägt.

Er nickt trüb. »Dann sollte ich wohl mal los. Zu spät kommen wäre unklug.«

»Ich komme mit«, biete ich an.

Wieder ein Nicken von ihm. Ich muss ihn einfach begleiten, erst recht mit dem Wissen, dass auch Lewis dort sein wird. Mein Herz wird schwer, wenn ich an ihn denke. Das Gewicht zieht mich förmlich nach unten. Ich habe ihm gestern Abend noch mehrfach geschrieben, doch er hat sich nicht gemeldet. Auch heute noch nicht. Dabei sollte er allmählich ausgenüchtert und die Vernunft wieder zurückgekehrt sein. Jasper behauptet nach wie vor, dass er sich wieder einkriegt, aber ich habe Angst. Angst, dass alles zerstört ist, was wir uns aufgebaut haben.

Wir schieben unsere Stühle zurück, Lou und Corey wünschen Jasper viel Glück, dann ziehen wir Stiefel, Jacke und Schal an und verlassen das Haus. Draußen herrscht noch immer ein Winterwunderland. Schnee liegt auf den Dächern und den Wegen, an der Regenrinne entdecke ich sogar zwei Eiszapfen. Es passt zu meiner inneren Kälte, die mich seit dem Vorfall auf der Gala nicht loslässt. Ich ziehe meinen Anorak enger, dann stapfen wir durch den Schnee in Richtung Unigelände.

Dort haben sich einige Leute zusammengetan, um eine Schneeballschlacht zu veranstalten. Wir weichen aus, folgen stumm dem Weg bis zu Mr Petersons Büro. Die Anspannung bringt mich fast um, und ich will gar nicht wissen, wie es Jasper geht. Er ist zumindest noch wortkarger als ich, sein Blick ist starr auf das schneebedeckte Gebäude gerichtet, das wir kurz darauf betreten. Wir setzen uns auf die Bänke vor dem Büro. Lewis ist noch nicht da.

Um kurz vor vierzehn Uhr öffnet sich die Tür. Mr Peterson tritt heraus und sieht sich um. Fast zeitgleich kommt Lewis über den Flur. Ich sehe ihn an, erschrecke über den Bluterguss an seinem Kiefer, der sich bis zum Mundwinkel hochzieht. Er sieht furchtbar aus – nicht nur wegen der Blessuren, sondern auch, weil er genauso dunkle Ringe unter den Augen hat wie sein Bruder. Ich fordere ihn auf, mich anzusehen, will ihm gute Gedanken schicken, doch er starrt nur auf seine Füße, während Mr Peterson die beiden hereinbittet und ich sitzen bleibe. Gefroren wie der Eiszapfen an unserem Dach.

Er hat mich nicht mal ansehen können.

Während ich warte, mutiere ich zum reinen Nervenbündel. Im Flur herrscht absolute Stille, nur ab und an brechen Gesprächsfetzen zu mir durch, meist geschrien von Mr Peterson, der seinem Ärger ordentlich Luft macht. Meine Sorge um die beiden wird von Minute zu Minute größer. Was, wenn Mr Peterson sie rauswirft? Ein unerträglicher Gedanke.

Nach geschlagenen dreißig Minuten öffnet sich die Tür. Lewis und Jasper treten heraus, beide mit eingezogenen Schultern und gesenktem Blick. Das Herz rutscht mir in die Hose.

»Was hat er gesagt?«, flüstere ich aufgeregt.

»Nicht hier«, entgegnet Jasper.

Ich nicke, auch wenn alles in mir danach schreit, eine Antwort auf meine Frage zu erhalten.

Von Lewis noch immer keinerlei Reaktion.

»Na schön«, seufze ich.

Kaum dass wir das Gebäude verlassen haben, bleiben wir stehen.

»Er hat geschrien«, mache ich meiner Anspannung Luft.

»Nicht zu knapp«, erwidert Jasper. »Es ist mehrfach das Wort *Suspendierung* gefallen, ein paarmal auch die Wörter *Schande* und *unzumutbar.* Aber unsere Prüfungsergebnisse der Midterms waren hervorragend, und ein paar der Unternehmerinnen gestern sind bei Mr Peterson für mich eingestanden. Somit sieht er fürs Erste von einer Suspendierung ab.«

Skeptisch sehe ich zu den beiden. Das kann noch nicht alles gewesen sein. »Mehr hat er nicht gesagt?«, frage ich vorsichtig.

»Es gab eine Verwarnung für uns beide. Strafarbeiten, unter anderem eine Verpflichtung zur Säuberungsaktion, eine öffentliche Entschuldigung auf der Homepage und weiterhin gute Noten, sonst überlegt er es sich anders.«

»Das klingt doch ganz gut, oder?«

Jasper nickt. »Ich bin erleichtert.«

Jetzt schaltet sich Lewis ein. »Klar bist du das«, sagt er spitz, als wäre seine Wut kaum verebbt. »Du hast ja auch deine Unternehmerinnen, die für dich sprechen. Unfassbar. Selbst nachdem du mich in aller Öffentlichkeit geschlagen hast, steht der Dekan noch hinter dir. Ich verstehe es einfach nicht.«

Jasper tritt vor. »Es tut mir leid, dass ich dir eine geknallt habe. Es gibt keine Entschuldigung dafür, das weiß ich. Aber die Dinge, die du über mich und Maggie gesagt hast, waren hart. Du hast ja keine Ahnung, wie viel Schmerz ich wegen ihr durchlitten habe und wie sehr mich deine Worte getroffen haben. Und dennoch«, sagt er, als Lewis protestieren will, »hat es mir nicht das Recht gegeben, so zu reagieren.«

Lewis schließt den Mund wieder, sieht seinen Bruder abschätzend an. Seine Hände sind in den Taschen seines Anoraks vergraben. »Dann waren du und diese Maggie Ganes –?«

»Ein Paar«, flüstert Jasper. »Meine große Liebe trifft es wohl besser.«

Für ein paar Sekunden wird Lewis blass. Kummer tritt in seine Augen, als er begreift, was ihr Tod für seinen Bruder bedeutet. In diesen Sekunden erinnert er mich an den Mann, in den ich mich verliebt habe. Einfühlsam, hilfsbereit. Ich sehe die Sehnsucht nach einer Versöhnung. Kurz zuckt seine Hand, als würde er sie auf Jaspers Schulter legen wollen. Aber er tut es nicht. Stattdessen schüttelt er den Kopf.

»Das mit Maggie tut mir wirklich leid. Aber was den Rest angeht: Ich muss das alles erst mal verdauen«, sagt er, dreht sich um und will gehen.

»Warte«, wende ich mich an ihn. »Du kannst doch jetzt nicht einfach so abhauen. Was ist mit uns?«

»Ich kann gerade nicht klar denken«, sagt Lewis. Jedes dieser sechs Worte rammt mir ein Messer in die Brust. Kurz habe ich das Gefühl, nicht atmen zu können. Eine grausame Erinnerung an die Zeit vor der Transplantation.

Lewis wirft mir einen Blick zu, ich sehe echtes Bedauern darin, bevor er losgeht. Es wirkt eiskalt. Verletzend. Aber Lewis liebt mich, rufe ich mir in Erinnerung.

Ich laufe ihm hinterher. Kurz vor dem Eingang zu seinem Wohnheim hole ich ihn ein. Meine Hand legt sich auf seine Schulter und hindert ihn daran, weiterzugehen.

»Bitte«, flüstere ich, bettle schon fast. »Ich weiß, dass du wegen gestern noch sauer bist. Weil ich zu Jasper gehalten habe. Aber das darf uns nicht zerstören.«

»Es geht nicht nur um das mit Jasper«, sagt Lewis und dreht sich um. »Ich bin heute beinahe suspendiert worden. Ist dir klar, dass das alles zunichtemacht, wofür ich in den letzten Jahren gearbeitet habe? Alles liegt in Trümmern. Ich ... ich werde nie die Chance auf ein Stipendium bekommen. Jetzt nicht mehr. Dabei war es immer mein Ziel. Und ich wollte diese wichtigen Unternehmen von mir überzeugen und Mr Peterson beweisen, wie gut ich bin. Und jetzt? Meine Karrierepläne, die große Zukunft, die ich mir aufbauen wollte, sind dahin. Wenn ich Glück habe, darf ich hierbleiben, aber der Druck, jetzt entsprechende Leistungen zu bringen, ist noch mal viel größer geworden.«

»Ich weiß«, sage ich verzweifelt. Meine Gedanken sind letzte Nacht nur darum gekreist.

»Du ... du hättest die Suche nach deiner Spenderin einfach ruhen lassen müssen.«

Ich starre ihn an. Seine Worte hallen wie ein Echo in meinem Kopf nach, und ich wünschte, ich hätte mich verhört, denn das kann nicht sein Ernst sein. »Dann willst du jetzt wirklich sagen, dass das hier meine Schuld ist?«, frage ich spitz.

»Nein ... aber –«

Ich unterbreche ihn. Wut brodelt in meinem Magen. »Deine Zukunftsängste hast du ganz allein dir selbst zuzuschreiben. In dem Moment, in dem du erkannt hast, dass Maggie Ganes irgendwas mit deinem Bruder zu tun hat, hättest du mit mir reden müssen. Stattdessen hast du geschwiegen.« Meine Stimme bebt vor Enttäuschung, und ich hasse es. Ich hasse es, dass ich in diesem Moment am liebsten weinen würde, denn es macht mich verletzlich, und das, obwohl mein Herz ohnehin bereits offen vor Lewis liegt. »Du hast dich dazu entschieden, auf dieser Gala, vor all den wichtigen Leuten, einen Streit anzuzetteln. Du hast dich dazu entschieden, dich zu betrinken. Du hast dich dazu entschieden, mich nicht einzubinden in das, was dich beschäftigt. Mit so einer Wut im Bauch auf diese Veranstaltung zu gehen, war ein Fehler. Deiner, nicht meiner.« Ich kann die Tränen nicht mehr aufhalten, die nun über mein Gesicht laufen. »Also mach mich jetzt nicht verantwortlich für die Konsequenzen.«

»Ich weiß.« Lewis fährt sich über die Bartstoppeln, er wirkt klein und verloren.

Am liebsten würde ich ihn in meine Arme ziehen, aber ich schaffe es gerade nicht einmal, ihn anzusehen. Die ganze Situation überfordert mich, all die Ereignisse der letzten vierundzwanzig Stunden, die Erkenntnisse über Maggie, die Prügelei, die Enttäuschung wegen Lewis' Verhalten. Es ist zu viel.

»Ich kann nicht …«, schluchze ich.

Ich drehe mich um, gehe. Laufe beinahe.

»Hazel, warte«, sagt Lewis nach dem zehnten Schritt. Es klingt leise. Gequält. Es zerreißt mir das Herz. Aber ich bleibe nicht stehen, laufe einfach weiter durch den Schnee, weiter über die Straßen von Lullaby, während die Tränen mir immer mehr die Sicht rauben.

Ich hatte gedacht, Lewis und ich wären gemeinsam stark, doch jetzt sehe ich unsere Schwäche. Enttäuschungen, Schuldzuweisungen, innere Dämonen, die nicht überwunden sind. Und ich kann damit nicht umgehen. Nicht jetzt. Nicht in diesem Moment.

Ich kann nicht atmen. Alles liegt in Trümmern.

# Kapitel 34

Die kleinen Marshmallows in meiner Tasse sehen aus wie rosa Schweinchen, die ein Schokobad nehmen. Es wäre ein gemütlicher Anblick, würden direkt neben der Tasse nicht mehrere Bücher, Tablets und Notizbücher liegen, die Reese, Lou und ich über den gesamten Tisch im *Hopes* verteilt haben. Es war Reese' Idee, gemeinsam mit Lou zu lernen, die es mit dem Entwurf und der Anfertigung von Reese' Sweatshirt nach ganz oben auf ihre Sympathieskala geschafft hat. So schlagen wir uns diesmal zu dritt und mit Lous detaillierten Lernplänen durch die Vorbereitungen auf die Final Exams, die mich bereits jetzt stressen. Noch viel mehr, als es die Midterms jemals getan haben. Der eigentliche Stimmungskiller ist jedoch nicht die Tatsache, dass wir seit vier Tagen erneut die Bücher wälzen. Es sind meine Gedanken, die ständig um Lewis kreisen und es mir unmöglich machen, mich vollends auf mein Studium zu konzentrieren, obwohl es gerade jetzt so wichtig wäre.

»Wie war das noch mal mit diesem verdammten Nitrat?«, fragt Reese seufzend. Sie ist längst wieder dazu übergegangen, ihren Stift zwischen ihren Fingern hin und her zu tippen, wie sie es immer tut, wenn sie angespannt oder gelangweilt ist. Schwer zu sagen, was bei ihr gerade überwiegt.

»Durch die vermehrte Anwendung von Dünger ist der Stickstoffkreislauf gestört«, antworte ich ihr.

»Stimmt, ja. Und die Arbeitsschritte bei einer Umweltanalyse sind Probenentnahme, Probenvorbereitung, Messung, Auswertung und Interpretation?«

Mein Herz krampft sich kurz zusammen, als ich ihre genannten Punkte durchgehe. Ich sehe vor meinem inneren Auge Lewis im Forschungslabor stehen, wie er hoch konzentriert auf einen seiner Probenbehälter sieht und mit mir die einzelnen Schritte durchgeht. Allein dadurch habe ich so viel erfahren. Ich könnte den Ablauf im Schlaf aufsagen.

»Zwischen der Probenentnahme und der Vorbereitung kommt noch die Konservierung.«

»Richtig«, sagt Lou. »Bloß nicht vergessen, so was gibt Minuspunkte.«

»Na ganz toll«, murrt Reese. »Scheiß verdammte Prüfungen.« Ich verkneife mir ein Schmunzeln. Die Häufigkeit ihrer Flüche wächst definitiv proportional zum Lernstress. »Und dämliche Umweltanalyse. Irgendwie liegt mir das nicht.«

»Ich finde es faszinierend«, sage ich, auch wenn ich es vor ein paar Monaten nie gedacht hätte. »Vor allem die Probenanalyse vom Boden.«

»Vorher zerkleinern und mahlen, richtig?«

»Siehst du, du kannst es.«

Reese seufzt theatralisch und nippt dann an ihrem Kakao. »Ich glaube, ich brauche trotzdem gleich einen Burger.«

»Dito«, meint Lou. Vor ihr liegen Unterlagen über den Schutz und die Nutzung natürlicher Ressourcen sowie Umweltmanagementnormen und Qualitätsrichtlinien.

»Dann lasst uns bestellen«, beschließe ich. »Eine Pause kann nicht schaden.«

»Endlich mal eine Entscheidung ganz nach meinem Geschmack.« Reese schiebt ihren Notizblock zur Seite und ruft Shawn herbei, der heute Schicht hat. Reese' Cousin kommt sofort zu uns.

»Darf es noch was sein?«

»Dreimal den Hazelburger«, sagt sie und sieht uns an. Wir nicken. »Und Pommes für alle.«

»Wenn das so weitergeht, werde ich bald neue Hosen brauchen«, sage ich.

»Ach was, das verträgst du schon. Sonst näht Lou dir welche.« Liebevoll streichelt Reese über ihren schwarz-weißen Pullover mit den geometrischen Mustern, der letzte Woche fertig geworden ist. Kombiniert mit zwei hohen Zöpfen, roten Haarbändern und einer schwarzen Jeans passt er einfach perfekt zu ihr.

Sie streckt sich genüsslich, ihr Blick schweift dabei zu dem Fenster rechts von uns.

»Da ist Lewis«, flüstert sie plötzlich.

Mein Herz reagiert leider viel zu stark auf diese drei Worte. Voller Sehnsucht drehe ich meinen Kopf.

In der Dämmerung ist er nicht leicht auszumachen, doch sein dunkler Mantel mit dem hochgezogenen Stehkragen und seine Locken sind eindeutig zu erkennen. Er kommt aus dem Stadtarchiv, sein Kopf ist gesenkt. Kurz wünsche ich mir, dass er aufsieht und mich hier entdeckt. Gleichzeitig bin ich froh, ihn unbemerkt beobachten zu können. Alles in mir schreit danach, zu ihm zu gehen und ihn zu küssen, weil ich ihn vermisse, und gleichzeitig bin ich immer noch wütend auf ihn. Es fühlt sich an, als stünde eine unsichtbare Barriere zwischen uns, und mir fehlt die Kraft, sie einzureißen.

»Habt ihr immer noch nicht miteinander geredet?«, fragt Lou vorsichtig.

»Totale Funkstille«, presse ich hervor.

Shawn kommt an unseren Tisch und bringt uns die Burger. Ich bin froh um die Unterbrechung, weil Reese und Lou mich viel zu sorgenvoll ansehen und die Schwere in meiner Brust damit nur noch verstärken. Doch auch die Unterbrechung und die Tatsache, dass ich beherzt in meinen Burger beiße, hält sie nicht davon ab, das Thema fallen zu lassen.

»Es ist okay«, nuschele ich mit halb vollem Mund, obwohl es nicht der Wahrheit entspricht. In meinem Innern ist nichts okay. Vielmehr tobt dort eine bedenkliche Mischung unterschiedlicher Emotionen, die mir geradezu körperliche Schmerzen verursacht. Von meinem geistigen Zustand der Verwirrung und Ambivalenz einmal abgesehen.

»Ich verstehe es nur nicht«, sagt Lou. »Es ist deutlich zu spüren, dass ihr beide unter der Situation leidet. Wieso könnt ihr euch nicht einfach aussprechen und euch versöhnen? Ihr gehört doch zusammen.«

Das *Wieso* dröhnt in meinem Kopf, weil ich mir diese Frage

auch immer wieder stelle. Wieso soll ich nicht einfach auf ihn zugehen, mit ihm sprechen, ihm verzeihen? Wieso können wir nicht einfach die Zeit zurückdrehen und so tun, als wäre das alles nie vorgefallen? Wieso kann ich nicht aufhören, an ihn zu denken? Wieso tut es so weh? Wieso, wieso, wieso?

Entwaffnet lasse ich meinen Burger sinken. Vielleicht ist es Zeit, einfach mal darüber zu reden, es nicht nur hundertmal am Tag in meinem Kopf durchzugehen und keine Lösung zu finden.

»Lewis ist unglaublich«, flüstere ich fast. »Wenn ich mit ihm zusammen bin, fühle ich mich so frei und gleichzeitig geborgen wie sonst nirgendwo. Normalerweise strahlt er eine solche Ruhe aus, dass es sich fast schon wie nach Hause kommen anfühlt.« Hitze schießt in meine Wangen. Es so deutlich zu formulieren hat etwas sehr Intimes. Aber es sind Lou und Reese. Beiden kann ich vertrauen. »Ich dachte, ich könnte mich hundertprozentig auf ihn verlassen«, spreche ich weiter. »Ich dachte, diese Ruhe würde mir zu jeder Zeit, in jeder Situation zur Verfügung stehen.«

»Das klingt doch eigentlich schön«, meint Lou.

Reese nimmt eine Pommes, rührt sie in die Sour Cream und sieht mich eindringlich an. Sie weiß, dass da noch mehr kommt.

»Aber auf dieser Gala, als er sich dazu entschieden hat, mich nicht ins Vertrauen zu ziehen, sich stattdessen zu betrinken und seine Wut in sich hineinzufressen, habe ich ein Stück dieser Sicherheit verloren. Plötzlich war da diese andere Seite an ihm. Ich wusste, dass Lewis ein Päckchen zu tragen hat. Ich meine, wer hat das nicht? Aber Lewis' Unsicherheiten waren an diesem Abend unberechenbar, und das hat mir Angst gemacht.«

»Angst?«, fragt Lou. »Du denkst doch nicht, dass Lewis dir etwas antun könnte, oder?«

»Nein«, stelle ich klar. »Das nicht. Er würde mich nie absichtlich verletzen.« Dass Lewis einer von den Guten ist, habe ich nie infrage gestellt. Zu keiner Sekunde. »Aber an diesem Abend hat er es, rein emotional gesehen, trotzdem getan. Und ich weiß einfach nicht, ob ich das noch mal schaffen würde. Noch mal solch einer Unsicherheit ausgesetzt zu sein, noch mal damit leben zu müssen, dass er sich mir nicht anvertraut, und das, obwohl ich ihm von Anfang an alles von mir erzählt habe. Er wusste wirklich alles! Jedes Detail meiner Suche nach meiner Spenderin, er kannte all meine Ängste und Träume, meine Krankengeschichte. Wann immer ich einen schwachen Moment hatte, habe ich mich an ihn gewandt. Er hat das nicht getan.«

»Es ist verständlich, dass dich das enttäuscht«, sagt Lou.

»Ich wäre auch verletzt«, meint Reese.

Ihr Zuspruch hilft ein wenig. Zu wissen, dass ich nicht überreagiere. So oft spiele ich den Abend der Gala in meinem Kopf durch und überlege, ob ich etwas hätte anders machen sollen.

»Ich habe ihn gefragt, ob alles in Ordnung ist«, sage ich. »Am Abend der Gala, als ich gemerkt habe, dass etwas nicht stimmt. Aber er hat nichts gesagt.«

»Lewis war eben noch nie ein Freund vieler Worte«, versucht Lou sich an einer Erklärung. »Bevor du kamst, war er Mr Einsilbig. Du glaubst gar nicht, wie oft ich versucht habe, mit ihm ins Gespräch zu kommen. Aber du hast es geschafft. Du warst der Schlüssel dafür, dass er von Tag zu Tag mehr aufgetaut ist.« Ihre Lippen werden schmaler, als sie mich voller Mitgefühl ansieht. »Vielleicht hat es nur einfach noch nicht gereicht, um dieses neue Selbstbewusstsein auf ein wirklich stabiles Fundament zu stellen. Nach allem, was ich nun über Lewis und seinen Vater erfahren habe, ist genau das seine Achillesferse. Vielleicht war er zu überwältigt von seinen Gefühlen, um sie zu kommunizieren, nachdem er so lange allein damit klarkommen musste.«

Ich dippe nachdenklich eine meiner Pommes in die Sour Cream und schaue aus dem Fenster, lasse Lous Worte auf mich wirken. Ich weiß in meinem tiefsten Innern, dass sie recht hat. Meine Offenheit mit der von Lewis zu vergleichen, ist nicht fair. Auch er hat mir Dinge von sich offenbart und gezeigt, die er bislang mit niemandem geteilt hat. Emotional wie körperlich. Absolut allumfassend. Er hat vor mir geweint, mit mir gelacht. Wir haben uns gegenseitig unser erstes Mal geschenkt, haben uns angenommen, wie wir sind. Vielleicht hätte ich gerade deswegen erwartet, dass er sich mir vor der Gala anvertraut. Bevor alles eskaliert ist.

»Wenn du mich fragst, hängt es mit deiner Suche zusammen, dass du jetzt so haderst«, sagt Reese plötzlich. »Er hätte mit dir reden sollen, in dem Moment, als er Maggie Ganes von Jaspers Foto wiedererkannt hat.«

Ich schlucke, kurz steigen Tränen auf, die mich blinzeln lassen. Reese' These trifft mich wie ein Vorschlaghammer. Es ist wirklich so – ich bin vor allem enttäuscht, weil Lewis nach den Wochen der Suche, nach all meinen Fragen, etwas zu der möglichen Identität von Ms X hätte beisteuern können und er nicht sofort mit mir gesprochen hat, als er Maggie erkannt hatte. Immerhin wusste er, wie verletzlich ich bin, wenn es um meine Lungentransplantation geht. Wie sehr ich darunter gelitten habe, dass Silvia Grimes nicht die Gesuchte war. Wie sehr ich an mir und meinen Thesen gezweifelt habe.

»Du hast recht«, flüstere ich und schäme mich ein wenig dafür. Ich fühle mich zerbrechlich in diesem Moment.

Lou legt ihre Hand auf meine, als könnte sie genau nachempfinden, wie es mir geht. Verständnisvoll sieht sie mich an. »Wichtig ist jetzt nur, ob du es ihm verzeihen kannst«, sagt sie leise.

Das ist die Frage. Mein Herz kennt die Antwort darauf, schreit sie förmlich heraus. Aber mein Verstand ist einfach noch nicht sicher, ob er mitziehen kann.

# Kapitel 35

Die Final Exams sind auslaugend. Schlimmer noch als die Mitdterms, was ich zu einem großen Teil meiner geistigen Verfassung zuspreche. Mein Kopf beschäftigt sich permanent mit Lewis. Lewis und mir, seinen Worten, meiner Enttäuschung, der Frage, ob das, was wir hatten, noch zu reparieren oder für immer zerstört ist. Ich finde keine Antworten darauf, meine Gedanken drehen sich ständig im Kreis. So auch bei meiner letzten Prüfung, und es ist fast ein Wunder, dass Probenanalysen und Ökosysteme überhaupt noch zwischen meine Hirnwindungen passen und Antworten auf das Papier fließen.

Reese neben mir stöhnt, kaum dass wir den Saal nach der Prüfung verlassen. »Das war ätzend. Zum Glück sind jetzt Ferien. Ich kann es kaum erwarten, wieder nach Hause zu kommen.«

»Wann fahrt ihr?«

»Shawn hat morgen früh noch eine Schicht, danach geht es los. Und du?«

»Übermorgen.«

Bei den Gedanken an meine Eltern und Gavin wird mir warm ums Herz. Die bevorstehende Auszeit ist mein Rettungsanker. Ein paar Tage Ruhe und Frieden.

»Reese! Hazel!« Jasper kommt auf uns zu, dunkle Schatten unter seinen Augen. Nun, da er auf Mr Petersons schwarzer Liste steht, hat er sich weit mehr in die Prüfungen gekniet, als es bei ihm sonst der Fall gewesen wäre. Aber ich weiß, dass die dunklen Ränder nur zu einem Bruchteil von den Prüfungsvorbereitungen herrühren. Es sind Spuren seiner Trauer über Maggies Tod, die ihm immer noch ins Gesicht geschrieben sind.

»Wie war die Prüfung?«

Reese stöhnt leise, was Jasper ein schwaches Lachen entlockt. »So schlimm?«

»Nur, wenn wir weiter drüber reden.«

»Sie analysiert hinterher nicht gerne, wie es gelaufen ist«, erkläre ich schmunzelnd.

»Was abgegeben ist, ist abgegeben. Also lasst uns bitte nicht mehr darüber sprechen, bis wir die Ergebnisse bekommen, okay? Ich will bis dahin einfach nur verdrängen.«

»Na gut, dann hörst du von mir keinen Ton mehr davon«, sagt Jasper beschwichtigend.

Wir gehen an einer Gruppe Studentinnen vorbei, die Jasper ungeniert angaffen. Bis vor ein paar Tagen hätte ich es als Anschmachten interpretiert, doch diesmal folgt Getuschel.

»Ja, das ist er … mit einer Professorin geschlafen … nein, ich weiß nicht, ob es wirklich stimmt, aber es soll deswegen einen Streit gegeben haben.«

Reese und ich mustern Jasper gleichzeitig. Er starrt stur geradeaus, seinen Kiefer aufeinandergepresst.

»Woher –?«, frage ich leise, als wir weitergehen und das Grüppchen hinter uns lassen.

»Der Streit mit Lewis war nicht gerade diskret. Das geht schon die ganzen letzten Tage so.«

»Was? Wieso hast du nichts gesagt?«

»Ihr könntet doch auch nichts daran ändern«, sagt Jasper resigniert. »Die Leute haben keine Beweise, sie wissen nur das, was sie durch die Gala und den Wortwechsel vor dem Eingang mitbekommen haben. Die Gerüchteküche brodelt, und das Getuschel ist ermüdend, aber es ist mir scheißegal.«

Entgegen seiner Worte kann ich sehen, dass es ihm zusetzt. Ich erkenne es an dem angespannten Kiefer, der etwas gebückten Körperhaltung, die ich zuvor nie bei ihm wahrgenommen habe. Oder liegt es an der Trauer wegen Maggie, dass er in diesem Moment so verändert auf mich wirkt? Irgendwie … gebrochen?

»Bald gibt es neuen Gossip und Skandale, über die sie sich das Maul zerreißen können«, sagt Reese sauer, genau in dem Moment, in dem sich wieder ein paar Leute nach Jasper umdrehen.

Sie wirft ihnen einen giftigen Blick zu. »Sie lassen dich sicher bald wieder in Ruhe.«

»Nach den Feiertagen ist das bestimmt vergessen«, gebe ich ihr recht. Ich hoffe es zumindest. Noch mehr Ballast braucht Jasper gerade nicht.

»Die Feiertage«, sagt Jasper leise, als habe er meine Gedanken gehört.

»Es bleibt dabei?«, frage ich. »Ihr fahrt nicht nach Hause?«

»Mom hat mich mehrfach gefragt ... aber nein, wir gehen nicht.« Jasper schultert seinen Rucksack neu, weicht einigen umstehenden Leuten aus, die sich neugierig nach ihm umdrehen. Die haben doch nicht wirklich schon alle von dem Vorfall auf der Gala gehört, oder? Wie viele Leute vom Festkomitee waren anwesend? Zehn? Fünfzehn? Sind die danach etwa alle losgezogen, um jedem zu erzählen, was Lewis ihm auf der Gala vorgeworfen hat?

»Kurz dachte ich, Lewis würde nach der Sache bei der Gala wieder einknicken«, spricht Jasper weiter. »Dad weiß von dem Streit, er kennt zu viele Leute, die auf diesen Veranstaltungen verkehren. Er war stinkwütend, ich hatte zig Nachrichten von ihm. Lewis redet nicht mit mir darüber, aber ich glaube, die Nachrichten, die Dad ihm hinterlässt, sind noch schlimmer. Er gibt sicher ihm die Schuld. Wobei Dad bald auch das mit Maggie herausfinden wird, und dann hat er einen weiteren Grund, durchzudrehen.«

»In ein Ohr rein, aus dem anderen wieder heraus«, erinnere ich ihn, auch wenn ich nicht weiß, wie die beiden das aushalten sollen. Ihrem Vater als Einheit die Stirn zu bieten, war sicher leichter. Aber unter den gegebenen Umständen?

»Definitiv. Ich hoffe nur, Lewis schafft es auch.«

»Dann habt ihr immer noch nicht miteinander gesprochen?«, frage ich.

Wir bleiben vor Gebäude A stehen, Jasper schultert seinen Rucksack neu.

»Jein. Er hat sich bei mir entschuldigt und mir gesagt, dass er nicht an mir hätte zweifeln dürfen. Er hat mir versprochen, nie wieder so viel zu trinken. Aber er ist noch stiller als sonst. Keine Ahnung, ob es an den Nachrichten von Dad und an den Prüfungen liegt oder an der Sache mit dir. Ich glaube, er leidet ziemlich unter eurer Funkstille.«

»Ich auch«, gebe ich zu. »Aber ich brauche jetzt erst mal die Tage zu Hause, um abzuschalten und alles zu verdauen.«

Sofort überkommt mich ein schlechtes Gewissen, weil ich Jasper unter die Nase reibe, dass ich nach Hause fahre. Vorsichtig schiele ich zu ihm, doch wenn ihn meine Worte noch mehr aus der Bahn werfen, lässt er es sich nicht anmerken.

»Ist mir auch recht, dass es hier etwas ruhiger wird«, sagt er. Ein Teil von mir glaubt ihm.

»Aber du kommst klar, oder?«, fragt Reese, der zwei Studentinnen auffallen, die sich tuschelnd nach ihm umdrehen. »Die sind ja wie Aasgeier.«

Jasper seufzt leise. »Yep. Was einen nicht umbringt, macht einen nur härter.«

Zu Hause zu sein und mit meiner Familie zu Abend zu essen ist wohltuend, aber gleichzeitig fehlen mir die Geräuschkulisse bei Red und der Kiefernduft, der dort immer durch die offenen Fenster weht. Einmal mehr wird mir bewusst, wie sehr Lullaby zu meiner neuen Heimat geworden ist.

»Lass dir doch nicht alles aus der Nase ziehen«, holt mich meine Mom in diesem Moment ins Hier und Jetzt zurück, in dem wir noch gemeinsam beim Abendessen sitzen. Die Teller vor uns sind bereits geleert, und ich habe die letzten zwanzig Minuten von Lullaby erzählt.

»Die Rundschwanzsperber leben also an diesem Berg?«, fragt Mom.

»Genau. Sie tauchen zumindest immer wieder dort auf.«

Ihnen vom Modoc National Forest zu berichten und dabei Fotos auf meinem Handy zu zeigen ist schön. Es hilft mir dabei, diesen wundervollen Ort und meine damit verbundenen Heimatgefühle mit den Menschen zu teilen, die ich liebe. Aber es erinnert mich auch schmerzhaft an Lewis.

»Welche Tiere hast du noch beobachtet?«, erkundigt sich Gavin.

»Jede Menge. Singvögel, ein Beifußhuhn, Wildpferde … Auf unserer ersten Exkursion haben wir in der Ferne eine Antilope entdeckt – aber sie war leider zu weit weg, um sie gut zu erkennen.«

»Ich will das auch mal sehen«, sagt Gavin schmollend. »Meinst du, wir können dich mal besuchen?«

»Ich bin sicher, dass sich das einrichten lässt. In Lullaby gibt es ein hübsches Bed & Breakfast, von dem ich schon viel Gutes gehört habe. Man könnte aber zum Beispiel auch im Forest campen. Ansonsten gibt es jede Menge größere Hotels in Juniper.«

»Das Bed & Breakfast«, bestimmt Gavin sofort. »Wenn, dann will ich auch richtig in der Stadt wohnen und alles kennenlernen. Und die Burger von diesem Will muss ich mal probieren.«

»Wade«, korrigiere ich ihn.

»Ich fände das auch schön«, sagt mein Vater und nimmt über den Tisch hinweg meine Hand. »Es würde uns gefallen, wenn du uns alles zeigen könntest.«

»Dann machen wir das.«

Gavin grinst triumphierend, bevor er auf sein Handy sieht und schließlich vom Tisch aufsteht.

»Baseballtraining?«, tippe ich.

»Nur ein Treffen mit den Jungs. Aber wenn ich zurückkomme, will ich noch mehr Fotos sehen. Okay?«

»Klar doch.«

Gavin räumt seinen Teller in die Spülmaschine und verschwindet erst in sein Zimmer und ein paar Minuten später aus der Wohnung. Mom und ich kümmern uns um den restlichen Abwasch, während Dad die Nachrichten anschaut. Dieser Anblick, wie er vor dem Fernseher sitzt, gebannt dem grauhaarigen Nachrichtensprecher lauscht und immer wieder unzufrieden brummt, weckt viele Erinnerungen. Jeden Abend dieselbe Szene,

Tag für Tag. Ich hatte keine Ahnung, wie sehr mir dieses kleine Brummen gefehlt hat. Oder wie beruhigend es für meine Nerven ist, gerade einfach mit meiner Mom in der Küche zu stehen, gemeinsam das Geschirr unter klares Wasser zu halten und in die Spülmaschine zu räumen. Als wäre es reinigend für meine Seele und meine übervollen Gedanken, die mir offensichtlich ins Gesicht geschrieben sind, denn Mom mustert mich ein wenig besorgt.

»Stimmt etwas nicht?«

»Alles in Ordnung«, sage ich und setze ein Lächeln auf. »Es geht mir wirklich gut.«

»Den Eindruck hatte ich an sich auch.« Sie fährt sich langsam über ihre schwarzen, schulterlangen Haare, in denen vereinzelte graue Strähnen schimmern. »Aber irgendetwas bedrückt dich doch …«

»Es war die letzten Wochen etwas stressig.«

»Wegen der Prüfungen?«

Ich nicke, aber die Lüge, auch wenn es sich nur um eine halbe handelt, bleibt mir förmlich im Hals stecken. Nachdenklich sehe ich zu Mom, die die Reste vom Abendessen in Vorratsdosen packt und beschriftet. Meine Eltern werfen niemals Essen weg, alles wird noch verwertet.

»Mom?«, frage ich leise. »Warst du schon mal richtig enttäuscht von einem Menschen? Sodass es dich bis ins Mark erschüttert hat und du nicht wusstest, ob du diese Enttäuschung jemals überwinden kannst?«

Ihr Blick wird sorgenvoller. »Wer hat dich enttäuscht? Ein Junge?«

»Mom, bitte.« Ich kann es ihr nicht erklären, muss schon all meine Kraft darauf verwenden, um ihr offen diese Frage zu stellen. Um mich überhaupt mit dem Gedanken an Lewis und mit unserer Situation zu beschäftigen. Allein dieser kleine Gedanke raubt mir Energie, macht mich so unendlich müde.

Meine Mutter lässt von den Essensresten ab und rückt am kleinen runden Holztisch einen Stuhl für mich zurecht, dann setzt sie sich auf den Stuhl daneben. Ich lasse mich darauf nieder, blicke auf das Kreuzworträtsel, das noch aufgeschlagen daliegt und nur noch wenige Kästchen bis zur Lösung braucht. Ein Mineral, sechs Buchstaben, an zweiter Stelle ein M. Ich gehe alle im Kopf durch und kenne schnell die Lösung: Amiant. Wäre mein Gefühlschaos doch nur ebenso schnell gelöst.

»Enttäuschung«, nimmt meine Mom nachdenklich den Faden wieder auf. »Ist es eher ein kleiner Stich ins Herz, oder gleicht es mehr einem Stoß mit einem Messer?«

»Messer«, murmle ich.

»Verstehe. Dann muss dieser Mensch dir viel bedeuten. Nur diejenigen, die uns nahestehen und die wir lieben, schaffen es, uns derart zu enttäuschen. Aber genau das ist die Krux, denn genau diese Menschen haben es meistens verdient, dass wir ihnen verzeihen.«

Ich schlucke schwer, starre noch immer auf das Rätsel, doch diesmal beschäftigt sich mein Kopf nicht mit Lösungen. Nur mit Moms Worten.

»Was, wenn man Angst hat, noch mal so enttäuscht zu werden?«

»Davor kann man sich niemals ganz schützen. Die Frage, die du dir stellen solltest, ist eine andere: Liebst du diesen Menschen genug, um das Risiko, noch mal verletzt zu werden, einzugehen?«

# Kapitel 36

Auch wenn ich die Tage mit meinen Eltern und diese kleine Auszeit von meinem Liebeskummer gebraucht habe, so fühlt es sich richtig an, wieder nach Lullaby zurückzukommen und das alte Feuerwehrhaus zu betreten.

Lou umarmt mich schwungvoll, kaum dass ich meinen Koffer durch die Tür gezogen habe. Jasper winkt mir zu, ich gehe zu ihm und umarme ihn ebenfalls. Er sieht noch so müde aus wie bei unserem Abschied. Die Erholung, die mir während der Feiertage vergönnt war, scheint bei ihm nicht angekommen zu sein. Er scheint kaum geschlafen zu haben.

»Wie geht es dir?«, frage ich besorgt.

Jasper zuckt erschöpft mit den Schultern. »Es waren wirklich lange Tage«, antwortet er ausweichend, als wäre damit alles gesagt. Ich weiß nicht, ob er damit Lewis und die vielleicht schweigsamen Feiertage meint oder ob er besonders häufig an Maggie und ihren Tod gedacht hat und dementsprechend ausgelaugt ist. Hunderte Fragen zu seinen Feiertagen liegen mir auf der Zunge, aber Jasper zieht bereits seine Schuhe an.

»Wir wollten jetzt los zur Säuberungsaktion«, sagt er auf meinen Blick hin. »Jetzt da der Schnee geschmolzen ist, können wir endlich weitermachen.«

»Ich komme mit«, sage ich sofort.

Lou mustert den Koffer, der noch immer neben mir steht. »Bist du sicher? Du bist doch gerade erst zurück.«

»Das macht nichts. Ich würde gerne ein bisschen in den Forest.« Ich sehne mich nach den Bäumen und Tierlauten, auch wenn mein Herz schon bei dem Gedanken wieder zusammenschrumpft. Zu sehr sind diese Dinge mit Lewis verknüpft.

Gemeinsam mit Lou und Jasper kehre ich dem Haus wieder

den Rücken zu. Corey wird erst im Laufe des Tages eintreffen, genau wie Reese und ihr Cousin.

Am Sammelpunkt warten zwei bereits fast voll besetzte Busse. Offenbar sind wir spät dran. Wir lassen uns nur schnell in die Liste eintragen und suchen uns zügig Sitzplätze. Keine Minute später startet der Motor mit einem lauten Rütteln, und wir fahren los. Diesmal nicht zum Clear Lake, sondern in die andere Richtung, in die Nähe vom Goose Lake, auch wenn wir ihn, als der Bus stoppt, nicht sehen können. Tatsächlich erblicke ich nichts als Kiefern, unglaublich dicht nebeneinander, noch dichter als bei uns in Lullaby. Wir gehen diesmal als Gruppe in den Forest hinein, offenbar auf dem Weg zu einem weiteren Sammelpunkt, den wir schließlich an einer etwas breiteren Lichtung mit Steppengras erreichen. Die Gräser wirken wie kleine grüne Farbklekse zwischen den gehärteten Lavaplatten. Das alles hier lässt mich an Lewis denken, mich ihm nah und doch so weit entfernt fühlen. Ich sehe hoch zu den Baumkronen, um meine aufsteigenden Tränen daran zu hindern, hinauszuströmen. Ich muss mich zusammenreißen.

Aber in diesem Moment spüre ich seine Nähe. Es ist wie ein Instinkt, als hätte sich mein Körper in den letzten Wochen genau eingeprägt, wie sich Lewis' Gegenwart anfühlt.

Verstohlen schaue ich mich um. Lewis steht in der hintersten Reihe, halb verdeckt von ein paar anderen Menschen, aber seine blauen Augen mustern mich aus der Ferne. Er betrachtet mich beinahe schon gequält, als hätte er mich ebenso wenig hier erwartet wie ich ihn. Doch natürlich ist er hier. Er macht bei diesen Aktionen immer mit, und nun kommt noch die ihm auferlegte Strafe hinzu, die ihn dazu verpflichtet und die mir durch die Spontanität dieses Ausflugs nicht in den Sinn kam.

Das Gefühl, die Tränen gleich nicht mehr zurückhalten zu können, wird stärker. Alles, was sich während der Feiertage angestaut hat, jeder zurückgedrängte Gedanke, jede verdrängte Emotion, will aus mir herausbrechen.

Lou folgt meinem Blick. »Geht es dir gut?«, flüstert sie mir zu.

Ich nicke, obwohl ich nicht sicher bin, ob diese Aussage der Wahrheit entspricht.

»Also dann. Los geht's«, verkündet die Frau, die vor uns steht und eben eine kleine Ansprache gehalten hat. Ich habe ihr keine Silbe lang zugehört.

Die Leute setzen sich in Bewegung, holen Müllbeutel, Zangen und Eimer. Jasper geht nach vorne, kurz verliere ich ihn in dem Knäuel aus Menschen aus den Augen, dann kehrt er mit Müllbeuteln zurück, die er uns reicht.

Um uns herum wird getuschelt, Jasper lässt den Kopf sinken. Die Gerüchte über seine Beziehung zu Maggie sind offenbar auch nach den Feiertagen noch im Umlauf. Ihr Name echot auf dem Sammelplatz, wie ein Lauffeuer geht es durch die Reihen. Kurz bin ich sicher, Tränen in Jaspers Augen schimmern zu sehen. Seine Fäuste sind geballt, als würde er sich gerade nichts sehnlicher wünschen, als seinen Boxsack vor sich zu haben. Einfach alles rauszulassen. Aber er presst nur den Kiefer aufeinander. Kein charmantes Lächeln, kein flotter Spruch. Alles ist anders.

Lou sieht ihn sorgenvoll an, geht auf ihn zu und legt eine Hand auf seine Schulter. Eine bebende Schulter. Es sind nur einige Sekunden, aber ich bin mir sicher, es zu sehen. Dann jedoch, als habe sich ein Schalter umgelegt – als habe Jasper entschieden, dass er diesen Kontrollverlust nicht möchte –, atmet er tief ein. Dann aus. Er entzieht sich Lous Berührung, die ihn noch immer ansieht, als würde sie ihm gerne irgendwie sein Leid nehmen.

Die Hilflosigkeit ist allgegenwärtig.

»Hör nicht auf sie«, sagt Lou zu ihm. »Wir sollten gehen. Weg von denen.«

»Die können mich ohnehin mal«, sagt Jasper mit krächzender Stimme. »Aber ja, lasst uns woanders anfangen.«

Ein letztes Mal drehe ich mich um, kann Lewis diesmal aber nicht entdecken. Also folge ich den anderen beiden hinein in den ersten Waldabschnitt. Wir entscheiden uns dafür, dass ich nur den Müllbeutel halte, weil ich diesmal keine Handschuhe dabeihabe. Dadurch komme ich mir nutzlos vor, doch bei der Sichtung eines benutzten Taschentuchs bin ich froh, nicht damit in Berührung zu kommen.

»Solche Schweine«, schimpft Jasper. »Ist es denn so schwer, seinen Müll bis zur nächsten Mülltonne bei sich zu behalten?« Wenigstens lässt er seinem Ärger ein wenig Luft. »Wir brauchen eindeutig noch mehr Ranger, die das kontrollieren.« Er bückt sich und wirft weitere benutzte Taschentücher in die Mülltüte, Lou kümmert sich hingegen um ein paar Zigarettenstummel.

»Hey, Hazel.« Lewis' Stimme ertönt hinter mir.

Ich zucke zusammen und schnelle herum. Sein Anblick trifft mich mit voller Härte. Nicht nur wegen der dunkelblauen Fleecejacke, die perfekt zur Farbe seiner Augen und zu seinem goldenen Brillengestell passt, sondern auch wegen all der Emotionen in seinem Blick. Unsicher steht er da, eine Hand in der Jackentasche. Er erinnert mich an den Lewis vom Anfang, als er sich kaum getraut hat, mit mir zu sprechen. Seine Augen huschen kurz zu seinem Bruder. Nur einen Wimpernschlag lang, aber ich bilde mir ein, Schmerz zu sehen. Schmerz, der größer wird, als er wieder zu mir sieht und mich mustert. Als würde er mich ebenso vermissen wie ich ihn.

»Ich dachte, die brauchst du«, flüstert er beinahe und sieht zu Boden. Er hat eine der Zangen ergattert und hält sie mir hin.

»Vielen Dank«, sage ich gerührt.

Lewis nickt, mustert mich zaghaft. Ein Kloß bildet sich in meinem Hals.

»Können wir … vielleicht reden?«

In mir kämpfen Gefühl und Verstand, Herz und Kopf. Ich will Ja und gleichzeitig Nein sagen, will ihn in die Arme nehmen und küssen und gleichzeitig seinem Bick ausweichen. Doch trotz meiner widersprüchlichen Gefühle weiß ich, dass wir einander ein Gespräch schulden.

»Okay«, bringe ich etwas mühsam hervor.

Ich sehe zu Lou, die mir verständnisvoll zunickt. »Wir sind in der Nähe, falls du uns brauchst.« Sie zieht Jasper am Arm, damit er mit ihr geht. Gleich darauf verschwinden sie hinter den Kiefern. Irgendwann verstummen ihre Schritte, und Lewis und ich stehen allein voreinander.

Augenblicklich bin ich nervös. Dabei waren wir schon so oft allein, uns viel näher als jetzt, wo eine Schrittlänge zwischen uns liegt. Trotzdem fühlt es sich anders an. Steifer.

»Gehen wir ein Stück?«, schlägt Lewis vor. Auch mich überkommt der Wunsch nach Bewegung. Also wende ich mich mit ihm nach links, hinein in den immer dichter werdenden Wald. Zu meinem Bedauern hört man kaum Vögel, vielleicht weil zu viele Menschen auf einmal ihren Waldabschnitt betreten haben. Ich wünschte nur, sie würden etwas die Stille mindern.

»Wie waren deine Feiertage?«, versucht sich Lewis an einem Gesprächsbeginn.

»Sehr ruhig. Es war schön, meine Familie wiederzusehen und ein paar Tage abzuschalten. Wir haben viel gespielt, meine Mutter hat gekocht. Mein Vater hat eine neue Ukulele, die er eingeweiht hat.«

»Das klingt gemütlich.«

»Und bei euch?«, frage ich vorsichtig.

»Ruhig. Von Dads permanenten Anrufen einmal abgesehen.«

Ich bleibe stehen und greife mit der Zange nach einem Flaschenverschluss. Lewis hält den Müllbeutel auf.

»Jasper und ich haben zusammen gefeiert. Wir haben uns Pizza gemacht und Schach gespielt … ein bisschen geredet. Es war noch etwas verhalten, aber ein guter Anfang.« Sein Mundwinkel zuckt, nur um danach wieder schlaff zur Seite zu rutschen. »Hazel?« Er legt seine Utensilien auf dem Waldboden ab, ich tue es ihm nach. Traurig schaut er mich an. »Ich bereue, was auf der Gala und an dem Tag danach passiert ist. Was ich zu dir gesagt habe, war falsch. Ich war kindisch und starrsinnig. Ich hatte einen absoluten Tunnelblick und habe alles andere aus den Augen verloren. Dabei bist du der letzte Mensch, an dem ich meinen Frust auslassen wollte. Du hast es nicht verdient.«

»Es hat mich verletzt«, gebe ich zu.

»Ich weiß.« Er lässt die Schultern hängen. »Das war nicht meine Absicht. Ich war nur so verzweifelt. Diese Sache mit meinem Dad und Jasper … ich dachte wirklich, dass ich inzwischen gelernt hätte, darüberzustehen und mein Selbstwertgefühl nicht davon abhängig zu machen, ob ich die Ansprüche von meinem Dad erfülle oder nicht. Ich dachte wirklich, ich wäre schon weiter. Aber in dem Moment, in dem ich das mit Maggie herausgefunden habe, als mir klar wurde, dass ich sie von einem Foto aus Jaspers Zimmer kenne und sie für die Stipendienvergabe zuständig war, ist alles hochgekommen. Wie ein Vulkan. Der Alkohol hat dann sein Übriges getan, dabei wollte ich gar nicht so viel trinken. Ich war nur nervös wegen der Gala und den Leuten und habe dadurch zu wenig gegessen … und dann hatte ich zu viel Champagner, und eines führte zum anderen.« Seine Stimme stockt. »Es tut mir so leid. Von ganzem Herzen leid.«

Er versucht, meine Hand zu nehmen, doch ich ziehe sie weg. Ich erkenne den Moment, in dem sein Herz durch diese Reaktion Risse bekommt. Wie in Zeitlupe läuft es vor mir ab, wie er seinen Mund leicht öffnet, bevor er ihn verzieht. Wie die Tränen in seinen Augen schimmern, wie er mich gequält ansieht, als hätte er wirklich körperliche Schmerzen. Ich habe sie auch. Mein Magen krampft sich zusammen, Übelkeit macht sich in mir breit. Mein Herz rast, so schnell, dass mir fast schwindelig wird.

»Es ist nicht der Streit oder deine Worte, die mich so verletzt haben«, sage ich und gehe einen Schritt zurück. Ich habe das dringende Bedürfnis, etwas Platz zwischen uns zu schaffen. Nur so kann ich gewährleisten, mich nicht in der Sehnsucht nach ihm zu verlieren und ihm stattdessen zu sagen, was ich zu sagen habe. »Es ist die Tatsache, dass du vorher nicht mit mir geredet hast.«

»Ich … ich hätte es tun sollen.«

»Zwei Jahre lang habe ich versucht, etwas über meine Spenderin herauszufinden. Du weißt, wie groß dieser Wunsch war. Wie stark meine Hoffnung auf Antworten«, rede ich mich in Rage. Einmal ausgesprochen, fließen die Worte, die sich in der ganzen Zeit bei mir angesammelt haben, unaufhaltsam hinaus. »Du hattest Informationen über Maggie, die du mir hättest anvertrauen müssen. Denn es war meine Suche, mein Geheimnis, mein Wunsch. In dem Moment, in dem du dich dazu entschieden hast, nicht sofort etwas zu sagen, hast du ihn mit Füßen getreten.«

»Ich wollte es dir ja sagen«, sagt Lewis verzweifelt. »Sofort nachdem ich die Verbindung zu dem Foto auf Jaspers Handy hergestellt hatte. Ich wollte sofort zu dir …«

»Aber?«, frage ich und spüre selbst die Erschöpfung, die mich in diesem Moment trifft. Ich bin dieser Suche nach Antworten, dieser permanenten Reise in die Vergangenheit langsam müde.

»Dann habe ich eins und eins zusammengezählt. Maggie und Jasper, das Stipendium. Das hat alles andere aus meinem Kopf gefegt. Ich konnte nur noch daran denken, was ich in den letzten Jahren durchgemacht habe. Plötzlich war alles wieder da: jedes Wort, das Dad mir mal an den Kopf geworfen hat, jede erniedrigende Nachricht, jeder Moment, in dem ich mir im Vergleich zu Jasper klein und nutzlos vorkam. Darin habe ich mich irgendwie verloren.«

»Du hast dich verrannt«, sage ich etwas schärfer als beabsichtigt.

»So wie du dich in deine Suche«, erwidert Lewis. »Ich verstehe, dass du nicht loslassen kannst. Aber es bestimmt zu sehr dein Leben.«

Tränen steigen in mir auf. Schnell. Unkontrolliert. Ich sehe ihn an, den Menschen, den ich liebe und der mich so gut kennt, dass ich weiß, dass er recht hat. Ich spüre selbst, dass ich mich verrannt habe und es zu viel war. Zu viele Gedanken, zu viel Einfluss. Es hat einen Grund, wieso Organempfänger nichts über die Spender erfahren sollen. Das verstehe ich jetzt, denn es stiftet nur Verwirrung und Belastung, Schuld und Unruhe. Aber es fühlt sich dennoch wie ein Schlag ins Gesicht an. Ich kann es nicht hören, kann nicht zulassen, dass er meinen Wunsch erneut mit Füßen tritt. Denn so fühlt es sich an.

»Erzähl du mir nichts davon, wie es ist, etwas sein Leben bestimmen zu lassen«, stoße ich nun hervor. Meine Stimme wird schneidender. »Du bist doch derjenige, der sich sein ganzes Leben lang von seinem Dad beeinflussen lässt. Du redest davon, dass ich mich beeinflussen lasse? Du bist ein Paradebeispiel, Lewis. Du verlierst dich in dem Druck, den dein Vater erzeugt, ebenso wie in dem Neid auf deinen Bruder. Du willst deinem Dad um jeden Preis gefallen, obwohl er deine Anerkennung überhaupt nicht verdient.« Tränen übermannen mich, Lewis schluckt. Bei jedem meiner Worte blinzelt er, als würde es ihn treffen wie ein Hammerschlag. Genauso, wie mich seine Worte getroffen haben.

»Dabei vergisst du dich und deine Stärken«, sage ich, meine Stimme wird zu einem Schluchzen. »Sogar mich. Uns.«

Lewis rinnt eine Träne über die Wange, als er meine Worte zu verdauen versucht. Ich selbst fühle mich, als würde ich jeden Moment entzweibrechen. Ich kann nicht mehr, kann ihm nicht mehr in die Augen sehen, diese Sehnsucht in meiner Brust spüren, ihn küssen wollen und mich gleichzeitig so verraten fühlen. Ich kann dieses Gespräch nicht fortführen. Nicht jetzt. In diesem Zustand. Ich fühle mich so unendlich leer.

»Tut mir leid«, flüstere ich, und dann laufe ich los. Weg von Lewis, in die Richtung, in der ich Jasper und Lou vermute.

»Hazel, warte!«

Doch ich bleibe nicht stehen, renne immer weiter. Tränen laufen nun über mein Gesicht und erschweren mir die Orientierung. Die Kiefern werden immer dichter, bald schon verfangen sich Äste in meinen Haaren, aber auch das kann mich nicht stoppen. Ich stolpere einfach weiter, habe das Gefühl, dass nur die Bewegung mir dabei hilft, die Situation zu ertragen und nicht von meinen Gefühlen aufgefressen zu werden. Meine Füße tragen mich, ohne dass ich nachdenke, ohne dass ich auf den Weg achte. In meinem Kopf ist kein Platz dafür, ich kann nur an Lewis' Worte denken und an die Angst, alles zu verlieren. Ihn. Unsere Liebe. Meinen Halt.

Buchstäblich.

Mein rechter Fuß verheddert sich in einer Wurzel, es passiert so schnell, dass ich es nicht verhindern kann. Ich spüre, wie mein Fuß sich unnatürlich verdreht und Schmerz hineinschießt, ich im selben Moment ins Straucheln gerate und auf den Waldboden krache. Mein Knie schlägt auf einem Stein auf. Meine Jeans reißt, kleine Steinchen bohren sich in meine Haut und in meine Handfläche. Schmerzerfüllt stöhne ich auf, sehe an mir herunter, während ich mich aufrappele und meinen Fuß aus der Schlinge befreie. Dabei entdecke ich das Blut, das meine Handfläche und mein Knie herabrinnt. Das Loch in meiner Jeans gibt den Blick auf eine fleischige Wunde frei. Es sieht fies aus und brennt, aber der eigentliche Schmerz kommt allein von meinem geschwollenen Knöchel.

»Scheiße«, flüstere ich, aber ich meine so viel mehr als diese Verletzung. Ich meine alles. Alles mit Lewis, mit Maggie, diese Streitereien. Die Entscheidungen, die Lewis und ich getroffen haben und die uns hierhergeführt haben. Das alles ist große Scheiße.

Sachte versuche ich, aufzutreten. Es schmerzt höllisch. Ich beiße die Zähne zusammen, und ein kleiner, knurrender Laut entfährt mir, als ich das Bein zu sehr belaste. Ich halte mich an einer der Kiefern fest, sehe mich um. Lausche. Doch ich kann weder Stimmen noch Schritte ausmachen. Von Jasper, Lou oder einem anderen der Müllsuchenden keine Spur. Aus welcher Richtung bin ich gekommen? Ich schlucke, als mir klar wird, dass ich keine Ahnung habe. Ich weiß nicht, wo ich bin, wo der Bus wartet, wo Jasper, Lou oder Lewis sind. Ich bin allein in den Forest gelaufen, etwas, wovor mich Lewis von Anfang an gewarnt hat.

Meine Hände zittern leicht, als ich mein Handy aus meiner Jackentasche hole.

Das Display ist gebrochen und reagiert nicht.

# Kapitel 37

Ich versuche, nicht in Panik zu geraten, aber mein Herz wird immer schwerer, während ich die Kiefern um mich herum betrachte. Energisch wische ich mir die Tränen von den Wangen, obwohl das Verlangen, mich einfach hier hinzusetzen und weiter zu weinen, groß ist.

Keine Ahnung, ob es ratsamer ist, an Ort und Stelle zu bleiben, um gefunden zu werden, oder selbst aktiv auf die Suche zu gehen. Ich weiß ja nicht mal, in welche Richtung ich gehen soll oder wie weit mich mein verletzter Knöchel überhaupt tragen wird. Ich hätte niemals einfach davonlaufen sollen.

Ein kalter Wind jagt durch die Bäume. Die Sonne ist hinter den dichten Kiefern verborgen, und ich friere. Der Wind ist der Grund, wieso ich mich schließlich dazu entscheide, weiterzugehen, anstatt hier zu warten. Auf der Suche nach anderen Helfenden, nach den Bussen, Touristen oder etwas Vertrautem, das mir dabei hilft, meine Orientierung wiederzufinden. Instinktiv entscheide ich mich dafür, meinen Weg nach rechts fortzuführen, wo die Kiefern weniger dicht und kleine Trampelpfade zu erkennen sind. Nur langsam komme ich voran bei dem Versuch, mein rechtes Bein nicht zu stark zu beanspruchen und mein Gewicht auf das linke Bein zu verlagern. Immer wieder greife ich nach den Kiefern, um dort Halt zu finden. Es ist mühselig, aber es fühlt sich auch gut an, aktiv etwas zu tun, anstatt nur dazusitzen und auf Rettung zu hoffen. So viele Helfende sind heute hier im Forest unterwegs. Einer von ihnen muss mich einfach finden.

Immer wieder bleibe ich stehen, horche, doch nichts außer dem Rascheln des Windes und den leisen Tönen der Singvögel ist zu hören. Kein Zeichen von den anderen. In mir wächst die Unruhe. Meine Gedanken kreisen um die Auseinandersetzung mit Lewis, meine Flucht, meine Fehler.

Ich will es zurücknehmen. Nicht nur, dass ich fortgelaufen bin, sondern auch, dass ich das, was zwischen uns war, noch mehr zerstört habe. Ich habe das Gefühl, die Kluft zwischen uns noch größer gemacht zu haben. Unüberwindbar? Ein grausamer Gedanke, denn nun, allein hier im Forest, ist mir meine Sehnsucht nach Lewis umso bewusster. Ich brauche ihn. Ich will mich nicht streiten, will das mit uns nicht beenden. Enttäuschung hin oder her. Ich weiß, dass er es nicht absichtlich getan hat. Er wollte mich nicht verletzen. Er kann nichts für seine Gefühle, nichts für die Spuren, die sein Dad bei ihm hinterlassen hat. Er muss einen gesünderen Umgang mit der Vergangenheit lernen, muss lernen, sich selbst zu vertrauen und sich weiter von seinem Dad zu lösen. An Thanksgiving hat er den Anfang gemacht, aber es ist noch ein langer Weg. Solche Veränderungen passieren nicht von heute auf morgen. Ich, die selbst keinen gesunden Umgang mit meiner Transplantation und den Informationen zu meiner Spenderin hatte, sollte das wissen. Denn Lewis hat absolut recht, wenn er sagt, dass ich mich darin verrannt habe. Das ist mir nun völlig klar, und damit ist jetzt ein für alle Mal Schluss. Ich will nicht mehr suchen, ich will nicht mehr zweifeln. Mich nicht streiten. Ich will doch einfach nur glücklich sein.

Erschöpft lehne ich mich an einen der Bäume. Meine Beine brauchen eine Pause, denn die einseitige Belastung ist viel zu anstrengend. Mein Knie brennt, und Blut läuft mir noch immer das Bein hinab. Doch das eigentlich Schlimme ist der Knöchel, der zu pulsieren begonnen hat, stark und schmerzhaft. Ich wage es kaum, ihn genauer anzusehen. Schon aus dem Blickwinkel erkenne ich, wie stark er geschwollen ist. Ich will weitergehen, will weiter nach den anderen suchen, aber tief in mir drinnen weiß ich, dass es nicht geht. Am Baumstamm entlang gleite ich auf die Erde. Was habe ich mir nur dabei gedacht, wegzulaufen? Habe ich denn nichts aus den Wanderungen mit Lewis gelernt?

»Hallo?«, rufe ich aus reiner Verzweiflung. »Hallo? Hört mich jemand? Ich brauche Hilfe!«

Ein Vogel antwortet mir. Es nützt mir wenig, auch wenn sein fiepender Ton ein wenig Zuversicht freisetzt.

»Hallo?«, rufe ich noch mal. »Ich brauche Hilfe!«

Alles bleibt still. Ich schließe meine Augen, mein Kopf sinkt gegen den Baumstamm. Kiefernnadeln piksen mich und verfangen sich in meinen Haaren, aber ich kümmere mich nicht darum. Ich sitze einfach nur hier, rufe immer wieder nach Hilfe, in der Hoffnung, dass irgendwann jemand in der Nähe sein wird. Würde nur mein Knöchel nicht immer stärker schmerzen.

»Ich brauche Hilfe!« Ein weiterer verzweifelter Ruf, diesmal mehr zu mir selbst. Aber es ist das erste Mal, dass mir jemand antwortet.

»Hazel?«

Mein Herz reagiert noch vor meinem Verstand auf Lewis' Stimme. Sie klingt schwach und weit weg, aber ist dennoch eindeutig zu identifizieren.

»Lewis? Ich bin hier!«

Nur eine Minute später raschelt es hinter mir, und ich höre ihn leise fluchen.

Seine Schritte kommen näher. Ein wundervolles Geräusch, das mich trotz der Schmerzen lächeln lässt. Erst recht, als er zu mir tritt, mit Kiefernnadeln in den Locken.

Eine ungewohnte Blässe überzieht sein sorgenvolles Gesicht. »Gott sei Dank«, stößt er aus. »Ich dachte schon –« Dann fällt sein Blick auf das Blut. »Was ist passiert?«

»Ich bin gestürzt«, sage ich. »Mein Knöchel.«

Lewis kniet sich zu mir, mit einer vorsichtigen Bewegung umfasst er meinen Knöchel und sieht sich die Schwellung an. Trotz der Sanftheit seiner Bewegung ziehe ich zischend die Luft ein.

»Tut es sehr weh?«

»Ziemlich.«

»Die Schwellung ist ganz schön dick. Das sollte sich wirklich ein Arzt ansehen.«

»Nicht nur das«, sage ich und deute auf mein Knie. Schmutz hat sich in der Wunde festgesetzt. »Ich darf auf keinen Fall eine

Blutvergiftung bekommen. Das schafft mein Immunsystem nicht.«

Lewis schluckt schwer, ehe er nickt. »Okay. Kannst du aufstehen?«

»Wenn du mir hilfst?«

Lewis nimmt meine Hände in seine, eigentlich um mich hochzuziehen, doch wir beide verharren kurz voreinander. Unsere Hände liegen ineinander wie vor unserem Streit, zusammenpassend wie zwei Puzzleteile. Ich liebe das Gefühl, seine Hand in meiner zu wissen. Die Art, wie eine Gänsehaut durch meinen Körper jagt, ausgelöst nur von dieser klitzekleinen Berührung. Sehnsucht überrollt mich, überdeckt sogar kurz meine Schmerzen. Ich sehe zu ihm auf, zu der widerspenstigen Locke an seiner Stirn, zu seinen Lippen, die unsicher zucken. Er spürt es auch. Er ist genauso von Sehnsucht geplagt wie ich. Ich weiß es.

Die Sekunden vergehen, während wir uns an den Händen halten und uns ansehen. Für einen kurzen Moment fühlt es sich an, als wäre gar keine Zeit vergangen, seitdem wir auf dem Weg zur Gala Händchen gehalten und uns geküsst haben. Seit unseren letzten Berührungen. Den letzten intensiven Blicken. Als wäre nie etwas gewesen.

Bis ich leise seufze.

Lewis blinzelt, als wäre er damit aus einer Trance erwacht, und umschließt meine Hände etwas fester, bevor er mich schließlich hochzieht. Der Schmerz fährt sofort wieder durch meinen Knöchel. Lewis legt seinen Arm um mich, um mich zu stützen. Dadurch, dass er etwas größer ist als ich, ist seine Haltung nun krumm, aber wir schaffen ein paar Schritte.

»Geht es?«

»Ja«, presse ich zwischen zusammengebissenen Zähnen hervor. Es ist verflucht anstrengend. »Wo müssen wir lang?«

Lewis zeigt nach rechts. Wackelig gehen wir ein paar Schritte, aber wir kommen nicht weit. Ich bin wie ein nasser Kartoffelsack, das Bein schafft es selbst mit Lewis' Hilfe nicht, länger belastet zu werden.

»Vielleicht solltest du Hilfe holen«, keuche ich schließlich.

»Ich fühle mich nicht wohl bei dem Gedanken, dich hierzulassen«, wendet Lewis ein.

»Ich ehrlich gesagt auch nicht.« Nur mit Lewis' Anwesenheit fühle ich mich nun wieder etwas ruhiger. »Ist es denn weit bis zu den Bussen?«

»Zu weit. So klappt das nicht.«

Ich lasse mich gegen Lewis sinken, um meine Balance zu finden.

»Dein Handy?«, frage ich hoffnungsvoll.

»Hängt in meinem Zimmer am Kabel.«

Ich stöhne auf, als ich meinen Knöchel bewege. »Wundervoll.«

Lewis sieht sich forschend um.

»Woran denkst du?«

»An eine von den Hütten. Wenn mich nicht alles täuscht, müsste hier irgendwo eine sein. Sie wäre näher als der Bus. Wenn wir es dorthin schaffen, könnten wir über das Satellitentelefon Hilfe anfordern.«

»Und es gibt einen Erste-Hilfe-Kasten. Wir könnten die Wunden säubern.«

Lewis' Entschlossenheit scheint zu wachsen. »Okay, halte dich an mir fest.«

Erneut zieht er mich hoch, und wir setzen uns langsam in Bewegung. Einen Schritt nach dem anderen, vorsichtig und bedacht, um meinen Knöchel nicht weiter zu belasten. Es dauert lange, aber wir kommen voran, auch wenn es mit großen Schmerzen vonstattengeht. Das Einzige, was mir dabei hilft, durchzuhalten, ist das Wissen, dass ich in der Hütte meine Wunde desinfizieren und dadurch das Risiko einer Blutvergiftung schmälern kann. Die Angst vor einer Infektion und den möglichen Konsequenzen für mein geschwächtes Immunsystem ist präsent, aber ich dränge sie noch zurück. Lewis' Nähe, sein vertrauter Duft, der in meine Nase dringt, helfen dabei, mich in dieser Angst nicht zu verlieren.

Trotzdem bin ich erleichtert, als wir schließlich die Hütte erreichen. Verborgen hinter den Kiefern, kleiner als die, in der wir beim letzten Mal Unterschlupf gesucht haben.

Obwohl mir eigentlich kühl ist, schießt mir Hitze durch meinen Körper, während ich an unseren letzten Hüttenaufenthalt denke. An die Flammen im Kamin, Lewis' Finger auf meiner Haut. Seinen glühenden Blick, als er mich das erste Mal richtig ansehen konnte … so wie ich bin, ohne mich zu verstecken. Wir waren einfach wir. Ich habe mich gefühlt wie in einer Blase, in der uns die Welt da draußen nichts anhaben konnte. Dabei waren es unsere eigenen Dämonen, die uns letztlich auseinandergerissen haben. Keine äußeren Umstände, keine anderen Menschen. Nur unsere eigenen Probleme, Sehnsüchte und Träume. Die Gedanken an Stipendien und Organspenderinnen.

Lewis lässt mich auf einem der Sitze in der Hütte nieder und eilt zum Satellitentelefon. Kurz darauf spricht er mit jemandem, beschreibt, was passiert ist und wo wir sind, dann legt er auf und geht zum Erste-Hilfe-Kasten.

»Wir sollen hierbleiben. Sie kommen uns holen.«

Ich nicke. »Das ist gut.«

»Wie geht es dem Knöchel?«

»Unverändert schmerzhaft.«

Lewis zieht die Augenbrauen zusammen, während er sich ihn noch mal ansieht. Dann begutachtet er den Inhalt des Kästchens. »Zum Kühlen ist hier leider nichts drin, am besten legst du das Bein ein wenig hoch.« Er hilft mir dabei, dann nimmt er Desinfektionsspray und Verband aus dem Kasten. Mit einer ruckartigen Bewegung reißt er das Loch an meiner Jeans noch ein wenig weiter auf. »Entschuldige«, sagt er. »Aber sonst komm ich nicht richtig dran.«

»Alles gut. Ich fürchte, die muss danach eh weg.«

Das Spray brennt auf der verletzten Haut, kühlt sie aber wenigstens angenehm.

»Das wird ziemlich provisorisch. Sobald wir aus dem Forest raus sind, solltest du zu Dr. Ferrel. Sie kann das sicher besser säubern.« Er wickelt einen Verband darum, dann nimmt er mein Handgelenk und dreht meine geschundene Handfläche zu ihm. Diese Wunde ist nicht so dreckig und tief wie die am Knie, aber auch hier gibt er Spray drauf, um sie zu desinfizieren, und bringt ebenfalls einen Verband an.

Eigentlich ist er fertig damit, mich zu verarzten, doch er bleibt einfach vor mir sitzen, hält weiter meine Hand und sieht mich an.

»Unser Gespräch im Forest hätte nicht so laufen sollen«, setzt Lewis an.

»Tut mir leid, dass ich weggelaufen bin. Es war nur einfach zu viel.«

»Ich weiß, dass ich Fehler gemacht habe«, sagt Lewis, aber ich schüttle bereits den Kopf und rücke ein wenig näher zu ihm, so gut es in meiner Schonhaltung geht.

»Während ich so ganz allein im Wald festsaß, habe ich nachgedacht«, sage ich. »Du hast mich enttäuscht und verletzt. Aber wir haben beide unsere Probleme, unsere Unsicherheiten. Bei dir ist es dein Dad, bei mir Ms X, und das führt manchmal dazu, dass wir uns verrennen und das Wichtigste aus den Augen verlieren. Aber wenn wir in Zukunft wirklich ehrlich zueinander sind, uns nichts mehr verheimlichen und jeden noch so blöden Gedanken miteinander teilen, dann können wir es beim nächsten Mal besser machen. Meinst du nicht?«

»Ja«, krächzt Lewis. »Wenn das bedeutet, dass ich noch eine Chance bei dir habe?«

Meine Hand drückt seine, auch wenn es kurz bei der Berührung unter dem Verband brennt.

»Das bedeutet es«, antworte ich. »Ich möchte wirklich mit dir zusammen sein. Egal, wie unsicher oder verbohrt du manchmal auch sein kannst. Denn du hältst meine eigene Verbohrtheit auch aus und warst von Anfang an für mich da, hast mir beigestanden. Du hast nie versucht, mir auszureden, nach meiner Spenderin zu suchen, egal, wie abwegig du diesen Gedanken vielleicht gefunden hast.«

Lewis setzt sich neben mich, lässt meine Hand jedoch nicht los. »Es war nie abwegig«, sagt er sanft. »Ich war mir nur nicht immer sicher, ob es gut ist, so verbissen nach Ms X zu suchen.«

»War es nicht«, gebe ich zu. »Aber trotzdem wusste ich immer, dass ich bei der Suche auf dich zählen kann. Du verstehst mich, Lewis. Und auch wenn ich selbst nie solche Erfahrungen gemacht habe wie du, verstehe ich dich. Ich habe erlebt, wie dein Dad dich behandelt und wie du aufgestanden bist, um dich dagegen zu wehren. Ich weiß, dass es noch ein harter Kampf wird, bei dieser Entschlossenheit zu bleiben. Aber ich will dir helfen und für dich da sein. Auch wenn ich deine Erfahrungen nicht teile, weiß ich, wie es ist, durch äußere Umstände an Selbstsicherheit zu verlieren. Ich war so lange allein in meinen Krankenzimmern, nur umgeben von meiner Familie und ein paar Freunden, und habe mich wirklich oft verloren gefühlt mit meinem Kummer.«

»Ich mich auch«, sagt Lewis. »Es ist schwierig für mich, Dads Meinung an mir abprallen zu lassen. Ich weiß ja, dass er falschliegt. Ich glaube an mich. Meistens …« Er wirkt dabei unendlich traurig. »Aber wenn man oft genug etwas hört, noch dazu von einem Menschen, zu dem man immer aufgesehen hat, dann glaubt man es am Ende selbst. Und nun muss ich all das Negative, den ganzen Ballast wieder loswerden. Das kostet Kraft.«

»Ich weiß«, flüstere ich.

Lewis setzt sich ein wenig aufrechter hin, als würde er sich innerlich wappnen. »Ich will es schaffen, mich wirklich von Dad zu lösen. Ich will nicht mehr permanent seine Stimme in meinem Kopf haben. Und ich will das mit Jasper wieder hinkriegen.«

Jedes dieser Worte ist wie Balsam für meine Seele. Weil das der Mann ist, in den ich mich verliebt habe.

»Das finde ich großartig«, sage ich. »Und ich weiß, dass Jasper sich das auch wünscht.«

»Ja.« Lewis sieht nachdenklich auf den Verbandskasten. Die Entschlossenheit ist noch da – eingebrannt in seinem Gesicht. Aber ich sehe da auch noch immer Kummer wegen des Streits.

Vielleicht leise Zweifel, ob sein Verhältnis zu seinem Bruder wirklich zu retten ist.

»Jasper braucht dich gerade«, sage ich. »Es geht ihm wegen Maggies Tod wirklich schlecht. Ich glaube, er ist es, der sich gerade ziemlich allein fühlt.«

»Und du?«, fragt Lewis. »Fühlst du dich mit deinem Kummer auch noch allein?«

Ich schüttle den Kopf, lächle. »Nicht mehr, seit ich das erste Mal mit dir wandern war.« Ich sehe ihn an, blicke direkt in seine tiefblauen Augen. »Das ist das Leben, das ich mir wünsche. Hier, mit Blick auf die Kiefernwälder, wenn die Rundschwanzsperber ihre Kreise ziehen, wenn ich sehe, wie die wilden Heidelbeeren wachsen, fühle ich mich glücklich und angekommen. Ich habe es ernst gemeint, als ich dir gesagt habe, dass ich hier in Lullaby bleibe. Es ist mein Zuhause geworden. Hier fühle ich mich nicht allein. Nie.«

»Das ist gut«, haucht er. Mit einer sanften Bewegung streicht er mir eine Haarsträhne hinters Ohr. Auch wenn dieser Streit uns beiden viel Kummer bereitet hat, so habe ich nun das Gefühl, dass er uns noch näher zueinandergebracht hat. Unsere Beziehung ist nun authentischer. Wahrhaftiger. Als würden wir uns beide nun mit allen Stärken, aber auch mit allen Schwächen kennen und lieben.

# Kapitel 38

Lewis' Finger streichen mir sanft über meine Wange, mein Kopf ist an seine Schulter gelehnt, während wir warten. Eine halbe Ewigkeit, wie es mir vorkommt. Es dauert viel zu lange, mein Knöchel pulsiert und zieht unaufhörlich. Die Sorge vor einer möglichen Infektion, weil die Wunde nicht vollständig gereinigt werden konnte, kreist immer wieder in meinem Kopf. Gleichzeitig habe ich den paradoxen Wunsch, für immer hier bleiben zu können. Hier mit ihm, in dieser Zweisamkeit, mit dem Wissen, dass wir wieder zueinandergefunden haben. Uns jetzt ein stärkeres Band eint als zuvor.

»Meinst du, ich soll noch mal anrufen?«, fragt Lewis. »Vielleicht finden sie uns nicht.«

»Sie kommen sicher gleich. Wir geben ihnen noch fünfzehn Minuten, sonst nehmen wir wieder Kontakt auf.«

Lewis sieht zu mir. »Wie geht es dem Knöchel?«

»Unverändert. Aber immerhin wird es nicht schlimmer.«

»Hoffentlich ist nichts gebrochen.«

Ich nicke, meine Hand lege ich auf Lewis' Brust ab. Wie hypnotisiert sehe ich zu, wie sie sich bei jedem seiner Atemzüge hebt und senkt. Lewis folgt meinem Blick.

»Wie stehst du nun in Bezug auf die Suche nach Ms X?«, fragt er leise. »Willst du immer noch herausfinden, ob es Maggie Ganes wirklich war?«

Eine Frage, die ich mir auch schon seit Tagen stelle. Aber die Neugier auf die zuvor erhofften Antworten ist schwächer geworden. Ausgelöst durch Lewis' Worte, die Schlägerei, aber auch durch Jaspers Trauer. Ich weiß, dass die Antworten, die ich bekommen würde, auch ihn betreffen und beeinflussen würden.

»Nein«, sage ich. Mein Herz wird etwas schwerer, während ich mich endgültig entscheide. Der Gedanke, loszulassen, ist hart.

Aber gleichzeitig fühlt es sich wie ein Befreiungsschlag an. Endlich noch ein wenig losgelöster atmen können. »Du hattest recht. Ich muss aufhören, in der Vergangenheit zu wühlen. Das bedeutet nicht, dass ich weniger dankbar bin. Aber ich habe verstanden, dass ich dankbar sein kann, ohne mein Leben nach dieser Suche auszurichten. Es bedeutet nur, dass ich diesen Neuanfang, den sie mir ermöglicht hat, wirklich nutze.«

»Also keine Suche mehr?«

»Nein.«

Lewis beugt sich zu mir und gibt mir einen Kuss. Das, was mir jedoch wirklich den Atem verschlägt, ist der Blick, den er mir danach zuwirft. »Ich bin stolz auf dich«, sagt er.

Ich lasse meine Stirn gegen seine sinken und schließe die Augen. Sein Atem kitzelt mich, sein Duft strömt auf mich ein und schenkt mir Geborgenheit und Zuversicht. Die Zuversicht auf ein erfülltes Leben, das mir hier an der LBU geboten wird. Darauf, dass ich mich nicht mehr von meinen Schuldgefühlen beeinflussen lassen werde. Ob es nun Maggie Ganes war oder jemand anderes – ich hätte ihren Tod nicht verhindern können. Weder ich noch Jasper, vermutlich auch nicht Maggie selbst. So traurig es ist.

»Ich glaube, sie kommen«, reißt mich Lewis aus meinen Gedanken und sieht auf. Auch ich höre Stimmen und Schritte, noch weit entfernt, aber sie sind in der Stille um uns herum deutlich zu vernehmen.

Lewis springt auf und läuft zum Eingang, um sie in Empfang zu nehmen. Kurz darauf stürmen Lou und Jasper die Hütte, gemeinsam mit der Frau, die die Ansprache gehalten hat, und einem anderen Mann, der sich sofort musternd umsieht.

»Was ist passiert?«, ruft Lou.

»Dein Knöchel?«, fragt Jasper.

Der Mann kommt auf mich zu und kniet sich neben mich. Vorsichtig berührt er meinen Knöchel, ich zucke sofort zusammen.

»Entschuldige«, sagt er. »Aber ich muss mir das mal eben ansehen.«

»Ranger«, formt Lou lautlos mit ihren Lippen. Beruhigt atme ich durch und lasse mich von ihm untersuchen. »Das muss geröntgt werden. Du solltest schnellstmöglich zu Dr. Ferrel.«

»Nicht nur deswegen«, sage ich und zeige auf meine Wunden. »Ich hatte vor zwei Jahren eine Lungentransplantation und nehme Immunsuppressiva. Wir haben die Wunden desinfiziert, so gut es ging, aber ich bin nicht sicher, ob es ausreichend war.«

»Ein erhöhtes Risiko für Blutvergiftung«, sagt er nickend. Ich bin froh, dass er sofort verstanden hat, was mein Problem ist. »Alles klar. Helft mir, sie zu meinem Wagen zu bringen.«

Er nimmt meinen Arm, Lewis hält mich an der anderen Seite, und dann stehe ich auf. Trotz der Unterstützung sind die Schritte schwerfällig, wir schaffen es jedoch hinaus in den Forest. Vor der Tür steht ein kleiner kastenförmiger Jeep, der dem Ranger zu gehören scheint. Lewis und er hieven mich auf den Nebensitz. Es ist eng, ich kann mein Bein nicht ausstrecken, was sofort wieder mehr Schmerzen bereitet, doch ich beiße die Zähne zusammen. Diese eine ungemütliche Fahrt muss ich noch überstehen, dann bin ich wieder in der Stadt und bei der Ärztin.

Der Ranger setzt sich neben mich, Lewis springt hinten auf die kleine Ladefläche.

»Wir anderen nehmen den Bus«, sagt die Frau. »Wir kommen dann in die Arztpraxis. Ich brauche einen Bericht.«

»Alles klar, Sue«, antwortet der Ranger und winkt ihnen zu.

Dann fährt der Wagen los. Lautlos gleitet er durch die Natur, offenbar ein Elektroauto.

»Ich bin übrigens Bill«, stellt sich der Ranger vor.

»Hazel«, sage ich unter noch immer zusammengebissenen Zähnen. Der kleine Wagen rüttelt und schaukelt gewaltig auf dem unebenen Boden.

»Entschuldige, diese kleinen Autos bieten nicht gerade Komfort.«

»Hauptsache, wir kommen hier weg.«

Bill nickt, seinen Blick konzentriert auf den Weg vor uns gerichtet. Ich bin froh, dass er die Unterhaltung wieder fallen lässt, denn mir wird vor Schmerz übel, und ich bekomme kaum noch ein Wort heraus. Immer wieder sehe ich zu Lewis, der hinten auf der Laderampe sitzt und mich besorgt mustert. Auch wenn wir uns nicht berühren können, bin ich dennoch froh, ihn hier in meiner Nähe zu wissen.

Eine Stunde später sitze ich auf einer Liege, habe das Bein hochgelegt und bin umlagert von Lewis, Jasper und Lou, die mit mir auf die Röntgenergebnisse warten. Meine Wunden wurden noch mal gesäubert, und eine gelbe, übel riechende Paste ist nun unter neuen Verbänden. Dr. Ferrel sagt, dass eine Blutvergiftung somit unwahrscheinlich ist.

Lewis küsst beruhigend meinen Haaransatz. Immer wieder sieht er auch zu Jasper. Ich weiß, dass er das Bedürfnis hat, mit ihm zu sprechen und den Streit ein für alle Mal aus dem Weg zu räumen, doch hier ist nicht der richtige Ort dafür, also hält er sich zurück.

Dr. Ferrel kommt zurück in den Raum, in der Hand den Bogen mit dem Röntgenbild, den sie an die Lichtwand spannt, um es zu begutachten. Ich sehe die Abbildung meines Fußes, aber ansonsten kann ich nichts erkennen. Für mich war es schon immer ein Rätsel, wie Ärzte es schaffen, aus Röntgen- oder Ultraschallbildern so viel herauszulesen.

»Du hast noch mal Glück gehabt. Es handelt sich nur um eine Distorsion. Die Bänder wurden bei deinem Sturz stark überdehnt, aber es ist nichts gerissen.«

»Das ist gut«, sagt Lou. »Oder?«

»Die schlechte Nachricht ist, dass Distorsionen trotz des geringen Verletzungsgrads recht schmerzhaft sind. Du wirst deinen Fuß eine Weile ruhigstellen müssen. Hochlegen und Kühlen lautet die Devise.«

»Damit fallen Wanderungen wohl erst mal flach«, sage ich etwas enttäuscht.

»Aber wenn du dich entsprechend schonst, wird alles wieder heilen, und du wirst keine bleibenden Schäden davontragen.«

Ich nicke. »Danke. Das sind gute Neuigkeiten.«

»Ich gebe dir Krücken mit. Die benutzt du die nächsten Tage bitte, um den Knöchel zu entlasten. Zu Hause dann sofort kühlen. Keine Sorge, wenn der Knöchel blau anläuft, das kommt leider vor. Am Freitag, wenn du deinen Termin zur Blutabnahme hast, machen wir eine Kontrolluntersuchung.«

Ich nehme die Krücken entgegen und versuche erste, etwas wacklige Schritte. Dadurch, dass meine Handinnenfläche ebenfalls verletzt ist, tut es etwas weh, sie zu belasten, aber alles ist besser, als dass wieder dieser Schmerz durch meinen Knöchel jagt.

Lou, Lewis und Jasper geben darauf acht, dass ich gut nach Hause komme. Corey, zurück von seinen Eltern, wartet bereits im Wohnzimmer. Seine Wiedersehensfreude versiegt, als er meine Krücken sieht.

Er springt sofort von der Couch auf. »Was ist passiert?«

»Kleiner Unfall bei der Säuberungsaktion«, murmle ich.

»O Mann, da lässt man euch einmal allein.« Er verdreht theatralisch die Augen, zieht mich dann aber, so gut es mit den Krücken geht, in seine Arme.

»Komm, setz dich auf die Couch«, schlägt Lewis mir vor. »Da kannst du deinen Fuß hochlegen.«

»Ich bringe dir Eis zum Kühlen«, sagt Lou und geht zum Kühlfach. Sie macht mir einen kalten Wickel aus einer Tüte gefrorener Erbsen. Es folgen eine Tasse Kakao und ein paar ihrer Cookies, die Lou während der Feiertage gebacken hat.

Corey setzt sich neben mich. »Jetzt einmal bitte alles im Schnelldurchlauf. Wie ist das passiert? Was genau ist mit deinem Fuß?«

Lou und Jasper setzen sich dazu, wir essen Cookies, ich erzähle alles von meiner impulsiven Idee, wegzulaufen, bis hin zu dem Moment, als Lewis mich gefunden und zur Hütte gebracht hat. Die Erbsen kühlen derweil meinen Knöchel, es ist wohltuend. Lous Keksvorrat tut sein Übriges, damit ich mich schon besser fühle.

»Alles klar«, schließt Corey. »Du rührst heute keinen Finger mehr. Wenn du etwas brauchst, dann rufst du uns. Ich bringe jetzt erst mal deinen Koffer hoch, das schaffst du mit den Dingern nicht allein.« Er zeigt zu den Krücken.

Dankbar lächle ich ihm zu, bevor er meinen Koffer nimmt und damit am Ende der Treppe verschwindet. Es widerstrebt mir, Hilfe anzunehmen, nachdem ich so viele Monate und Jahre immer wieder darauf angewiesen war. Vor der Transplantation, als ich zu schwach und mein Körper ausgemerzt war. Nach der Transplantation, als ich mich erholen musste. Nach der neu gewonnenen Selbstständigkeit des letzten Jahres, kostet es mich nun Überwindung, aber ich weiß immerhin, dass es nur temporär sein wird.

Mit der Tasse heißer Schokolade in der Hand, dem Feuer im Kamin und dem Arm, den Lewis um mich gelegt hat, lassen sich Eisbeutel und das nervige Pulsieren in meinem Knöchel aushalten. Ich bin einfach nur dankbar und glücklich, dass Lewis bei mir ist und wir uns wieder versöhnt haben. Steht nun noch die Versöhnung zwischen Jasper und ihm aus.

Lewis schielt zu ihm rüber. Jasper sitzt nur ein paar Meter neben uns auf dem Sessel, der dem Kamin am nächsten steht. Ein trauriges Lächeln umspielt seine Lippen. Er gibt sich tapfer, aber es ist offensichtlich, dass es ihm nicht gut geht. Eine Erkenntnis, die Lewis wohl ebenso trifft, denn er drückt mir einen Kuss auf die Wange und wendet sich dann endlich seinem Bruder zu.

»Jasper?«, fragt Lewis leise. »Ich möchte dir noch mal, hier vor allen, sagen, wie leid es mir tut. Dass du Maggie verloren hast ...« Der Schmerz in Jaspers Augen springt mich förmlich an und lässt mich trotz des Feuers frösteln. »Aber auch, was ich dir auf der Gala an den Kopf geworfen habe. Die Art, wie ich auf dieses Foto reagiert habe, war kindisch und absolut fehl am Platz. Ich wünschte, ich könnte sagen, es hätte nur am Alkohol gelegen, aber in Wirklichkeit war ich einfach geblendet.« Lewis fährt sich fahrig durchs Haar, er ringt nach Worten. Nach all den Jahren, in denen die beiden sich nie wirklich ausgesprochen, sondern immer nur alles verdrängt haben, ist dies hier sicher kein leichter

Schritt. »Du … du weißt, wie sehr ich unter Dad leide. Aber das soll keine Entschuldigung sein. Ich hätte dir niemals unterstellen dürfen, dein Stipendium erkauft zu haben. Ich weiß tief in meinem Innern, dass du dir diesen Platz verdient hast. Es fiel mir bisher nur einfach schwer, das zuzugeben.«

Jasper schüttelt den Kopf. »Ich weiß doch, wie Dad ist. Meinst du, mir hat er keinen Druck gemacht? Du denkst immer, dass ich bei ihm einen Freifahrtschein habe, aber du irrst dich, wenn du glaubst, dass mich das Stipendium vor seinen Schikanen und seinen Machtspielchen bewahrt hat.«

»Nicht?«, fragt Lewis vorsichtig.

»Hast du eine Ahnung«, stößt Jasper aus. »Er hatte mich trotzdem genau im Auge. Sobald er auch nur den Eindruck hatte, ich wäre nicht ganz bei der Sache, oder wenn ich es auch nur gewagt habe, mal eine schlechtere Note zu schreiben, hat er direkt angerufen und mir den Marsch geblasen. Also nein, der Druck wird durch ein Stipendium nicht weniger, schon gar nicht, wenn er getrunken hat. Da muss ich dich leider enttäuschen.«

Lewis sieht wirklich aus, als sei bei ihm gerade eine Seifenblase geplatzt. »Aber ich verstehe nicht … du wirkst immer so gelassen. So unbeschwert.«

Jasper lacht leise. »Weil ich mich innerlich schon lange von ihm abgewandt habe. Ich habe schon lange auf Durchzug gestellt, wenn er mit mir geredet hat. Nur der letzte Schritt fehlte noch, weil ich dich nicht mit ihm allein lassen wollte. Aber jetzt, seit Thanksgiving, ist dieses Band zwischen ihm und mir endgültig gerissen, und das ist ein verdammt gutes Gefühl.«

»Ich mag das Gefühl auch«, sagt Lewis. »Es ist nur schwer, es durchzuhalten, wenn Dad anruft oder Mom weint.«

»Ich weiß.« Das Seufzen, das über Jaspers Lippen kommt, wiegt scheinbar Tonnen. »Mom wird irgendwann auch so weit sein, dann wird es einfacher. Aber bis dahin kann ich dir helfen, das durchzustehen. Ich will nur, dass das zwischen uns wieder gut wird. Richtig gut. So wie früher, weißt du noch? Bevor ich mich für die LBU entschieden habe.«

»Als ich mich nachts immer in dein Zimmer geschlichen habe, um mit dir heimlich Horrorfilme zu gucken«, erinnert sich Lewis. Eine jungenhafte Ausgelassenheit liegt in seinen Worten, und ich wünschte, die beiden würden genau dorthin zurückfinden. Irgendwie.

»Oder wenn wir uns heimlich rausgeschlichen haben, um Steine zu sammeln«, steigt Jasper mit ein.

»Wir dachten, so werden wir zu Geologen«, lacht Lewis, aber es klingt gleichermaßen wie ein Schluchzen. Vielleicht, weil genau das ihn gerade an seinen Vater erinnert. Möglicherweise liegt es auch an der Erkenntnis, dass diese gemeinsamen Erinnerungen weit zurückliegen und in den letzten Jahren verschüttgegangen sind. Aber noch ist nicht alles verloren. Das spüre ich. Sie können das wieder hinbekommen.

»Ich weiß, dass du dich immer gefragt hast, wieso ich mich ausgerechnet an der LBU beworben habe«, sagt Jasper. »Du hast es als Angriff verstanden. Als würde ich dir etwas wegnehmen wollen.«

Lewis nickt zögerlich.

»Ich habe es wegen uns getan. Ich dachte, es würde uns noch näher zueinanderbringen. Das hier sollte unser Ding werden. Die Branson-Brüder retten die Welt.«

Lewis blinzelt perplex, kurz steht sein Mund offen. »Du wolltest einfach an derselben Uni sein wie ich?«

»Ich wusste, dass du es schaffen würdest. Ich wusste, du würdest nach Lullaby kommen, und ich wollte das hier mit dir zusammen durchziehen. Nun, dieser Plan ist nicht aufgegangen.«

»Nein«, sagt Lewis bitter. »Kann er aber … ab sofort.«

»Wirklich?«

»Ja. Wirklich.«

»Dann lassen wir nicht mehr zu, dass sich Dad oder mein Stipendium zwischen uns stellen?«, fragt Jasper. Er wirkt dabei so müde, dass ich ihn selbst am liebsten in den Arm nehmen würde. Doch Lewis übernimmt das bereits.

»Nie wieder«, sagt er, und in diesem Moment bin ich unfassbar stolz auf beide.

# Kapitel 39

Ich sitze an meinem Schreibtisch. Trotz Kälte ist das Fenster einen Spaltbreit geöffnet und lässt den Kieferduft, der durch den Frost ein wenig abgemildert wird, in mein Zimmer. Die Kerze, die ich mir auf den Tisch gestellt habe, flackert sanft und verleiht dem Zimmer eine gemütliche Atmosphäre. Die richtige Stimmung für meinen nächsten Schritt. Den letzten meines Abenteuers. Meiner Suche.

Der Abschied.

Mein Herz krampft sich ganz leicht zusammen, als ich darüber nachdenke, doch mein Entschluss steht fest. Trotz des bleiernen Gefühls in mir ist da auch sehr viel Vorfreude und Leichtigkeit, wenn ich daran denke, diese ständige Suche und meine ewigen Gedanken endlich loszulassen. Endlich frei zu sein.

Ich nehme meinen Kugelschreiber zur Hand, meinen Blick auf das schwarze Notizbuch gerichtet. Dann beginne ich zu schreiben. In meiner Vorstellung wäre ein in Schönschrift verfasster, formvollendeter Brief wohl das, was Ms X verdient hätte. Doch in Wahrheit schmiere ich in meiner engen Schrift die Wörter nur so dahin, zu sehr brenne ich darauf, sie endlich zu Papier zu bringen.

*Liebe Ms X,*

*dies ist nun das Ende einer langen Suche. Zwei Jahre bestand ein Großteil meines Alltags darin, mir Gedanken über dich und deine Identität zu machen. Aber letztendlich muss ich feststellen, dass ich mich verrannt habe. Verrannt in die Dankbarkeit und die Schuldgefühle, die ich empfinde. In die Sehnsucht, den Teil von mir, den meine Lunge ausmacht, zu kennen. Einen Teil meiner Geschichte. Denn immer wenn ich an mein Leben denke,*

*denke ich unweigerlich auch an dieses Geschenk und die Person dahinter. Aber genau das ist der Grund, weshalb ich endlich Frieden damit schließen muss: damit ich mein Leben unbelastet auskosten kann!*
*Die Suche nach dir hat mich nach Lullaby geführt. Nun aber bin ich zu der Erkenntnis gelangt, dass es Zeit ist, dir Lebewohl zu sagen, meine Suche endgültig zu beenden.*
*Stattdessen werde ich lachen, weinen, lieben, neue Abenteuer erleben, Welten erkunden und retten. Ich werde mir eine Zukunft aufbauen. Jetzt bin ich stark genug dafür. Ich bin bereit.*
*Die Suche nach Antworten, dieses Mysterium um dich, die Kreation von Ms X, hat mir lange Zeit Motivation und Mut gegeben, mein Leben in Angriff zu nehmen und mich von meiner Krankheit zu erholen. Nach einer langen Zeit der Schmerzen und der Perspektivlosigkeit warst du wie ein Anker, an den ich mich klammern konnte. Du hast mich durch die Dunkelheit und wieder ans Licht geführt, hast mir nicht nur ein neues Leben, sondern auch neue Möglichkeiten geschenkt. Ohne dich wäre ich nie an eine so weit entfernte Uni gegangen, hätte niemals all diese neuen Erfahrungen gesammelt.*
*Also danke, Maggie Ganes, oder wer immer du gewesen bist. Danke, dass ich durch dich nicht nur überleben, sondern auch wachsen konnte. So weit wachsen, dass ich mich nun traue, mich von diesem Anker zu lösen. Erste wacklige Schritte allein zu gehen, auf meinem eigenen Weg, und herausfinden, wohin er mich führen wird. Ein aufregender Gedanke.*
*Ich verspreche hoch und heilig, dass ich auf unsere Lunge aufpassen werde. Niemals werde ich vergessen, was du mir geschenkt und damit ermöglicht hast. Nie.*
*Danke. Für alles.*
*Deine Hazel*

Eine einsame Träne tropft auf das Papier und verwischt die Schrift, aber ich kümmere mich nicht darum. Ich lasse die Emotionen einfach zu. Sie kommen in Wellen. Traurigkeit und Erlösung scheinen sich abzuwechseln, in einem Moment lächle ich, dann ist mir erneut zum Heulen zumute. Aber so fühlt es sich wohl an, wenn man erkennt, dass ein Ziel, für das man jahrelang gekämpft hat, nicht mehr zu einem gehört. Wenn man sich davon löst, um wieder neuen Dingen Platz zu machen. Meinem Studium, in dem es noch so viel zu lernen gibt. Ich möchte lernen, wie ich die wundervolle Natur, den Rundschwanzsperber, den Diademhäher, die Lupinen und Wildheidelbeeren davor bewahren kann, den Menschen zum Opfer zu fallen. Ich will diese Natur retten, sie weiter erkunden und frei sein. Meine Lunge ihre Arbeit tun lassen, wann immer ich auf einen der Berge klettere oder mich aufmache, um den Wald zu säubern. Ich möchte mit meinen Freunden zusammen kochen, mit Reese im Diner abhängen und mit Lou über Mode sprechen, obwohl sie so viel mehr davon versteht als ich. Ich möchte Jasper dabei helfen, Maggies Tod zu verarbeiten. Ihm wieder neue Kraft geben. Und ich will Lewis. Mit Haut und Haaren. Mit ihm Schach spielen, mit ihm wandern, in seinen Armen versinken und ihn küssen. Er ist es, den ich am meisten begehre, erst recht jetzt, nachdem wir unseren Streit bereinigen konnten und wir wieder zueinandergefunden haben.

Ich puste die Kerze aus und schließe das Fenster. Dann nehme ich meinen Brief an Ms X, falte ihn in der Mitte, bevor ich mein Notizbuch nehme und die beschrifteten Seiten herausreiße. Die losen Blätter, die Zeitungsartikel, die Briefe, die ich im letzten Jahr an Ms X geschrieben habe – all das staple ich, nehme meine Krücken und gehe damit die Treppe hinunter. Die Stimmen von Jasper, Lewis, Corey, Lou und Reese begleiten mich auf dem Weg nach unten.

Sie alle sitzen im Wohnzimmer. Jasper und Lewis liefern sich ein Schachduell, während Reese und Corey Schiedsrichter spielen und Lou an neuen Entwürfen sitzt. Ein lauter, bunter Haufen, bei dessen Anblick ich augenblicklich lächeln muss. Vor allem, weil Jasper und Lewis ihre Gelassenheit zurückgewonnen haben. Nichts erinnert mehr an die Auseinandersetzung der beiden, von ihrem Strafdienst und den dämlichen Gerüchten um Jasper einmal abgesehen. Ich bin sicher, dass auf sie noch einige Herausforderungen zukommen werden. Wenn Jasper die Trauer um Maggie überrollt. Wenn ihr Dad sie wieder einmal mit Nachrichten bombardiert und damit Lewis' Entschlossenheit erneut auf die Probe gestellt wird. Ich hoffe, dass es uns gelingt, das gemeinsam durchzustehen. Die beiden haben es verdient, sich genauso losgelöst und glücklich zu fühlen wie ich in diesem Moment.

Lewis sieht auf. Sein Blick wird eine Nuance wärmer.

»Geht es dir gut?«

Ich nicke, lächle. »Es war wichtig, mir etwas Zeit zu nehmen«, sage ich und halte die losen Blätter hoch. Lewis unterbricht das Spiel und steht auf, um an meine Seite zu kommen. Auch Jasper, Corey, Reese und Lou stellen sich zu mir.

Ich atme tief durch, Lewis nimmt meine freie Hand in seine und drückt sie sanft. Gibt mir Zuspruch. Beim nächsten Atemzug werfe ich sämtliche Blätter in die Flammen des Kamins. Wie hypnotisiert sehe ich zu, wie sie zu brennen beginnen, zusammenschrumpfen … und zu Asche werden.

Meine Suche ist offiziell beendet.

Mein Leben hingegen hat gerade erst richtig begonnen.

# Danksagung

Die Geschichte von Hazel und Lewis begleitet mich nun schon einige Jahre, seit ich 2018 den ersten Funken einer Idee hatte. Es ist surreal, dass dieses Buch, dessen Inhalt mir sehr am Herzen liegt, nun mit so vielen Menschen geteilt werden kann. Und ich könnte nicht dankbarer dafür sein, dass so viele Leute dafür gesorgt haben, dass das möglich ist.

Doch vor allen anderen muss ich meinem Vater danken. Mein Papa war mein Fels in der Brandung und ein Motivator – nicht nur, weil er gerne Bücher von mir gelesen hat, obwohl er eigentlich nie viel mit Büchern anfangen konnte. Er hat mich auch auf all meinen Wegen begleitet, mir bei jeder kleinen und großen Schaffenskrise Antrieb gegeben und mir gesagt, wie stolz er auf mich ist. Dass er *dieses* Buch nun nicht mehr lesen kann, schmerzt. Aber irgendwie erreicht ihn diese Danksagung schon, und daher will ich sagen: Danke, Papa. Für deine Liebe, deine Motivation und für 33 wundervolle, innige Jahre zusammen. Du hast doch sicher irgendwie dafür gesorgt, dass das Manuskript auf den richtigen Tischen gelandet ist …

Danken möchte ich auch der Günter Berg Agency und meiner wundervollen Agentin Franziska Tometschek, die sofort an Hazel und Lewis geglaubt und das Unmögliche möglich gemacht hat. Danke, dass du mich aufgenommen und das Manuskript Knaur vorgestellt hast. Und danke an Droemer Knaur, besonders an Sabine Ley, dass sie etwas in meinen Geschichten gesehen und beschlossen hat, sie zu Büchern zu machen. Ich hätte mir kein besseres Zuhause wünschen können, denn die Zusammenarbeit war bis hierher einfach wundervoll. Danke auch an Michelle Stöger, die mit mir am Manuskript gefeilt hat.

Ich danke meiner Familie: Mama, Natalie und Susanne, die mir immer mit Rat und Tat zur Seite stehen und mich bei meinem Traum, Autorin zu sein, unterstützen. Es war lange fällig, dass ich euch allen ein Buch von mir widme, denn ich habe euch sehr lieb. Ich danke auch Niklas, der von der ersten Sekunde an dabei war und an mich, meine Ideen und Lullaby geglaubt hat. Danke, dass du mein ständiges Gerede über das Schreiben aushältst.

Ich danke auch meinen wundervollen Testleserinnen Natalie, Eva und Vanessa, und besonders Sabina (@mukomädchen), die Hazels Krankengeschichte aus Sicht einer Betroffenen gelesen und geduldig meine vielen Fragen beantwortet hat. Ich hoffe sehr, dass der lang ersehnte Anruf bereits kam, wenn du diese Zeilen hier liest.

Danke auch an meine Schreibbuddys: Mira, fürs Daumendrücken ab der ersten Stunde. Nina, die mich mit gemeinsamen Schreibdates beflügelt hat. Und den Queens, denn unsere Arbeitsteams sind Motivation pur!

In meinem Kopf gibt es gerade noch so viele Menschen, die einen Dank verdient hätten, aber das wäre zu ausschweifend, daher sage ich nur noch eins: Ich danke euch. Allen, die der Lullaby University und somit auch meinen Herzensbüchern eine Chance gegeben haben. Ich hoffe sehr, dass ihr Hazel und Lewis mochtet und dass wir uns bei Jaspers und Lous Geschichte in Band 2 wieder begegnen. Lullaby und der Modoc National Forest warten schon.

# Liste sensibler Inhalte / Content Notes

- Darstellung von Krankheit
- Verarbeitung von und Auseinandersetzung mit einer stattgefundenen Organtransplantation
- Erwähnung eines Autounfalls
- Erwähnung von Tod
- Darstellung von Trauer
- Darstellung von psychischer und häuslicher Gewalt
- Erwähnung von Alkoholsucht